ちくま文庫

スターメイカー

オラフ・ステープルドン
浜口稔 訳

筑摩書房

STAR MAKER

by

Olaf Stapledon

1937

序

ヨーロッパが一九一四年よりも険悪な破滅の危機に瀕している刹那(せつな)に、このような本を出すとは、現代の野蛮に立ち向かう文明の必死の防衛からの気晴らしかと糾弾されるかもしれない。

年を追うごとに、月日が経つごとに、わたしたちの文明が砕け散り危うくなる窮状は、ますます深刻になっている。海の向こうのファシズムは、他国を侵略するのに大胆かつ非道となり、国民に対しては独裁を強め、精神生活への侮辱にも野蛮の度合いを深めている。わたしたちの国においても、軍国化や国民の自由の剝奪へと向かうおそれがないとはいえない。しかもその何十年かが経つ間に、社会秩序の不公正を緩和するための断固たる処置がとられることはないのだ。疲弊し切った経済体制は、幾百万の人びとを失望させるに違いない。

このような状況下では、作家たちが勇気をふるい、平静な判断のもと、ただちに自らの職務に従うことは、なまなかなことではない。単に肩をすくめ、この時代の渦中の闘いから身を引く者もいるだろう。この世界の最重要な諸問題に対して心を閉ざすこれらの人びとは、同時代の人びとにとって重要な意味をもちえないばかりか、どこか不誠実な作品しか生み出せないはずだ。このような作家たちは、人間の営みにそのような危機は存在しないとか、自分の作品に比べれば取るに足りないとか、いずれにせよそれは自分にはかかわりのないことであると、意識するにせよ、無意識にせよ、自らに手の込んだ言い逃れを考えなくてはならなくなるからである。しかしその危機は存在し、なによりも重要であり、わたしたちすべてにかかわる。いやしくも知性と良識をもつ者であれば、自らを欺くことなく、これに背を向けることができるだろうか。

とはいえわたしは、この闘いになんら有益な寄与もなく、それゆえ徒らにそれにかかわらぬ方が賢明であることを表明する「知識人たち」の何人かには、はっきりとした共感を抱いている。実はわたしも、そのなかの一人なのだ。このたびの国防に際しては、その大義を直接支える者として活動するわけでも影響力をふるうわけでもないが、見ぬふりはしないと言うべきだろう。実際この闘いは、間断なく執拗に、わたしたちの注意をとらえて放さない。しかしわたしたちにもやれるもっとも役立つ奉仕は間接的なものになることが、あれこれと逡巡した挙句に得心されるのである。作家によっては、そうではない者もいる。敢然と闘いの渦中に飛び込み、自らの影響力を用いて緊急の宣伝活動をするか、あるいは大義のもとで武器を取りさえする。もしも彼らがそれにふさわしい能力をもち、そしてもしも彼らが従事する個々の闘いが実際に文明を護る（あるいは創造する）という遠大な企ての一部であるならば、もちろん価値のある仕事をしているのかもしれない。しかも彼らは経験と人類への共感という大いなる財を得て、それにより文学的力量を計り知れないほど大きくするかもしれない。しかしその奉仕がまさに緊急のものであるがゆえに、このような危機の時代にあってさえ、喩えのような言い方になるかもしれないが、「人類という種の自己批判的な自意識」を維持し拡張することの意義、もしくは人間の生涯をほかの事柄とのかかわりで全体として理解するという試みに目を閉ざしがちになるのかもしれない。これには、人間の営みや理想や学説のすべてを、人間的な偏見をできる限りなくして評価するという意思が必要である。闘いの渦中にある人びとが、偉大で公正な大義のもとにありながら党派的になりがちなのは避けられないことだ。なにはともあれ人間のもっとも価値ある器量の一つである、そのような超脱、つまりは冷静に評価する力のなにがしかを、彼らは勇ましく捨て去ってしまうのだ。彼らからすれば、死に物狂いの闘いにあっては超脱よりは献身が求められるのだから、おそらくはこうなるしかない。それでも、そのような大義を心から抱く何人かは、人間としての忠誠とともに、いっそう冷静な神霊を保持しようと献身するに違いない。そしておそらくは、星たちを背景にして、わたしたちの世界の動乱を見ようと努めれば、それにより結局は現在の人間の危機の意味深さは募りこそすれ弱まることはないだろう。それは互いへの慈愛を力強いものにしてくれるかもしれないのだ。

　これを信じながら、わたしは事物世界の恐怖と生気に満ちた全貌を想像力により素描してみようとしたのだ。現代の人間の経験から見ても、その素描は滑稽なまでに的をはずし、ときに子どもじみたものとなることは充分に承知している。もっと穏やかで賢明な時代であれば、狂気の沙汰に思われても仕方がない。しかしたとえ粗雑で突飛なものになろうとも、おそらくはまったくの見当はずれとはならないだろう。

〈右翼〉と〈左翼〉の双方からお叱りを受けることを覚悟のうえで、わたしは宗教に由来する概念や語彙を所々で用いたし、それらを現代的な要求に合わせて解釈しようともした。悪評高いが価値のある「神霊的」や「崇拝」という語彙は、懐かしき昔、性的な語彙が〈右翼〉系の方たちには破廉恥であったように、〈左翼〉系の方たちにとってはほとんど忌まわしい語となっているが、この本では、〈右翼〉系の方たちが捻じ曲げ〈左翼〉系の方たちが誤解しがちなある経験を示唆するために意図的に用いられている。この経験は、個人としての目標、社会としての目標、人類としての目標からの超脱をともなうが、それにより個人がこれらの目標を否定するのではなく、むしろ新たな形で讃美するようになるのである。「神霊的生活」とは、本質的には、ちょうど行政が一人前の人間には適切なものと感じられるように、わたしたちの全体としての経験にとっても実際にふさわしい態度を見いだし実践しようとする試みのように思われる。このような試みは、意識のいっそうの明敏さと、より洗練された気質へとつながり、ひいては行動へと大きく有益な影響を及ぼすことが可能となるのだ。実際、もしもこの至上の調和をもたらす経験が、運命に対するある種の敬虔さとともに、目覚めつつあるわたしたちの人間性に奉仕しようという決然たる意思を生むのでなければ、それは単なる偽物か陥穽にすぎないのだ。

この序を閉じる前に、多くの章を書き直すにあたって実に有益かつ共感に満ちたご批判をいただいたＬ・Ｃ・マーティン教授、Ｌ・Ｈ・ハイヤーズ氏、Ｅ・Ｖ・リュー氏に感謝を申し述べなくてはならない。今なお、これらの方たちの名前を節操のない作品に結びつけることにはためらいを禁じえない。〈小説〉の基準から判断すると、この作品は度し難いものだ。実際、小説ではまったくない。

人工惑星に関する着想のいくつかは、Ｊ・Ｄ・バナール氏の『宇宙、肉体、悪魔』という魅力あふれる小著で示唆されていたことである。わたしがその着想を自己流に扱ったことで、氏が強い嫌悪感を抱かぬよう希望したい。

妻には、校正を担当してくれたこと、そして変わらぬ伴侶でいてくれたことに感謝しなくてはならない。

この本の最後に、〈大きさ〉についての註を付しておいたので、天文学に馴染みのない読者には役立つかもしれない。タイムスケールも、概略でしかないが面白く思われる方がおられるかもしれない。

O・S

一九三七年三月

スターメイカー＊目次

スターメイカー

第一章　〈地球〉

1　発端

ある夜、わたしは生の苦さが身にこたえて、家を出て丘にのぼった。闇のなかのヒースが歩くにはじゃまだった。眼下には郊外の街灯が列をなしていた。カーテンが引かれた窓という窓は、数ある夢の生活を内観するための閉じた目であった。真っ暗な海上の彼方で灯台の光が脈動していた。頭上には、茫漠たる闇。

荒々しくも苦々しい世界の流転のうちに、わたしたちの家が小島のようにくっきりと浮かんでいた。十五年のあいだそこで、ずいぶん気性の異なったわたしたち二人は、複雑な共棲関係のもとで、ともに支え育み合うために、お互いのなかへ、なかへと入っていった。そこにおいて日々、いくつもの計画を立て、その日の変わったことや苛立たしいことを語り合った。そこには返事を書く予定の手紙や、繕わなくてはならない靴下が山のようになっていた。そんななかで、あの不意の新たな生命である子どもたちが生まれたのだ。そんな家のなかで、ときに激しくぶつかり合うわたしたち二人の生は、ありがたくもその間ずっと、一つの、どちらかひとりでいるよりは大きく、さらに目覚めた一つの生となっていたのである。

確かに、このすべてが申し分なかった。とはいえ、苦いものではあったのだ。そして苦さは世界からわたしたちへと押し寄せてきただけでなく、わたしたち自身の魔法円からも湧いてきた。わたしたちの虚しさ、わたしたちの儚さに対する慄きのゆえに、わたしは丘の上へと駆り立てられてきたが、単に世界が狂っているからだけではなかった。

わたしたちはいつでも、日常の些事をせわしなくてきぱきこなしていたが、それもとどのつまりは実体のないものであった。ことによるとわたしたちは、自らの存在すべてに思い違いをしてきたのではなかったか。言ってみれば、間違った前提をもとに生活していたのではないのか。そしてとりわけ、世界において活動するための、見た目には実に堅固な支柱をなすわたしたちの共同関係は、結局はそれ自体は存在の深さも意味もない巨大な潮流のおもてで無益に渦を巻く、自己満足的で内向的な家族本能を源とする、ちっぽけな渦にすぎなかったのではないのか。ひょっとするとわたしたちは、結局は自らを欺いてきたのではなかったか。その心うばわれる窓のなかで、ほかの多くの人たちと同様に、わたしたちも実際には夢に生きていたのではなかったのか。病んだ世界にあっては頑健な者も病んでいる。そしてほとんど明確な認識をもつことなく、ほとんど堅固な意思を抱くこともないまま、たいていは機械のようにささやかな生を紡いでいたわたしたち二人は、病んだ世界が生み出したものであったのだ。

とはいえ、このわたしたちの生は、まったく不毛なばかりの幻想ではなかった。それは、わが家を出たり入ったりするものすべて、郊外と都会、遠方の都会の数々、遠い地の果てを結ぶわたしたちの往来もろともに、わたしたちが拾い集めた現実という実際的な繊維の数々で紡がれてはいなかったか。そしてわたしたちは自らの本性のあるがままの表現をともに紡いでいたのではなかったか。わたしたちの人生は、多少なりとも活発に生きていることの確かな糸として日々生起し、人類という成長し続ける織物、つまりは入り組んだ、絶えず増殖していく絵柄へと織り上ったのではないのか。

わたしは「わたしたち」について、おだやかな関心と、ある種の喜ばしい畏怖を抱きつつ考えた。わたしたちの関係は、どうしたら感傷で安っぽく飾り立てて品性を落としたり卑しめたりすることなく描き出せるだろうか。依存しつつ自立するという、この微妙な均衡、この冷静なまでに批判的な、またずる賢くて悪戯っぽい、それでいて愛に満ちた触れ合いは、確かに真の共同体の縮図であり、結局のところは、その単純なあり方においても、世界が追い求める、かの気高き目標の生きた実例であったのだ。

全世界？　全宇宙？　頭上の薄闇から星が一つ姿を見せていた。幾千年か分からぬ昔に放たれた、一つの震える光の矢。それが今わたしの神経組織を刺激して幻覚（ヴィジョン）をもたらし、わたしの心を慄きで満たした。このような宇宙にあって、わたしたちの偶発的で脆弱（ぜいじゃく）で儚い共同体に、いかなる意味がありうるというのか。

しかし今や、苛立たしいことに、遠くにあるというだけで誤って神聖視されている、火炉にすぎぬその星ではなく、その星とわたしたちの恐るべき対比のゆえに心に意味深く及んできた別のなにかへの、ある種ふしぎな崇拝に、わたし自身が取り憑かれていたのだった。では、いったいいかなる意味があったというのか。その星よりさらに遠くを視ても、知性ではスターメイカーは見つけられなかった。闇があるのみであった。〈愛〉も〈力〉さえもなく、ただ〈無〉だけであった。それでも心は讃えたのだ。

堪えきれなくなり、わたしはこの愚かしい考えをふりはらい、底知れぬ深みから身近な現実へと戻った。崇拝、恐怖までも、さらには苦さも念頭から追いやり、もっと冷静に、この際立つ「わたしたち」を、つまりは星たちとの関係ではささやかな存在でしかないだろうが、わたしたち自身からすれば、宇宙にとっての基礎となる、この驚くほど印象的な所与（データ）を吟味することに決めたのである。

わたしたちを卑小なものにする宇宙的背景を考えに入れなくても、考えてみれば、結局わたしたちは、意味のない、おそらくは愚にも付かぬ存在であった。実にありふれた、実に尊ぶべきできごとであった。わたしたちは過度にはりつめることなく、どうにかやりくりして生きていた夫婦にすぎなかった。わたしたちの時代にあっては、結婚は疑わしいものであった。そして月並みなロマンスではじまったわたしたちの結婚もまた、輪をかけて疑わしいものであった。

わたしたちがはじめて出会ったのは、妻が子どものときであった。互いの目と目がふと行き合ったのだ。妻はちらりとわたしに控え目な注意を向けた。わたしはといえば、漠然と心の奥底からの認識を抱きつつ愛(ロマンス)を夢見ていた。いずれにせよ、その姿にわたしの運命を見てとったのである（青春の情熱に駆られて、そのように自らに言い聞かせた）。そう！　その結びつきは、どれほど運命的なものに感じられたことか！　しかし今にして思えば、なんという偶然であったことか！　もちろんわたしたちは、長く連れ添った夫婦として、互いを捻(ね)じ曲げたり支えたりしながら、それぞれの幹を伸ばして一つの幹へと成長してきた二つの身近な樹のように、ずいぶんうまく馴染(なじ)んでいたことは確かである。冷やかな言い方になるが、今やわたしは妻のことを、わたしの私的な生に有益なだけでなく、ときに腹立たしくもなる助力者のようにみなしていた。概してわたしたちは、互いに分別のある伴侶であった。互いをあまり束縛せず、それにより身近すぎる距離を我慢できたのである。

そんなところが、わたしたちの関係だった。こんなふうに言ったからといって、それが宇宙の理解にとって格別意味があるとは思われなかった。それでも心のなかではそうだと思っていた。冷やかな星たちを見ても、どこまでも広漠たる宇宙全体を考慮に入れても、このようなわたしたちの讃えられるべき共同体的原子が、ごらんのように不完全で間違いなく短命であるけれども、無意味であるとはとうてい信じられなかったのである。

とはいえ、この名状し難いわたしたちの結びつきに、ほんとうにそれ自体を超える意味がありえたのだろうか。たとえばその結びつきは、すべての人間の本性が、憎んだり恐れたりするよりも愛することにあることを証していたのか。世界中のあらゆる男女は、置かれた環境に制約を受けながらも、世界を覆う、愛に織り上げられた共同体を心底から支えうることを証していたのか。そしてさらにその結びつきは、それ自体宇宙がもたらしたものであり、愛が宇宙そのものの原理であることを証していたのか。またその結びつきに感取される内面の卓越性をとおして、その結びつきを弱々しく支えるわたしたち二人が、ある意味で永遠の生を担っているに違いないことを、どうにか約束するものであったのか。実際その結びつきは、愛が神であり、そして天国でわたしたちを待つ神であることを証していたのか。

そうではない！　なによりも尊ばれるべきではあるが、家庭的で、心地よく、腹立たしく、笑いの絶えない、わたしたちの神霊的共同体は、そのようなことをなに一つ証してはいなかった。その結びつきは、それ自体を不完全に正当化する以外なにも保証するものではなかった。存在そのものに潜んでいる多くの可能性の一つの、実に卑小な、実に明るく映える縮図にすぎなかった。わたしは見えない星の群れを想い描いた。人間界の憎悪と恐怖と過酷さを想い起こした。そして妻とたびたび奏でた不協和音も思い出した。わたしたちは一陣の風が静かな水面に描いたさざ波のように、たちまち消えてしまう定めにある、そんなことも思い出されたのだった。

ふたたび、星の群れとわたしたちとの奇妙な対比が、わたしの知覚するところとなった。コスモスの測り知れない潜在力が、わたしたちという共同体の一瞬のひらめきの正しさを、そして人類の束の間の危うい冒険の正しさを、神秘的なまでに高めてくれた。そして逆にこれらのことが、コスモスを活気づけたのである。

わたしはヒースに腰をおろした。頭上の薄闇は今やすっかり退いていた。その背後で暗い覆いを取り払われた天空の群落から星が一つ、また一つとまたたき出した。

どこを向いても、影のような山々か、おそらくは特徴のない海が、見はるかす彼方へと延びていた。しかし鷹のように天翔ける想像力は、山々と海が地球を這うように視野の向こうへと延びていくのを追った。太陽の光と、闇のなかで回転する、水と空気の膜に覆われた、岩石と金属から成る小さな丸い粒の上に、自分がいるのを感じた。そしてその小さな粒の皮膜の上の人間の群れのすべてが、世代から世代へと、ときどきに歓喜を、ときどきに神霊の光明を抱きながら、懸命かつ闇雲に生を重ねてきたのだ。そして人類の歴史はおしなべて、数多くの民族の移動、帝国、哲学、誇らしげな科学、社会革命、共同体への高まりゆく願いもろともに、星たちの一生の或る日に弱々しく明滅する光でしかなかった。

あのきらめく天の群星のそこかしこに、ほかにも神霊が宿る岩石と金属の粒が存在するのか、そして知と愛を求める人間の探索は、ただ一つの無意味なふるえでしかないのか、それとも全宇宙的な運行の一部なのか、それを知ることができればと願うのだ！

2　星々と地球

頭上の薄闇が消えていた。空一面に星が切れ目なく群がっていた。惑星が二つ、またたくことなく光っていた。群がる星座のなかに際立つものがあった。オリオン座の四角い肩と足、ベルトと剣、北斗七星、カシオペア座のWの描線、寄り添うようにつどっているプレイアデス星団、どれもこれもが暗黒の空にしかるべく配列されていた。おぼろな光輪である天の川が天空をはるばると横切っていた。

想像力により、見るだけでは得がたい視界が補われた。眼下には、透明になった惑星、ヒースや堅い岩、絶滅種の埋葬された墓所を透かし見、溶融した玄武岩の流体を突っ切り、さらに進んで地球の鉄の核へと行き着いたように思った。そのままやはり下へと進み続け、南半球の地層を抜けて大洋と陸地に出て、ゴムの樹の根や逆さに立つオーストラリア人の足元を過ぎ、昼間の日差しが強い紺碧の天幕を抜けて、太陽と星々が連れ添う永遠の夜へと出ていった。目がくらむほどはるか下の方で、湖の深みに棲む魚のように星座が群れていた。天空の二つの丸屋根は融合して虚ろな一球体となったが、そこは星が群れ、まばゆい太陽の付近ですら黒かった。若い月は光かがやく針金のような弧となっていた。天の川が完全な輪を描いて宇宙を取り巻いていた。

ふしぎな眩暈を覚えながら、わたしは心を落ち着けようと、わが家の灯がともっている小さな窓に目をやった。家のものはやはりなかにいた。そして郊外の全景、丘という丘。しかし星たちのかがやきはすべてを貫いていた。地球のあらゆるものが、ガラスか、あるいはもっと透明で、さらに希薄なガラス状のなにかに変わったかのようだった。幽かに教会の時計が零時を鳴らした。それはぼんやりと遠のいていくように、最初の時報を告げた。

想像力は今や刺激を受けて、新しい謎めいた様相の知覚となっていた。星たちを見まわすと、天界はもはや宝石を散らした天井や床などではなく、恒星群がひらめく深淵の、さらなる深淵として映った。そして天空の見慣れた大いなる光点の数々は、そのほとんどがごく近しい存在として浮かび出たのであるが、なかには実際には遠くにありながら強力な光を放っている星があり、その一方で、淡く光りながら近くにあるがゆえに見えている星もあった。どこを向いても、遠くと近くの中間に星たちが群れをなして流れひしめいていた。しかしこれらの星たちも、今や近くに見えていた。天の川が及び難い彼方へと退いていたからである。そしてその近くの虚空を透かして、光る靄(もや)の眺望のその向こうの眺望と、星状集団の群れから成る奥深い遠景が現われたのだった。

天命によりわたしに定められた宇宙は、光かがやく空洞ではなく、渦を巻く星の奔流として知覚された。いや！　それどころではなかった。星と星のあいだの暗黒を覗いてみると、ほかにも似たような渦というか、そのような銀河が、単なる光の染みや点として、深淵のさらなる深淵である空洞にまばらに撒かれているのが見えたが、はるか遠くにあるために、想像力の目をもってしても、コスモスの、つまりは諸銀河をそっくり包み込む銀河に限界があるのかが分からなかった。今や宇宙は、淡い雪片の一ひらずつが宇宙として浮遊する空洞のように思われた。

諸宇宙の大群のなかでもっとも希薄で最果ての宇宙に視線を集めると、超高性能の望遠鏡のような想像力により、それは恒星の集落のように思われた。それらの太陽群の一つの近くに一個の惑星が浮かび、その惑星の暗い側の半球に丘があり、その丘にわたしがいた。それもそのはず、コスモスと呼ばれる、この限界のない有限界にあっては、光は無限に直進するのではなく、その源に戻ってしまうのだと、現代の天文学者たちが断言しているからである。そのときわたしは、自らのヴィジョンが、想像力の光ではなく物理的な光に頼っていたのであれば、コスモスを「一巡」して戻ってくる光は、わたし自身ではなく、〈地球〉が形成される前、おそらくは〈太陽〉すら形成されていない、はるか以前に過去のものとなったできごとを映し出していた可能性があることを思い出した。

しかし今わたしは、このような巨大な広がりをふたたび遠ざけ、カーテンが引かれたわが家の窓を、ふたたび探し求めたのである。わが家は星に射貫かれてはいても、わたしにとってはやはり銀河のなによりも現実味のあるものだった。ところが、わが家は姿を消していた。郊外全体も、丘も、さらには海までもが。わたしが腰をおろしていた地面はなくなっていた。はるか眼下には、代わりに実体のない闇が横たわっていた。そしてわたしは、どうやら肉体を離脱していた。自らの肉体を見ることも触ることもできなかったからである。手足を動かそうとしても、なにも起こらなかった。手足はなくなっていた。馴染んでいた内からの身体感覚と、朝からわたしの気を滅入らせていた頭痛は、ぼんやりとした軽快感と陽気さと活発さに席をゆずっていた。

わたしを襲った変化を充分に悟ったとき、わたしは自分が死んで、まったく思いもよらない新たな存在へと変わりつつあるのではないかと思った。はじめのうち、そんな平凡な可能性がわたしを憤慨させた。それから、もしほんとうに死んだのであれば、わたしは共同体を形成する特定の私的原子に戻ることはできないと分かって、突然の狼狽に襲われた。わが身に降りかかった災禍のすさまじさに衝撃を受けた。しかし間もなくすると、結局わたしはおそらく死んではおらず、いつでも目覚めることのできる一種の昏睡状態にあるのだと考えて自らを慰めた。こうして、このふしぎな変化にあまり動転せぬよう決意したのである。科学的な好奇心をもって、わたしはこの身に起こるすべてを観察するつもりであった。

地面と入れ替っていた薄闇が縮小し濃くなっていくのが分かった。下方にあった星々は、もはや見えなくなっていった。まもなく眼下の地球は、巨大な円卓、それも星たちに囲まれた暗黒の大円盤となっていった。どうやらわたしは想像を絶する速度で故郷の惑星から飛び去っていた。最前までの想像力で下方の天界に見えていた太陽は、ふたたび物理的に地球にさえぎられた。今やわたしは、地上から数百マイルもの高所にいたに違いないが、酸素と大気圧がなくても問題なかった。思考の募りゆく陽気さと心地よい活気を感じただけだった。星たちの異常なかがやきが、わたしを昂らせた。薄暗かった空気が退いたからか、あるいは昂進した感性のゆえか、あるいはその両方からか、空は常ならぬ様相を帯びていたのである。あらゆる星が一段と大きく燃え盛っていた。天界はかがやきにつつまれていた。大きな星たちは遠くの車のヘッドライトのようだった。〈天の川〉はもはや暗闇によって明るさを減じることなく、円を描くような光の粒子の川となっていた。

ほどなく、〈惑星〉の東の縁に沿って、今やわたしのはるか眼下に、淡くあからむ光の線が現われた。わたしが上昇を続けると、それはそこかしことオレンジや赤へと色づいてきた。明らかにわたしは、上昇しながら東の方へと飛翔し、昼の領域へと向かっていた。すぐに太陽が視界に現われ、明け方の巨大な三日月を、そのかがやきのうちに呑み込んだ。しかしわたしがさらに速度を上げると、太陽と惑星が離れていくように見え、それと同時に明け方の光の糸が濃くなり、太陽光の靄(もや)の広がりへと変わっていった。これは、みるみる満ちていく月のように大きくなり、惑星の半分が光に染まった。夜と昼のはざまに、あたたかい色合いの、亜大陸のように大きな影の帯が、今や明け方の領域を際立たせていた。わたしが上昇を続け東方へと飛行するにつれて陸地は西へと移動し、ついにわたしは真昼の太平洋の上空にいたのだった。

地球は今や、満月の数百倍はある巨大なまばゆい球体となっていた。その中心部の目がくらまんばかりの光の領域は、海洋に映った太陽の影であった。地球の輪郭は、不鮮明な幅をもつ光の靄となって、まわりの宇宙の暗黒へと溶けていた。わたしの方に幾分かたむいていた北半球の多くは、雪と雲に覆われていた。わたしは日本と中国の輪郭を部分的に辿ることができた。そこではおぼろにかすむ茶色と緑の陸地が、ぼんやりとした海洋の青や灰色と入り組んだ海岸線を形成していた。空気がより清浄な赤道付近へ向かうと、海の色は濃くなった。明るい雲の小さな渦は、おそらくは台風(ハリケーン)の上層部であった。フィリピン諸島とニューギニアが鮮明な地図のように映えていた。オーストラリアは南の縁の方へとかすんでいった。

目の前の光景はふしぎな動きを見せていた。私的な不安は驚きと感嘆のあまり消えてしまったが、それはわが惑星の純然たる美しさに驚いていたからである。地球はスパンコール付きの黒檀に嵌(は)め込まれた大ぶりの真珠であった。真珠の光沢を放つオパールだった。いやそれは、どんな宝石よりも抜きん出て美しかった。色合いは、さらに繊細で、よりいっそう霊妙であった。生きている物の繊細さとかがやき、その複雑さと調和とを示していた。ふしぎなことに、遠く離れて見ると、かつてないほどに、生気にあふれた〈地球〉の活気に満ちた姿が、生きながら半睡状態となり、朦朧(もうろう)となりながらも目覚めようと切望する生き物のように感じられたのだった。

考えてみれば、この天界の生きた宝石の、目に映る様相はなに一つとして、そこに人間が棲息することを証してはいなかった。目には映らなくとも、わたしには主要な人口密集地のいくつかが見えていた。眼下には、煤煙で空を黒く染めている巨大な工業地帯が横たわっていた。ところが、このひしめく生命も、いかにも人間的な壮大な事業も、いずれにせよこの惑星の様相には、なんの痕跡もしるしてはいなかったのだ。このような高処から見ると、〈地球〉は人類が誕生する以前となにも変わっていないように思われた。天使、あるいは別の惑星からの探索者が訪れたとしても、この穏やかな球体が、小さな害虫、それも世界を支配し、自らをさいなむ、もとは天使のようであった獣であふれていようとは、思いも寄らなかったことだろう。

第二章　星間を翔ける

こうして故郷の星を観察しているあいだも、わたしは宇宙へと舞い上がっていった。〈地球〉は見る間に遠くへと縮退し、わたしが東の方へと急進していくと、眼下で回転しているように見えた。地上のなにもかもが西方へと飛び去り、まもなく日没に至り、さらに東の縁に大西洋の中央部が見えてくると、そこから先は夜だった。二、三分も飛ぶと、この惑星が巨大な半円となったように思われた。やがてその半円は、鮮やかな小弧を描く月を傍らに、ぼんやりと収縮を続ける三日月となっていった。

驚いたことにわたしは、途轍（とてつ）もない、まったくありえない速度で飛んでいるに違いなかった。かなりの速度で進んでいたせいか、わたしは隕石が引き切りなしに降り注ぐなかを通過しているような気がした。隕石はわたしのすぐそばにあるときは、よく見えた。それは太陽の光が反射してかがやき、ちょうど急行列車から見える灯のように一瞬だけ光の筋として目に映ったからである。その多くに、わたしは正面から衝突したが、なんの圧力も感じなかった。一軒家ほどもある巨大な岩石が一つ、わたしを震え上がらせた。その発光物体はわたしの目の前で膨れ上がり、ほんの一瞬、粗いごつごつの表面を露呈し、それからわたしを呑み込んだ。というより、呑み込んだのだろうと推測した。しかしわたしは、相当な速度で突っ込んでいたので、ある程度の距離でその隕石を見たかと思うと、すぐにもそれは後方へと過ぎていたのだった。

またたく間に〈地球〉は単なる星となった。またたく間にとは言ったが、わたしの時間感覚は、今となっては、ひどく混乱をきたしていた。何分なのか何時間なのか、ことによると何日なのか何週間なのかでさえも、もはや識別できなくなっていたのだ。

それでも気をとりなおそうと懸命になっているあいだに、わたしは早くも火星の軌道を越えて、猛烈な速度で小惑星帯を通過していた。これらの小惑星群のいくつかは、今や非常に間近にあったので、星座の群れを横切る大きな星のように見えた。一つか二つ、半円状になったかと思うと、たちまち三日月のようになり、背後へと消えた。

そのときには、はるか前方の木星はかがやきを増しながら、不動の星たちを背景にして大きくなっていた。巨大な球体は今や円盤のように映り、やがて縮小し続ける太陽よりも大きくなった。木星の主要な四衛星は、母星を背景に浮かぶ小粒の真珠であった。木星の表面は今は層をなす雲のせいで縞のはいったベーコンのように見えた。雲が外周部を霞ませていた。すぐにわたしは傍らにまで接近し、そして通り過ぎた。途轍もなく厚い大気のせいで、どこが昼やら夜やら区別がつかぬまでに溶け合っていた。東側の明るさの劣る半球のここかしこに赤く光るぼんやりとした領域を見つけたが、おそらくそれは噴火により濃い雲から抜け出た噴出物だった。

二、三分、ことによると何年も経ったのか、やがて木星はふたたび一個の星となり、明るさを減じてはいたがなおも燃え盛っている太陽のかがやきのなかに姿を消した。外惑星はどれも、わたしの飛翔路の近くにはなかったが、冥王星の軌道の限界すらはるかに超えているに違いないことを、すぐに悟った。太陽も今では星々のなかでもっとも明るい星でしかなく、わたしの背後で消え入ろうとしていた。

ついに苦悶のときがきた。そのとき星の群がる天空を除いて、すべてが消えてしまったのだ。北斗七星、カシオペア座、オリオン座、プレイアデス星団と、見慣れた星たちが遠方からわたしを嘲っていた。太陽は今やほかの明るい星の一つにすぎなかった。なにも変わってはいなかった。わたしは実体のない視点となったまま、永遠に宇宙で宙吊りになる運命にあったのか。わたしは死んでいたのか。これは、ただただ無益に費やされた人生に対する報いなのか。人間らしい些事や情熱や偏見から無縁でいたいと願ってばかりいたことへの天罰だったのか。

わたしは想像力で郊外の丘の上に戻ろうとあがいた。わが家が姿を現わした。戸口があいた。人影が一つ庭に現われて、玄関の灯に照らされた。妻はしばらく道路を見わたし、それから家のなかへと戻った。しかしこれはすべて想像にすぎなかった。実際には、星たちのほかにはなにもなかったのである。

しばらくすると太陽と近傍のあらゆる星が赤味を帯びているのが分かった。天界の反対の極は冷たい青になっていた。このふしぎな現象の説明がひらめいた。わたしは今なお宇宙を飛行しており、しかもあまりにも速くて、光そのものがわたしの飛翔によりなんらかの影響を受けていたのだ。追いすがる光の波は、わたしに追いつくのに時間がかかった。それゆえ通常よりもゆっくりとした波動としてわたしに作用したために赤い色に映ったのである。わたしの猪突猛進の飛行の前方に現われた光の周波は密度を高めて短くなり、それゆえに青く見えたのだった。

天空はたちまち異様な様相を帯びてきた。というのは、わたしの真後ろの星たちはすべて深紅の色合いを帯び、目前の星たちは紫色になっていたからだ。背後にはルビーが、前方にはアメジストが群れていた。ルビー色の星座の群れを囲むように、トパーズの星の領域が、またアメジストの星座の集落のまわりには、サファイアの領域がひろがっていた。わたしの飛翔路の近くの空域はすべてが天界の見慣れたダイヤモンド、星々のありふれた白へと色合いを変えていた。わたしは銀河をほぼ水平に飛んでいたので、〈天の川〉の輪っかは、両側が白、前方は紫、そして後方は赤くなっていた。すぐに直前と直後の星たちは霞んでいき、それから消え、天空に星のない二つの空洞を残した。それぞれの空洞は色とりどりの星の領域に囲まれていた。明らかにわたしの速度はいやましに増していた。すると前方の星の光も後方からの星の光も、わたしの人間としての視力を超えたさまざまな形で、わたしのもとに届いてきた。

飛行速度が上がるにつれて、前方と後方の星のない領域は、それぞれが色を帯びた外縁部とともに、わたしの周囲に添うように群れていた普通の星たちから成る中間領域を侵食し続けた。そんななかで、今やわたしは運動を感知していた。飛行の影響によるものか、比較的近くにある星々は、さらに遠くにある星々を背景に漂流しているように映った。この漂流は加速し、ついには瞬時にして、見渡すかぎりの天空が筋を引いて飛んでいく星でいっぱいになった。それから、すべてが消えた。おそらくわたしの速度は、星たちと比べてもかなり大きかったので、いかなる星の光もわたしにいつもの効果を及ぼすことができなかったのだ。

そのときわたしはおそらく光そのものより速く進んでいたのだろうが、深い淀（よど）んだ井戸の底で漂っているような気がした。なにもない暗黒、あらゆる感覚の欠如がわたしを恐怖に陥らせた。かりに今わたしが味わっている嫌悪や不吉な予感――恐怖に付随する肉体的反応、すなわち震えや発汗、喘ぎや動悸のない嫌悪や不吉な予感を「恐怖」と呼ぶのであれば。なすすべもなく自らを憐れみながら、わたしはわが家に思い焦がれ、もう一度妻の顔を見たくてならなかった。精神の目で、わたしは眉間に不安気なしわをよせて暖炉の前で編み物をしている妻をありありと見ることができた。わたしの肉体はヒースで息絶えて横たわっているのだろうか。朝になって発見されるのだろうか。妻はこの大きな人生の変化に、どう直面するだろうか。毅然としているに違いないが、苦しむことだろう。

しかし、宝物のような、わたしたちという共同体の原子を崩されまいと必死に抗っているあいだでさえ、わたしのなかのなにものか、すなわち、わたしの本源的な神霊は退却を拒否し、この驚異の旅に突き進もうと断固として決意しているのが分かった。身になじんだ人間界への思いも、冒険への単純な憧れに一瞬たりとも釣り合うはずがなかった。わたしは家庭的にすぎるくらいの質であったので、深刻な危険や不快をあえて追い求めたりはしなかった。しかし物理的宇宙の探索だけでなく、群れなす星々のなかに、生命や精神が実際にどのような役割を担っているのかを見いだす機会が運命により与えられたという感覚が、わたしの臆病風を吹き払ってくれた。激しい飢えが今わたしをとりこにしていた。冒険への飢えではなく、コスモスに生きる人間、あるいは人間に類した存在たちの意味を洞察したいという飢えが。わたしたちのなかにあるこの素朴で貴重な資質、現代生活の不毛な道端で花を咲かせる、この素直な春を彩る雛菊に駆り立てられ、わたしは喜んで不可思議な冒険を受け入れた。宇宙は成長を阻まれた生命がそこここに存在する、単なる塵と灰の吹き溜りではなく、実際には乾き切った地上の荒地どころか、群れなす花の世界であることを発見するかもしれないではないか。

実際、人間とは、ときに自らそうありたいと願うように、少なくともその時間的な相におけるコスモス的神霊の成長点なのだろうか。あるいは、幾百万という成長点の一つなのだろうか。それとも、宇宙的な視野から見れば、人類も重要性においては大聖堂にすくう鼠にすぎないのか。もう一度言うが、人間の真の役割は、力なのか、知なのか、愛なのか、信仰なのか、あるいはそのすべてなのか。それとも、役割だの、目的だのという考えは、コスモスとの関連では意味をなさないのだろうか。これら重大な疑問にわたしは答えるつもりだった。わたしはまた、一瞥しただけで、わたしたちを信仰へと駆り立てるものに、もう少ししっかりと目を据え、もう少しきっぱりと向き合うことを学ばなくてはならないのだ（そう自らに言い聞かせた）。

今やわたしは、わたしという独り善がりの自己から見ると、拡大を希求してやまない単独の個ではなく、宇宙の同胞たちと接触するために、現存の人間界から放たれた人類の使者、いや探索のための認知器官、つまりは知覚体であるような気がした。たとえわたしのいじましい地球での生が時ならぬ終わりを迎えることになろうとも、また妻と子どもたちが遺族となろうとも、わたしは進まなくてはならない。前進しなくてはならないのだ。そしてどうにかして、幾世紀にわたる星間旅行のあとになろうとも、いつの日か戻らねばならないのだ。

あの高みへと至った段階をふり返ると、わたしを極限まで狼狽させた数々の冒険のあと、実際に地球へ戻った今となってみると、わたしが地球の同胞たちに手渡したいと願う神霊的な宝と、わたしが実際に手中にしたもののみすぼらしさとの違いに愕然となる。おそらくこの失敗は、わたしは実際にこの冒険に挑みはしたものの、心ひそかに加減をしていたからだろう。怖れと、慰安を求める心とが、わたしの意思の力を弱めたと、今はそう認識している。大胆になされた決意も、結局は脆弱なものであった。わたしの心もとない勇気も、故郷の惑星への切ない思いに幾度も取って代わられた。旅をしているあいだも、わたしの臆病で凡庸な存在としての本性のゆえに、事象の有意味な諸相を何度も見落としたような気がしている。

旅のあいだに体験したあらゆるもののなかで、わたしにもはっきりと理解できたことは、その間であってもごくわずかしかなかった。そしてあとで言及するように、わたしの地球人としての力は、超人間的な進化を遂げた存在たちに助けられていたのである。さて今わたしはふたたび故郷の惑星にあり、このような助けを受けることなどもはや無理であるから、かつて到達した深い洞察も、そう多くは呼び戻すことができない。そしてあらゆる人間的探索のなかでもっとも深遠なことについて語るわたしの記録は、結局は、理解を絶した経験の衝撃によって箍が外れてしまった精神の妄言ほどにも、信頼できないものになってしまうのだ。

話をもとに戻そう。どのくらい長く自問自答して過ごしていたか見当もつかないが、わたしが決意するとすぐに、絶対の暗黒はふたたび星々によって射貫かれた。星々があらゆる方角で光かがやき、その色合いも普段と変わらなかったので、どうやらわたしは落ちつきを取り戻していた。

ところが、不可思議な変化がわたしに及んできた。すぐにもわたしは、星に近づこうと意欲するだけで、その星の方角へと、しかも通常の光よりもずっと速く進んでいたに違いない速度で移動できることが分かった。これが物理的にはありえないことは、わたしも充分承知していた。光よりも速い運動に意味がないことは、科学者たちが断言していた。したがって、わたしの運動はある意味で、物理的ではなくて精神的な現象に相違なく、つまりは物理的に移動しなくても視点を連続させることができたのだと推測した。今やわたしに開示されていた星たちの光は、通常の物理的光ではないこともまた明らかなように思われた。それというのも、わたしの新たな旅の手段は、星たちの可視光になんら効果を及ぼしていないことに気がついたからだ。どんなに速く移動しても、星たちはどれも普段の見え方よりもいくらか明るく鮮明ではあったが、ダイヤモンドの色合いは保っていたのである。

新たな移動の力を確信すると、すぐにも使いたくて仕様がなかった。わたしは天文学的かつ超物理学的な旅に発とうとしているのだと自らに言い聞かせた。ところが〈地球〉への思慕によって、すでにわたしの目的はゆがめられていた。わたしの注意は、是が非でも惑星の探索へと、それも特に地球型の惑星の探索へと向けられたのである。

わたしはでたらめに、近傍の星々のなかから、より明るい一つの星に針路をとった。あまりの高速で進んだため、比較的小さく、より近い星のなかには、隕石のようにわたしの傍らを流れていくものもあった。わたしは勢いよく巨大な太陽に接近したが、熱は感じなかった。まだら模様の表面は、どこも目がくらむかがやきに覆われていたのに、わたしの奇跡の目では、その一つ一つに地球なら優に一ダースは収まりそうな太陽黒点が群れているのが見えた。その恒星の外縁部のあたりは、彩層からの隆起物が炎の樹や羽毛となって伸びてきたり、先史時代の怪物のように立ち上がったり飛んだりしていたが、それらに比べると、一天体に存在するいかなるものも小さすぎるくらいであった。その上層ではおぼろに光るコロナが闇のなかへと炎の膜をひろげていた。わたしは双曲線軌道を描くようにその星の周囲を飛翔しながら、惑星を熱心に捜索したが、なにも見つからなかった。もう一度わたしは、近づいたり離れたりして慎重に探索した。大きく軌道を描いて飛んだので、地球のような小さな物体はあっさり見落としたかもしれない。

隕石や、二つ三つどうでもよい彗星を発見しただけだった。その星は見慣れた太陽とよく似た類型であっただけに、この事実にはなおさらに失望した。わたしは心ひそかに、単なる惑星ではなく、実は〈地球〉を探し出したいと願っていたのだ。

もう一度わたしは、宇宙の大海へと勢いよく飛び出し、もう一つ近くの星を目指して進んでいった。そしてふたたび落胆した。それでもなお、さらに別の孤独な火炉に接近した。今度もまた、生命の住処となる小さな砂粒はなかった。

わたしは今や、飼い主を捜す迷い犬のように、星から星へと急(せ)くように飛びまわった。惑星を伴った太陽を、それらの惑星群から故郷の星を見つけ出そうと、ここかしこに突進した。片っ端から星を探ったが、〈地球〉の太陽にしては、大きすぎたり、希薄すぎたり、若すぎたりが即座に分かったときは、せっかちに飛び去ることが多かった。木星の軌道よりも大きな、おぼろに霞む赤色の巨星があるかと思えば、小さくくっきりと千の太陽のかがやきを発する青い星もあった。わたしたちの〈太陽〉はよくある類型であることは教わっていたが、今や萎縮し黄色がかった中年の星たちよりも、大きな若者の星たちをより多く発見したのである。どうやらわたしは、星の凝縮が後段階を迎えた領域へと迷い込んでいたに相違なかった。

星座のように巨大で星流運動を覆い隠すほど大きな塵の雲や、ときには自らの光で、ときには星の光を反映してかがやき、青白く発光するガスの痕跡に注目したが、結局は近寄るのをやめた。これらの虹色にきらめく星雲-大陸は、数多くのおぼろな光の真珠、つまりは未来の星の胞子をはらんでいた。

　ほぼ同等のパートナーどうしが仲睦まじくワルツを踊る、数多くの連星、三重星、四重星が、なんとはなしに目に入った。一度だけ、ただ一度だけ、一方の星がほんの地球ほどの大きさしかないのに、一個の巨星のように質量が大きく、そして非常なかがやきを放つ、そんな稀少な連星の一つに近づいてみた。この近辺の銀河は、上を見ても下を見ても、そこかしこに滅びつつある星たちが陰気な炎をけぶらせていたし、あちこちで燃え殻になって死に絶えていた。これらの星は、ほとんどその近くに来るまで見えなかったし、そのときも全天の光を反射してぼんやりと見えるだけだった。わたしはそのような星にことさら近づいたりはしなかった。〈地球〉に焦がれて心乱れていたわたしには、なんの関心も引かなかったからである。しかもその星たちは、全宇宙的な死を予見させて、わたしの心を凍りつかせた。それでも、そうした星はまだごくわずかしかないと知って安堵したのである。

　惑星は見つからなかった。惑星の誕生は二つ以上の星の密な接近によること、しかもそのような偶然はまことに稀であることを、わたしは充分に承知していた。惑星をともなった星は、この銀河系のなかでは海岸の砂粒のなかから宝石を見つけるくらい稀有に違いないことを思い出した。そのような星に遭遇できる確率はどのくらいだろう？　わたしは落胆しかけた。暗黒と無駄な炎の、ぞっとするような砂漠、星がごくまばらに点々とまたたく空無、全宇宙的な壮大な不毛性が、身の毛がよだつまでに伸しかかってきた。そして今、その窮状に加えて、飛翔力を失いはじめたのだ。よほど努力をしないと星間を進むことすら覚束なかったが、それでもひたすらゆっくりと、そしてさらに速度を落とした。ほどなくわたしは、宇宙のただなかで、標本箱の蝿のように、ピン留めされるはずであった。しかもぽつねんと、永遠に孤独のままで。そう、これはわたしに特別にあつらえられた〈地獄〉だったのである。

わたしは気をとりなおした。たとえこれがわたしの運命であろうとも、それは大して問題ではないと、自らに言い聞かせた。わたしなど存在しなくとも、〈地球〉はつつがなく存在する。それにたとえコスモスのどこにも生命が棲む世界がなくとも、なお〈地球〉そのものには生命が宿り、さらに申し分ない生命へと目覚めるかもしれないのだ。そしてたとえ故郷の星を喪失してしまおうとも、なお、その愛すべき世界は現実のものとしてあった。それに、わたしの冒険のことごとくが一つの奇跡であり、奇跡が途切れなく続けば、わたしはどこか別の〈地球〉とめぐり合ってもよいのではないか。わたしは至高の巡礼に出ているのであり、さらには星たちへ派遣された人類の使節であることを思い出した。

勇気が戻ってくると、わたしの飛翔力も回復した。その力は、活気にあふれた超然たる心づもりでどうとでもなることが分かった。最前までの自己憐憫の気分と、地球への思慕のせいで飛べなくなっていたのだ。

さらに多くの年長の星が存在し、惑星を伴う可能性が多そうな、銀河の新領域を探索しようと決意して、わたしは遠方の星が密集した星団がある方角へと進んだ。このおぼろなまだら模様の光球を形成する要素はどれも不明瞭であったところから、その光球ははるか彼方にあるに違いないと推測した。

引き続き、わたしは暗黒を旅した。探索のための寄り道はせずに宇宙の大海をまっしぐらに突き進んだので、どの星にも丸い形が分かるほど接近することはなかった。天に群がる光は遠くの船の灯のように、わたしのはるか遠くを流れていた。あらゆる時間尺度を失って旅を続けたあと、わたしは星のない巨大砂漠、二つの星-流のあいだの深淵、つまりは銀河の亀裂のただなかにいた。〈銀河〉はわたしを包み込み、どこを向いても遠方の星が変わりなく塵のように広がっていた。しかし、わたしが目標にしたアザミの冠毛に似た星団ほど顕著な光を放つものはなかった。

この見慣れぬ天空を見ていると、わたしはわが家からますます切り離されていくような気がして心乱れてしまった。慰めと言えたのは、わたしたちの銀河の最果ての星たちの向こうに、〈天の川〉の最深部よりも途方もなく遠くに未知の銀河である小さな燻し火を認めたこと、そして猪突猛進の奇跡の旅をしていても、わが故郷である銀河のなか、生涯の友である妻がなお生きているコスモスの同じ小さな細胞のなかに、やはりわたしも存在していることが思い出されたことであった。それはそうと、夥しい数の未知の銀河が肉眼にもあらわとなったとき、その最大のものが、地球の空の月よりも大きな、淡い雲のような斑点だったのには驚かされた。

どんなに飛翔しても、見た目の印象を変えない遠い彼方の銀河とは対照的に、前方の星団は今や見るからに膨張していた。星‐流と星‐流のあいだの巨大な空無を横切った途端、めざす星団はブリリアントカットの巨大な雲として迫ってきた。ほどなくわたしが、さらに星の群がる領域を通過すると、星団そのものが前方にその姿をあらわし、密集した光が前方の空を覆い尽くした。港に近づく船がほかの船に遭遇するように、わたしは次から次へと星に行き会っては通り過ぎたのだった。星団の中心に突入すると、これまで探索してきたどの星域よりもはるかに密集した星域に出た。天空はどこもかしこも、その多くが〈地球〉の空に浮かぶ〈金星〉よりはるかに明るく見える恒星がきらめき群れていた。わたしは、大洋を横切ったあと、夜に港に到着し、首都の灯に囲まれているのに気づいた旅人のような高揚感を味わった。この混雑した領域では、星が頻々と密集したに違いないし、多くの惑星系も形成されているはずだと、わたしは自らに言い聞かせたのだった。

ふたたびわたしは、太陽型の中年の星を捜し求めた。わたしがこれまでやり過ごした星はすべて、太陽系全域に及ぶくらいの巨星であった。さらに探索を続け、見込みのありそうな星を二、三見つけたが、惑星を伴うものは皆無だった。わたしはまた、計算不可能な軌道を描く二重星や三重星を数多く、さらには新しい星々が凝縮しつつある巨大なガス状の大陸を見つけた。

ついに、そうついに、わたしはある惑星系を発見した。ほとんど耐えがたいまでの望みを抱いて、この星系の諸世界を経めぐったが、どれも木星より大きく熱による溶解状態にあった。ふたたびわたしは、星から星へと急いだ。何千もの星を訪れたに違いないが、すべて無駄であった。いや気がさして、独りぼっちで、わたしはその星団から飛び出した。それは背後でみるみる小さくなり、露のしずくをきらめかせる綿毛のボールとなった。前方では巨大な暗黒地帯により〈天の川〉と近隣の星たちの区域が見えなくなっていたが、わたしと見えない区域とのあいだに存在する二、三の間近な光は別であった。この巨大なガスや塵の雲の渦巻く辺縁は、背後の明るい星たちが放つ光線によって鮮明に浮き出ていた。その光景に心動かされ、わたしは自らを憐れんだ。故郷の星では、わたしは幾夜も、月明かりによって、そんなふうに銀色に縁どられた雲を観察することができた。しかし今わたしの前に立ちはだかる雲は、諸世界、いや無数の惑星系どころか、諸星座のすべてを丸呑みにしていたかもしれないのだ。

ふたたびわたしの勇気は挫かれた。みじめな気分で、わたしは目を閉じて壮大な視界を遮断しようとした。しかしわたしには目も瞼もなかった。わたしは肉体を失った彷徨える目であった。わたしはカーテンの引かれた、暖炉の火が踊るわが家の、小さな室内を想い描こうとした。暗黒と距離と不毛な白熱という現下の恐怖は、すべてが夢であり、わたしは暖炉の炎の傍らで居眠りをしていて、いつ目が覚めてもよく、妻が編み物をやめて手を差しのべ、わたしに触れて微笑みかけるのだと、そう自らに言い聞かせようとした。なのに、星たちはわたしを捕らえて放さなかったのである。

力は衰えつつあったが、ふたたびわたしは探索を開始した。幾日か幾年か、あるいは永劫の年月にも及んでいたかもしれない期間、星から星へと彷徨したあと、幸運あるいは守護霊かなにかの導きによるものか、わたしは太陽のような星へと導かれた。この中心の星から外の方を見ると、模様入りの空を背景にして、わたしの飛翔とともに動く小さな光点が目にとまった。その光点へと一足跳びに翔ぶと、新たな光点が次から次へと現われた。ここには実際わが太陽系とよく似た一つの惑星系が存在していた。人間の基準に固執していたためか、ついにわたしはその系の数ある世界のなかから地球にもっともよく似た世界を見つけ出した。その円形の世界が、わたしの目の前で、あるいは眼下で大きくなっていくにつれて、驚くばかりに地球に似た姿を見せてきた。見慣れぬ大陸と海洋の境界が実に鮮明に見えたので、その大気は明らかに地球より希薄であった。地球と同じように、濃い色の海に太陽の像がまばゆく反射していた。白い雲の広がりがあちこちの海域や陸地の上空に浮かんでいたが、陸地は地球のように緑色と茶色のまだら模様が描かれていた。しかしこれほどの高処から見おろしても、緑地は鮮やかで、地球の植物よりもずっと生気にあふれ青々としていた。またこの惑星では、海は陸地よりも小さく、各大陸の中心地は大概は目がくらむような生クリーム色の砂漠で占められていたのだった。

第三章　〈別地球〉

1　〈別地球〉について

その小さな惑星の表面へゆっくりと降りていくとき、気がつくとわたしはイングランドに似た島を探していた。しかし自分がなにをしているか悟るとすぐに、この惑星の諸条件は地球とはまったく異なっており、知的な存在を発見できる見込みなどないことを思い起こした。そんな存在がいるにしても、わたしにはとうてい理解できるものではあるまい。ことによると巨大な蜘蛛か地を這うクラゲだろう。そのような化け物たちとどう接触をはかればいいというのか。

しばらくのあいだ薄い膜状の雲や森の上空、まだら模様の平原や大草原、まばゆい砂漠地帯の上空をあてどなく巡ったあと、温暖な地帯にある海辺の地域を選んだが、それはかがやくばかりの緑に覆われた半島であった。地面の近くにまで降りたつと、その地方の草木に驚かされた。ここに、基本的には地球の植物と似ていたが、細かいところで未知の、まぎれもない植生を見て取ることができたのだ。肉厚の、でっぷりとさえした葉は、地球の砂漠の植物を思わせたが、ここでは茎は細長く針金のようであった。おそらくこの地の植生のもっとも際立った特徴は、銅塩を撒布した葡萄園のように鮮やかな青みを帯びた緑であった。あとになって分かったことであるが、この世界における植物は実は硫酸銅を利用して、かつてこのかなり乾いた星を荒廃させた微生物や昆虫もどきの害虫から自らを護るようになったのだった。

わたしは濃青色の低木がまばらに生えた、目にも綾な大草原を調べてまわった。空もまた、超高空域を除いては地球ではまずお目にかかれない、深みを帯びた青い色をしていた。低層なのに少しばかり巻雲がかかっていたが、それが羽毛状に見えたのは、大気が希薄なせいであると思われた。このように思われたのは、わたしが降り立ったのが夏の日の午前であったにもかかわらず、いくつかの星の光が夜を思わせる天空を突き抜けていたからであった。すっかり剝き出しになった地表は、実に強烈な光を放っていた。近くの叢林は黒っぽかった。遠くの物体は、建物というよりはむしろ単なる岩のようであり、黒と白だけで描かれているように見えた。総じてその風景は、この世のものとも思われない幻想美の一つをなしていた。

わたしは、林間の空き地を突っ切り、破砕した岩だらけの地帯を横切り、河川の岸に沿ってこの惑星の表面を翼なしで滑空した。まもなくわたしは、葉の付け根にびっしり堅果を集めたシダ似の植物が、整然と平行に並んで繁茂する広々とした地域にやってきた。この植物の画一的な植え方からして、これが知的に計画されたものであることは、まず間違いなかった。それとも、結局それは、わが地球では知られていない自然現象であったというだけのことか。驚きのあまり、いつも感情的な葛藤に影響されやすいわたしの飛翔力は、今や衰えはじめていた。わたしは酔漢のように空中をふらついていた。気をとりなおし、地肌があらわになった一画の傍らの、わたしから幾分離れた場所に置かれていたかなり大きな物体に向かって、整然と植えられた穀物の上空をよろめくように飛び続けた。ほどなく、その物体は耕具の形をしているのが分かって仰天し唖然となった。かなり奇妙な道具であったが、刃の形状は見まがうはずがなかった。それは錆びついており、明らかに鉄でできていた。二つの鉄の柄があり、役畜をつなぐための鎖も付いていた。イングランドから何光年も離れた場所にいるとは信じられなかった。見まわすと、間違えようもなく、荷馬車のわだちと、汚いぼろ布が低木に掛けてあるのが目に入った。しかし頭上には、星が群がる正午真っ盛りの、この世のものとは思われない空。

わたしは小道をたどって風変わりな低木が生い茂る小さな森を抜けていった。低木の、垂れ下がった肉厚の大葉の縁に沿ってチェリーに似た実が生っていた。不意に、小路の曲がりしなにわたしが出くわしたのは——人間だった。あるいは驚きのあまり、また星に倦み疲れていたわたしの目には、当初そのように見えたと思われる。この冒険の初めからわたしの旅を導いてきた力を理解していたなら、この被造物の奇妙なまでに人間的な様子に、そんなに驚いてはならないはずだった。あとで記す影響のせいで、わたしは地球と酷似した世界をまずは見いだすべく運命づけられていたのである。それはそれとして、読者はこのふしぎな出会いにわたしが仰天したことは、お分かりいただけるだろう。

わたしはいつも人間は比類ない存在だと考えてきた。さまざまな状況が想像を絶するほど複雑に絡み合って人間が誕生したのであって、それと同じ状況が、宇宙のどこにおいても繰り返されるとは、想定していなかった。しかしここに、まさに最初の探索地となるこの球体に、まぎれもなき農夫がいたのである。遠目には地球人に似ていたその男も、近づいてみるとそれほどではなかったが、そうは言っても人間だった。ならば、神はわたしたちに似せて全宇宙に民を棲まわせたもうたのか。神はほんとうに自らに似せてわたしたちを造りたもうたのか。信じがたいことだった。そのような疑問を抱くこと自体、わたしが精神のバランスを崩していた証拠であった。

わたしは肉体のない目にすぎなかったので、だれにも気づかれずに観察をすることができた。わたしはその農夫が小路を大股で歩く、そのまわりを浮遊していた。農夫は直立し二足で歩いており、全体の造作も明らかに人間だった。背丈を判断する手だてはなかったが、普通の地球人ぐらいの背格好であったはずであり、あるいは少なくともピグミーよりは大きく巨人よりは小さかった。脚は鳥のようであり、粗い生地の窮屈そうなズボンをはいていた。瘦身であった。腰から上は裸で、不釣合いなくらい大きな胸には緑色の毛が生えていた。短いが頑強そうな腕と大きな筋肉質の肩をしていた。皮膚は赤黒く、鮮やかな緑の綿毛に覆われていた。体の輪郭は異様なまでに不恰好だった。筋肉や腱や関節は、細かなところで地球の人間とは歴然と異なっていたのである。首は奇妙なまでに長くしなやかだった。頭部については、頭蓋の大半が緑色のぼさぼさの頭髪で覆われ、襟首から上で自由に滑らかに動くように思われたと言えば、なによりもしっくりくる描写になるだろう。ひさしのように突き出た頭髪の下の、人間によく似た二つの目は睨め付けるようだった。奇妙に突き出た、ほとんど注ぎ口のような口のせいで、口笛を吹いているように見えた。目と目のあいだには、かなり上の方ではあったが、ひっきりなしに動く、大きな馬の鼻みたいな鼻孔が二つあった。ぼさぼさの毛髪の盛り上がりぐあいで鼻柱が鼻の孔から頭頂にかけて延びているのが分かった。耳は見えなかった。あとで分かったのだが、聴覚器官は鼻孔に連結されていたのである。

明らかに、この地球似の惑星の進化は、わたしたち地球人類を生み出した進化と、総じて驚くほどよく似た経路をたどったに違いないが、数多くの系統的分化も繰り広げたに違いない。

その異星人類は、見るからに丈夫そうな革のブーツだけでなく、手袋もしていた。ブーツは極端なまでに短かった。〈別地球人〉と、わたしが呼ぶこの人類種の足は、駝鳥もしくは駱駝にずいぶん似ていた。足の甲はそろって伸びた三つの大きな足指から成っていた。かかとの場所にはこれとは別の大きな切り株のような足指があった。手にはてのひらがなかった。それぞれの手は、三つの軟骨質の指と親指から成る房となっていた。

本書の目的は、わたしの冒険を語ることではなく、わたしが訪れた諸世界についてなにがしかのイメージを抱いていただくことにある。したがって、どうやってわたしが〈別地球人〉のなかに定着しえたのか、くだくだしく物語るつもりはない。わたし自身に関しては、二言三言ほど語るだけで充分である。この農夫を注意深く観察していたら、奇妙にも自分がまったく気づかれずにいることが憂鬱になっていた。この遍歴の目的は、科学的な観察だけでなく、ほかの世界とある種の精神的かつ神霊的交流をすることにあると、わたしは痛いほどはっきりと悟ったのだった。なんらかのコミュニケーション手段を捜し出さずして、いったいどうやってこの目的を果たしえようか。この目の前にいる相方のあとを追って彼の家まで行き、泥で塗り固めた枝編み細工の屋根が付いた、小さな円形の石造りの家で幾日か過ごしてみてはじめて、彼の心のなかに侵入し、彼の目をとおして見、彼の感官をとおして感じ、彼が感じ取るがままに世界を知覚し、彼の思考と感情生活の多くを体験する力を見いだしたのだった。この星の人類の多くの個人に拒まれずに「寄宿する」ようになってかなり経ってはじめて、わたしはいかにして自分の存在に気づいてもらい、それどころかどうやって寄宿相手と内的な対話をしたらよいのかを発見したのである。

このような「精神感応的な」交流は、わたしが宇宙を放浪するあいだ資するところとなったが、はじめのうちは困難で、効果がなく、苦痛をともなうものであった。しかしやがて、わたし自身の個別性、批判的な知性、欲望や怖れを保ちながらも、寄宿相手の経験を生き生きと正確に味わうことができるようになった。相手は自分のなかにわたしの存在を感知したときだけ、特に意思を働かせて、特定の思考をわたしから隠すことができた。

最初のうち、これらの異星人の精神がまったく理解できなかったとしても無理はない。まさに彼らの感性は、重要な諸々の点において、わたしが慣れ親しんだ感性とは異質であった。彼らの思考も、感情や情動も、ことごとくが奇異なものであった。これらの異星人たちの伝統的な基盤である、もっとも身近な諸観念は、未知の歴史から派生したものであり、地球人の精神にとっては微妙に誤解へとつながるような言語で表現されていたのである。

わたしはこの〈別地球〉で、精神から精神へ、国から国へと彷徨(さまよ)いながら「さらなる年月」を過ごしたが、彼らの哲学者の一人に出会うまでは、〈別地球人〉の心理も彼らの歴史の意義もはっきりとは理解できなかった。その哲学者は高齢にもかかわらず元気旺盛な男であったが、奇抜で辛辣な考えの持ち主であったために世に埋もれていた。わたしの寄宿相手のほとんどが、内部にわたしがいることに気づくと、悪霊だの神の使者だのとみなした。しかしながら、もう少し教養のある連中ともなると、わたしのことを単なる病、つまりは精神錯乱の症状だと考えた。それゆえ彼らは、そそくさと地域の「精神衛生局」へと出向いた。この惑星の暦で一年かそこら、わたしを一個の人間として扱ってくれない人間たちのあいだで痛切な孤独を嚙みしめたあと、好運にもわたしはその哲学者の気づくところとなったのだ。「声」や「異世界」からの幻覚に悩まされていると嘆く寄宿相手の一人が、その老人に救いを求めたのである。ブヴァルトゥ、確かそれがその哲学者の名前であり、「ル」はおおよそウェールズ語の発音に似ていたと思うが、あっさりと自分の精神に寄宿するようにとわたしを誘って、喜んで受け入れるまで言って、なにはともあれ「治療」を終えたのだった。ついにわたしを一個の人格と認めてくれる存在と接触できたことで、歓喜もきわまる思いであった。

2　せわしない世界

この世界-社会に関しては書かなくてはならないことが多いので、この惑星とそこに棲む人類種の明確な特徴については、あまり多くの時間を費やすわけにはいかない。文明はわたしが熟知している段階と実によく似た段階にまで達していた。類似点と相違点の混在ぶりにわたしは驚いてばかりいた。この惑星を旅してまわると、農耕地帯はそれに適したほとんどの地域を覆い、産業はすでに多くの国々でずいぶん進んでいるのが分かった。草原では哺乳類に似た生物の大群が、草をはみ跳ねまわっていた。もっと大型の哺乳類や半哺乳類的な被造物ともなると、最上の牧草地の全域で、食肉用に、あるいは皮革用に飼育されていた。「半哺乳類」と言ったのは、この生き物が胎生ではあったが授乳しなかったからである。咀嚼(そしゃく)し母親の胃で化学的に処理された食い戻しが、消化寸前の液状の噴射物にされて子どもの口に吹き込まれていた。人間の母親にしても、自分の子どもに食べさせるときは、そんなふうではあった。

〈別地球〉のもっとも重要な交通手段は、蒸気機関で動く列車だったが、この世界の列車はかなり大型であったため、屋敷のテラスがまるごと動いているかのようであった。鉄道がこんなにも著しく発達したのは、おそらく砂漠を横切る頻度も距離もかなりあったからである。ときおり蒸気船で数少ない小さな海洋を旅したが、海運は概して遅れていた。スクリュー推進は未開発だったので、代わりに水かきのような外輪が採用されていた。内燃機関は道路や砂漠の交通に利用されていた。空を飛ぶことは大気が希薄なせいで実現していなかったが、ロケット推進のほうは、長距離郵便や戦時下の長距離爆撃にすでに用いられていた。それが航空術に応用される日は、いつ来てもおかしくはなかった。

〈別地球〉の或る大帝国の首都へはじめて訪れたことは、飛び切りの体験になった。なにもかもが実に風変わりであると同時に懐かしいような印象であった。街路があり、窓が多くある店舗や事務所があった。この古い都市の街路はせまく、自動車で渋滞していたので、歩行者用には、二階の窓のすぐ脇と、そして道路を横切るように高く吊された特製の通路で便宜がはかられていた。

こうした歩道を流れるように移動する群衆は、わたしたちと同じように多様であった。男性は、布製のチュニックとヨーロッパ風のズボンに驚くほどよく似たズボンをはいていたが、地位の高い者たちは好んで折り目を脚の側面に付けていた。女性は、胸のふくらみがなく、鼻孔が男性と同じく上の方にあったが、幼児に食べ物を吹きつけて与えるという生物学的機能を備えた管状の大きめの唇で性差は識別できた。スカートの代わりに、緑色の光沢のある絹のタイツと少しばかり派手なニッカーをこれ見よがしに着ていた。見慣れないせいか、外見的にはことばにできぬくらい悪趣味なものであった。夏ともなると、男女とも腰まで裸になって街路に現われることが多かったが、手袋を欠かすことはなかった。

かくしてこの地には、奇妙な格好をしていても、ロンドンっ子と同じく、基本的なところでは人間そのものである人びとがいた。彼らはどこまでも自信たっぷりに私事をこなしていたし、ほかの世界からの観察者からすると、ひたいがなく、かなり上の方でひくついている鼻孔、驚くほど人間そっくりの目、注ぎ口のような口のおかげで、だれもかれもが醜悪であったのに、そのことには無頓着であった。彼らはそこで買い物をしたり、見つめたり、おしゃべりをしたりして、せわしなく生きていた。子どもたちは母親に引きずられていた。若い男たちは若い娘たちをもの欲しげに見ていた。歩行用の杖を手に腰をかがめていた。顔一面が白髪に覆われた老人たちは、裕福な者たちは、真新しい贅沢な服装や、自信のほどをうかがわせる、ときに見るからに傲慢な乗り物によって、不運な人びとと容易に識別することができた。

地球世界とはかなり違いはあるものの、そうとう似たところもある、豊かで語り甲斐のある世界の全容の際立った特徴を、二、三頁でどうやって伝えたらよいものだろうか。わが地球と同様に、この星においても、子どもたちは次から次へと誕生していた。かの地と同じようにこの地でも、子どもたちは食べ物をねだったり、すぐにも愛情を求めてごねるようになったりした。苦しみとはなにか、そして怖れとは、孤独とは、さらには愛とはなにかを見いだした。仲間の仮借ない仕打ちや親切な思いやりに揉まれて成長し、よく躾（しつ）けられ、寛大で、健全に育ったり、あるいは精神的にゆがみ、辛辣で、知らぬまに執念深くなったりした。だれもが真の共同体の至福を望んでやまなかったのに、その残り香以上のものを見いだした者は、実にわずか、おそらくこの地では、わたしたちの世界に比べてもわずかしかいなかった。彼らは群れて騒ぎ、徒党を組んで人を責め立てた。肉体的にも精神的にも飢えて、獲物を前に争い、互いを切り裂き、空腹のせいで身も心も猛り狂った。ときどき何人かは躊躇して、これはいったいなにごとかと疑問を抱いた。ことばによるいさかいが続いたが、明快な答えは得られなかった。不意に老いて人生が終わった。こうして、誕生から死までの、宇宙時間からすればほんの一瞬のうちに、彼らは消えたのだった。

本質的には地球型であるこの惑星は、言ってみれば地球人とは異なった調性をもつ人類ではあるが、基本的には人間的な人類種を産み落としていた。この惑星の大陸は、わたしたちの地球と同じく変化に富んでいたし、しかも「地球人類（ホモ・サピエンス）」のように多様な人種に分かれて棲息していた。地球の歴史に現われた神霊の様々な形態や局面は、そのすべてが〈別地球人〉の歴史にも同じように現われた。わたしたちと同じように、暗黒の時代があり、啓蒙の時代があり、進歩と後退の段階があり、物質主義が支配的な文化があるかと思えば、主として知的で美的で神霊的な文化が生起した。「東方の」諸民族と「西方の」諸民族に分けられていた。帝国、共和国、そして独裁国があった。しかしすべてが地球とは違っていた。違いの多くはもちろん、表面的なものであった。とはいえ理解するには時間がかかり、表現しがたい差異も、根底に深々と横たわっていたのである。

まずは〈別地球人〉の生物的な類似性から話をはじめなくてはならない。彼らの動物としての本性は、根本のところでわたしたちと変わるところはなかった。わたしたちと同様、怒り、怖れ、憎悪、やさしさ、好奇心などの反応を示し、感覚器官に関してはわたしたちと異なるところはなかったが、視覚においては、色彩に対してやや鈍感で、形には比較的鋭敏であり、そのほかはわたしたちと共通していた。〈別地球人〉の強烈なまでの色彩は、ここで生まれ育った者の目で見るとずいぶん穏やかなものに映った。聴覚もかなり性能が劣っていた。聴覚器官はわたしたちと同様、かすかな音にも敏感だったが、識別力は貧弱だった。わたしたちが知っているような音楽は、この世界では発達しなかった。

それを補うように、嗅覚と味覚は驚異的な進化を遂げていた。この生き物たちは、口だけでなく湿った黒い手や足にも味覚があった。これにより〈別地球人〉たちは、この惑星での体験を驚くほど豊かで身近なものにしていたのである。金属や木材、酸味や甘味のある土壌、さまざまな岩石の味わい、さらには駆けまわる素足の裏でつぶれた植物の、香りがほのかであったり顕著であったりする無数の風味が、地球人にはまったく分からない世界を築いたのだった。

生殖器にも味覚が備わっていた。化学的性質のパターンには、男女別にいくつか際立った差異があり、それぞれが異性には強力な魅力を発散していた。これらのパターンは、手や足で触れることによって体のどの部分にも、ほのかに、そして性交に際しては極上の強さで賞味された。

味覚の経験における、この驚くほどの豊饒さは、わたしが〈別地球人〉の思考に侵入を果たそうとするときの大きな障害となった。味覚はわたしたちの視覚と同様に、彼らの心象や概念の形成にとって重要な役割を担っていた。地球の人間が視覚を介して到達し、そのもっとも抽象的な形式においてすら視覚的な源泉をとどめる観念の多くが、〈別地球人〉にあっては、味覚をとおして思い抱かれるものとなっていた。たとえば、わたしたちが人物や考えなどに適用する「かがやかしい」という表現は、文字どおり「おいしい」を意味する語に翻訳された。「澄明な」に関しては、原始の時代に狩猟民が走るのに適した味-足跡を意味する表現が使われた。「宗教的光明」を得ることは「天の牧草を味わう」ことであった。わたしたちの非視覚的な概念の多くも、味覚を用いて描写された。「複雑さ」は「たくさんの風味をもつ」で、もともとは多種多様な獣が足しげく集まる水呑み場の味の混雑ぶりを表わす語であった。「矛盾」は、ある種の人間どうしが各々の味のせいで感じる互いへの嫌悪感を意味する語に由来していた。

民族の違いは、地球では主として身体の見かけの違いから生まれるが、〈別地球人〉にとっては、ほぼ完全に味と臭いの差によるものであった。そして〈別地球人〉の諸民族は、地球の諸民族ほどにははっきりと地域が特定されていなかったので、風味を不快に感じる集団どうしの紛争が、歴史においても重大な役割をになっていた。おのおの民族は、自分たちの風味こそが精神的により洗練された資質に特徴的なものであり、さらに言うなら神霊的な価値の絶対的に信頼できる標式であると信ずる傾向にあった。過去の時代であれば、味覚と嗅覚の違いは、間違いなく人種の違いの真のしるしであったが、現代では、とりわけ先進国においては大きく変化していた。民族がはっきりと地域的に分けられなくなっていたばかりか、産業技術文明が古くからの民族的差異を無意味なものにする遺伝的な変異を続々と生み出してもいた。とはいっても、いにしえの風味は、今となっては民族の違いを示すものではまったくなく、実際にはひとつの家族内で互いが不快な風味をもつ場合があったにもかかわらず、伝統への感情的効果をもたらし続けた。それぞれの国で、ある種の風味はその国の民族の真正の資質証明とされ、そのほかの多くの風味は、実際に責められることはなくても侮蔑の対象にはなったのである。

わたしがどこよりも知るようになっていた国では、正統の民族的風味は地球人類には理解の及ばない一種の塩味だった。わたしの寄宿相手は、自分たちのことをまことの地の塩であるとみなしていた。しかし実際に、わたしが最初に「寄宿した」農夫は、わたしが出会ったなかでも由緒正しい唯一の生粋の塩-人であった。国民の大多数が人工的な手段で自らの正しい味と臭いをごまかしていた。理想の塩味ではないが、いくらか塩味がする、少なくとも塩味に近い人びとは、酸っぱかったり、甘かったり、苦かったりする隣人たちの、そうした偽装をあばいてばかりいた。手足の味はあるていど偽装できたが、遺憾ながら交接の風味を変える効果的な手段は発見されていなかった。その結果、新婚カップルは、初夜に幻滅するような発見をすることが間々あったのである。大多数の夫婦は、両方とも伝統の風味を備えていなかったので、世間的にはなにごともないふりをしていた。それでも、二種の味覚のあいだで忌まわしい矛盾が露呈することもよくあった。国民全体が、結婚のこうした内密の悲劇から生じた神経症のせいで堕落していた。たまに片方が多少とも正統的な風味の持ち主だった場合には、この由緒正しい塩味の方は怒り狂って相手の誤魔化しを非難した。裁判所やニュース速報や一般民衆は、このような独善的な抗議に加担したものである。

「民族的な」風味があまりにも強すぎて偽装できないこともあった。とりわけ一種の苦くて甘い味は、もっとも寛容な国々は別にして、あらゆる国々で徹底的な迫害にさらされた。過去の歴史において、その苦–甘味族は、悪賢くて利己主義という悪評をこうむり、知的に劣った隣人たちにより繰り返し虐殺されてきた。しかし近代において広く生じた生物学的な変動のなかで、苦くて甘い風味は、どの家族のなかにも突如として現われた。そのときには、呪われた子ども、そして一族全体に災いが降りかかった！　迫害は避け難かった。実際その家族が、恥辱を避ける「名誉塩味」（隣の国では「名誉甘味」）を国から買えるくらい充分に裕福でない限りは。

より啓蒙された国々では、すべての民族差別的な迷信が疑わしいものになりつつあった。子どもたちをいかなる種類の人間の臭いにも寛容になるよう条件づけ、また文明的慣例が強いてきた脱臭剤や味消し、ブーツや手袋までも捨て去ろうという運動が、知識人たちのあいだで起こった。

不幸にして、この寛容の運動は、産業主義の結果の一つによって頓挫した。人びとが密集した不健康な産業地帯では、味覚的にも嗅覚的にも新しい種が、明らかに生物的な突然変異として出現していたのである。二世代も経つうちに、この酸味のある、渋い、偽装しえない風味は、もっとも貧しい労働者階級の地区に蔓延した。富裕階級の潔癖な好みからすれば、それは途轍もなく忌まわしい恐怖であった。実際それは、彼らにとって、抑圧者が被抑圧者に感じる密かな罪悪感や怖れや憎悪を引き出すときの無意識の象徴となったのである。

地球世界と同じように、この世界では、ほとんどすべての主要な生産手段、つまり土地、鉱山、工場、鉄道、船舶のことごとくが、私腹を肥すひと握りの人びとによって支配されていた。こうした特権的な人びとは、大衆を飢えの苦しみにさらして労働を強制することができた。そのような社会体制に付きものの悲劇的な茶番は、すでに目前に迫りつつあった。所有者たちは個々人の生活の要求を満たすよりも、むしろますます生産手段の生産性を上げることに労働者のエネルギーを振り向けるようになった。機械は所有者たちに利益をもたらすが、パンはそうではなかったからである。機械どうしの競争が増大して利益が落ち込み、それにより賃金も低落し、商品の有効需要までもが低落した。すきっ腹を抱えたまま、裸の背中を覆うものとてないのに、市場性のない生産物は廃棄された。経済体制が崩壊するにつれて、失業、混乱、容赦ない抑圧が増大した。おなじみの物語！

状況が悪化し、私的な慈善や国家的慈善事業においても、失業と貧困の増大を抑えることが困難になるにつれて、新たな賤民たちは、神聖不可侵の位にありながら、権力と富を有する人びとの憎悪-欲求を引き出す心理的操作に利用されるようになっていった。これらの哀れな人びとは、下等な移民者が秘密裡に企んだ人種汚染の結果であり、いずれにせよ考慮に値しないという説が広がった。かくして彼らは、もっとも卑しい雇用や、もっとも厳しい条件の労働しか許されなかったのである。失業が深刻な社会問題になると、賤民血統の者たちは漏れなく事実上失職し貧窮した。失業は資本主義の崩壊が原因であるはずがなく、賤民たちが無価値だからだという考えが当然のごとく容易に信じ込まれたのだった。

わたしがこの国を訪れた頃には、労働者階級は賤民の血で徹底的に汚染されており、富裕者や公官職階級のあいだで賤民および半-賤民を制度的に奴隷化しようという動きが活発化していたので、事実上家畜として扱われていたこれらの人びとは、公然とそうなるかもしれなかった。絶え間のない人種汚染の危機という観点から、政治家のなかには賤民を皆殺しにするか、少なくとも不妊を徹底すべきだと力説する者までいた。安価な労働の供給は社会には必要であるから、「純系民族」の人びとにはとうてい受け入れがたい職種につかせて早死にさせることで数を抑えておく方が賢明であると指摘する者もいた。いずれにせよ、これは繁栄の時代になされるべきことで、衰退の時代には、過剰な人口は餓死させるか、あるいは生体実験によって使い捨てにしてもよかったのである。

このような政策をはじめて提案した人びとは、穏健な人びとの怒りの鞭によって指弾された。なのに、その政策は実際に採用された。あからさまにではなかったが、暗黙の同意のもとで、それ以上の建設的な計画もないままに。

はじめて街の最貧地区へと連れて行かれたとき、イングランドのどの地区よりもはるかに悲惨な大スラム街がある一方で、ウイーンにふさわしい清潔な大居住区も数多くあるのが分かった。これらの居住区はいくつかの公園に囲まれていたが、そこにはみすぼらしいテントや仮小屋が密集していた。草は引き抜かれ、低木は損われ、花は踏み荒されていた。至る所で、男も女も子どもたちもみな、不潔なぼろをまとってのらくらしていた。

これらのりっぱな建物群は、世界経済恐慌（なつかしい文句！）以前に、アヘンに似た麻薬で商売をして財を成したある百万長者が建てたものだった。その百万長者は、その建物群を市議会に寄贈することで貴族の爵位を得て天国に召された。多少は援助にあたいする、さほどひどくない風味の貧者たちは順当に住処をあてがわれたが、賤民を除外できるだけの賃貸料は課すように注意が払われた。それから危機が訪れた。一人また一人と、店子たちは家賃を払えなくなり、追い出された。一年もすると、建物はほとんど空になった。

それから実に奇妙な一連のできごとが発生した。それはこのふしぎな世界に特有のことであることが、あとになって分かった。ご立派な世論は失業者には悪意を抱いたが、病人には情熱的なまでに心やさしかった。病をわずらうと、特別の尊厳を獲得し、あらゆる健常者に要求をすることができた。惨めな路上生活者が重い病に屈すると即座に運び込まれ、あらゆる医学的な処置が施され治療された。必死の窮乏者たちは即座にそうした実情を察知し、それこそ躍起になって病気になった。あまりにうまくやったので、病院はすぐに満杯になった。かくして、空きの住居が、膨れ上がる患者を収容するために大急ぎで整備されたのである。

以上のようなことをはじめ、そのほか多くの笑うべきできごとを観察するたびに、地球の人類を思い出した。しかし〈別地球人〉は多くの点でわたしたちと酷似していたが、いまだ見えていないある要因のせいで、わが高邁なる地球人なら恐れる必要もない挫折へと運命づけられているのではないかという疑念を、わたしはますます抱くようになった。地球の人間であれば、常識や道徳感覚で軽減されるような心理的な仕組みが、この世界では常軌を逸した甚だしさで突出していた。だからといって、〈別地球人〉がわが地球人類に比べて、知的でないとか道徳的でないとかと言うのは正しくない。抽象的な思考や実際的な発明ともなると、少なくともわたしたちと変わるところはなかった。物理学と天文学における最新の進歩の多くは、わたしたちの現在の水準を凌駕していた。しかしながら心理学は、逆にわたしたちより混沌としていて、社会思想は奇妙なまでにいびつであったのだ。

たとえば、ラジオとテレビでは、〈別地球人〉は技術的にわたしたちを凌駕していたが、自分たちの驚異的な発明を利用する段になると、惨憺たる有様であった。文明国においては、賤民を除く万人が携帯受信装置を持ち歩いていた。〈別地球人〉は音楽を知らなかったから、これは奇妙なことのように思われるかもしれない。しかし彼らには新聞がなかったので、市井の人間が主な精神的娯楽である宝くじやスポーツの結果を知るには、ラジオが唯一の手段となったのである。しかも味覚と嗅覚の主題が音楽の代わりを果たして霊妙な波動パターンへと変換され、国営のあらゆる大手放送局を介して電送され、人びとの携帯受信機や味覚装置のなかで再現された。このような道具は、手の味覚器官や嗅覚器官に充分かつ繊細な刺激をもたらした。この種の娯楽の力はそれくらい大きかったので、男も女もほとんど常に片手をポケットに入れていた。幼児を慰撫するときには特別の波長があてられた。

セックス受信装置が市場に出まわり、そのための番組が多くの国々で放送された。しかしすべての国においてではなかった。この驚くべき発明は、電波による感触、味、臭い、音を混ぜ合わせたものであった。それは感覚器官を介してではなく、適合する脳の中枢をじかに刺激することによって作用した。受信者は、味がよくて反応がいい女性の抱擁感のようなものを遠くのスタジオから伝えてくれる特製の帽子をかぶったが、そのときの抱擁感は、男性の「ラブ・キャスター」が実際に味わっている最中のものであったり、前もってスチール製のテープに電磁気的に記録されたものであったりした。

セックス放送のモラルをめぐって議論が起きていた。男性向けの番組は許容されたが女性には禁止し、より純粋な性の無垢を保とうとする国もあった。ラジオ・セックスはたとえ男性専用であろうと、あとの章で語る至純の結盟と呼ばれる、多くの者に望まれながらも用心深く護られていた宗教的な経験の悪魔的な代用物になるという理由から、聖職者らが計画全体を打ち砕くことに成功した国もあった。聖職者たちは、儀礼をはじめとする心理的な技法を用いて、集団内にこのような甘美なエクスタシーを誘発できるかどうかに、彼らの権力が大きく左右されることを知悉していた。

軍国主義者たちもこの新発明に猛反対した。性的な抱擁感を幻覚により安価に効率よく作り出すことに、避妊よりもずっと危険なものを嗅ぎつけたからである。使い捨て用の兵士の供給が落ち込むであろうし。

比較的まっとうな国々では、放送は退役軍人や善良な聖職者の監督下に置かれていたので、新しい装置はまずは商業主義で悪評高い国々で採用された。彼らの放送局から、人気「ラジオ・アイドルスター」、それのみか落ちぶれた貴族の抱擁が、特許医薬品、防味手袋、宝くじの当選結果、種々の風味、消味剤の広告とともに放送されたのである。ラジオ–脳–刺激の原理は、すぐにもさらなる進歩を遂げた。ひどく官能的で刺激的な体験をさせる番組が、あらゆる国で放送され、賤民を除いたすべての人びとの収入で購入できる簡易受信装置を介して感受できた。かくして、労働者や工員でさえ、費用がかからず後の負担もない舞踏会の享楽を、面倒な技術の習得を省いた名人級のダンスを、危険のない自動車レースのスリルを味わうことができた。氷に閉ざされた北国の家に居ながら熱帯の海辺で日光浴をし、熱帯地方でウィンタースポーツにふけることができた。

政府当局はすぐに、この新しい発明が安価で効果的な人民支配の道具になることを知った。無尽蔵の幻覚をたっぷり供給すれば、スラム的状況も我慢できるだろう。当局にとって不都合な改革も、国立ラジオ・システムの障害になると説明できれば棚上げにできた。ストライキや暴動も、放送スタジオを閉鎖すると脅すだけで、さもなければあわやという瞬間に甘ったるい新商品で電波を満たすことによって、たいていは阻止できた。〈左翼〉の政治勢力がラジオ娯楽のさらなる開発に反対したため、政府当局や資産家階級はますますその受容に賛成した。〈共産主義者〉は、この奇妙なまでに地球に似た星の歴史の弁証法によって、その名にふさわしい政党となり、その計画を激しく糾弾した。彼らの見解によれば、それはプロレタリアートによる必然的な独裁を阻止するために計算された、まさに〈資本家〉の麻薬だったのである。

〈共産主義者〉が反発すればするほど、彼らの天敵である聖職者と兵士たちの反発を買収しやすくなった。宗教的な礼拝が将来的に大部分の放送時間を占め、放送認可料の十分の一税が教会に払われるような取り決めがなされた。一方、至純の結盟の放送を申し出ても、聖職者たちに拒否された。さらなる追加的譲歩として、〈放送当局〉の局員で結婚している者はすべて、夜間は妻（もしくは夫）から離れて過ごしたことはないと証明しなくてはならず、それに違反すると解雇されることが合意された。平和主義や言論の自由といった悪しき理想主義に共感していると疑われた放送局員は、根こそぎ排除されることも合意された。軍人たちも、妊産婦への国家助成、独身者への課税、軍事プロパガンダの定期的な放送によって懐柔された。

〈別地球〉での最後の数年に、人間が一生ベッドへと引き籠もって絶えずラジオ番組を聞いて過ごせるようなシステムが考案された。栄養と全身体機能は、〈放送当局〉直属の医者や看護師によって世話された。運動の代わりに定期的なマッサージがほどこされた。そのプロジェクトへの参加は当初は金のかかる贅沢であったが、それを発明した連中は、遠からず万人の利用へと供するつもりであった。そのうち施療や介護の付き添いも必要なくなるとまで予想された。食料生産のオートメーション化、さらには液状の栄養物を寝たきりの被験者の口へ管で配給する大規模システムに、複雑な汚物処理システムが補完されることになっていた。電気マッサージはボタンを押すだけで好きなように利用できた。医療的な監視体制は、自動的な内分泌補償システムに代替されるはずであった。患者の血液状態は、共有の薬品パイプから、なんであれ適正な生理的バランスに必要な化学物質を取り込むことで自動的に調節できることになっていた。

放送そのものにおいてさえ、人間的要素はもはや必要なくなるだろう。考えられる限りの経験が、最高の生きた実例から収録を済ませていたからである。これらの体験は夥しい数の代替番組を通して絶え間なく放送された。

そのシステムを管理するには、やはり技術者や組織運営官が少しは必要とされるかもしれない。しかしうまく配信すれば、仕事といっても、〈世界放送当局〉の首脳部の各局員が、毎週二、三時間遊びのような作業をするだけでよかったのである。

子どもたち、つまりは未来の世代が求められるときは、生体外で人工的に産出された。〈世界放送理事会〉は、理想の「ラジオ人類種」の心理的および生理的な明細書を提出するよう要請された。このような手順で産み落とされた子どもたちは、特別のラジオ番組で教育され、大人のラジオ生活に向けて準備を整えた。子どもたちは、成長後に充分な大きさのベッドへと段階的に移行するときを除いて、自分たちの小児用ベッドから離れることはまずなかった。人生も終わる頃になって、医療科学でも老衰や死を回避できなくなったら、当人が専用のボタンを押し、少なくとも確実に苦痛のない最期を迎えることができたのである。

この驚くべき計画は、文明国すべてに瞬く間に浸透していったが、ある種の反動勢力は、激しくその計画に反対した。時代遅れの宗教家や国家主義者の軍人の双方が、人間の栄光は活動にこそあると断言したのである。宗教家の言うところでは、自己修練と肉体的な禁欲とたゆまぬ祈りによってのみ、魂は永遠の生にふさわしいものとなるのだった。各国の国家主義者たちは、自分たちの民族こそが卑しい民を統治する聖なる信託を授けられており、いずれにせよ軍人としての徳によってのみ神霊の大神殿入りが確かに許可されるのだと宣言したのである。

強大な経済的支配者たちの多くは、当初は不満を抱く労働者階級の麻薬として適度のラジオ至福を好ましく思っていたが、今では反対するようになっていた。彼らが求めるのは権力だった。そして権力のために、彼らの偉大な投機的産業を推進する労働力としての奴隷を必要としたのである。それゆえに、麻薬であると同時に拍車ともなる道具が発明された。あらゆる手段のプロパガンダを用いて、彼らは国家主義と人種的な憎しみの情熱を煽り立てた。彼らは実際に「別地球のファシズム」を創りあげた。そこには、虚偽、民族と国家のための神秘的な祭儀、理性への侮蔑、野蛮な支配への礼賛、堕落した輩や幻惑された若者たちの高潔な動機に訴える力、そうしたものがすべて備わっていた。

ラジオ至福に対するこれらの批判勢力に反対しながら、同様にラジオ至福そのものにも異議を唱える、迷い戸惑う少数派も各国に存在したが、その一派の主張するところでは、人間的活動の真の目的は、相互の洞察と敬意、そして人間の神霊の潜在的可能性を地上に実現するという共通の務めによって連帯する、目覚めを経た知的で創造的な者たちから成る世界規模の共同体を創り出すことであった。その教説の多くは太古の宗教的先覚者たちの教えの焼きなおしであったが、現代科学に深く影響されてもいた。しかしながら、この一派は科学者から誤解され、聖職者から罵られ、軍人から嘲られ、ラジオ至福の提唱者から無視されていたのだった。

さてこの頃には、経済的な混乱が、〈別地球〉の巨大商業帝国をさらに闇雲な市場競争へと駆り立てていた。このような経済的な競争関係は、恐怖や憎しみや高慢という古代の部族的な感情と結びついて、終わりのない戦争への不安をもたらしたが、そうした不安の一つ一つが全世界的な最終戦争（ハルマゲドン）の前兆となったのである。

このような状況下で、熱心なラジオ推進者たちは、もし自分たちの政策が受け入れられれば戦争は決して起こらないが、他方で世界大戦が勃発すれば、その政策は永遠に延期されることだろうと指摘した。彼らは世界的な平和運動を画策したが、ラジオ至福への熱狂はそれくらい大きかったので、平和への要求はあらゆる国々を席巻した。ついには〈国際放送局〉が設立され、ラジオ福音を喧伝し、帝国間の対立を調停し、最後には世界の統治権を掌握したのだった。

一方、熱烈なまでに「宗教的」で生真面目な軍人たちは、その新国際主義の背後にある動機の卑しさに当然のことながら愕然となったが、彼ら自身の同じくらい誤った方法で、人びとを戦争へと扇動することで〈別地球人〉を救おうと決意した。プロパガンダと財政破綻の力が猛威をふるって国家主義の情熱を煽った。とはいえ、ラジオ至福への貪欲は今や広く行き渡り熱烈なものになっていたので、巨大な兵器産業の財力、さらには紛争扇動の経験がなかったら、好戦派の成功は決して覚束なかったことだろう。

古くからの商業主義帝国の一つと、ごく最近に機械文明へと舵を切り、すでに大国となっていた国家、そして見境なく市場を漁っていた強国とのあいだに、首尾よく紛争が引き起こされた。かつてはコスモポリタニズム醸成の主要な力であったラジオは、各国で国家主義の主要な煽動手段へと急変した。文明国の人間はすべて、朝から晩まで一日中、その風味はもちろん野卑で下劣な敵国が自分たちの絶滅をもくろんでいると信じ込まされた。戦力への恐怖、スパイの作り話、近隣諸国の野蛮で加虐的な行動の報道やらで、あらゆる国にあまりにも無批判な疑念や憎悪が生まれていたため、戦争は不可避となっていた。ある辺境の地の統治権をめぐって紛争が勃発した。危機的な日々を送りながら、ブヴァルトゥとわたしは、たまたま大きな地方の町にいた。民衆がどのようにして、ほとんど狂人のような憎悪のとりことなったか、わたしは忘れることができないだろう。人間的な友愛、そして個人の安全への配慮のことごとくが、野蛮な血塗られた欲望によって一掃された。恐慌をきたした政府は、危険な隣国に長距離ロケット爆弾を発射しはじめた。二、三週間も経つと、〈別地球〉の主要な都市がいくつか空爆で破壊された。それぞれの国民は今や受けた以上の損害で報いようと力の限りを尽したのだった。

この戦争の恐怖、打ち続く都市の破壊、非武装国へとなだれ込み略奪と殺戮をこととする、パニックに襲われ飢えた群衆、飢餓と病、社会福祉の崩壊、情け容赦のない独裁主義の台頭、文化や人間関係のあらゆる品位と優しさの着実で破局的な崩壊、このようなことをくだくだしく物語るには及ばないだろう。

その代わりに〈別地球人〉を襲った災厄がどのようにして終結したか、それを語るとしよう。似たような状況下にある地球の同胞であれば、自らをここまで完膚なきまでに打ちひしぐことは絶対になかっただろう。おそらく、わたしたち地球人が直面している戦争は、かろうじてここまで破壊的ではないだろう。しかし待ち受ける苦しみがなんであれ、わたしたちはほとんど間違いなく復興を遂げるだろう。愚か者かもしれないが、わたしたちはいつだって、まったき狂気の奈落への転落は辛うじて回避する。最後の瞬間に、危うい足取りながら、正気が力を取り戻すのだ。〈別地球人〉の場合はそうではなかった。

3　人類の予見

〈別地球〉に長く逗留すればするほど、この星の人類とわたしたち人類とのあいだに、ある種の重大な根本的相違があるのではないかと疑念を抱くようになった。ある意味でその違いは、明らかにバランス感覚にあった。ホモ・サピエンスはおおむね、もっとよく統合され、良識に恵まれており、精神の分裂により行き過ぎた行動に走る傾向はそれほどではない。

おそらく〈別地球人〉の行き過ぎのもっとも際立った例を挙げるなら、彼らのより先進的な社会において宗教が果たす役割だった。宗教はわが惑星に比べてはるかに強力であったし、古代の預言者の宗教的な教えは、わたしの異星人としての鈍感な心をさえ情熱で燃え立たせた。けれども、わたしが居合わせた当時の社会においてわたしの身辺に興った宗教は、とうてい啓発的なものではなかった。

まずは〈別地球〉の宗教の発達において、味覚が実に大きな役割を演じていた事実を説明しなくてはならない。部族の神々はもちろん、その部族の一員にとって非常に心動かす味の特徴をそなえていた。のちに一神教が生まれたとき、神の力、知恵、正義、慈愛の描写は、神の味についての表現をともなった。神秘主義的な文学では、神は古代の芳醇なワインにたとえられることが多かった。そして宗教的な体験についての報告は、この味覚のエクスタシーが多くの点で、わが地球のワイン愛好家が貴重なワインを賞味するときの、恭しく沸き立つような歓びに相当するように思われたのだった。

不幸にして、人間の類型は味覚において多種多様であったため、神の味については幅広く公認された味などないも同然だった。神の味の核心は甘いのか塩辛いのか、あるいは神の優勢な風味はおおむね、わたしたち地球人には想像もつかない数多くの味覚上の特徴の一つなのか、それを決しようと宗教戦争が勃発した。説教者のなかには神の味を認めうるのは足だけであると説く者がおり、手もしくは口であると言う者もおり、至純の結盟——神との交合を瞑想することで喚起される官能的で、概して性的なエクスタシー——として知られている、芳醇な味覚の霊妙な混合においてこそ体験されうるのだと主張する者もいた。

また神にはたしかに味があるが、神の本質が示顕するのは、肉体の器官をとおしてではなく精神そのものにおいてであり、その風味は最愛の人の風味よりも霊妙かつ美味であると言い切る説教者までいた。なぜなら、人間のもっとも香り高く霊的なもの、あるいはそれをはるかに超えるものすべてを含むからであった。

神は一個の人格として考えるべきではまったくなく、実際にこの風味で*ある*ものとして考えるべきだと断言する者たちも現われた。ブヴァルトゥはよくこんなふうに言ったものだ。「神は宇宙そのものであるか、さもなければあらゆる事物に浸透している創造の風味である」と。

千年か、千五百年ほど前、宗教がわたしの語りうる範囲でもっとも活力に満ちていた頃は、教会も聖職もなかった。しかし人びとの生活は、ほとんど信じられぬほど宗教的な考えに支配されていた。その後、教会と聖職が、今や明らかに衰退していた宗教意識の存続に重要な役割を担うべく復権した。さらにその後、産業革命の数世紀前、制度としての宗教が、ほとんどの文明圏の諸民族に大きな支配力を有するようになり、諸民族の総収入の四分の三が宗教的な施設の維持に費やされるようになった。実際の話、わずかな食いぶちと引き換えに所有者に隷従していた労働者階級は、なけなしの稼ぎの多くを聖職者たちに寄進し、必要以上に惨めで零落した暮しを送っていたのである。

科学と産業技術は〈別地球人〉に特徴的であった思考法の突発的で極端な革命の一つをもたらした。ほとんどの教会が破壊され、臨時の工場もしくは産業博物館へと変えられた。最近まで迫害されていた無神論が流行した。最良の精神の持ち主までもが漏れなく不可知論者となった。しかしながらごく最近になって、明らかに、わたしたちの物質文化よりはるかに冷笑的で露骨な物質文化の結果におののいて、どこよりも産業化が進んでいた民族は、宗教へと回帰しはじめた。自然科学には心霊学的な基礎づけがなされた。古い教会がふたたび神聖視され、宗教的な建築物が夥しく築かれたため、まもなくわたしたちの世界の映画館なみにあふれ返ることとなった。実際、新しい教会は、しだいに映画館を吸収し、肉惑的な乱痴気騒ぎと教会の宣教活動を巧妙に混ぜ合わせた映画をぶっとおしで上映し続けた。

わたしがこの星を訪問した頃には、教会は失われた力をすっかり回復していた。ラジオは実際ある時期、教会と勢力を二分していたが、巧妙に吸収された。教会は相変わらず至純の結盟の放送を拒否していたが、結盟そのものは、神霊的すぎて電波では伝えられないと一般に信じられたことで新たな威信を得ることになった。しかしながら、より進歩的な聖職者たちは、もしかりに「ラジオ至福」の全世界的システムが確立されれば、このような困難は克服されるであろうと認めていた。その間に共産主義は、相変わらず非宗教的な体制をまもっていた。しかし二つの強大な共産主義国において、官僚的に組織された「非宗教」は、事実上の宗教になりつつあった。それは独自の施設、聖職制、儀式、道徳、免罪の制度、形而上学的な教説を有していて、唯物論を信奉しながらなお迷信的であった。神の風味は、プロレタリアートの風味に替えられていたのである。

かくして宗教は、あらゆる民族の生活において非常に現実的な力であった。しかし彼らの敬神にはなにか当惑させられるものがあった。ある意味でそれは衷心からのものであり、有益でさえあった。というのは、ごく小さな個人的誘惑と、きわめて明白で紋切り型の道徳的選択においては、〈別地球人〉はわたしたち人類よりもはるかに良心的であったからである。ところが、典型的な現代〈別地球人〉は従来通りの状況下においてのみ良心的であって、真正の道徳的感性は奇妙にも欠落していることに気がついた。かくして、実務的な寛容さと上辺だけの同胞意識は地球人類より普通に見られたが、もっとも邪悪な精神的迫害は良心の呵責もなく行われたのである。より感性豊かな人びとは、常に用心しなくてはならなかった。よけいに親密になったり相互に信頼を寄せたりすることは、危険であり、まれであった。このような感情的な社交の世界では、孤独が神霊につきまとった。人びとは絶えず「集まった」が、決して本当には集まれなかった。誰もが独り切りでいることを怖れていたのに、一緒にいても、みなが同胞であるという普遍的な前提にもかかわらず、この奇妙な存在（もの）たちは、互いに星どうしのようにかけ離れたままでいた。だれもが自分のイメージを求めて隣人の目を探り、他のことには目もくれなかったからである。あるいは、かりに見たとしても、腹を立てたり怖れたりした。

　わたしが訪れた頃の〈別地球人〉の宗教生活について理解し難い事実をもう一つ挙げるなら、こんなぐあいであった。すべての人びとが信仰に篤く、冒瀆は恐怖の目で見られたが、神性に対する一般の人びととの態度は冒瀆的な商業主義のそれであった。神性の風味は不滅の生を得るために金や儀式で買うことができると思われていた。しかも古代の威厳ある内省的な言語で崇拝されていた神は、今や正しくはあるが嫉妬深い雇い主、あるいは寛大な親、さもなければ純粋な物理的エネルギーとして思い描かれていた。最大の非礼といえば、宗教が広く行き渡り、教え説かれたのはそれほど古い時代ではない、という思い込みであった。預言者の時代の深遠な教説は、今こそ預言者らが本来意図していたとおりに理解されているというのが、ほぼ衆目一致する考えだったのである。現代の作家やラジオキャスターは、聖書はいわゆる〈科学的宗教の時代〉の啓蒙された宗教的要求に合わせて再解釈されつつあると主張した。

さて戦争勃発の前、〈別地球人〉の文明に特徴的なあらゆる自己満足の背後に、わたしはぼんやりとした不穏と不安を感知することが多々あった。もちろん、ほとんどの場合、人びとはわたしの惑星と同様、無我夢中で自己満足的な事柄に精を出していた。生計を立て、結婚し、家族を養い、互いを出し抜くことに忙殺されすぎて、彼らには人生の目的に意識的に疑念を抱く余裕などなかった。それでも彼らは、なにかとても大切なことを忘れていて、頭を絞って懸命に思い出そうとしている人のような、あるいは心掻き立てる言い伝えの意味を明瞭には理解できないまま引用する老いた説教師のような風情をたびたび見せた。この人類は今や、自分たちのあらゆる成功にもかかわらず、過去の偉大な思想を糧(かて)に生き、もはや理解する感性も持たない概念を唱え、心から欲することもない理想にことばだけの忠誠を示し、少しはましな気質の人びとがおおむね首尾よく機能させているだけの制度的体系のなかで身を処しているのではないかと、わたしは疑念を募らせていたのだった。これらの制度は、はるかに大きな知能を有し、今の〈別地球〉では不可能な共同体へと向かう強靭かつ抱括的な器量を備えた人類種の介入によって作られたに違いないと思われた。その制度は、人間はおしなべて慈悲深く、理性的で、自己修練的な存在であることを前提にしているように思われたのである。

わたしはこの問題について、よくブヴァルトゥに問いかけてみたのだが、その質問はいつもはぐらかされていた。わたしはブヴァルトゥの思考をすみずみまで、彼が自分の思考を積極的に止めようとせぬ限りは追うことができたが、特別な努力を払えば、彼はいつでも自分だけの思考に没頭できた。わたしは以前から、ブヴァルトゥが隠し事をしているのではないかと疑っていたのだが、彼はとうとう奇妙で悲劇的な事実を語ってくれたのである。

それは彼の国の首都が爆撃されて二、三日経ったあとのことであった。ブヴァルトゥの目とガスマスクのゴーグル越しに、わたしは爆撃の結果を目の当たりにできた。わたしたちは惨事そのものを免れていたのだが、首都に戻って救助作業に加わろうとしたのである。ほとんどなにもできなかった。まばゆくかがやく都市の中心から放射される熱波がなおも凄まじく、わたしたちは郊外の最外縁の地区を突破できなかった。そこでさえも、街路は壊滅的な打撃を受け、倒壊した建物でふさがれていた。人間の肉体は砕け散り、黒焦げになり、崩れ落ちた石造建築の瓦礫のまわりに四散していた。住民のほとんどが残骸に埋もれて見えなかった。空き地には、毒ガスにやられた人びとが倒れていた。救援隊はなすすべもなく歩きまわっていた。煙雲のあいだから〈別地球の太陽〉が、そして昼の星さえもが一つ、見え隠れしていた。

　しばらく残骸のなかを這いまわり、空しく救助の手を差し延べようとしたが、その挙句にブヴァルトゥは座り込んだ。あたり一面の惨状のせいだろうか、彼がだしぬけに正直な思念を送ってきた理由をこのように表現してよければ、「彼のことばはゆるんだ」ように思われた。未来の人びとは、この狂気と破壊のすべてを驚きをもって振り返ることだろうと、わたしはそのようなことを言った。ブヴァルトゥはガスマスクのなかで溜め息をつき、それからこう言った。「わが人類は不幸にも、今やおそらく取り返しのつかない方向へと運命づけられている」。わたしは悲観せぬよう諭した。わたしたちの都市は四十番目に破壊された都市だが、いつの日か間違いなく復興を遂げ、人類もついにはこの危機を切り抜け、これまで以上に力強く前進することになるだろうから、と。そのときブヴァルトゥは、幾度もわたしに話そうとしたが、なぜかいつも避けてきた奇妙な事実を語ってくれたのである。今や現代の世界-社会の多くの科学者や研究者がうすうすその事実に気づいてはいたが、はっきりと認識していたのはブヴァルトゥをはじめとする数人だけであった。

　ブヴァルトゥによれば、彼の種は明らかに、延々と続く奇妙な自然の変動、それも二千年は続いている変動の支配下に置かれている。あらゆる気候下におけるあらゆる民族が、この神霊の壮大なリズムを体現し、同時にそれによる災厄をこうむるように思われる。原因は分からない。それはただちに惑星全体に作用する力が原因のようであるが、おそらく実際には一つの源から発して、あらゆる地域へ瞬く間に伝播した。ごく最近になって、それは「宇宙線」の強度変化によるものかもしれないと、ある優秀な科学者が示唆していた。地質学上の証拠から、そうした宇宙からの放射線の変動は、おそらくは近隣の若い星たちの異変が原因で発生することが立証された。心理的なリズムと天文学的なリズムが同期するものなのか、なお疑わしくはあったが、多くの事実から、宇宙線が強力になると人間の神霊は衰退するという結論が得られたのである。

ブヴァルトゥはこの説には納得しなかった。概して彼は人間の精神性のリズミカルな満ち欠けにはもっと身近な原因があるという見解を採りたかった。真の説明がどうあれ、過去何度も高い水準の文明が実現しては、幾度となくある種の強力な作用が人類の精神の力を沈滞させたのである。このような巨大な波と波の谷間で、〈別地球人〉は、われわれ地球人類が亜人類から目覚めて以来経験してきた以上に絶望的な、精神的・神霊的な無気力状態へと落ちこんだのだった。しかし波の頂上では、人間の知力、道徳的な誠実さ、神霊的洞察力は、超人とみなすべき高位にまで昇りつめたように思われた。

幾度も人類は未開の状態から浮上し、野蛮な文化を抜け出し、世界規模の聡明さと感性をもつ段階へと移行した。すべての人びとが、寛容さと自覚と自己修練、冷静で一貫した思考、そして汚れのない宗教的感情を止めどなく同時に受容するだけの力量を宿したのだった。

その結果、二、三世紀のうちに、全世界が自由で幸福な社会となって栄えた。ごく普通の人びとが先例のない精神の澄明を達成し、一丸となって行動することで深刻な社会的不正や個人の残虐行為を根絶した。次の世代は、本質的に健全で好ましい環境にめぐまれ、目覚めた存在（もの）たちから成る全世界的ユートピアを構築したのだった。

　ほどなく精神の箍（たが）がゆるみはじめた。黄金時代に続いて銀の時代がやってきた。過去の達成を糧にした思想的指導者たちは、精緻な思想の密林のなかで自らを見失い、疲れ果てて単なる無気力に陥ってしまった。それとともに道徳的な感性が低落した。総じて人間は誠実さを失い、自らを省みなくなり、他人の窮地に鈍感となり、事実上共同体を保つ余裕を失った。社会の機構は、市民がある水準の人間性を達成している限りにおいて、かなり長期間うまく機能していたのだが、不正と腐敗によって混乱したものとなった。独裁者や独裁的な寡頭政治が、自由を破壊しはじめた。憎悪‐狂気に陥った極貧階級は、独裁者たちに都合のよい口実を与えてしまった。文明の物質的恩恵は数世紀はくすぶっていたものの、しだいに神霊の炎は消え、少数の孤独な個人のなかで明滅するばかりとなった。それから完全な野蛮状態を迎え、続いてほとんど下位人類的な未開の谷へと転落したのだった。

　総じて「地質学的」過去の数ある波の頂よりも最近の頂の方が高い達成を示しているように思われた。少なくとも何人かの人類学者は、そのように確信していた。今日頂点を極めた文明は、史上もっとも華々しい文明であり、まだ最頂点には至っておらず、比類ない科学知識を用いてふたたび衰退せぬよう人類を護る方法を見いだすことを、固く信じて疑わなかった。

人類の現在の状況は確かに例外的なものであった。記録に残る昔のどの時代周期を見ても、科学と機械化がこれほど長期間発展したためしはなかった。それ以前の周期では、断片的な遺物から察しうる限りでは、機械の発明はわが地球の十九世紀中葉に見られた無骨な機械を超えるものではまったくなかった。さらに昔の各周期は、産業革命が起きるたびに初期の段階で停滞したと信じられていた。

さて知識人のあいだでは、最高潮はまだ到来していないと広く考えられていたが、ブヴァルトゥをはじめとする仲間たちは、波の頂は何世紀も前にすでに過ぎていたと確信していた。もちろん、ほとんどの人にとっては、戦争前の十年は初期のいかなる時代よりもすぐれており、より文明化されているように思われた。彼らの見解では、文明化と機械化はほぼ同義であり、機械化がかつてこれほど成功したためしはなかったのである。科学文明の恩恵に疑問の余地はなかった。幸運な階級には、さらなる慰安、良好な健康、能力の増進、青春期の延長、膨大かつ精緻にすぎて輪郭やほんの些細な点しか知りえない専門知識の体系が用意されていた。しかも増大する通信手段のおかげで、あらゆる民族が連絡を取り合えるようになった。地域的な特異性は、ラジオや映画や蓄音機を前に消えていった。こうした希望に満ちた兆しに比べれば、改善された諸々の状況によって強化されてはいても、人間の体質が以前よりも本質的に不安定であることは、あっさりと見落とされた。ある種の破滅的な病が、緩慢にではあるが着実にはびこりつつあった。とりわけ神経組織の病が、ますます蔓延し、より悪質になっていった。冷笑家たちは精神病院の数は教会の数すら上まわるだろうと言ったものだ。しかし彼らは単なる道化であった。戦争や経済危機や社会的な変動にもかかわらず、今はすべてが順調で、未来はさらによくなるというのが、ほぼ衆目一致するところであったのだ。

ブヴァルトゥによると、真実はほとんど確実に別の所にあった。わたしもそうではないかと推測していたが、世界中で知性や道徳的な誠実さが衰退しており、おそらくそれは止むことはないという、疑問の余地のない証拠があった。今や人類は過去を糧に生きていた。現代世界の独創的なアイデアのすべてが、何世紀も前に考え出されたものであった。以来、こうしたアイデアを利用して世界を変革しようという試みが実際に行われてきた。しかし、これら世間の注目を集めた発明は、どれひとつとして、旧時代の思潮のすべてを変えた並外れた洞察力と包括的直観に拠るものではなかった。最近になって数多くの革命的な発見や理論が生まれたことはブヴァルトゥも認めていたが、彼によればそのいずれもが、実際には真に新しい原理を含んではいなかったのだ。なにもかもが聞き覚えのある原理を組み替えたものだった。数世紀前に案出された科学の方法は、実に創意ゆたかな技術だったので、高度な独創性のかけらもない労働者にゆだねても、その後数世紀にわたって成果を出し続けたのも無理はなかったのである。

しかし精神的な力量が劣化したのは、科学の分野よりはむしろ、道徳と実務の活動においてであった。わたし自身はブヴァルトゥの助けを借りて、幾世紀も前のあの驚くべき時代の文学を、ある程度は評価できるようになっていた。その時代には、あらゆる国が芸術と哲学と宗教の花を咲かせているように思われ、民族という民族がすべての人間にある程度の自由と繁栄をもたらすために社会的・政治的秩序を全面的に変革し、国家という国家は武装解除の英断を下し、破滅の危険を覚悟して平和と繁栄を獲得しようとした。警察組織は解体され刑務所は図書館や大学に変わり、兵器ばかりか錠や鍵までもが博物館の展示物として知られるばかりとなった。世界の四大宗教団体は秘儀を公開し、貧しい人びとに私財を抛ち、共同体運動の先陣を華々しく切り、あるいは世界的な共同体と暗黙の崇拝という聖職者も信仰も神もない新しい宗教にふさわしい謙虚な支持者として、農業や手仕事、教職に専念した。

五百年ほど経つと、錠も鍵も兵器も教義ももとに戻りはじめた。黄金時代のあとに残ったのは、見事で素晴らしい伝統と、今では悲しいことに誤って解釈されてはいるが、混乱した世界においてなお最良の影響力を保っていた原理だけであった。

精神的衰退は宇宙線の増大に拠るとしていた科学者たちは、もし人類が何世紀も前に、科学以前においてもっとも偉大な活力の時代に科学を発見していたら、万事はうまく運んだことだろうと断言した。人類はまもなく産業文明がはらむ数々の社会問題をうまく処理していたことだろう。単に「中世的な」ユートピアではなく高度に機械化されたユートピアを創造していたことだろう。ほぼ間違いなく、過剰な宇宙線と格闘し、衰退を食い止める方法を発見していたことだろう。ところが科学の到来は遅きに失したのだった。

一方ブヴァルトゥは、衰退は人間の本性そのものに要因があると推測していた。彼の信じるところでは、それは文明の帰結であり、人類の環境全体を表面的には良いほうへ変えていくなかで、科学ははからずも神霊的活力に有害な状況をもたらしたのだった。その災厄が、人造食の増加、現代的状況により昂じた神経の緊張、自然淘汰圧、子どもの甘やかし、あるいはそのほかの原因によってもたらされたのかどうか、ブヴァルトゥは知っているそぶりは見せなかった。おそらく、こうした比較的最近の影響のどれも原因とはならないはずであった。衰退は少なくとも科学時代のごく初期に始まっていたことを示す証拠があったからである。黄金時代そのものの状況下において、ある種の未知の要因により腐敗が始まっていたのかもしれない。ブヴァルトゥが示唆するところでは、真正の共同体がそれ自体の毒を生成したのであり、完全な社会、つまりは地上における真の「神の国」で育てられた若い人類が、道徳的かつ知的な怠惰、さらには非現実的な個人主義や純粋の悪へと、避け難く逆行せざるをえなくなり、また一旦このような傾向が定まってしまうと、科学および機械文明はことさらに精神を衰退させたのかもしれなかった。

〈別地球〉を飛び発つ直前、ある地質学者が非常に複雑なラジオ装置の化石化した設計図を発見した。それは数千万年も昔に作られた石版画のように思われた。それを製造した高度に発達した社会は、ほかにはなんの痕跡も残していなかった。この発見は知識人たちには衝撃であった。しかし、人間とは言えず、さほど強靭でもない種が、はるか昔にほんの一瞬だけ文明に到達していたという慰めになる見解が広まった。人間はいったん高度の文化を達成すると、決してそこから転落するはずはないというのが、皆の意見であったのだ。

ブヴァルトゥの見方では、人間は幾度となく同じような高みにまで昇りかけたのだが、結局は自らの達成したものに潜むなんらかの因果によって破滅したのだった。

ブヴァルトゥが故郷の都市の残骸のなかでこのような説を唱えたとき、わたしは、今でなくともいつの日か、人間は自らの歴史における現下の岐路を首尾よく切り抜けるだろうと示唆した。するとブヴァルトゥは、わたしたちが目撃していることが、この遠大かつ周期的なドラマの終幕であることを示唆していると思われる別の問題を語ったのである。

〈別地球人〉の世界の重力が弱いために、すでに希薄になっていた大気が着々と失われつつあることは、科学者たちに知られていた。遅かれ早かれ、人間はこの貴重な酸素の絶え間のない漏出を阻止するという問題に直面することだろう。これまでのところ、生命は急激な大気の希薄化にうまく適応していたが、人類の身体はこの時点ですでに適応の限界に達していた。すぐにこの漏出を阻まないと、人類の滅亡は避けられないだろう。唯一の希望は、大気の問題を処理するなんらかの方法が、未開状態の時代が再来する前に発見されることであった。これが達成される見込みはごくわずかであった。このわずかばかりの望みは、戦争のせいで科学研究の時計の針が一世紀は逆行したことにより打ち砕かれた。まさにそのとき人類は本性そのものを劣化させつつあり、大きな難題に二度と取り組めなくなるかもしれないという瀬戸際にあったのである。

ほぼ確実に〈別地球人〉を待ち受けている災禍を考えると、わたしはそのようなことが起こりうる宇宙に対し恐怖に駆られながらも疑念を抱いた。知的存在が棲む世界が丸ごと破壊されることは、わたしにとって聞き慣れない考えではなかったが、それでも抽象的な可能性と、具体的で回避できない危険には大きな違いがある。

故郷の惑星にいた頃のわたしは、個人の苦しみや不毛性になすすべもなく困惑したときはいつでも、少なくともわたしたちの盲目的な努力を結集すれば、結果的には、緩慢ながらも栄光に満ちた、人間的神霊の目覚めに至るに違いないと考えて、慰めを得ていた。この希望、この信頼は、一つの確かな慰めであった。しかし今や、そのような勝利の保証は微塵もないことを知ったのである。宇宙あるいは宇宙の造り主は、どうやら諸世界の運命に無関心であるに相違なかった。際限のない闘争や苦難や荒廃は、もちろん受け入れなくてはならなかった。これらのことが神霊が成長するための土壌となるがゆえに甘受しなくてはならなかったのだ。それなのに、闘いのすべてが結局は絶対的な無駄であり、感受性ゆたかな神霊から成る世界が完全な失敗と死を余儀なくされるとは、絶対の悪に違いなかった。恐怖のあまり、わたしには〈憎悪〉こそが〈スターメイカー〉に相違ないと思われたのだった。

ブヴァルトゥにとってはそうではなかった。「たとえ数々の力がわたしたちを壊滅させようとも」と彼は言った。「そのような力を糾弾するわたしたちは、何者だというのでしょうか。はかないことばが、そのことばを発した者を裁くようなものです。ことによるとその力は、それ自体の遠大な目的のためにわたしたちを利用し、わたしたちには想像も及ばない、卓越したなんらかの主題のもとで、わたしたちの力、弱さ、喜び、苦痛を利用しているのでしょうから」。しかしわたしはこう反論した。「どのような主題が、このような荒廃や不毛さを正当化するのでしょうか。そして、どうしてわたしたちは異を唱えずにいられるのでしょうか。せめては、わたしたち自身に異を唱えるときのわたしたちそれぞれの心に従って異を唱えるしかないのではないでしょうか。〈スターメイカー〉が自分の諸世界の運命に無関心でいられるほど鈍感であることを知っていながら、彼を讃美するのは、あさましいことではないでしょうか」。ブヴァルトゥは少しのあいだ自らにこもって沈黙した。それから煙と雲の向こうに一つの星を探そうと顔を上げた。それから心のなかで、わたしにこう言ったのである。「もしも〈スターメイカー〉が諸世界のすべてを救済したものの、ただ一人を責めさいなんだとしたら、あなたは彼を許すでしょうか。あるいはもしも彼が、出来の悪い子どもだけに少しばかり厳しかったとしたら？　それはわたしたちの苦しみといかなる関係があるのでしょうか。あるいはわたしたちの失敗のせいなのでしょうか？　〈スターメイカー〉！　素晴らしいことばですね、その意味はわたしの想像を絶していますが。ああ〈スターメイカー〉、たとえわたしを滅ぼそうとも、あなたを讃えなくてはなりません。たとえわたしの最愛の人を責めさいなもうとも、たとえご自身の美しくも素晴らしい諸世界を、つまりはあなたの想像力の些細な作品のことごとくを打ちひしぎ破壊し尽くそうとも、わたしはあなたを讃えます。あなたがそうされるのであれば、それは正しいに違いないのですから。わたしにとっては間違いであることも、あなたにとっては正しいに相違ないのですから」。

ブヴァルトゥはふたたび廃墟と化した都市を見おろし、続けてこう言った。「そしてもしも結局は〈スターメイカー〉が存在しないのであれば、もしも諸銀河の大いなる一団が一挙に融和を達成するのであれば、そしてたとえわたしたちのこの卑小な世界が、星々のなかのどこにあるとも知れない神霊の唯一の棲み処だとしても、さらにはこの世界が滅亡するとしても、たとえ、たとえそうであろうと、わたしは讃えなくてはならないのです。しかしもし〈スターメイカー〉が存在しないのなら、わたしはなにを讃えればいいのでしょうか？　わたしには分かりません。わたしはそれを存在の強烈な風味にして香気と呼ぶほかありません。しかしそう呼んだからといって、ほとんどなにも言っていないも同然なのです」。

第四章　ふたたび宇宙へ

〈別地球〉でわたしは何年か過ごしたに違いない。耕作地をとぼとぼ歩く農夫の一人にはじめて出会ったときは、そのつもりはなかったが、はるかに長い期間が経っていた。幾度も故郷に帰りたくて仕様がなかった。懐かしい人たちがどうしているか、かりに帰還することになれば、どのような変化を目にすることになるのか、身を切られるような不安にさいなまれつつ考えたものである。〈別地球〉での新奇で多彩な体験にもかかわらず、故郷への強い思いが途切れずにいたのは、驚くべきことであった。わが家のある郊外の灯を見つめながら丘の上に腰をおろしていたときから、ほんの一瞬しか経っていないように思われた。しかし幾年もが過ぎ去っていたのだ。子どもたちは、見分けがつかないほど変わっていることだろう。彼らの母親はどうか。どうしていただろうか。

　わたしが〈別地球〉に長く留まることになったのは、ブヴァルトゥにも責任がある。わたしたちが互いの世界をほんとうに理解するまで、わたしが立ち去ることを聞き入れ星での生活を想い描いてもらおうと、彼の想像力に刺激を与え続けた。ブヴァルトゥは、そこに素晴らしいものと意外なもののごた混ぜを見いだしたのだが、それはわたしが彼の星の生活に見いだしたこととほぼ同じであった。とはいえ実際には、ブヴァルトゥは、自分の世界が総じてより奇っ怪であることを、どうあっても認めようとはしなかった。

情報を伝え合わなくてはという思いだけがわたしとブヴァルトゥを結びつけていたのではなかった。わたしは彼に対して非常に強い友愛を感じるようになっていたのである。わたしたちの結びつきの初期の日々は、ときに緊張を帯びたものであった。二人とも教養ある人間であり、常に礼節と寛容をもってふるまおうと努めたが、密接すぎる関係は疲労をもたらすこともあった。たとえば、自分の世界の味覚芸術に対するブヴァルトゥの情熱にはうんざりさせられた。ブヴァルトゥはたっぷり時間をかけて、形式と象徴作用の微妙な差異を伝える味覚の継起を感じ取るために、充満した索状組織に敏感な指をはわせた。わたしは最初興味をそそられ、それから美的な興奮をおぼえた。しかし彼の忍耐強い手助けにもかかわらず、わたしは最初の段階から、味の美学へは充分かつ自然な形で入り込むことができなかった。早晩わたしは倦み疲れてしまった。それからもう一つ、周期的に訪れる彼の睡眠欲には我慢がならなかった。わたしは肉体をもたなかったので、そのような欲望を感じなかった。もちろんわたしはブヴァルトゥから離脱して、単独で世界を移動してまわることもできた。とはいえ、寄宿相手の体内時間を回復させるために昼間の興味深い体験を中断する必要があるときは、たびたび腹立たしい思いをした。ブヴァルトゥはブヴァルトゥで、少なくともわたしたちの共同関係の最初の日々から、自分の夢を観察するわたしの力にいつも憤慨していた。目覚めているあいだは、わたしが彼の思考を観察しようとしてもはばむことができたが、眠ってしまうとなすすべがなかったからである。当然すぐに、わたしはこの力を行使しないように自粛した。彼の側からすれば、わたしたちの親密な関係が互いへの敬意へと発展していくにつれて、こうしたプライバシーを大事にすることは、もはやそう厳密にはできないと分かったのだった。

そのうち二人とも、別々に生命の風味を味わうことは、その豊かさと繊細さを捉えそこなうと思うようになった。好意的でも容赦ない批評を寄せてくる相手がいないと、自らの判断や動機を心底から信頼することはできなかったのである。

わたしたちは、互いの友情と、ブヴァルトゥがわたしの世界へ寄せる興味と、わたしの懐郷の思いとを、同時に満たす計画を思いついた。どうして、ともに連れだってわたしの惑星を訪れようと目論まずにいられようか。わたしはそこから旅してきた。であればどうして、そこに旅立たずにいられようか。わたしの惑星で一息ついてから、ふたたび手を携えて、さらに大きな冒険を続けることだってできるのだ。

この目的のために、わたしたちは、二つのまったく異なる作業に取り組まなくてはならなかった。わたしがほんの偶然から実に場当たり的な方法で達成した星間飛行の技術を、今や完全に会得しなくてはならなかった。そのうえで、故郷の惑星系の位置を、〈別地球〉の天文図を頼りに、どうにかして定めなくてはならなかったのだ。

この地理学的な、いやむしろ、宇宙地理学的とでも言うべき問題は、解決不可能であることが明らかとなった。方角を定めるためのデータなど、どうしたってわたしに用意できるはずがなかった。しかしながら、そうしたなかで、わたしたちは驚くべき発見を、わたしにとっては恐ろしい発見をすることになったのだ。わたしは空間ばかりか、時間そのものをも旅していたのである。第一に、〈別地球人〉の最先端の天文学によれば、〈別地球の太陽〉やわたしの故郷の太陽のように成熟した星はまれであるように思われた。しかし地球の天文学では、このような種類の星は、銀河の全域で一番ありふれた星として知られていた。どうしてこうなるのか。それからもう一つ、訳の分からない発見をした。〈別地球人の天文学者〉に知られている銀河は、わが地球の天文学者に知られている銀河に関してわたしが覚えていることとは、著しく異なっていたのだ。〈別地球人〉によると、その巨大星系は、わたしたち地球人に見えているものよりもずっと厚みがあった。地球の天文学者によれば、それは幅が厚さの五倍ある円形のビスケットのようなものである。彼らには、どちらかというと丸パンのようなものに見えた。わたし自身は、〈別地球〉の空の〈天の川〉の広さと果てしなさにしばしば圧倒されていた。わたしはまた、〈別地球の天文学者〉が、銀河がいまだ星へと収斂していない大量のガス状物質を含んでいると信じていることにも驚かされた。地球の天文学者には、銀河のほとんど全部が星であると考えられていたのだ。

それではわたしは、知らぬ間に思ったよりもずっと遠くまで旅をし、実際には、どこか別の若い銀河に迷い込んでいたのだろうか。おそらく、宇宙のルビーやアメジストやダイヤモンドのすべてが消え失せた暗黒をさまよっていた頃、わたしは実際には宇宙空間を銀河から銀河へと翔け巡っていたのだろう。最初はこれが唯一の説明のように思われたが、若干の事実のせいでこれを捨て、さらに奇妙な説明を採らざるをえなくなったのである。

〈別地球人〉の天文学と、地球の天文学に関するわたしのうろ覚えの知識とを比較することで、わたしは彼らに知られている銀河の集合体としてのコスモスの全容は、わたしたちが知っている諸銀河コスモスの全容とは異っていることを確信した。彼らが知る銀河の平均的な姿は、わたしたちが知るものよりずっと丸みを帯び、さらにガス状であり、つまりは、よりいっそう原始的だったのである。

そのうえ〈別地球〉の天空には、銀河がいくつか寄り集まって肉眼でも顕著な光の染みとなって映えていた。しかも天文学者たちは、これらのいわゆる「宇宙群」の多くが、わたしたちの天文学で知られている最近傍の宇宙より故郷の「宇宙」のかなり近くに存在していることを明らかにしていた。

　そのときブヴァルトゥとわたしにひらめいた真実には、ほんとうに困惑させられた。どのようにしてか、わたしが時間の川をさかのぼり、大多数の星々がいまだに若い、はるかな過去に辿り着いていたことは、あらゆることを考慮に入れても事実であった。〈別地球〉の天文学が説く幾多もの銀河の驚異の密集ぶりは、「膨張宇宙」説から説明がついた。この劇的な説は暫定的なものでしかなく、満足いくものとはとうてい言えないことはよく承知してはいたが、少なくともそれがなんらかの意味で真実に違いないことを示唆する目覚ましい証拠がもう一つあったのである。初期の宇宙期（エポック）においては、もちろん銀河が密集していた。わたしの故郷の惑星が太陽の子宮からもぎ取られるはるか以前に人間が登場する段階に達していた惑星世界に、わたしが送り込まれていたことは、疑う余地がなかった。

　わたしが故郷から離れた時の彼方にあることを充分に悟ると、妙な話だが、ずっと以前に忘れてしまっていた一つの事実、少なくとも一つの可能性を思い出した。おそらくわたしは死んだのだ。ふたたび故郷に帰りたくて矢も盾もたまらなくなった。故郷は生き生きとして、ごく身近にあり続けていた。たとえ何パーセク離れていようとも、幾星霜もの時を隔てていようとも、それはいつでも手もとにあった。間違いなく、わたしが目覚めさえすれば、もう一度丘の上に戻れるはずだ。しかし目覚めはなかった。ブヴァルトゥの目をとおして、わたしは星図と幾頁かの奇妙な手稿を吟味していた。彼が顔を上げると、わたしの目の前に、人間を戯画化したような存在が立っているのに気がついた。とても顔とは思われない蛙のような顔に、緑色の綿毛に覆われていることを除けば、ムネタカバトのような胸をむき出しにしていた。赤い絹のニッカーズを穿いており、心棒のような足は緑色の絹のストッキングに覆われていた。この生き物は、地球人の目からは単なる化け物であったが、〈別地球〉では若くて美しい女性として通用した。そしてブヴァルトゥの慈愛に満ちた目でその女性を観察してみると、わたし自身にも実に美しく見えたのである。〈別地球〉に慣れた心からすれば、この女性の容貌や振る舞いのすべてが、知性と機知を物語っていた。そのような女性を讃えることができるとは、わたしは明らかに変わってしまったに違いなかった。

わたしたちが自在に星間を翔ける術を習得し完成させたさまざまな実験を語っても、退屈なだけだろう。多くの冒険を繰り返したあと、いつでも望みどおりに惑星から飛び立ち、ただ念じさえすれば、星間をここかしこと方向転換できるようになったという事実だけで充分だろう。単独で宇宙に乗り出すよりは、ともに動いた方が、はるかに容易にまた精確にやれるように思われた。二人の精神共同体は、空間的移動においても、わたしたちを強固にしてくれるように思われた。

暗黒と星々だけに囲まれた宇宙のかなたで、目に見えない相方と始終密接で個人的な接触のもとに置かれているのは、実にふしぎな体験であった。天のまばゆい灯がひらめいては過ぎ去っていくなか、わたしたちは自分の経験を互いに思念で伝え、それぞれの計画を話し合い、互いの故郷の世界の思い出を共有した。わたしの星のことばを用いることもあれば、ブヴァルトゥのことばを使うこともあった。まったくことばを必要としないこともあったし、単に互いの心のなかのイメージの流れを共有するだけのときもあった。

肉体を離れて星間を飛翔するスポーツこそ、あらゆる競技のなかでもっとも心沸きたつものであるに違いない。危険をともなわないわけにはいかなかったが、その危険も、まもなく明らかになるが、物理的というよりは心理的なものであった。肉体のない状態では、天体と衝突しても、ほとんど問題はなかった。冒険の初期段階では、わたしたちは誤って星へ真一文字に突っ込むことがあった。もちろん、星の内部は想像を絶するほど熱かったはずだが、わたしたちに感じとれたのはかがやきだけであった。

そのスポーツは心理的には深刻なまでに危険であった。わたしたちはすぐに、意気喪失、精神的疲労、恐怖のすべてが、わたしたちの飛行のパワーを減退させる傾向にあることに気がついた。大海原に遺棄された舟のように、宇宙空間で動けなくなったことも一度ならずあった。こういう状態に陥ったときの不安はあまりに大きく、動きだす可能性はまったくなかったが、絶望の限りを味わうと、わたしたちは無気力から脱し、哲学的な冷静さを取り戻したのだった。

さらに深刻な危機が一度だけわたしたちに襲いかかったが、それは精神的な葛藤から来るものだった。未来の計画をめぐって目的に深刻な違いが生じたために、動けなくなったばかりか凄まじい精神障害に襲われたのだった。わたしたちの知覚は混乱をきたした。幻覚がわたしたちを惑わした。一貫した思考の力は消え失せた。しばし狂乱状態のあと、消滅への切迫感がわたしたちを圧倒し、気がつくとわたしたちは〈別地球〉に戻っていた。ブヴァルトゥは離脱のときにベッドに横たわった状態にあった自分の肉体に戻り、わたしはふたたび、惑星上のどこかに浮かぶ肉体を持たぬ視点となっていた。二人とも回復には長時間を要する錯乱的な恐怖に陥っていた。わたしたちが友情と冒険心を取り戻すまでに数カ月がかかったのだった。

このような不快な事態に陥った理由が分かったのは、ずいぶんあとのことである。どうやらわたしたちは精神的にかなり深い調和を達成していて、軋轢（あつれき）が生じたときには、それは別々の個人の不和というより、一つの精神のなかでの分裂となっていたのである。だからこそ深刻な結果となったのだった。

肉体を離れた飛翔の技術が上達するにつれて、星間をここかしこと飛び移ることに鮮烈な喜びを感じるようになった。わたしたちは、滑空したり飛翔したりの歓喜を同時に味わった。何度も、純粋な歓喜を求めて、「連星」の二つの星の周囲を大きく八の字を描くように飛びまわった。長時間静止したまま、変光星の明るさの変化を観察することもあった。わたしたちは幾度も密集した星団に飛び込み、都市の街灯の狭間を滑走する車のように、恒星の間を滑空していった。幾度もわたしたちは、渦を巻きながら青白くかがやくガスの表面を、あるいは羽毛状の炎の切れ端や紅炎(プロミネンス)が群れなすなかをかすめ飛び、あるいは靄(もや)に飛び込むと、単調な光の世界に出たりした。ときには前触れもなく、暗黒の塵(ちり)の大陸が宇宙を覆い尽くし、わたしたちを呑み込んだ。一度、天空の周密な星の領域を横切っていたとき、一つの星が突然異常なまでのかがやきを放って炎上し、「新星」となったことがあった。それは発光しないガスの雲に包まれていたとおぼしく、実際に見えていたのは、その星の爆発によって放射され膨張する光球であった。光速で外へ広がっていく光球は自らを取り巻くガスからの反射光によって可視となり、その結果それは気球のように膨張し、広がるにつれて薄れていくように見えたのだった。

このように語ったところで、〈別地球の太陽〉の近傍をここかしこと、つばめの翼にでも乗ったようにすいすいと滑空しているあいだに、わたしたちを楽しませてくれた星々の壮観を、少しばかり見ていただいたにすぎない。これは、わたしたちが星間飛行術を習得している最中でのことだった。熟達すると、わたしたちはさらに彼方まで飛翔し、非常な速度で進むことを習い覚えたので、わたし自身のはじめの頃の意図せぬ飛翔のときのように、前方と背後の星々が色づいて、ほどなくすべてが闇に包まれた。それだけでなく、わたしたちは、わたしが以前の旅において体験した、こうした物理的な光の思わぬ変化を超越する、あのときの神霊的なヴィジョンに到達したのだった。

あるときは、銀河の限界まで飛び、その先の空無へと入ったことがあった。しばし近くの星の数はみるみる減っていった。天空の背後の半球には今や幽かな光がひしめき、前方には星のない闇が横たわり、わずかな孤立してかがやく二、三の領域、銀河からはずれてきらめく断片、惑星のようにふるまう「亜‐銀河」を除くと、これといった変化はなかった。これらを別にすると、その闇には半ダースのぼんやりとした斑点のほかに特徴がなく、その斑点は未知の銀河のなかでもっとも近い銀河群であることが分かった。

この光景に怖れおののいて、わたしたちは長いこと空無のなかでじっと動かずにいた。目の前に十億の星と、生命体が棲息する、おそらくは何千もの世界を含む「宇宙」全体をはるばると見渡し、そして真っ暗な空のちっぽけな斑点の一つ一つが同じような別の「宇宙」であり、さらに幾百万もの宇宙が限りなく遠くにあるがゆえに目に見えないということを知るのは、ほんとうに心搔き乱される経験だった。

こうした物理的な無限性と複雑さに、いかなる意味があるのか。端的に言ってそれ自体は、まったき不毛と荒廃以外のなにものでもなかった。しかし畏怖と希望を胸にわたしたちは自身に言い聞かせた、それは心霊的なるものの、さらに偉大な複雑さと精妙さと多様性を約束しているのだと。これだけでそれは正当化されるのだ。しかし、この畏怖すべき約束は、わたしたちを奮いたたせたが、同時に恐ろしくもあった。

はじめて巣の縁の向こうをうかがったあと、その巨大な世界から自分のちっぽけなねぐらへ尻込みする雛(ひな)のように、わたしたちは人間が長いこと誤って「宇宙」と呼んできた、星たちの小さな巣の限界を超え出ていた。そして今わたしたちは、故郷の銀河の快適な領域にもう一度引きこもろうと舞い戻ったのだった。

わたしたちの経験から、天文学のさらに進んだ研究なしでは解決不可能な、多くの理論的問題があると分かったので、ただちに〈別地球〉へと帰還することに決めた。ところが、長い不毛な探索の末に、わたしたちは完全に迷子になったことに気づいたのである。星はどれも同じに見えたが、この初期の宇宙においては、〈別地球の太陽〉と同じ年齢の穏やかな星はほとんど存在しなかった。手当たり次第に、しかし高速で探索したものの、ブヴァルトゥの惑星もわたしの地球も、ほかの太陽系もなに一つ見つけられなかった。落胆して、もう一度空無へと戻り、自分たちが陥った窮状について考えた。漆黒の天空のあらゆる方角にダイヤモンドが配置され、わたしたちに謎をかけていた。この星屑のなかの、どのまたたきが〈別地球の太陽〉なのか。この初期の宇宙期の天空によく見られる星雲物質の光のすじは、あらゆる方角に存在した。ところが、その形状は見慣れぬものであり、位置の確定には役立たなかった。

星間で迷子になっても悲しくはなかった。わたしたちは冒険に心昂ぶり、互いが互いの活力の源であった。ここしばらくの経験は、わたしたちの精神生活を潑剌とさせ、さらに二つの心を一つにまとめ上げた。ほとんどの場合、二人とも相変わらず相手と自分を別の存在として意識していたが、思い出や気質の共有や統合を、今やかなりの程度まででやれていたので、互いの相違を忘れることもしばしばだった。肉体を離脱した二つの精神が同じ視点を占め、同じ思い出と欲望を共有し、しばしば同じ精神活動をしたので、別々の存在として考えることができなくなっていたのだ。ところが奇妙なことに、この高まりゆく一体感は、相互理解と同胞意識がいっそう強まるにつれて、入り組んだものになっていたのである。

互いの精神が浸透すると、それぞれに精神的な豊かさが加算されただけでなく相乗効果をもたらした。というのは、お互いが自分と相手の内面だけでなく、相手との関係における対位法的ハーモニーを知ったからである。実際のところ、正確には説明し難いある意味において、わたしたちの精神の和合は、途切れがちながら、普通の状態のわたしたちのいずれよりも、さらに精妙な意識をもつ第三の精神をもたらしていたのである。わたしたちはそれぞれ、というより一体となったわたしたちは、今や「目覚め」て、現在の高位の精神になっていた。互いの経験のことごとくが、相手の視点において新たな意味を帯びた。そして一体となったわたしたち二つの精神は、新しい、より透徹した、さらに意識的な精神へと変貌した。このように高められた明晰な状態において、わたしたちは、というか新しくなったわたしは、別の類型の存在たちや知的世界の心理学的な可能性を探索しようと用心深く乗り出したのである。新たな透察力でもって、わたしはわたし自身とブヴァルトゥのうちに、神霊にとって本質的な属性と、互いの固有世界が強いる非本質的な事柄とを区別した。この想像力の冒険はすぐに、宇宙論的な探索の一つの方法、それも非常に強力な方法であることが分かったのである。

今やわたしたちは、長いことうすうす感じていた事実を、さらにはっきりと理解しはじめた。わたしを〈別地球〉へと導いた星間旅行において、わたしは知らぬまに、二つの異なる飛行法、一つは肉体を離脱して宇宙を飛ぶ方法、もう一つはわたしが「心的引力」と呼ぶ方法を用いていたのである。この心的引力とは、おそらく時空間のはるか遠くへ冒険に乗り出すときに、探訪者と心的に「波長の合った」ある種の異世界へと精神を直接テレパシー転送する力であった。わたしを〈別地球〉へと導くにあたって実際に主要な役割を担ったのは、この方法であったことは明らかである。二つの人類がよく似ていたおかげで、わたしの場当たり的な星間彷徨のどれよりも、はるかに強力な「心的引力」が作用していたのだった。ブヴァルトゥとわたしが今試行し、完成するつもりでいたのは、この方法だったのである。

ほどなくわたしたちは、もはや静止状態にはなく、ゆっくりと動き出していることに気がついた。星々と星雲の広大な砂漠にぽつねんといるような気がしたが、実際には未知の知性体とある種の精神的接近をしているという奇妙な感覚もあった。なにかが存在するというこの感覚に注意を凝らすと、わたしたちの漂流にも加速がつき、また方向を変えようと強く意思を働かせても、その意思をなくしてしまうと、必ずもとの方角へ引き戻されたのだった。まもなく漂流は猪突猛進の飛翔へと変わった。ふたたび前方の星たちが紫色に変わり、背後は赤く染まった。ふたたび、すべてが消滅した。

絶対の暗黒と沈黙のただなかで、わたしたちはこの状況を論じ合った。明らかにわたしたちは、今や光そのものの速度よりも速く宇宙を駆け抜けていた。おそらくは、なんらかの理解不能な手段で時間を飛び越えてもいた。そうこうするうち、別の存在が身近に迫っているという気配が、訳が分からぬまま強くなっていったのだった。

それからふたたび星たちが姿を見せはじめた。星たちは飛び過ぎる閃光のように、わたしたちの傍らを流れていた。無色のありふれた星たちだった。ちょうど目の前に、一つのまばゆい星が見えてきた。それは大きくなり、目くるめくかがやきへと変わり、それから一つの円盤となった。わたしたちは意思を働かせて速度を落とし、用心深くこの恒星の周囲をめぐり探索を開始した。嬉しいことに、その恒星には生命を宿していそうな石粒がいくつか付き従っていた。霊的存在がいるという揺るぎない感覚に導かれて、わたしたちはその惑星群のなかから一つを選び、ゆっくりとそこへ降りていったのだった。

第五章　数限りなき世界

1　諸世界の多様性

長い星間飛行の末に、今まさにわたしたちが降り立った惑星は、これから数多く訪れるなかの最初の地であった。いくつかの惑星で、その地の暦ではほんの数週間、さらに別のいくつかの惑星で数年、わたしたちは住民のだれかの心に寄宿した。出発のときがくると、たいていは寄宿相手もそれから先の冒険に同行したものである。世界から世界へと経めぐり、経験が地層のように重なっていくと、このふしぎな諸世界旅行は幾生涯にわたって続いているように思われた。しかし故郷の惑星への思いはつねにわたしたちと共にあった。実際わたしに関していえば、こんなふうに地球を遠く離れてはじめて、あとに残してきた個人的な結びつき、つまりは自分だけのささやかな宝石を、ほんとうによく理解するようになったのである。わたしはそれぞれの世界を、わたしという生命が発生した遠い世界と照合することで、そしてとりわけ妻とわたしがともに築いてきた、あの平凡な暮らしを試金石にすることで、精いっぱい理解しなくてはならなかったのである。

わたしが訪れた諸世界の途轍もない多様性を記すというか、示唆する前に、冒険の際の移動法そのものについて少しばかり語らなくてはならない。これまで報告してきたさまざまな経験のあとでは、肉体を離れた飛翔は、ほとんど役に立たないことは明らかであった。それは実際わたしたちの銀河の視覚的な様相について実に鮮明な知覚をもたらしてくれたし、また心的引力の方法によってなんらかの新発見をしたときは、方角を定めるのに役立つことも間々あったのである。しかしそれにより自由になったのは空間だけであり、時間はそうはいかず、しかも惑星系は非常に稀少な存在だったので、まったく行き当たりばったりな物理的飛翔法だけで結果を生むことなどまったく見込めなかった。とはいうものの、心的引力は、いったん修得してしまうと、実に効果的であることが分かった。この方法は、わたしたち自身の精神の想像力が及ぶ範囲に左右された。最初のうち、わたしたちの想像力がそれぞれの世界の経験によって厳しく制限されていたときは、自分たちと酷似した世界としか接触できなかった。しかもこの修行期間において、わたしたちはつねに今日ホモ・サピエンスが陥っている窮境の根底にある危機と同じ神霊的危機を経験している世界に遭遇した。いかなる世界を訪れようとも、わたしたちと寄宿相手のあいだには根本的な類似性や同一性があるに違いないと思われた。

世界から世界へと経めぐっていくにつれて、わたしたちの冒険の根底にある原理への理解と、その原理を適用するわたしたちの力を増大させることができた。しかもどの世界を訪れても、その世界への洞察をもたらし、銀河のさらなる探索へとわたしたちの想像力の届く範囲を拡張するための、新たな協力者を見つけ出した。仲間を増やしていくこの「雪だるま」方式は、わたしたちの力を拡大したので、きわめて重要であった。探索の最終段階になると数々の発見をしたが、それらは単独の、助力がないままの人間精神の力量をはるかに超えると考えられていたのも無理からぬことであった。

当初ブヴァルトゥとわたしは、純粋に私的な冒険に乗り出していると思っていた。のちに協力者が集まっても、相変わらずわたしたちこそが宇宙探索の唯一の先覚者だとばかり思っていた。しかしまもなくすると、別の宇宙探索集団というか、わたしたちが知らなかった諸世界の住民たちと心的接触をするに至った。このような冒険に加えて、困難でしばしば苦痛を伴う数々の実験のあと、わたしたちは力を結集して、まずは親密な共同体の一員となり、それからブヴァルトゥとわたしが最初の星間旅行においてすでにある程度経験していたあのふしぎな精神的和合へ入っていったのだった。

そのような集団にさらに数多く遭遇したとき、個々のささやかな遠征は単独で開始されたとしても、すべてが早晩出会いを遂げる運命にあるのだと悟った。それというのも、最初はどれほど互いにかけ離れていようとも、それぞれの集団は次第に広範囲に及ぶ想像力を獲得していったので、遅かれ早かれ他の集団と接触したに違いないからである。

そうこうするうちに明らかになったのは、幾多の世界の住民であるわたしたちは、大いなる運動の一つでささやかな役割を担っており、その運動によりコスモスは自らを知り、さらに自らを超えようとしているということだった。

こう述べたからといって、わたしが語らねばならない物語が、このコスモスによる自己発見という壮大な過程に参画しているがゆえに、まったく文字どおりの意味で真実であると主張しているのでは決してない。有体にそれは、コスモスについての絶対的で客観的な真実の一部と見なされる値打ちはない。正直に言うと、一個の人間であるわたしは、非常に表面的で誤ったあり方でしか、無数の探索者たちによって支えられている共同参与体的「わたし」の超人間的な経験に加われなかったのである。この本が、わたしたちの実際の冒険の滑稽なまでに誤った戯画となるのは、避けられない。しかしそれ以上に、わたしたちは数多くの星域から選り抜かれた者たちの集まりであり、また今もそうなのだが、コスモス全体の多様性のほんの一部を代表するにすぎないのである。かくして、現実性の真髄に迫ったと思われたときの、わたしたちの体験の究極の瞬間においても、わたしたちは実際には真実のかけらを少しだけ得られたにすぎず、またそれも、文字どおりではなく象徴的なものでしかなかった。

多少なりとも人間的な類型の世界との接触へ導いた冒険についてのわたしの描写は、かなり正確かもしれない。しかし、さらに異質な星域を扱った描写は、真実にはほど遠いに違いない。〈別地球〉についてわたしが記したことは、おそらく、わが地球の歴史家がホモ・サピエンスの過去を時代ごとに物語ろうとするときと同じくらいの、たくさんの誤りを犯していることだろう。しかしわたしたちが、銀河のここかしこや全宇宙の津々浦々、それどころか宇宙を超えた彼方で遭遇した、人間的とは言い難い世界や数多くの異様な存在(もの)たちに関しては、わたしは必然的にほとんど完全に誤りとなる報告をすることになるだろう。そこにも、ときに神話に見られるような真実があることを望むばかりである。

空間的な束縛はなかったので、わたしたちはこの銀河の近傍にも遠方の領域にも同じように楽々と足を延ばすことができた。かなりあとになるまで、ほかの数ある銀河の様々な精神と接触できなかったのは、空間的な限界のせいではなく、〈天の川〉を超えた先に横たわる諸世界からの影響に長いこと心をひらかなかった、わたしたちの根深い偏狭さ、つまりはわたし自身の好奇心の奇妙な限界のなせるわざであったのだ。この奇妙な限界については、わたしたちが最後にどうやってそこから脱却したかを記すときに、もっと多く語ることになるだろう。

空間的な自由とともに、わたしたちは時間的にも自由になった。この冒険の初期段階で探索した世界のなかには、わたしの故郷の惑星が形成されるずっと以前に消滅していたものがあり、時間的に同期のものもあり、わたしたちの銀河が老いを迎えても、なお生まれていない世界もあった。そのときにはすでに〈地球〉が滅亡し、かなりの数の星がとうの昔に消え果てたあとであった。

時空間の津々浦々を探索し、惑星という稀有な石粒の発見が相次ぐにつれて、人類という人類がある程度の澄み冴えた意識状態へ至ろうと格闘しながら、結局はなんらかの外的な偶発事に、あるいはその本性に潜む欠陥のようなものに屈するのを見るにつけ、わたしたちはコスモスが不毛で無目的であるという感覚にますます打ちのめされた。実際には、きわめて澄明な状態にまで目覚めていたために、わたしたちの理解が及ばない世界も少数ながらあった。しかしそのもっとも明晰な世界のいくつかは、銀河の歴史の最初期に生まれていた。コスモスの後期を探しても、どこかの銀河が、まして全体としてのコスモスが、初期のかがやかしい諸世界から成る宇宙期(エポック)以上に目覚めた精神の支配下に置かれるようになった(あるいはこれからそうなる)ことを示唆するものは一つもなかった。探索のずっとあとの段階になってはじめて、わたしたちはこの諸世界の壮大な繁栄が序曲にすぎないような、栄光に満ちた、とはいえ予想外の、胸を引き裂かんばかりの最高潮を発見するだけの能力を身につけたのである。

すでに述べたように、テレパシー探索の力が不完全だった冒険の初期段階においては、わたしたちが訪れた世界はどれも、それぞれの故郷の惑星で熟知していたのと同じ神霊の危機のなかで苦しみ悶えていた。この危機には二つの側面があると、わたしは考えるようになった。それは全世界的規模の真の共同体を可能にしていく神霊の闘いであり、宇宙に対する正しい、結局のところ適切な神霊的態度への到達という長い年月を要する務めの一段階でもあったのだ。

これら「蛹」段階にある世界の一つ一つに、数十億もの個人が次から次へと閃光のように誕生し、宇宙時間からすれば、消滅するまでのほんの数瞬、手探りするようにあてどなくさ迷ったのだった。ほとんどの世界が、少なくとも慎しみ深くありながら、個人的になりがちな緊密な共同体を作ることができた。しかし彼らのほとんどが未知なる存在に常に怖れと憎しみを抱いた。そのうえ彼らの親密な愛でさえも、気まぐれで洞察を欠くものであった。彼らはほとんどつねに、疲労や退屈、怖れや飢えから逃がれて自分だけの安らぎを求めてばかりいたのだった。わが地球人類と同様、亜人類の原始の眠りから完全に目覚めてはいなかった。真の目覚めのたびごとに慰められ、煩悶し、苦しみあえぐ者は、ほんのわずか、そこかしこに時々あらわれるだけだった。真実のある面についてすら、明瞭で揺るぎないヴィジョンを獲得した者はさらに少なく、その半端な真理を絶対視する者も必ずといってよいほどいた。ちっぽけな半真理を広めることで彼らは同胞の役に立ったが、同じくらい戸惑わせ、誤った方向へ導きもしたのである。

これらほとんどすべての世界において、個々の神霊は、生涯のある時期に、目覚めと神霊的完全性の低い頂きに達したが、結局はゆっくりと破局を迎え無に帰した。あるいはそのように思われた。わたし自身の世界と同様、これらの世界においても、生命はつねに目の前にある空虚な目的を追い求めることに費やされていた。ここかしこにまれなかがやきを放つ歓喜とともに、退屈と挫折から成る広漠たる星域もあった。私的な勝利、相互理解と愛、知的な洞察、美的な創造のエクスタシーもあった。宗教的エクスタシーまであったが、それらは、こうした諸世界においても御多分に漏れずに、誤った解釈によってかがやきを失っていた。個人や集団に対する憎悪と残酷の狂乱的エクスタシーもあった。この冒険の初期段階で、わたしたちは、世界の至る所に信じ難いほど多くの苦しみと残酷さがあることにひどく打ちのめされ、勇気をなくし、テレパシー能力も不調となり、狂気へと滑り落ちたのだった。

とはいうものの、これらの世界のほとんどは、実際にはわたしたちの世界より劣悪ではなかった。わたしたちと同じように、野蛮から半端に目覚めた未成熟なままの精神が、苦しみ抜いて自暴自棄になり、残忍な行動に及ぶという段階に至っていたのだ。そしてわたしたちと同じように、この冒険の初期に訪れたこれら悲劇的だが活気に満ちた世界は、変化する環境と歩調を合わせていく精神の能力を欠いていたがゆえに悶え苦しんでいた。これらの世界は常に時代遅れで、新しい状況に古くさい概念や考えを見当はずれに適用していた。状況が求めているのに、貧しく、臆病で、利己主義的な精神ではとうてい達成されない共同体に、彼らなりに悶えんばかりに焦がれていた。真の共同体、相互洞察と敬意と愛の交わりを維持しえたのは、夫婦や小さな同胞サークルであった。ところが部族や国家のなかでは、そんな彼らも群れを作って偽りの共同体をあまりにも安易に思い描き、恐怖と憎悪で一斉に吠えまくったのだった。

とりわけある点で、これらの人類はどう見てもわたしたちの同類だった。彼らはいずれも暴力とやさしさの奇妙な混合によって生起した。暴力の使徒とやさしさの使徒に、あちらへこちらへとゆさぶられていた。わたしたちが訪れたとき、こうした世界の多くは、このような葛藤の危機のただなかで喘いでいた。最近まで、やさしさと寛容と自由へ向けて、口先だけのことばが声高に寄せられていた。しかしそのような政策は、そこに誠実な目標も神霊的確信もなく、個々の人格の尊重という真の体験もなかったために破綻した。あらゆるたぐいの利己主義と執念深さが、恥知らずな個人主義となって、はじめは秘密裡に、そのあとは公然と蔓延するようになっていた。そして結局は、怒りに狂った諸民族は個人主義に背を向け、たちまち群衆特有の宗教的熱狂におちいったのだった。それと同時に、やさしさがもたらした失敗に愛想をつかし、暴力と、神に選ばれた英雄や武装した部族の残忍さを公然と讃美するようになった。やさしさへの信仰を自認している人びとも、暴力を信奉していると非難した外国の民族に対して自らの民族を護るべく軍備を整えた。高度に発達した暴力の技術が文明を破壊するおそれがあった。年々やさしさは拠り所を失っていった。彼らの世界が短期的な暴力ではなく長期的なやさしさによって救済されねばならないことを理解できた者は、ほとんどいなかった。それでもごくわずかながら知る者はいた、望ましい結果を生むにはやさしさが宗教とならないといけないこと、さらにはこれらすべての世界において、いまだにほんのひと握りの人間しか到達できていない意識の澄明性へと多くの人間が覚醒するまでは、持続的な平和は決して訪れないことを。

わたしが探索したすべての世界をこと細かに記すとなれば、この本は巨大文庫へと膨らんでしまうだろう。冒険の初期段階において、わたしたちの銀河のあちこち、また時間の至るところで遭遇した世界の数多くの類型については、ほんの二、三頁しか割くことができない。これらの類型のいくつかはほとんど例を見ないものであり、ほかは何十何百となく生起した世界だった。

あらゆる階級の知的世界のなかでもっとも数が多かったのは、この本の読者にはお馴染みの惑星をはじめとする世界である。近年ホモ・サピエンスは、おそらく自分たちはコスモスにおける唯一の知的存在ではないかもしれないが、少なくとも比類のない存在で、知的生命に適した世界はなんであれ稀少であると考えることで、得意になったり怖れ慄いたりしてきた。このような見方は滑稽なまでに誤りである。想像を絶する星の数との比較で言うと、知的な世界は実際ごくまれである。しかし、わたしたちは地球と酷似した、本質的に人間的な類型の存在たちが支配する何千もの世界を発見した。もっとも、彼らは見た目にはわたしたちが人間と呼ぶ類型とは似ていないことが多かった。〈別地球人〉はまさに明白に人類の部類にはいっていた。しかし冒険の後期段階で、わたしたちの探索がもはや、お馴染みの神霊的危機におちいった世界に限定されなくなったとき、わたしたちはホモ・サピエンスとほぼ等しい種、いやむしろホモ・サピエンスが存在の最初期にあるような被造物が棲息する二、三の惑星に行き遭ったのである。これらの人間的な世界のほとんどは、わたしたちはこれまで遭遇することはなかったのだが、それは偶然かどうかはともかく、これらの世界がわたしたちの精神段階に達する前に滅亡していたからであった。

諸世界のなかの、わたしたちと同格の世界から、精神的な水準では劣位の世界にまで探索を広げることに成功したかなりあとになっても、ホモ・サピエンスの到達点を完全に超越した存在たちとはいかなる接触もままならない状態にあった。結果として、多くの宇宙期にわたって多くの惑星世界の歴史をたどり、その多くが破局を迎え、沈滞と避け難い滅亡へと沈んでいくさまを見てきたが、彼らがなんらかのより進んだ精神性へと跳躍的進化を遂げるまでに成熟したと思われたその刹那に接触できなくなった世界もわずかながらあった。わたしたちの冒険のずいぶんあとの段階で、わたしたちの合体的存在そのものが多くの上位的神霊の流入によって豊かになったとき、ようやくわたしたちは、これらの至福に満ちた世界‐物語の流れを再び辿ることができたのである。

2　ふしぎな人類

この冒険の初期段階に訪問した世界のすべてが、わたしたち自身の世界でよく知られていた危機と格闘していたが、そのなかには生物学的に人間に似た人類種が領有する世界があり、かなり異なった類型の人類による世界もあった。より明白に人間的な人類種は、〈地球〉や〈別地球〉と大きさや自然が酷似した惑星に棲息していた。彼らの生物進化の物語がいかに突飛であっても、すべてが最後には環境の力により、明らかにそのような世界に最適な直立歩行の形態へと成形された。ほとんど常に、二つの下肢は歩行に用いられ、二つの上肢は道具の操作に用いられた。たいていは、脳と距離を知覚するための器官、そしておそらくは摂食や呼吸のための開口部から成る頭部らしきものがあった。これら擬似人間的な類型は、地球で一番大型のゴリラを上まわることはなく、猿を大きく下まわることもなかった。もっとも、彼らの大きさについては、手ごろな測定基準がなかったから、正確な数値を言うことはできない。

この人間に近い種類には、かなりの多様性があった。純正の飛翔生物に由来する有翼の擬似ペンギン的人類に遭遇したし、いくつかの惑星では、飛翔の力を保持し、人間なみに大きな脳をもつ鳥人を見つけたこともあった。大きな惑星であっても、驚くほど揚力を生みやすい大気のおかげで、自らの翼で飛ぶ人類種がいた。それから脊椎動物でも、ましてや哺乳類でもない系統に沿って、ナメクジのような祖先から進化した人類もあった。こうした類型の人類は、しなやかで丈夫な骨から成る精巧な「籠細工」を内在化させて、手足に必要な堅さと柔軟性を獲得していた。

ごく小さな地球似の惑星に擬似的な人類がいたが、おそらく類のないものだった。ここでは、生物は地球と同様にかなりの進化を遂げていたが、高等動物のすべてが、一点明らかに見慣れた類型と著しく異なっていた。わが地球の脊椎動物に多く見られる器官が二つずつあるという特徴を彼らは欠いていた。したがって、この世界の人類種は、むしろ半分地球人といった風だった。カンガルーのような尻尾でバランスをとりながら、一本の頑丈な偏平の脚で跳ねまわっていた。胸からは腕が一本突き出ていたが、それが三つの前腕と、物をつかむのに適した幾本かの指に分かれていた。口の上には鼻孔が一つ、そのまた上に耳が一つ、頭のてっぺんには三叉の吻があり、それぞれに三つの目が付いていた。

非常に異質でありながら、かなりありふれた擬似的人類が、ときに〈地球〉よりずっと大きな惑星で発生していたことがあった。より大きな重力のせいで、お馴染みの四本足ではなく、まずは六本足の類型が登場した。これは小型の六本足の穴居性動物、俊敏で優美な六本足の草食動物、牙をもつ六本足の大型動物、そして多種多様な六本足の肉食獣へと分岐し増殖していった。このような世界における人類種は、オポッサムに似た小動物から飛躍的な進化を遂げ、三対の脚のうち最初の一対を、巣作りや木登りに用いるようになった。やがて身体の前部が垂直になり、次第に人間の胴体を首のようにした四足動物に似ていなくもない形状を取るようになった。実際それは、四本足と自由な二本の腕をもつケンタウロスであった。文明の諸々の設備と衣食住の便益のすべてが、このような形状の人類に適うように造形された世界に身を置いていると、実に奇妙な気分になったのである。

これらの世界のなかでもっとも小さな世界に、ケンタウロスを遠い祖先に持つが、今はケンタウロスではない人類種がいた。進化の亜-人類的段階において、環境の淘汰圧がケンタウロスの身体の水平部分を収縮させ、その結果、前脚と後脚が徐々に引っ付いていき、ついには丈夫な単一の足となった。こうして、人間とその直近の先祖たちは二足動物となったが、ヴィクトリア朝のスカートの腰当て(バッスル)を髣髴させるとても大きな臀部(でんぶ)を持ち、脚の内部の骨構造は今も彼らが「ケンタウロス」の末裔であることを示していた。

擬似-人類的世界でごく普通に見られるある人類種については、それが銀河の歴史において重要な役割をになっているので、もっと詳しく記さなくてはならない。これらの世界の人間は、個々の世界で形状においても運命においても相当に多様であったが、例外なくヒトデに酷似した五叉の海棲動物の一種から進化していた。この被造物はやがて一つの叉を知覚のために、残りの四つを歩行用へと特殊化させた。その後それは肺や複雑な消化器官や見事に統合された神経組織を発達させた。さらにのちになって知覚のための叉が脳を生じ、残りの叉が走りや登りに適応していった。先祖のヒトデの体部を覆っていた柔らかな刺状突起は、一種の穂のような毛へと変わることが多かった。時季が至れば、眼や鼻や耳や味蕾や、時には電気的知覚器官を備えた直立二足歩行の人類が登場したはずである。顔が醜悪なこと、そして総じて口が腹部にあることを除けば、この生き物は典型的な人類であった。しかしながら、体部はたいていはこれらの世界に特有の柔らかな刺と脂ぎった毛で覆われていた。衣服は極地における防寒用のものしか知られていなかった。もちろん顔は、概して人間とは言い難かった。長い頭部には五つの目が小冠のように付いていることが多かった。呼吸、嗅覚、また会話にも用いられる大きな鼻孔が、目の下でもう一つ小さな丸を描いていた。

これらの「人間的棘皮生物」の外観からは彼らの性向を窺うことができなかった。というのは、人間離れした顔をしてはいても、彼らの精神の基本パターンは、わたしたちと似ていなくもなかったからだ。感覚はわたしたちに酷似しているが、なかにははるかに多様な色彩感覚を発達させた世界もあった。電気的な感覚を備えている人類には、いささか困らされた。というのは、その思考を理解するには、まったく新しい質の感覚域と、巨大な未知の象徴体系を習得しなくてはならなかったからだ。その電気的器官は、感受者の身体に関する電荷の非常に微妙な差異を感知した。この感覚は本来、攻撃用の電気的器官を備えた敵を発見するために用いられたものである。しかし人類となってからは、それはもっぱら社会的な意味をもつものとなった。近くにいる仲間の感情状態についての情報をもたらしたのだ。ほかにも気象を察知する機能があった。

この種の世界を説明すると同時に興味深い特性を示している例が一つある。それをもっと詳しく描写しなくてはならない。

この人類を理解するための鍵は、わたしが思うに、ふしぎな生殖の方法にあるが、それは本質的に共同参与的なものであった。それぞれの個体が新しい個体を発芽させることができたが、それは一定の季節に限られており、部族全体から放射され風で運ばれる花粉状の物質による刺激のあとでなくてはならなかった。この普通の顕微鏡では見えない微細な粉塵は、生殖細胞ではなく、遺伝の基本因子である「遺伝子」だった。その部族の棲息域には常に、共同参与的な粉塵の香りがほのかに漂っていたが、集団的感情が激したときには、花粉状の雲は実際に靄に見えるほど濃くなった。こうしたまれな機会にしか懐妊は見込めなかった。あらゆる個体が吐き出した花粉状物質は、受精の準備がととのった個体に吸い込まれた。すべての個体がその花粉状物質を豊かで霊妙な芳香として経験したが、その芳香に各個体は自分だけの匂いをささげた。熱を帯びた個体はある奇妙な肉体的・生理的仕組みを利用することにより、その種族あるいは個体群の大多数が発する満腔の香りの刺激を渇望するよう仕向けられた。そして実際、花粉状の雲が充分複雑にならないと、懐妊は起こらなかった。部族間の交差授精は、現代世界における部族間の戦争や、部族どうしの絶え間ない往来のなかで生じたのである。

かくして、この人類にあっては、だれもが子どもを産むことができた。あらゆる子どもには母親である一個体が存在したが、父親役は部族全体で受けもった。子をはらんだ親たちは神聖視され、共同参与体による看護を受けられた。赤ちゃん「棘皮人類」が最後には親の体から離れると、その子も部族の若者たちもまとめて共同参与的に養育された。文明化された社会では、養育は専門の看護士や教員にゆだねられた。

このような繁殖がもたらす重要な心理的影響に関してのんびり語るわけにはいかない。わたしたち地球人類が肉体的接触のときに感じる歓喜や嫌悪とは無縁であった。他方、各個体は、変化し続ける部族的芳香によって深く心を動かされた。それぞれの個体がその部族に対して周期的に抱くロマンティックな情愛のふしぎな形態については描写が不可能である。この感情を妨げ、抑圧し、倒錯させたことが、この人類のもっとも高邁にして、またもっとも下劣な結果をもたらす原因となったのだった。

共同参与的な母性と父性のおかげで、その部族はより個体性の強い人類にしては未知の結束と力を帯びることになった。原始的な部族は、数百もしくは数千の個体からなるいくつもの集団を形成していたが、近年その規模は大幅にふくれ上がっていた。しかしながら、部族への忠誠という感情は、それが健全な状態にあれば、つねに各個体の私的な交際の上に成り立つものでなくてはならなかった。もっと大きな部族であっても、おのおのが少なくともほかの各個体の「友人の友人の友人」であった。電話やラジオやテレビによって、わが地球の小都市ぐらいの大きさの部族が個体どうしの充分な私的交流を維持することができたのである。

しかし部族がさらに成長するにつれて健全さを失う、ある臨界点が常に存在した。もっとも小さく、もっとも知的な部族の場合でも、部族に対する自然な感情と、自分と仲間たちの個体性への敬意とのあいだに絶え間ない緊張があったのだ。しかし小さな部族や健全で大きな部族の場合は、部族精神は個体間相互の敬意と自尊心のもとで、やさしくすこやかな状態にあったが、もっとも大きく、半ば正気をなくした部族では、部族への催眠的な影響が全体として人格を埋没させる傾向が強く出た。各個体が自分自身や仲間たちを一人格として認識することすらできず、精神を欠いた部族の器官となった。かくして、その共同体は本能的な動物の群れへと劣化していったのだった。

歴史を通じて、その人類種のより明敏な存在たちは、究極の誘惑は個性が部族性に屈することだと悟っていた。預言者たちは幾度も自らに誠実であるよう皆を戒めたが、彼らの訓戒はほとんど無駄であった。このふしぎな世界のもっとも偉大な宗教は、愛の宗教ではなく自己の宗教であった。わたしたちの世界では、人間はだれもがお互いに愛し合うようなユートピアに焦がれたが、「棘皮人類」は部族に黙従せずに「自己である」力を求める宗教的な渇望を称揚する傾向にあったのだ。ちょうどわたしたちが、根の深い利己主義を共同体への宗教的崇敬によって埋め合わせるように、この人類は根の深い「群居性」を個体への宗教的な崇拝で補正したのである。

もちろん、もっとも純粋で進んだ形としての自己の宗教は、最良の状態の愛の宗教とほとんど変わるところはなかった。愛することとは、愛するものの自己達成を願うこと、まさに愛するという行為そのものに付随しながらも大きな活力をもたらす自己の増進を実現することである。その一方で、自らの潜在能力を出し切って自らに忠実であることは、愛の行為となる。そのためには、共同体と人類としての神霊の成就をともなう、より大きな自己に献身する内密の自己の修練が求められる。

ところが自己の宗教は「棘皮人類」にとって効力のないものであった。愛の宗教がわたしたちに効力を及ぼさなかったのと同じことである。「汝の隣人を愛せよ」という教えは、隣人を自分たちの貧弱な複製としかみなさず、違いが分かると憎むという傾向を自らのうちに醸成することが頻繁にあった。彼らの場合も、「自らに忠実であれ」という教えは、精神性の部族的流儀に忠実でいる傾向を醸成しただけであった。

近代的な産業技術文明のせいで、多くの部族が健全な限界を超えて膨れ上がった。それにより、わが地球の国家や社会階級に相当する人工的な「超-部族」や「選ばれた部族」が登場した。経済的な単位は本質的に共産的な部族であり、個人ではなかったので、雇用者階級は少数の裕福な部族の小集団であり、労働者階級は多数の貧しい部族から成る大集団であった。超-部族のイデオロギーは、その支配下にあるあらゆる個体精神に対して絶対的権力をふるった。

文明化された諸地域では、超-部族や大きくなりすぎた野生の部族が、驚くばかりの精神的独裁を生み出した。野生の部族に関しては、少なくともそれが小さく真に文明化されていたならば、個としてなお知性と想像力をもってふるまうことができたかもしれない。事実上の血族とともに、〈地球〉では知られていない、ある程度の共同体を維持したかもしれない。実際、批判精神をもち、自己を敬い他者を尊ぶ人格的存在となったことだろう。それなのに国家的なものであれ経済的なものであれ、超-部族がかかわる問題になると、彼らはずいぶん異なったふるまいを見せた。国家や階級のお墨付きを得た思想は、どんなものでも仲間とともに批判なしで熱狂的に受け入れた。超-部族の象徴あるいはスローガンを前にすると一個の人格的存在であることをやめ、型どおりの反応しかできない理性を欠いた動物に成りさがった。極端な場合、個体精神は超-部族の提案に抵抗する力を完全に封印した。批判は盲目的な怒りで迎えられ、耳をかす者は事実上皆無だった。小さな土着の部族の親密な共同体のなかで、お互いに対する大きな洞察と共感の能力をもっていた人びとでも、突然、部族の象徴に反応し、国家や階級の敵に対して狂ったような不寛容と憎悪を向けるようになった。このような気運のなかで、彼らは超-部族が想い描く栄光の自己犠牲という極端へと走った。しかも彼らは、良好な状況下なら自分たちと同じくらい穏やかで知的な存在になりえたはずの敵に対して強烈な復讐心を発揮する手段を考えることにかなりの才知を見せたのだった。

わたしたちがこの世界を訪れたとき、群衆の熱狂は文明を完全に修復不可能なまでに破壊するのではないかと思われた。世界の諸事万般は、超-部族主義への熱狂が広まるなか、ますますその統治下に置かれるようになった。実際、それは知性によってではなく、ほとんど無意味なスローガンによるかなり情動的な圧力によって動かされていた。

混乱の期間が過ぎたあと、新しい生き方が最後にはいかにしてこの苦境に陥った世界に普及していったかを語る猶予はない。それが可能になったのは、超-部族が機械産業の経済力と自身の激烈な葛藤によって崩壊してからであった。個体はついにふたたび自由になった。その人類種の展望の全体に今や変化が生まれた。

まさにこの世界において、私たちははじめて当地の住民たちとの接触に失敗したのだが、ちょうどそのとき、彼らは惑星全域に社会的ユートピアのようなものを確立しながら、わたしたちには到達できない、あるいは少なくとも当時のわたしたちには理解の及ばない、ある精神的段階へと昇りつめる前の神霊の最初の痛苦に満ちた動揺に包まれていたのだった。

わたしたちの銀河のほかの「棘皮人類」型世界のなかで、平均より見込みのある世界が一つ、早くからかがやきを放っていたが、天体の衝突によって壊滅していた。その恒星系全体が、密度の濃い星雲に遭遇してしまったのだ。すべての惑星の表面が溶解した。この種の世界はほかにもいくつかあったが、より目覚めた精神性に至ろうと苦闘しながら完全に失敗するのを、わたしたちは目撃した。執念深く迷信的な群体-崇拝者集団が、その人類の最高の者たちを皆殺しにし、残りを慣習や原理によって麻痺させたので、あらゆる精神的な前進を可能にする感受性や適応力は、永久に破壊されてしまったのだった。

このような「棘皮人類」型世界とは別に、幾千もの擬似人類の世界が時ならぬ終焉を迎えた。奇妙な災厄に屈した世界が一つ、簡単な記述にあたいするかもしれない。この世界には、かなり人間に似た人類種がいた。その文明がわたしたち人類と酷似した段階や特徴に到達すると、ようするに、一般大衆の理想が確立したいかなる伝統にも導かれることなく、自然科学が個体主義的な産業に隷属しているような段階に達したとき、生物学者たちは人工授精の技術を開発した。まさにこの時期に非合理主義、本能、無慈悲、そして「聖なる」原始的「野蛮人」崇拝が広まったのである。この野蛮人が蛮性と群衆支配の力とを併せもったとき、格別な崇拝の対象となった。いくつかの国々がこのような独裁者に服属し、いわゆる民主主義的な国々においても似たような大衆的人気を博したのだった。

いずれの種類の国においても、女は「野蛮人」を恋人として、また子どもたちの父親として切望した。「民主主義の」国々では、大いなる経済的独立を達成していた女たちが「野蛮人」の種付けを要求すると、何もかもが商品化される事態を引き起こした。望ましい男はシンジケートに囲われ、五段階の望ましさでランク付けされた。父親のランクに合わせて定められた、それなりの料金を払うと、どんな女性でも「野蛮人」の種を入手できた。第五段階は非常に安価であったので、サービスの対象外となったのは、零落し切った貧者ぐらいのものであった。最低ランクであっても、選ばれた男との実際の交接となると、おそらくは供給が限られていたこともあって、もちろん料金はぐっとお高くなった。

非‐民主主義的な国々では、事態は違ったふうに展開した。これらの地域ではどこでも、時流に乗った独裁者が全人民の崇敬を一身に集めていた。彼は神に遣わされた英雄であった。彼自身が神であった。あらゆる女性が、恋人にはできなくとも、少なくとも自分の子どもたちの父親として、熱狂的なまでに彼を欲しがった。国によっては、支配者からの人工授精が、非の打ち所がない女性の至高の優遇措置としてのみ許容されることがあった。とはいうものの、あらゆる階級の普通の女性が、認証済みの「野蛮人」の貴種を授かる権利を与えられた。支配者自らがわざわざ未来の全人民の父親になった国々もあった。

このような異常な慣習、つまりあらゆる国々で一世代間に容赦なく、またかなり長期間にわたってそれほど徹底的ではないやり方で実施された「野蛮人」による人工父性の結果は、この擬似人類全体の体質を変えてしまった。常に変化する環境に適応し続けるためには、人類種たるもの、どのような犠牲を払っても、たとえわずかであれ強力な刺激となる感受性と独創性を維持しなくてはならない。この世界では、貴重な遺伝因子は、今や非常に薄まってしまい有効性を失っていた。これより以降、その世界の絶望的なまでに複雑な問題は、不手際に処理されるばかりとなった。文明は崩壊した。その人類種は、本質的に人間以下の、変革能力のない、いわゆる擬似‐文明的な野蛮状態へと低落した。このような事態が数百万年は続いたが、結局は小さな鼠もどきの動物に自らを護る術もないまま蹂躙されて滅亡したのだった。

多くのほかの擬似人類世界すべての奇妙な運命について言及する猶予はない。文明がうち続く野蛮な戦争で壊滅しても、復興の胚種がかろうじて生き残った世界もあったと述べるだけにしておく。新旧の苦悶に満ちた均衡をどこまでも引き延ばしたように思われた世界もあった。未熟な人類の安全にとって科学があまりにも進みすぎたために誤って自分の惑星を丸ごと人類もろとも爆破してしまった世界もあった。またなかには、別の惑星の住民の一部を侵略し征服したために、歴史の弁証法的展開がもろくも途切れてしまった世界もいくつかあった。このようなことをはじめ、追い追い記すことになる別の災禍が、諸世界から成る銀河の人口を激減させたのだった。

以下のように述べることで、話を締めくくるとしよう。このような擬似人類世界の一つか二つで、典型的な世界の危機の続くなか、生物学的に優越した新人類種が、純粋な知性と共感によって力を獲得して惑星をとりしきり、原住種に生殖をやめるよう説得した。そして惑星全体を自分たち優越種で埋め尽くし、共同参与的な精神性を達成した人類を創造し、わたしたちの探索と精一杯の理解が及ばぬ先へとすみやかに前進していった。わたしたちの接触が失われる前に、新しい種が古い種に取って代わり、その世界の膨大な政治的・経済的事業を継承したとき、この熱狂的で無目的な生活がことごとく不毛であると分かって笑うのを見て驚いた。わたしたちが見まもるなか、古い秩序は新しくて素朴な秩序に席を譲りはじめた。その新しい秩序のなかで、世界は機械の奉仕を受けて苦役からも享楽からも解放され、コスモスと精神の探索に専心する少数の「貴族階級の」住民で満たされるはずであった。

この素朴な生活への変化は、ほかのいくつかの世界においては、新しい種の介入ではなく、新たな精神性が古い精神性との闘いに勝利するだけで生じていたのである。

3　オウム貝状船人類

わたしたちの探索が進み、訪れた多くの世界から助力者を集めていくにつれて、異星人の性質を洞察する想像力も増大していった。探索はやはりお馴染みの精神の危機と苦闘中の人類種に限られてはいたが、わたしたちは精神の組成が人類とは遠く隔たった存在(もの)たちと接触する力を段々とものにしていった。まずはこれら典型的に「非人類的な」知的世界の主要な類型について、なにがしかのイメージを伝えるよう努めねばならない。人類との違いが身体ばかりか精神においてもかなり顕著な場合もあったが、次の章で描写する例に比べればそれほどでもなかった。

概して、意識をもつ存在たちの身体と精神のあり方は、棲息する惑星の特徴を反映していた。たとえば、巨大な水系の惑星では、文明が海棲生物によって達成されていた。これらの巨大な球体では、人間の大きさをした陸棲生物は、重力によって大地に釘付けにされるので、繁栄できなかっただろう。しかし水中であれば、図体に制限はなかった。こうした大きな世界の特徴を一つ挙げるなら、重力に押しつぶされて、地表には高山も窪地もほとんどなかったことである。かくして、そうした世界は通例、小さく平たい島々が点在する浅い海に覆われていた。

この種の世界の一例として、ある巨大な太陽系における最大の惑星について描写してみよう。わたしの記憶が正しければ、銀河の密集した中心近くに位置するこの星は、銀河史の後期に誕生し、すでに古参の星たちの多くがくすぶる溶岩で覆われていたときに、惑星群を産み落としたのだった。太陽の猛烈な放射熱のせいで、太陽に近い惑星の天候は荒れ狂っていた（あるいは荒れ狂うことだろう）。その惑星群の一つで、沿岸部の浅瀬に棲息する軟体動物状の被造物が、小舟のような貝殻に乗って海面を漂う性向を獲得し、浮遊する植物性の食べ物との接触が常時可能になった。歳月を経るにつれて、貝殻が航海にうまく適応していった。その生き物の背中から未完成ながら帆のような膜が伸びて、ただ漂うだけではなくなった。ほどなくこの海棲的類型は数多くの変種へと形態分化し増殖した。小型のままでいた種もあったが、大きいのが好都合と分かって生きた船へと進化した種もあった。これらの種の一つがこの巨大世界の知的な覇者となったのである。

船体は十九世紀に最盛期を迎えた快速帆船(クリッパー)にそっくりで、わが地球の最大の鯨よりも大きく頑丈な流線形の船であった。後部の触手や鰭(ひれ)は舵(かじ)へと進化し、それは魚の尾のように推進器としても利用された。もっとも、これらの種はすべてがある程度は自力で航海できたが、長距離の交通手段として普通に用いられていたのは、大きく広げられた帆であった。祖先代々の単純な膜は、筋肉で自在にコントロールできる、羊皮紙のような帆と、骨質のマストや帆桁から成る組織となっていた。舳先(へさき)の両側に一つずつ付いている下向きの目のせいで、船との類似性はいよいよ顕著であった。メーンマストである頭部にも水平線を探る目が付いていた。脳内の磁性感応器官は、方向定位の手段として信頼に足るものであった。船の前部には歩行の際に船側に畳み込まれる二つの伸縮自在の触角があった。これは非常に便利な一対の腕となったのである。

このような種が人間的な知能を発達させたことは、ふしぎに思われるかもしれない。しかしながら、このような世界で、数多くの偶発事が重なってこのような結果を生み出したのは一例にとどまらなかった。草食から肉食へと変化したことにより、非常に高速の海棲生物を追跡する動物特有の狡知が大きく進化したのである。聴覚はすばらしく発達していた。かなり遠くにいる魚の動きを水中の耳で探知するためである。船体の両側の湾曲部にある一列の味覚-器官は、絶えず変化する水の組成に反応したので、それにより捕食者は獲物を追跡できた。繊細な聴覚と味覚は、知能の発育に好都合な雑食の習慣につながり、さらには行動や広範な社会性を多様なものにした。

発達した精神には欠かせない媒体である言語には、この世界における二つの異なった様態があった。近距離のコミュニケーションには、生体の後部にある通気孔からリズミカルに水中放射されるガスを水中の耳を介して聴取し分析した。遠距離のコミュニケーションは、マストの先で触角を激しく震わせる信号を送ることによって遂行された。

共同参与的な漁業団の編成、罠の発明、釣糸や網の作成、海や沿岸での農業の実践、石造りの港や作業場の建造、火山熱を利用した金属精錬、工場の動力となる風の利用、平坦な島々で鉱物資源や肥沃な土地を探すための運河計画、広大な世界の漸進的な探索と地図作成、機械の動力としての太陽熱の利用、これらをはじめとする多くの事業は、知能の所産であると同時に知的進化の契機ともなったのだった。

知性をもつ船の精神のなかに入ったり、船体が波を切って進むとき舳先の下で泡が渦を巻く様子を見たり、脇腹を過ぎていく水流の苦味や旨味を味わったり、海風に逆らって進むとき帆に当たる空気圧を感じたり、遠方の魚の群れが勢いよく泳ぐ様や呟きを喫水線の下に聴き取ったり、水中の耳に入ってくる反響音によって造影される海底の形状を「聴き分け」たりするのは、ふしぎな経験であった。ハリケーンに襲われ、マストが曲がり帆が裂けはしないかと感じ、同時に巨大な惑星の小規模ながら猛烈な波に船体が乱打されるのは、ふしぎであり恐ろしくもあった。ほかの生きた船が水を掻き分け、大きく傾き、黄色もしくは黄褐色の一組の帆を風向きに合わせて調整するのを観察するのもふしぎであり、これらの船たちが人工物ではなく、それぞれ意識と目的をもつ存在だと悟ると、ほんとうにふしぎな気持ちになるのだった。

　ときどき二艘の生きた船が格闘し、蛇のような触角でお互いの帆を裂き、金属の剣でお互いのやわらかな「甲板」を突き刺し、あるいは離れた距離から砲撃するのを見た。ほっそりとした雌の快速帆船（クリッパー）を目前にして接触を切望するのを感じ取ったり、外洋で雌の船とともに間切り走航したり船首を左右に振りながら進んだり、海賊のように追跡したり追いすがったり、この人類の愛の戯れを織り成す繊細ではかない愛撫をしたりすることは、気まずくもあり喜ばしくもあった。舷側に近づき、帆を詰開きの状態にして雌を脇腹へとぐいと引き寄せて性的な侵入を遂げるのもふしぎだった。子どもたちを引き連れたお母さん船を見るのは、愛くるしくもあった。ところで出産のとき、赤ちゃん船は、左舷から一艘、右舷から一艘と、小船のように母親の甲板から進水することにも触れておくべきだろう。そのあと赤ちゃん船は、母親の脇腹で授乳された。遊ぶときは子ガモのように母親の周囲を泳ぎまわり、未成熟な帆を広げてみせた。天候が悪いときや長旅の際には、子どもたちは母親に乗船させられた。

わたしたちが訪れたとき、自然の帆の補助具として船尾に動力装置とスクリューを取り付けている最中であった。コンクリートの船渠（ドック）から成る大都市が、沿岸地帯の多くに広がり、後背地を掘り崩して造られていた。これらの都市において街路の機能をはたした幅広の水路はわたしたちを楽しませた。水路は帆船やら機械船やらで渋滞し、子どもたちは巨大な年輩者のあいだで引き船や小型帆走漁船（スマック）のように見えた。

おそらくあらゆる世界－病のなかでもっともありふれた社会的病、すなわち、経済的影響の下で、住民が相互に理解できない二つの階級へと分裂していくのをもっとも顕著な形で見いだしたのは、この世界においてであった。二つの階級の大人の違いは著しく大きかったので、はじめのうちは違う種なのかと思い、目の当たりにしているのは、新たな生物的優越種がそれ以前の種に勝利した結果なのだと思い込んでいた。ところが、これがとんでもない誤りだったのである。

支配者たちは外見的には労働者たちと非常に異なっていたが、それはちょうど女王蟻や雄の蜜蜂が同種の働き手とはかなり違うようなものだった。支配者たちは実にエレガントで精巧な流線形をしていた。彼らは労働者よりも大きな帆を広げられ、好天時の帆走速度は速かった。嵐の海では繊細な体形が祟って耐航性がなかったが、一方でより熟練した冒険心のある航海者でもあった。自在に動く触角は頑丈ではなかったが、より洗練された適応能力をもっていた。知覚はいっそう繊細になっていた。忍耐と勇気において最上の労働者を凌駕していたのは、おそらく彼らのごく少数であって、そのほかのほとんどの者は肉体的にも精神的にも脆弱であった。支配者たちは労働者にはなんら影響を与えない数多くの致命的な病、概して神経系の病にかかった。一方で、労働者に感染しやすいが、まず致命症にはならない伝染病の一つにかかると、まず間違いなく命を落とした。しかも彼らは精神的な不調、とりわけ神経症的な自尊心を肥大させてしまいがちだった。世界の組織化と制御は彼らの掌中にあった。他方労働者たちは、自分たちを締めつける環境下で生じた病やノイローゼに苛まれていたが、全体として心理的にはより頑健であった。とはいうものの、深刻な劣等感を抱いていた。手先が器用で、どんなに細かい作業でも知能や技術のあるところを見せたが、スケールの大きな仕事を前にすると奇妙な精神的麻痺状態に陥る傾向にあった。

二つの階級の精神性は、実際顕著なまでに異なっていた。支配者たちは個々人で独創性を発揮したり利己主義的な悪徳に染まりやすい傾向があった。労働者たちは集団意識や群集特有の催眠作用を受けやすかった。支配者たちは概して、用心深く、先見の明があり、独立心をもち、自信たっぷりであったが、労働者たちは、衝動的で、社会的大義のもとで自らを犠牲にする心づもりがあり、社会活動の正しい目的を明確に意識し、困窮している個人にはこのうえなく寛大であった。

わたしたちが訪れたとき、ある最新の発見が世界を混乱におとしいれている最中だった。それまでは二つの階級の本質は、神の掟や生物学的遺伝によって決定的に相容れないものとされていた。ところが、今やこれは真実ではなく、二つの階級間の肉体的かつ精神的な違いは、完全に育ちに起因することが確実となったのである。太古の昔から、二つの階級は実に奇妙な方法で補充されていた。乳離れすると、母親の左舷で生まれた子どもはすべて、親の階級がなんであれ支配者階級の一員として養育され、右舷で生まれた者はすべてが労働者階級として育てられた。もちろん支配者階級は、労働者階級よりずっと数を少なくする必要があり、この方式では支配者が潜在的に途轍もなく過剰となった。難問はこんなふうに克服された。右舷で生まれて労働者階級となった子どもも、左舷で生まれて支配者階級となった子どもも、それぞれの階級の親によって育てられたが、左舷に生まれて潜在的には貴族となる子どもは、親が労働者の場合、たいていは幼児のうちに生贄として処理された。わずかな数だけが支配者の右舷生まれの子どもたちと取り替えられたのである。

産業技術主義の進展、安価な労働力の大規模供給を受けての需要の拡大、科学思想の普及と宗教の衰退とともに、両階級の左舷生まれの子どもたちは、労働者として養育されると肉体的にも精神的にも区別できなくなるという衝撃的な発見がなされた。安い労働力を大量に必要とした産業界の有力者たちは、今や過剰な左舷生まれの幼児を労働者として手厚く養育すべきだと力説しながら、幼児の生贄に対する道徳的な怒りを煽っていた。まもなく、見当違いをした科学者たちが、右舷生まれの子どもでも支配者として育てられると、美しい輪郭、大きな帆、精妙な体質、支配者階級の貴族的精神を発達させるという、さらに体制転覆につながる発見までしてしまった。支配者たちはこの知識が労働者にまで広まるのを阻止しようとしたが、同じ支配者階級の感傷的な人びとはそれを大々的に広め、社会的平等という先進主義の熱狂的教義を説いたのだった。

訪問の最中の世界は恐るべき混乱のさなかにあった。後進海域では古い体制は疑問視されぬまま残ったが、先進海域では例外なく死に物狂いの闘争が繰り広げられていた。ある広大な群島では、社会革命が起きて労働者が権力を握り、また冷酷でありながら献身的な独裁体制が、新しい世代が労働者と支配者のもっとも望ましい性質を併せもつ均質で新しい類型となる共同体の生活を組織しようとしていた。支配者たちはあちこちで、新しい思想は偽りかつ卑劣であり、全体の貧困と悲惨へつながるに違いないと、労働者に説いてまわった。「物質科学」は見当違いで浅薄なものであり、機械文明は船人類の神霊的な可能性を粉砕するのではないかという、漠然とながらも募りゆく疑念に巧妙に訴えてきた。「聖なる権利と民意により」権力を握ったと言われる大衆受けする独裁者が「左舷および右舷の横腹」を橋渡しする一種の全体主義国家の理想が、巧みなプロパガンダにより広まったのだった。

こうした二種類の社会組織のあいだに勃発した死に物狂いの闘いについて、これ以上語る猶予はない。世界規模の戦闘のただなかで、多くの港、多くの海域で殺戮と流血の惨劇が繰り広げられた。致命的な戦争の抑圧の下、最良のもの、双方の人間的で心やさしい資質のことごとくが、軍事的な緊急事態下で粉微塵にされた。一方では、あらゆる個人が世界共同体に奉仕するなか自由で満ち足りた生活を送れる統合された世界に向かおうとする情熱は、スパイや反逆者や異教徒を処罰しようという激情を前に打ち砕かれた。他方では、より高貴で、非物質的な生活に対する、漠然とした、無惨なほど的外れな憧れは、反動的な指導者によって革命勢力に対する報復へと巧みに変えられたのだった。

瞬く間に、文明の物質的な基盤は灰燼に帰した。これら「船-人」の神霊がふたたび神霊の大いなる冒険へと船出したのは、この人類種がほとんど亜人間的野蛮状態へと退行し、病んだ文明の狂気の伝統が真の文化もろともに一掃されたあとになってからのことである。幾千年後、その人類種はさらに高位の存在へと突き進んで行ったのだが、それについては、いずれ可能な限り示唆するつもりである。

第六章 〈スターメイカー〉の兆し

銀河の知的人類種が、いつでも勝利すると考えてはならない。これまでのところ、終局において誇らしげに、いっそうの目覚めに至った好運な〈棘皮人類種〉や〈オウム貝状船人類〉の世界を中心に語ってきたが、災厄にみまわれた何百何千という世界については、ほとんどおくびにも出してはいないのだ。このように選り分けをしたのは、紙面が限られており、またこの二つの世界が、次章で語ろうと思う、さらに風変わりな星域とともに全銀河の命運に大きな影響を及ぼすことになる以上、避けられなかった。とはいえ、そのほか幾多の「人間的」地位にあった世界は、わたしが記してきた諸世界と同じく非常に豊かな歴史をもっていた。そのような世界における個々の生は、ほかの世界と比べても違いはなかったし、同じように苦悩と歓喜にあふれていた。勝ち誇るものもあれば、最後の段階になって、すみやかに、あるいはゆるやかに、壮絶な悲劇につながるような破滅に苦しむものもあった。しかしこれらの世界は、銀河史の本道で格別の役割を担ってはいないので、「人間」の水準に達しえなかった、さらに莫大な数の世界ともどもも、黙して通過しなくてはならない。彼らの運命に深く立ち入ると、個々の生活を漏れなく記しながら、共同体全体の様式を軽視する歴史家と同じ誤りを犯すことになるはずだ。

すでに述べたように、諸世界の破滅を数多く経験するにつれて、宇宙の浪費ぶりと無目的な様子に、わたしたちはますます当惑するようになった。夥しい数の世界が、途方もない苦難ののちに、社会的な平安と歓喜に到達しかけても、結局は運命の杯を永遠に奪い取られてしまったのだ。気質や生物としての本性からくる些細な欠点のようなものによって災禍がもたらされることが多かった。統合された世界共同体の諸問題と格闘するための知能をもたない人類種があり、社会的意思を欠いた人類種もあった。医療科学が成熟する前に、突然発生した病原菌に破滅させられた人類種もいた。気候の変化に屈した人類種があり、大気の消滅に散った人類種も多くあった。星間の塵かガスから成る稠密な雲、あるいは巨大隕石の群れと衝突して終わりを迎えることもあった。衛星が一つ落下したせいで少なからぬ数の世界が壊滅した。限りなく希薄ではあるが至る所に存在する星間自由原子の雲の中を、長い年月かき分けるように進んでいた小さな天体が運動量を失った。その天体の軌道は最初はゆっくりと、それから急速に縮小した。それはより大きな天体の海洋に巨大な潮汐を引き起こし、文明の大半を呑み込んだ。その後惑星の引力による圧力が増したために、巨大な月の崩壊がはじまった。その月はまず人間たちの頭上へ自らの海を豪雨のように注ぎ、それから山々を、さらには中心核を巨大な炎の断片にして落としてきた。かりにこのような形で世界の終焉を迎えなくても、ことによると銀河の最後の時まで終わりが来なくても、別のあり方で終わりは必ずやって来た。救いがたいまでに収縮した惑星自身の軌道は、あらゆる世界をついには太陽へ近寄せてしまい、状況が生物の適応限界を超えて悪化し、歳月を経るにつれて全生物が炙（あぶ）られて死滅し、焼け焦げてしまうほかなかった。

このような壮大な災禍を見るたびに、わたしたちは幾度となく当惑と恐怖と慄（おのの）きにとらわれた。これらの世界の最後の生存者たちへの身を切るような憐憫は、わたしたちが学ばされるものの一つであった。

壊滅させられた諸世界のなかでもっとも発達した世界は、憐れむ必要はなかった。その住人たちは、わたしたちの冒険のほんの初期段階には皆目理解できなかった、平安と、不可思議な不動の歓喜にさえ包まれて、彼らが大切に育んできたものすべての終わりを直視する器量をもっているように思われたからである。しかしこのような状態に到達できたものは、ほんのごくわずか、ほとんどないに等しかった。そして、だれもが追い求める社会的平安や満足でさえ勝ち得ることができたものは莫大な数の世界のうちほんのわずかにすぎなかった。そのうえ、より下等な世界ともなると、未熟な本性の小さな限界のなかでさえ、生の充足を獲得した個人は、ほとんどいなかったのだ。幸福だけでなく理解を超える歓喜を見いだした個体は、どこを探しても、ごくわずかしかいないのは間違いなかった。しかしながら今や、一千もの人類種の苦悶と不毛とに打ちのめされたわたしたちには、この歓喜そのものが、このエクスタシーが、たとえ至る所の個々の存在あるいは諸世界全体に支持されようと、結局は欺瞞だと断罪せざるをえず、そこに到達した存在（もの）にしても、とどのつまりは、自身の私的で普遍性を欠いた神霊の幸福に麻痺させられていたに違いないと思われた。確かにそのおかげで、彼らは自分たちを取り巻く恐怖に鈍感でいられたのである。

　わたしたちの巡礼を支えていた動機は、かつて〈地球〉の人びとを神の探求へと駆り立てた渇望であった。そのとおり。わたしたち皆が故郷の惑星を離れたのは、全体としてのコスモスを眺め、心の底でおぼろげに認識し、ためらいつつも讃美した神霊が、〈地球〉では慈悲深いと言われることもある神霊が、〈宇宙の支配者〉なのか、それとも無法者なのか、全能者なのか、あるいは十字架に架けられた者なのか、それを発見するためであった。そして今、もしコスモスになんらかの神がいるならば、それはそのような神霊ではなく、なにか別の存在であり、際限なく湧き上がる諸世界を生み出す彼の目的も、自らが創り出した存在（もの）たちへの父親らしい慈悲などではなく、異質で非人間的な闇であることが、わたしたちにも明らかになりつつあった。

それでも、失望を感じながらもわたしたちは、このコスモスの神霊が実際にいかなるものであれ、怯（ひる）むことなくそれを直視したいという渇望を募らせるようになった。それというのも、幾度となく悲劇から笑劇へ、笑劇から栄光へ、栄光からしばしば究極の悲劇へと進みながら、巡礼の旅を続けるにつれて、なんらかの恐るべき、神聖であると同時に想像を絶するほど狂暴で致命的な秘密が、まさにわたしたちの手の届かない彼方に横たわっているという感じを、いっそう抱くようになったからである。幾度もわたしたちは、恐怖と魅惑のあいだで、宇宙（あるいは〈スターメイカー〉）に対する道徳的な怒りと、不合理な崇拝のあいだで引き裂かれた。

これと同じ混乱が、わたしたちと同格の精神的資質をもつすべての世界に見て取れるはずであった。これらの世界や、その世界のこれまでの成長の各段階を観察し、神霊的発展の次なる段階を懸命に手探りしていると、ついにどんな世界の精神遍歴もその最初の諸段階がはっきりわかるようになった。通常のあらゆる知的世界のもっとも原初的な時代においても、普遍的なものを探求し讃美したいという衝動を抱く精神が存在した。はじめのうち、この衝動はなんらかの強大な力の庇護を熱望することと混同されていた。必然的にその存在（もの）たちは、讃えるべきは〈力〉にほかならず、崇拝とは単なるご機嫌取りだと理論づけた。こうして彼らは、宇宙の全能の独裁者の姿を、その愛（いと）し子としての自分とともに思い描くようになった。しかしやがて、心から讃え敬慕するべきは単なる〈力〉ではないことが、預言者たちに明らかになってきた。それから〈叡知〉、あるいは〈法〉、あるいは〈正義〉が、教説の中心を占めるようになった。それから、なにやら実体のない立法者あるいは法それ自体への恭順の時代のあとで、その存在たちにも分かったのは、これらの概念も、万物のうちに心が直面し、黙して讃えた言語に絶する栄光を表現するには不充分であることだった。

しかし今、わたしたちが訪れたあらゆる世界において、別の選択肢が崇拝者たちの前に開示されたのだ。ひたすら内面を探る瞑想により自分たちの隠れた神に対峙しようと願う者もあった。程度の低い、取るに足らない望みを残らず一掃し、冷静で普遍的な憐憫をもって万事を見据えることにより、彼らはコスモスの神霊と一体となろうと望んだ。自己の成就と目覚めへの途上で彼らはしばしばはるかな旅をした。ところが、このように内面に耽溺することで、彼らのほとんどが、目覚めに至らない仲間の苦しみに無感覚となり、同胞の共同参与的な企てにも注意を払わなくなった。少なからぬ世界で、元気旺盛なあらゆる精神が、こうした神霊の道に押し寄せるようになった。そしてその人類種の最大の注意が全面的に内面生活へと向けられたため、物質的・社会的な進歩が抑制されることになったのだった。物理的自然と生命にかかわる科学は決して発達しなかった。機械的な動力は知られることなく、医学や生物学の力についても同様であった。結果的にこうした世界は低迷し、防ぎえたはずの事故にも早晩屈してしまったのである。

　より実際的な気質の存在たちに開かれたもう一つの途があった。あらゆる世界で、これらの存在たちは、自分たちを取り巻く宇宙に嬉々として注意を傾け、主として、同胞人類の個人個人に、また個人間の相互の洞察と愛という共同参与的な絆のうちに、崇拝すべきものを見いだした。自らのうちに、また互いのうちに、彼らはなによりも愛を讃えたのだった。

　そして彼らの預言者たちは、彼らが絶えず崇めてきたもの、つまりは宇宙的神霊、〈創造主〉、〈全能者〉、〈全知者〉が、〈万物を愛する者〉でもあると告げた。それならば、彼らには互いへの実践的な愛と、〈愛-神〉への奉仕のもとで、崇拝させておこうではないか。こうしてしばらくの間、彼らは愛し合い、互いの一部になろうとはかない努力を重ねた。彼らは〈愛-神〉の教説を擁護する教説を紡いでいった。〈愛〉に奉仕する聖職制と聖堂を設立した。そして不滅性に飢えていた彼らには、愛することが永遠の生への道であるという教えが説かれた。こうして誤った無償の愛が思い抱かれたのである。

　ほとんどの世界で、このような実際的な精神が瞑想的な存在たちを支配していた。早晩、実際的な好奇心と経済的な需要から物質的な諸科学が誕生した。これらの科学であらゆる領域を精査したが、原子の内部にも、銀河にも、さらに言えば「人間」の心のなかにも、〈愛‐神〉の痕跡はなにひとつ見つからなかった。しかも機械化への熱狂、支配者による奴隷の搾取、種族間の闘争への情熱、より目覚めた神霊の活動をますます軽視し、粗雑にすることで、彼らの心のなかの小さな称讃の炎は、初期のどの時代よりも衰え、衰えすぎてもはやいかなる精神も認知できなくなったのだった。そして愛の炎は、教義の強制的な風に長いあいだ煽られ、しかし今やその存在たちが総じてお互いに対して鈍感になったがゆえに消えかかっていたのが、ときどき燻るだけの温もりへと衰えていき、単なる欲望としばしば間違えられたのである。苦々しい笑いと怒りとともに、苦しみ喘ぐ存在たちは今や〈愛‐神〉の姿を心のなかから追い落としたのだった。

　こうして愛も崇拝もないまま、その不幸な存在たちは、機械化され、憎悪に苦しむ世界の、いやましに困難となっていく諸問題に直面したのである。

　これは、わたしたちの各世界がよく知る危機であった。銀河のここかしこで、多くの世界がそのような危機を克服できなかった。しかし、わたしたちが未だに明瞭には心に描けない二、三のある種の奇跡が、これらの世界の平均的な精神を、より高位の精神性にまで引き上げた世界も少数ながらあった。これについては、のちに語ることになるだろう。ところで、このようなことが起きた少数の世界に、わたしたちは例外なく、宇宙についての新たな感覚、わたしたちには共有するのが困難な感覚を感じ取った。そうとしか言いようがないが、それはその世界の知的存在がわたしたちを凌駕してしまう前のことであった。わたしたちがこれらの世界の命運を追跡できるようになるのは、自らのうちに、この感覚をいくらか呼び覚ますすべを習得してからのことである。

とはいえ、巡礼の旅が続くにつれて、わたしたちの願望にも変化が生じてきた。自らのうちに、また諸世界全体の同胞のうちに、わたしたちがもっとも讃美する神々しく慈愛に満ちた神霊のために宇宙の統治権を要求する段になって、ことによるとわたしたちは信心が足りないのではないかと思うようになった。わたしたちは、星たちの背後に〈愛〉が鎮座することを、ますます求めなくなっていた。どのような真実がわたしたちの理解するところとなろうとも、怯むことなく受け入れようと心を開いて、ひたすら進んでいきたいという思いがいよいよ募っていったのだ。

わたしたちの巡礼のこの初期段階の後半のある瞬間に、わたしたちはともに考えたり感じたりしつつ、こう言い聞かせ合った。「もしも〈スターメイカー〉が〈愛〉であるならば、これは真実に違いない。そうでなければ、なにかほかの、なにか非人間的な神霊であるなら、これこそが真実であるに違いない。そしてもしも彼が無であり、もしも星々をはじめほかのすべてが彼の被造物ではない自立的な存在であるのなら、そしてもしも愛すべき神霊が、わたしたちの精神による霊妙な創造物であるならば、これこそが、ほかのなにものでもないこれこそが、真実に相違ないのだ。それというのも、愛のための至高の場は神の御座にあるのか、十字架にあるのか、わたしたちには知るよしもないからである。君臨しているのはいかなる神霊なのか、座を占めるものが暗黒であるがゆえに、わたしたちには知りうるはずもない。星という星が蕩尽されるなか、愛がまさに磔（はりつけ）にされるのを、わたしたちは知り、目の当たりにしてきた。まさにそのとおり、自らを証さんがために、神の御座の栄光のゆえに。愛と慈しみのすべてを、わたしたちは心のうちに抱く。しかし同時に、神の御座と、その御座を占める暗黒に敬礼する。それが〈愛〉であろうとなかろうと、わたしたちの心はそれを、より高みへ飛翔する理性を讃美する」。

この新しいふしぎな感情に、わたしたちの心を正しく調律する前に、わたしたちはなお、多様でありながら人間的位階にある諸世界を理解するべく、はるか先まで進んでいかなくてはならなかった。ここで、わたしたちは、わたしたちとは非常に異なる、しかし肝腎のところではさほど成熟していない世界をいくつか思い描いてもらうよう努めなくてはならない。

第七章　さらに多くの世界

1　共棲人類

燃え盛る太陽に近かったために、気候がわが地球の熱帯よりもずっと暑い巨大惑星群のなかに、魚に似た知的人類種が見つかることが間々あった。海の世界が人間なみの精神性を生み出しうること、またわたしたちがこれまでかなり頻繁に遭遇したあの神霊のドラマを生み出しうることを知って困惑させられた。

こうした大型の惑星の日差しをたっぷり浴びた非常に浅めの海には、途轍もなく多彩な棲息環境と実に豊富に生き物が発生していた。熱帯、亜熱帯、温帯、極地と分類できる緑の植物相は、明るい大洋の底で陽を浴びていた。海中には大草原と森林が広がっていた。巨大な海藻が海底から波面へと伸びている地域があった。このような密生地帯では、太陽の青く強烈な光は、ほとんど闇に吸収されていた。蜂の巣状の通路を巡らし、あらゆる種類の生ー物が群れている巨大な珊瑚(さんご)もどきの植物が尖塔や小塔を海面にそびえさせていた。小魚から鯨まで、あらゆる大きさの魚に似た生物が、種類もおびただしく様々な水層に棲息し、海底を滑るように動くものがあるかと思えば、時に敢然と灼熱の空中へと跳躍するものもあった。最深の真っ暗な領域には、目はないが自らが発光する海の化け物の群れが、上層から降り注ぐ無数の死骸を摂食していた。彼らの深海世界の上には、明るさと色合いを次第に増していく世界が他にも層を成して存在し、そこでは華やかな住民たちが、日光を浴び、摂食し、獲物に忍び寄り、矢のように俊敏に狩りをしたのである。

このような惑星における知能は、魚でも蛸でも甲殻類でもない、これら三種をひっくるめたような、概して実に印象的な社会的生物によって達成されていた。その生物には器用に動く触手と鋭敏な目と精妙な脳がそなわっていた。それは珊瑚の隙間に海草の巣を作り、珊瑚を材料に石造りの砦を築いた。ほどなく、罠、兵器、道具、海中農業、原始的な芸術の開花、原始宗教の儀礼が登場した。それからお決まりの野蛮から文明への不安定な神霊的前進が続いたのだった。

このような海洋世界の一つに、並はずれて興味深いものがあった。わたしたちの銀河が誕生して間もない頃、「巨星」から太陽型の星へと凝縮した星がごくわずかしかなく、惑星もほとんど誕生していない頃に、密集した星団内の二連星や単独の恒星が意外にも接近し合い、互いへとフィラメントを伸ばして惑星を産み落とした。これらの世界のなかに巨大な水系の惑星があり、やがてそこで単一の種ではなく、二種のかなり異なった生命体から成る親密な共同関係を生み出した支配的な種が出現した。一つは魚もどきの系統から生起した。もう一つは甲殻類の外見をしていた。それは形態上は櫂のような脚をもつ蟹、あるいは海棲の蜘蛛もどきの生物だった。わが地球の甲殻類とは違って、もろい外皮の甲羅ではなく丈夫な厚い皮で覆われていた。歳をとると、持ちのよいこの皮の上着は、関節を除いて、いくらか柔軟性を失った。しかし若いときは、なおも成長を続ける脳にとっては実にしなやかであった。この生き物は惑星の島々の海岸および海岸付近の水域に棲息していた。二種の生き物とも独特の気質と能力を有していたが、精神的には人間の位階に達していた。原始の時代に、それぞれが独自の経路をたどり、巨大な水系の惑星のそれぞれの半球で、いわゆる亜人間的な精神性の最終段階に達していた。それから二つの種が接触し、命がけの闘争を繰り広げた。戦場は浅い海岸の水域だった。「甲殻生物」は大雑把には両棲類であったが、海中では長く過ごすことができず、「魚」の方は水から上がることができなかった。

二つの人類種は「魚」の方が主として草食であり「甲殻類」の方は主に肉食であったから、経済生活において深刻な争いはなかった。しかし互いの存在がうとましくて仕方なかった。双方ともに、亜人間的世界のなかで競合する特別の存在として互いを意識できるくらい人間的ではあったものの、互いの生きる道が相手との共同関係にあることを悟りうるほどには人間的ではなかったのだ。わたしがこれから「魚状人類」と呼ぶ魚似の被造物は、移動の速度も範囲も大きかった。双方とも安定した体軀を有していた。「甲殻人類」とでも呼ぶつもりでいる、蟹か蜘蛛に似た「甲殻類」は、手先が非常に器用であり、乾いた陸地にも入れた。共同関係は、甲殻人類の主食の一つが魚状人類への寄生によるものであったので、双方の種にとって実に有益だったのである。

互助的関係の可能性があったのに、二つの種はお互いを抹殺しようと懸命になり、それをやり遂げる寸前までいった。闇雲な相互殺戮の時代を経て、二つの種の、非好戦的でより柔軟な変種が、次第に敵と交友関係を結ぶことに利益を見いだすようになった。これがきわめて顕著な共同関係の端緒となったのである。ほどなく甲殻人類は、敏捷な魚状人類の背に好んで乗るようになり、これにより遠くの猟場まで行けるようになった。幾時代か経るうち、二つの種は互いに融合し、充分に統合され一体となっていた。チンパンジーぐらいの図体をした甲殻人類は、大きな「魚の」頭蓋の後部にある、おあつらえ向きの窪みに乗り込むのだが、そのときは背中を大きな相方の外形に合わせて流線形にした。魚状人類の触手は、甲殻人類の触手が細やかな仕事に向いていたのに比べると、広い範囲の操作のために特殊化していた。生化学的な相互依存もまた進化した。魚状人類の浮袋の膜（まく）をとおして内分泌物が交換された。この仕組みのおかげで、甲殻人類は完全に海中に棲めるようになった。寄宿相手との接触がひんぱんにある限り、甲殻人類はどんなに長時間でも水中に居られたし、いかなる深さへも潜水できた。顕著な精神的適応も双方の種のなかで生まれた。魚状人類は概して内向的になり、甲殻人類はより外向的になっていった。

思春期に至るまでは、二つの種の子どもたちは自由に生きていた。しかし彼らの共棲種としての組織が発達するにつれて、おのおのは反対の種を伴侶として見つけようとしたのである。見つけたあとの絆は生涯にわたり、短い間の交接のときだけ途切れた。共棲そのものは二つの生態を共起させるような性関係(セクシャリティ)を生じさせた。とはいっても、交接と生殖のためにはもちろん、それぞれの個体は男女を問わず自分の種に属する相手を見つけなくてはならなかった。しかしながら、たとえ共棲関係にあっても、双方の種の組み合わせは男女となることが決まっており、男性はどちらの種に属そうが共棲相手の子どもには親として献身的にふるまうことが分かった。

このような不思議なつがいの奇っ怪な精神的相互依存についてしるすゆとりはない。感覚器官も気質も二つの種はかなり異なっていたが、また異常事態に際しては悲劇的な紛争が生じたものであるが、通常の共同関係は人間の夫婦よりも親密であると同時に、異なった人類種の個体間の友愛からすれば、当事者にとってははるかに広がりのあるものとなったと言うほかない。文明の成長の諸段階で、邪悪な諸々の精神が大規模な種間紛争を引き起こそうと画策し、そして一時的に成功をおさめた。とはいえ、紛争はわたしたち地球人の「異性間のもめごと」ほど深刻になることは滅多になかった。それくらい互いの種は互いを必要としていたのである。双方とも、いつも同じようにとはいかなかったが、自分たちの世界の文化に同じように貢献していた。あらゆるたぐいの創造的な作品において、共同関係にある一方が創造の大部分をになうと、もう一方は批評と抑制の大半を受けもった。どちらかがまったく受身になるような作品はまれであった。パルプに加工された海藻で作られた書物――あるいは巻本とでも言うべきか――は、ほとんど常に連署された。概して甲殻人類の相方は、手先の器用さ、実験科学、造形芸術、社会の実際的な組織化に優れていた。魚状人類の相方は、理論的研究、文芸、海中世界にかかわる驚くほど進んだ音楽、そして神秘的な宗教に秀でていた。しかしながら、この一般化をそう厳密に受けとめてはならない。

共棲関係は、わたしたちよりもはるかに大きな精神的柔軟性と、共同体へ向けての迅速な適応を、その双棲の人類種にもたらしたように思われる。その人類は部族間抗争の段階を一気に駆け抜けたが、その抗争の間は、共棲カップルの遊動する群れが、海の騎兵隊のように互いを襲い続けた。魚状人類にまたがった甲殻人類は骨の槍や剣で敵を攻撃する間に、馬役の相方は強力な触手で格闘した。しかし部族間戦争の段階は非常に短かった。安定した生存様式が、海中農業や珊瑚造りの都市群とともに達成されると、都市連盟間の紛争は異例の事態となり、常態ではなくなった。行動範囲の拡大と交信の容易さが間違いなく助けとなって、双棲の人類種は間もなく世界規模の非武装の都市連合を築き上げた。この惑星が機械文明の前段階にまで達したとき、たとえば、わたしたちの地球世界で言えば、支配者と経済的隷従者の分裂がすでに深刻化していた段階に、その都市の共同参与的神霊が個人主義的企てのことごとくに打ち勝ったことがわかって驚きもしたのである。まもなくこの世界は、相互依存と独立にもとづく自治組織（コミューン）となっていったのだった。

　この段階では、社会的な紛争は永久に一掃されたように思われた。ところが、その人類種にはもっとも深刻な危機が待ちかまえていたのである。

　海中の環境は、共棲的な人類に大きな進歩の可能性を与えなかった。富の源泉となるものは片っ端から開発組織化されていた。人口は世界を快適に運営するために適正な水準に維持された。社会的な秩序はあらゆる階級が満足するところとなり、変化は起こりそうにもなかった。個人の生活は申し分なく、変化に富んでいた。偉大な伝統を基礎におく文化は、共棲的な神からの直接の霊感（そのように言われていたが）のもとで、はるか以前に尊敬すべき祖先たちが切り開いた偉大な思想の諸分野を綿密に探索することに専念するばかりとなっていた。この海中世界の同胞たち、つまりはわたしたちの精神的な寄宿相手は、ときに憧れから、しかしたいていは怖れを抱きながら、自分たちの動乱期から現代に至るまでを振り返った。というのも、振り返ってみると、それは彼らにとって人類衰退の最初の兆しを示すように思われたからである。その人類は変わらない環境にすっかり適応していたので、知性と鋭敏さはすでに貴重ではなくなっていたし、まもなく消滅しはじめるかもしれなかった。しかし目下のところ、運命は明らかに別の方向を示していたのだった。

海中世界では、機械的エネルギーを得られる可能性は微々たるものであった。しかし甲殻人類は海中から出ても生存できたことを思い出してほしい。共棲がはじまる前の時代には、彼らの祖先は求愛や出産や餌探しのために、周期的に島々に上陸していた。その頃から呼吸能力は退化していたが、完全に失われたわけでは決してなかった。あらゆる甲殻人類は生殖のために、またある儀礼的修練のために陸に上がることをやめてはいなかった。歴史の流れを変える偉大な発見がなされたのは、修練の最中でのことであった。ある武芸競技において、石の武器をぶつけ合ったときの摩擦で火花が飛び、日光で枯れ切った草地が発火したのである。

驚くほど急速に、金属精錬、蒸気機関、電気回路が次々に登場した。エネルギーは最初は海棲植物が密集する海岸端で形成された一種の泥炭の燃焼から、のちには絶えず吹き荒れる風から、さらにのちに太陽からの潤沢な放射線を吸収する化学的光捕獲装置から獲得されるようになった。このような発明はもちろん甲殻人類によるものであった。魚状人類は、なおも知識の体系化に大きな役割を担っていたが、海の上での科学的実験や機械的発明という偉大な実際的研究からは締め出されていた。ほどなく甲殻人類は、島の発電所から海中の都市へと電気ケーブルを巡らせるようになった。少なくともこの作業には魚人類も参加できたが、彼らの役割はどうしても従属的なものになった。電気工学の経験だけでなく、本来の実践能力においても、魚状人類は甲殻人類の片割れより生彩を欠いたのである。

二世紀あるいはそれ以上、二つの種は緊張を募らせながらも協力関係を維持し続けた。人工の照明、海底での機械による商品輸送、大規模な製造業は、海中都市における生活の諸施設を途轍もなく快適なものにした。島々は科学と産業に向けられた建物でいっぱいになった。物理学、化学、生物学が長足の進歩を遂げた。天文学者らが銀河の作図に着手した。彼らは、甲殻人類の植民にすばらしい機会を与えてくれる惑星が近傍に存在することも発見した。その異星の気候にも、共棲相手との別れに際しても、甲殻人類は難なく対処できるのではないかと期待された。ロケット飛行の最初の試みは、悲劇を伴いながらも成功に至った。海洋外事業理事会は、甲殻人類の人口を大幅に増やすよう要請した。

二つの種のあいだで、そしてそれぞれの種の個々の精神において葛藤が生じるのは避けがたかった。わたしたちがはじめてこの世界に訪れたのは、その葛藤が最高潮に達したとき、そして神霊的危機のただなかにあったときであったが、そのおかげで修練期のわたしたちでも、これらの存在たちに接近できたのだった。魚状人類は自分たちの劣勢に生物学的には未だ屈してはいなかったが、心理的にはすでに深い精神的退廃の兆しを見せつつあった。深刻な落胆と倦怠が魚状人類を襲ったが、それは押し寄せるヨーロッパ文明の洪水のなかで自分たちが足掻いていることを悟ったわが地球の原始的な人類種を幾度もむしばんだ落胆と倦怠に似ていた。しかしながら共棲人類の場合は、二つの人類種の関係はきわめて親密であり、もっとも親密な人間どうしの関係に比べてもはるかに密であったので、魚状人類の危機は甲殻人類にも深甚な影響をもたらした。そして魚状人類の精神のなかでは、片割れの甲殻人類の勝利は、長いあいだ苦悩と称賛がないまぜになった葛藤の原因ともなっていたのである。

両人類は各個体が、相容れない動機に引き裂かれた。健康な甲殻人類のだれもが冒険的な新生活への参加を切望した。その一方で、純粋な感情と共棲による男女のもつれを経験したあとで、魚状人類の伴侶にもその新生活を同じように共有してもらおうと、熱心に手助けしたいと願う者もいた。さらにはあらゆる甲殻人類が、彼らの伴侶への細やかな依存、生理的であると同時に心理的な依存に気づいてもいた。精神的な共棲関係、自意識と相互洞察の力、行動をやさしくすこやかに保つために非常に不可欠な瞑想に多く貢献したのは、魚状人類だったのである。それが明らかになったのは、甲殻人類どうしで早くも内輪もめが発生していたからであった。島どうし、さらには巨大な産業組織どうしの争いが多くなっていたのである。

このような深刻な利害上の分裂が、わたしたちの地球で、たとえば男女のあいだで生じたなら、優勢な側が相手を一方的に組み敷いて隷従させただろうと言わざるをえない。実際甲殻人類は、そんなふうに「勝利」する寸前にあった。互いに薬物を用いることで、共共棲によって正常に分泌された化学物質を共棲相手の体組織に投与しようとしたが、共棲関係はますます解消されていった。しかしながら、他に精神的拠り所となるものがなく離別すると、どちらも、繊細な、あるいは悪性の精神的疾患におちいった。それでも、共棲的な交流なしで曲がりなりにも生存できる人口が大勢を占めるようになったのである。

紛争は今や暴力的な装いを帯びた。二つの種のうちの非妥協的な者たちは互いを攻撃し、穏健な者たちにも紛争の火種をまいた。そのあと捨て鉢で混乱した戦争が続いた。それぞれの側で、憎悪の対象となった少数派が「近代的共棲」を提唱した。それは、機械化された文明のなかにあっても、それぞれの種が共通の生活へ寄与しうるような共棲だった。このような改革者の多くは自らの信念に殉じて殺害された。

勝利は終局的には、エネルギー資源を制御できたこともあり甲殻人類の手に落ちた。しかしまもなく、共棲的な絆を断ち切ろうとしても、見込んだほどには成功しないことが明らかとなった。実際の戦闘においてさえ、司令官らは敵味方の軍隊間に生まれた友愛の広がりを阻止できなかった。解消した共棲者の片割れどうしは、ひそかに逢引をして、数時間もしくは数瞬のうちに互いの伴侶を奪い取った。それぞれの種の、先立たれ、あるいは見捨てられた個体は、おずおずとながらも貪欲に、大胆にも敵地へと乗り込んで新しい伴侶を探し求めた。全部隊員が同じ目的に身をゆだねた。甲殻人類は敵の兵器よりもむしろ神経症に悩まされた。そのうえ島々では、内乱や社会革命によって軍需品の製造がほとんど不可能になった。

甲殻人類のなかでももっとも決断力のある党派は、今や海洋に毒を流し込んで戦闘に終止符を打とうと試みた。今度は島々が、海面に浮かび上がり岸辺に打ち上げられた幾百万もの腐乱死体によって汚染された。毒、疫病、なによりも神経疾患によって戦争が終結し、文明は崩壊、二つの種はほとんど死に絶えた。島という島に密集していた超高層ビルは廃墟と化し、砕け散って瓦礫の山となった。海中都市群には海の植物が鬱蒼とはびこり、幾種類ものサメもどきの野蛮な亜人類的甲殻類に侵入された。繊細な知識の織物は、ちりぢりの迷信へと解体しはじめた。

今やついに、近代的共棲を提唱した者たちに好機が訪れた。彼らはやっとのことで、この惑星の荒れ果てた過疎地で人目につかぬ生活を送り、個々に共同関係を維持していた。彼らは今や自分たちの福音を世界中の不幸な生存者たちに広めるべく果敢に表へ出てきた。種間の交尾が熱狂的に繰り返された。原始的な海中農業や狩猟に、ちりぢりになっていた者たちが集まり、少しばかりの珊瑚造りの都市が整備され再建されると、貧弱ながら有望な文明の道具の数々が作り直された。これは機械エネルギーをもたぬかりそめの文明ではあったが、改善された共棲関係の基本原理が確立されればすぐにも、「高位の世界」における大いなる冒険に乗りだすことを望んでいた。

そのような企図は失敗する運命にあると思われたし、未来は海棲生物よりむしろ陸棲生物とともにあることは明らかであった。ところが、わたしたちは間違っていた。その近代的共棲の提唱者たちが自分たちの前途にあるものに適応しようと自らの共棲的本性を作り変えるにあたっての英雄的な闘いをくだくだしく語るには及ばない。第一段階は、島々の発電所の復興、そして動力を得た純海中社会の入念な再編であった。しかし二つの人類の肉体的かつ精神的関係の非常に綿密な研究なくしては、この再建に意味はなかった。種間抗争が将来においても不可能となるように、共棲は強化されねばならなかった。幼児期に化学的な処理を施すことによって、二種の生き物はいっそう相互に依存するようになり、協同関係においても堅固になった。一種の相互催眠とでもいうべき特殊な心理学的祭儀によって新たに結ばれた連れ合いどうしはすべて、それ以降は分離不可能な精神的互恵関係へと移行していったのである。各個体が家族内で直接経験して知るところとなっていた異種間の霊的交感は、やがてあらゆる文化と宗教の基盤をなす経験となった。あらゆる原始的な神話に姿を見せる共棲の神性は、宇宙の二元的な人格、聖なる愛の神霊として統合される創造と叡知という、言うところの二元論の象徴として復元された。社会生活の一つの理性的な目標は、宇宙を探索し、「人間的水準の」神霊に潜在する多面的な可能性を発達させるという共通の目的のために結束する目覚めた人格、つまりは感受性に富み、知的で、相互に理解しあえる人格からなる世界を構築することであった。知らぬまに子どもたちは、このような目標を自力で発見するようになったのである。

少しずつ、細心の注意を払って、初期の時代の産業計画や科学研究が片っ端から再現されたが、そこには違いがあった。産業は意識的な社会目標の下に置かれた。以前は産業に隷従していた科学は、叡知の自由な友となったのだった。

ふたたび島々は建物と勤勉な甲殻人類の労働者であふれ返った。一方で、海岸端の浅瀬の至る所に、共棲の伴侶どうしが一緒に骨休めをし気分を一新するための家屋が、巨大な蜂の巣のようにひしめいていた。深海の古い都市が、学校、大学、美術館、寺院、芸術や遊興のための施設へと変えられた。二つの種の子どもたちは、まとめてそこで育てられた。そこで成長すると、二種の人類は気晴らしや刺激のためにのべつ集まった。甲殻人類が島々で忙しく働いているあいだに、魚状人類たちはそこで教育を担い、その世界の理論的文化をすべて作り直す作業に取り組んだ。というのは、この分野においては、魚状人類の気質と才能が共同生活に決定的な貢献をしうることが、今やよく知られていたからである。こうして、文学や哲学など科学以外の教育が主として海中で行われる一方で、島では産業や科学的研究や造形芸術がさらに顕著となっていった。

個々のカップルの親密な結び付きがあるとはいいながら、この奇妙な分業体制が新たな紛争へとつながらなかったのは、おそらく二つの新発見があったからである。一つはテレパシーの開発であった。〈戦争時代〉のあと数世紀経って、おのおのの共棲カップルの片割れどうしで、完全なテレパシー交流を確立することが可能であると分かったのである。やがてこのような交信は双棲人類種の全体を覆うまで拡張された。この変化の最初の成果は、世界中の個体間コミュニケーションが著しく容易になり、それによって相互理解と社会的目標の統合がかなり進んだことだった。しかしわたしたちは、この急速に進化する人類と接触できなくなる前に、その普遍的なテレパシーがはるかに広大な効果をもつという証拠を手に入れたのである。わたしたちが聞いたところでは、その人類全体のテレパシー交感は、時にすべての個が参加する共同世界精神の断片的な目覚めらしきものを引き起こしたのだ。

この人類の第二の大発明は、遺伝学的研究によるものであった。乾いた陸地や大きな惑星でも活動的な生活を営む能力を維持しなくてはならなかった甲殻人類たちは、脳の重さや複雑さでは大きな進化を遂げることはできなかったが、すでに体型が大きく水に浮かんで暮らしていた魚状人類たちには、このような制限はなかった。長期にわたる、しばしば悲惨な実験のあと、「超-魚状人類」が生み出された。そのうちすべての魚状人類の人口が、このような生き物で構成されるようになった。その間に、すでに彼らの太陽系のほかの惑星へ探索と植民を実行しつつあった甲殻人類は、全体的な脳の複雑さではなく、テレパシー交流をもたらすような、特殊な脳の中枢を遺伝的に改良していた。かくして、その単純な脳の構造にもかかわらず、甲殻人類ははるか遠方の母星の海洋にいる、大きな脳をもつ伴侶とさえ、完全なテレパシー共同体を維持することができたのだ。単純な脳と複雑な脳は今や、個々の単位としての貢献はいかに単純でも、全体に感応する単一のシステムを形成したのだった。

わたしたちがついに接触を失ったのは、元来の魚状人類が超-魚状人類に席をゆずったこの地点においてであった。双棲人類種の経験は、わたしたちにはまったく理解できないものになっていた。わたしたちの冒険の、ずっとのちの段階になったとき、わたしたちは存在の高みへと昇りつめた彼らにふたたび遭遇した。そのときまでに、彼らはすでに、あとで語ることになる〈諸世界の銀河社会〉が取り組んでいた巨大な共通の冒険に参加しはじめていた。この段階の共棲人類種は、多くの惑星に散在していた途方もない数の甲殻人類の冒険家たちと、大いなる故郷の世界の海洋で、遊泳者としての喜びと熱烈な精神活動とによって生を送る、およそ五百億もの超-魚状人類の一団から成り立っていた。このような段階にあっても、共棲の相方どうしの肉体的な接触は、距離は遠く離れていても維持されねばならなかった。植民星と母なる世界とのあいだでは、宇宙船がひっきりなしに行き交っていた。魚状人類は、多くの惑星で繁殖した同胞とともに、一つの人類的精神を支えていた。共通の経験の糸は共棲人類全体によって紡がれてはいたが、彼らを単一の織物へと織り込み、両人類種の全個体に共有させたことは、原初の故郷である海に生きる魚状人類が独力で成し遂げたことであった。

2 複合的存在

わたしたちは冒険の旅の途上で、単一の有機的個体ではなく有機体の集団の表現としての人格を発達させた知的存在の棲息する世界に遭遇することがあった。たいていの場合、こうなったのは、小さな個体に知能を兼備させる必要性があったからである。太陽にかなり近接し、あるいは非常に大きな衛星の影響を強く受けていたある巨大惑星は、大規模な潮汐にさらされていた。惑星表面の広大な地域は、周期的に水没したり露出したりした。そのような世界では飛翔の力こそが切に望まれたが、重力が大きすぎたので、飛ぶことができたのは、小さな生物、それも比較的小さな分子の集合体だけであった。複雑な「人間的」活動をするだけの脳は発達しえなかったのである。

　そのような世界では、知能の有機的な基盤は、雀ほどの大きさの飛行生物の集団であることが多かった。大勢の個体が人間的水準の単独の精神によって統合的に支配されていた。この精神の本体は複合的であったが、精神そのものは一個の人間の精神とほぼ同じくらい緊密に結びつけられていた。ハマシギやアカアシシギの群れがわが地球の入り江の上空を流れるように飛び、旋回し、滑翔し、揺れなびくように、これらの世界の潮汐で氾濫した耕作地の上空で、飛翔生物から成る生きた雲が、たくみな飛翔を続けていたが、それぞれの雲は意識の中枢となっていた。まもなくすると、地球の渉禽（しょうきん）のように、小さな飛翔生物たちは下へ降り、巨大な雲の塊は地表をおおう単なる膜へと縮む。それはちょうど潮が引くのに合わせて現われる沈殿物のようであった。

　この世界での生活は、潮の干満に合わせてリズミカルに二分されていた。干潮時の夜には、鳥-雲はみな波間で睡眠をとった。昼間の満潮時になると、空中でスポーツと宗教的儀式に没頭した。しかし一日に二度、陸地が乾くと、水浸しの軟泥を耕作したり、コンクリートの房室で構成された都市のなかで、産業と文化にかかわるあらゆる仕事をこなしたりした。潮が満ちる前に、文明的な道具一式をいかに巧妙に水の猛威から防ぐかを見て、わたしたちは興味深く感じた。

当初わたしたちは、これら小型の飛翔生物の精神的な結束はテレパシーによるものと考えていたが、実はそうではなかった。それは複雑な電磁場の統合体、実際は集団全体に浸透した「無線」電波にもとづいていたのだ。電波はあらゆる有機個体が送受信していて、地球人類の神経組織の統合を維持する化学的神経回路に相当した。おのおのの脳は環境の霊妙なリズムに感応し、それぞれに特有の主題を全体の複合的パターンに寄与していた。群れが約一マイル立方の大きさに収まっていると、その個体群は精神的に統合され、各自が共通の「脳」において特殊化した中枢として機能した。しかし群れから離れるものがあると、嵐のときによく起きたのだが、彼らは精神的な接触を失い、実に程度の低いばらばらの精神になった。実際それぞれの個体はさしあたり、群れとの接触を回復しようとするばかりの、実に単純な本能的動物あるいは反射組織へと退化したのだった。

このような複合存在の精神生活は、わたしたちがこれまで遭遇したいかなる存在とも非常に異なっていたことは、容易に想像できるだろう。異なってはいたが、似てもいた。人間と同様、鳥-雲は、怒りや怖れ、空腹や性的渇望、私的な愛と群れ特有のあらゆる情熱を示すことができたが、これらの経験を伝える媒体がわたしたちの知るいかなるものとも著しく異なっていたため、識別するのはたいへんに難しかった。

たとえば、セックスには非常に困惑した。おのおのの雲は両性愛的であり、数百もの特殊化した雌雄の飛翔単位群から成っていたが、同じ雲のなかでは互いに無関心であったのに、別の鳥-雲の存在にはことのほか反応した。このようなふしぎな複合的存在においては、肉体的接触の喜びと恥らいは、特殊化した性的個体の活発な性交を介してだけでなく、空中での求愛競技を演じている際に、二つの空飛ぶ雲が霊妙に融合するときにも、このうえなく優雅な繊細さをもって感じ取られた。

わたしたち自身との表面的な類似性よりも、わたしたちにとって重要だったのは、精神の位階が基本的には同じであったことである。実際、わたしたち各自の世界においてよく知られていた進化段階と、彼らの進化段階が本質において類似していなかったなら、彼らに接近することもできなかったはずである。それというのも、このように小さな鳥から成る動く雲状の精神体の一つ一つが、実際にはほぼわたしたちと同じ神霊的秩序をもつ個体であり、獣性と天使のあいだで引き裂かれた、まことに人間的な存在だったからである。つまり彼らもほかの鳥-雲に対する愛や憎しみに我を忘れ、知恵と痴愚、さらには好色から法悦に満ちた瞑想に至るまで、あらゆる人間的感情がそなわっていたのだった。

鳥-雲への接近を可能ならしめた神霊の形式的な類似以上のものを探るなかで、わたしたちはかなりの苦労のあげく、一度に百万の目でものを見る方法、百万の翼で大気の組成を感じ取る方法を発見した。泥面、湿地、そして潮汐によって日に二度灌漑される巨大な農耕地帯の、複合的に知覚された結果をどう解釈すべきかを学んだ。潮汐を動力にした巨大タービンや貨物を電気的に輸送するシステムには感嘆した。潮汐が起きる最浅の海域に建っている高いコンクリートの柱や尖塔、そして支柱付きの台座が林立しているあたりは、子どもたちが飛べるようになるまで面倒を見る養育施設であることが分かった。

　少しずつわたしたちは、これらふしぎな存在（もの）たちの異様な思考めいたものを理解するようになった。彼らの思考は細部の組織においてわたしたちの思考と異なっていたが、一般的なパターンと意味においてはよく似ていた。時間が押しているので、こうした世界のなかでもっとも進化したものの途轍もない複雑さを略述する余裕さえわたしたちにはない。語るべきことなら、ほかにもいくらでもある。このような鳥-雲の個体性は人間の個体性よりも不安定であったので、比較的理解しやすく、正しく評価されたと言うだけにとどめたい。鳥-雲に絶えず付きまとう危険は、物理的かつ精神的な解体であった。結果的に、一貫した自己という理想は、彼らのあらゆる文化において実に際立ったものになった。他方、あるラジオ局が別のラジオ局を妨害するように、鳥-雲の自己が近隣の鳥‐雲に物理的に侵略され攻撃される危険があるため、これらの存在たちは、群衆の誘惑に抵抗するときのわたしたち以上に、個としての雲の自我が雲の群れに溺死させられぬよう用心深く防御しなくてはならなかった。しかしもう一度言うが、このような危険は実にたくみに防御されていたので、世界規模の共同体という理想は、わたしたちが知りすぎるくらい知っている神秘主義と部族主義との死にものぐるいの闘争を経ることなく発展したのだった。むしろ闘争は、個体主義と、世界共同体および世界‐精神という一対の理想とのあいだにあった。

わたしたちが訪れた頃、全世界的な紛争により、その惑星のあらゆる地域において、二つの党派にすでに亀裂が生じている最中であった。一つの半球では個体主義者たちが強大であり、世界‐精神の理想を説く者たちを虐殺し、もう一方の半球を攻撃するために武装しつつあった。その半球では、世界‐精神の党派が兵器ではなく純然たる電波爆撃によって覇権を握っていた。その党派が放射する霊妙な波動パターンは、純然たる力によってすべての抵抗者を圧倒した。叛逆者たちは片っ端から電波爆撃によって精神的に解体され、あるいは無傷のまま共同参与的電波システムへと吸収されたのだった。

その後の戦争は、わたしたちには驚嘆すべきものであった。個体主義者たちは大砲と毒ガスを用いた。世界‐精神の党派は、こうした武器よりも電波を多く用いたが、それによって敵ではなく彼らが圧倒的な成果をあげることができた。電波システムは大幅に強化され、個々の飛翔体の生理的な感受性に適合していたので、個体主義者たちは深刻な被害を与える前に、いわゆる電波刺激の圧倒的な奔流に呑み込まれてしまったのである。彼らの個体性は微塵に砕けた。彼らの複合的な本体を形成する飛翔単位は、(戦争用に特殊化していた場合には)破壊され、あるいは世界-精神に忠実な新しい雲へと再編されたのだった。

個体主義者たちが敗北するとすぐに、わたしたちはこの人類種との接触を失った。新しく生まれた世界-精神の経験と社会問題は、わたしたちには理解できなかった。彼らとふたたび接触できたのは、わたしたちの冒険がかなり後の段階に達してからである。鳥-雲の人類種が棲息する他の世界は、幸運に恵まれたとは言えなかった。なんらかの原因により、ほとんどの種が災禍にみまわれた。多くの場合、個体主義ないしは社会不安による抑圧が原因で狂気が蔓延したり、個体性が解体して単なる反射動物の群れになりさがったりした。独自の知的行動をとる能力を欠いたこれら哀れな小動物は、自然の作用と捕食生物によって大量に殺された。ほどなく舞台は蠕虫(ぜんちゅう)やアメーバに明け渡され、人間の水準へ向けた大いなる生物進化の冒険が再開されたのである。

探索の途上で、わたしたちは別の類型の複合的個体群にも出くわした。たとえば、かなり乾燥した巨大惑星に昆虫に似た生物の集団が棲息していたことがあったが、それらの群れあるいは巣は、それぞれが一つの精神をもつ複合体であった。こうした巨大惑星では、動く生き物は甲虫より大きなものは存在しえず、蟻より大きな飛翔生物もいなかった。これらの世界で人間としてふるまう知的群体においては、ちょうど蟻の巣の成員が、労働、戦争、生殖などに特殊化するように、擬似昆虫の単体の微小の脳は集団内の微小な機能向けに特殊化していた。どの微小脳にも順応性があったが、一定の個体群から成る階級はそれぞれ全体の生命活動において特殊な「神経的」機能を担った。実際彼らは、神経組織内の特殊な細胞のようにふるまったのだった。

鳥-雲の世界と同様、これらの世界においても、個体から成る巨大な群れの統合された意識に自分たちを馴染ませなくてはならなかった。おびただしい数のせわしなく動く脚で、わたしたちは非常に小さなコンクリートの通路を這い、おびただしい数の自在に動く触角で、意味不明な工業的もしくは農業的作業に携わったり、あるいはこれら平坦な世界の運河や湖でおもちゃのような船の舵（かじ）を取ったりした。おびただしい数の複眼をとおして、わたしたちは苔状の植物の平原を調査したり、きわめて小さな望遠鏡や分光器で星々を研究したりした。

この精神的群体の生活は実に完璧なまでに組織化されていたため、工業や農業にかかわる日常的な作業はすべて、群体の精神という観点からすれば、人間の消化作用のように無意識的なものになっていた。小さな擬似昆虫的な単体群は、これらの諸活動を意識的に遂行していたが、その意味について理解することはなかった。群体の精神はそれに注意を向ける能力を失っていた。その関心はもっぱら、統一された意識的制御を必要とする活動に、ようするに、あらゆる種類の実践的かつ理論的発明に、そして物理的かつ精神的探索に向けられていたのである。

こうした擬似昆虫世界のなかでもっとも際立った世界を訪れたとき、その世界‐集団は数多くの巨大群体国家で成り立っていた。個々の群れは自分たちの巣と、小人国(リリパット)の都市というか、およそ一エーカーの土地を所有しており、その土地は二フィートの深さまで蜂の巣状の穴が掘られ、部屋や通路が作られていた。それを取り囲む地域は、苔に似た食用植物の栽培に充てられた。群れが大きくなると、母体の群れの生理的電波システムの範囲を超えたところに植民地が設立されたようだ。こうして新たな集団‐個体群が誕生した。しかしこの人類種においても、鳥‐雲の人類種においても、わたしたちのように代々受け継がれていく個体精神に相当するものはなかった。精神が宿った集団の内部では、擬似昆虫の単体は次々に死んでは新しい単体に席をゆずっていたが、集団の精神は潜在的には不滅であった。単体は互いを継承し、集団‐自己は存続した。その記憶は幾世代もの単体に遡(さかのぼ)れたが、遡るほどに希薄となり、「人間」が「亜人間」から生起した太古の時代についに失われた。こうして文明化した群体は、各時代については不確かでばらばらな記憶をもつことになったのである。

文明は古い無秩序な繁殖地を入念に計画された地中都市へと変貌させ、古い灌概用の運河を地域から地域へと貨物を輸送するための大規模な水路網へと変え、植物の燃焼をもとにした機械的動力を導入し、露出鉱脈や砂鉱床から採掘した金属を製錬し、驚異的な組織を有する、精密で顕微鏡的なまでに小さな機械類を生産して先進地域の慰安と健康を大幅に改善し、わたしたちのトラクターや列車や船に相当する無数の小型の乗物を生産し、主として農耕にとどまった集団‐個体群、主として工業に携わった集団‐個体群、国家活動の知的な統合に専従した集団‐個体群とのあいだに階級的な差異をもたらした。三番目の集団‐個体群が、その国の官僚的独裁層になったのだった。

惑星が巨大で擬似昆虫的単体ほどの小さな被造物には長距離旅行がきわめて困難であったために、文明は二十ほどの孤立した地域で独立して発達していたが、ついに互いに接触するようになったとき、その多くはすでに高度に産業化し、しかももっとも「近代的な」兵器を装備していた。生物学的には多くの点で異種であり、いずれにせよ習慣も思考も理想もまったく異なる諸民族が、突然遭遇し、紛争に突入したときになにが起きたか、読者にも容易に察しがつくだろう。続いて起きた狂気の戦争について述べても退屈だろう。しかし興味深かったのは、時空を遠く隔てた星域からやって来たテレパシー能力者であるわたしたちの方が、これらの軍勢どうしの交信よりも容易に、いずれの軍勢とも交信できたことである。そしてこの能力を介して、わたしたちは実際にこの世界の歴史において重要な役割を担うことができたのだった。実をいうと、これらの人類種が共倒れを免かれたのは、おそらくわたしたちの仲介のおかげであった。この紛争の両陣営の「鍵を握る」精神に座を占めて、わたしたちは辛抱強く、寄宿相手のなかで、敵の精神性を透察するよう誘導した。これらの人類種はいずれもが、〈地球〉で知られている社会性の水準をすでに凌駕し、群体‐精神は、自らの種族の生態から言っても真の共同体を築く能力があったので、敵が怪物ではなく本質的に人間的な存在であることを悟れば、戦いの意思を消滅させるのには充分だったのだ。

両陣営の「鍵を握る」精神は「神の使者」の啓示を受けると、果敢に平和を説いてまわった。そして彼らの多くはたちまち殉死したが、その大義は勝利した。あらゆる人類種が協定を結んだが、手に負えない、文化的にもかなり遅れた二つの民族種は別であった。この二つの民族は、わたしたちも説得できなかった。彼らは今や戦争に向けて高度に特殊化していたので、きわめて深刻な脅威であった。彼らは新しい平和の神霊を敵の戦力が弱体化しただけだと解釈し、それに乗じて全世界を残らず支配しようと決めたのである。

しかしそのとき、わたしたちは、地球人にとってはとうてい信じられないドラマを目撃した。この世界でそれが可能となったのは、ひとえにそれぞれの民族の領内ですでに達成されていた精神的澄明性のゆえであった。平和な民族は勇気を奮って武器を捨てた。誰もが目を見張り、しかも間違えようのない方法で、彼らは自分たちの兵器と軍需工場を破壊した。また捕虜にしていた敵-群体にこの壮挙が目撃されるように注意を払った。それから捕虜を釈放し、この経験を仲間に伝えるよう指示した。敵はその返答として武器を捨てた最寄りの国々から侵略し、宣伝活動と迫害で、その軍事的文化を容赦なく強要しはじめた。しかし大規模な迫害と拷問にもかかわらず望む結果は得られなかった。独裁主義的民族は、ホモ・サピエンスと比べても社会性をさほど発達させてはいなかったが、犠牲者たちははるかに先行していたからである。抑圧されても受動的抵抗の意思を強めただけであった。少しずつ独裁政権は乱れはじめた。そして突如崩壊した。侵略者は退却し、平和主義への感染をみやげに去っていった。驚くほど短期間に、その世界は一つの連邦となったが、それを構成する個体群は個別の種であったのである。

〈地球〉の場合は、文明化した存在たちがたった一つの生物種に属していながら、個々人の精神における共同体への器量が未だに微弱すぎるがゆえに、このような幸せな紛争の決着はありえないのだと思い知って、わたしは悲しくなった。かりに訓育できる未成年の従順な群れが一世代存在していたとしても、擬似昆虫の独裁的人類種が侵略国に自国の文化を押しつけることに成功したかどうか、それもまた疑問であった。

この擬似昆虫的世界が危機を脱すると、社会の構造においても、個体的精神の発達においても、またたく間に進歩しはじめたため、接触を維持するのはいっそう困難になった。とうとう接触が失われた。しかしのちになって、わたしたち自身が進歩を遂げたあとで、この世界と再遭遇することになってはいた。

ほかの擬似昆虫的世界に関しては、銀河の歴史において重要な役割を担う運命にあった世界は一つもなかったので、なにも語ることはない。

個体的精神が、物理的に連続した単一の肉体をもたない人類を余す所なく描こうとすれば、かなり異質な、それどころか奇妙なものとして言及しなくてはならない。たとえば、個々の肉体が共通の電波システムのなかで組織された極微の亜生命単体から成る雲である。現在わが太陽系の〈火星〉に棲息する人類種が、それに相当する。このような存在たちについて、そして遠い未来におけるわが地球人類の末裔との悲劇的な関係については、別の本ですでに描写したことがあるので、ここではそれ以上語ることはない。わたしたちの冒険のずっとのちの段階の、神霊的な条件がわたしたちとはかけ離れた存在にまで手が届くだけの技量を獲得するまで、彼らと接触することはなかったとしか言えないのだ。

3　植物人類たち

わたしたちの銀河の全体としての物語を（わたしの分かる範囲で）語る前に、もう一つのかなり異質な世界について述べなくてはならない。この類型の世界はほとんど例がなかったし、銀河のドラマが最高潮に達したときまで生き残ったものもほとんどなかった。しかし少なくとも一つが、あの劇的な時代における神霊の成長に多大な影響を及ぼした（あるいは、及ぼすことになる）のである。

太陽が近かったり大きかったりして、光や熱をたっぷり浴びていた小さな惑星のなかには、わたしたちがよく知る経路とはかなり異なる経路を辿って進化したものがあった。そこでは植物と動物の機能は異なる類型へと分かれていなかった。あらゆる生物が動物であると同時に植物であった。

そのような世界における高等生物は巨大な動く草（ハーブ）のようであった。しかし降り注ぐ大量の太陽光線のせいで、彼らの生のテンポはわたしたちの惑星の植物よりもずっと慌ただしいものになっていた。草（ハーブ）のような、というのはおそらく誤解を招く表現である。彼らは同じくらい動物にも似ていたからである。決まった数の脚と決まった形態の身体を有していたが、皮膚はおしなべて緑色であるか緑色の筋が走っており、種類ごとに、ここかしこで葉をこんもりと繁らせていた。このような小さな惑星の重力はわずかしかなかったので、植物-動物群は非常にひょろ長い幹というか脚で巨大な上部構造を支えていることが多かった。移動性のものは概して、ほとんど定住しているものに比べると葉をそう贅沢には繁らせていなかった。

これらの小さな灼熱の世界では、水や大気が激しく循環するので、大地の状態も日々目まぐるしく変わった。嵐や洪水のせいで、このような世界の生き物たちは場所をあちこち移動する能力を強く欲した。その結果、初期の植物は豊かな太陽光線のおかげで、適度な筋活動をともなう生活のためのエネルギーを身に蓄え、知覚と移動の能力を発達させたのである。植物的な目と耳、植物的な味覚と嗅覚と触覚が、彼らの茎や葉に備わった。移動のために、地面からその原始的な根を引き抜いて、毛虫のような動きであちこちと這いまわるものもいた。葉を広げて風に漂うものもいた。そのなかから、歳月を重ねるうちに、本格的に空を飛ぶものが現われた。その間に、歩行性の種が、根のいくつかを、四本か六本、あるいは百本の筋肉質の脚へと変化させた。残りの根には、すぐに新しい環境の地面で繁殖できるように、穴を掘る機能がそなわった。しかしもっと目覚ましかったのは、おそらく、移動と根を組み合わせるもう一つの方法があったことである。その生物は空を飛ぶ器官のおかげで、土中の根から離脱して陸や空をさまよい、未開の土に新たに根づいたりした。二番目の土地を使い尽くすと、その生き物は三番目を求めてそこを離れ、そのまま移動を続け、今やふたたび肥沃となった元の苗床へと帰還した。そこでもう一度、懐かしの眠れる根に自らを接合し、新たな活動へと目覚めたのである。

もちろん多くの種が、捕食の習性と、特殊な攻撃器官、たとえば締め付ける大蛇のように強力な筋肉質の大枝、あるいは鉤爪、つの、恐ろしい鋸状のはさみを発達させた。これら「肉食」生物の場合は、葉が群がっている部分は著しく小さくなり、葉は残らず背に沿ってしまい込むことができた。極端にまで特殊化した捕食者ともなると、群葉は萎縮し、飾りとしての価値しかなくなっていた。環境の圧力により、これら異星の生物が、わが地球の虎や狼を髣髴とさせる形態を取っているのを見て驚いた。どのようにして攻撃あるいは防御への過度な特殊化と適応が災いして種という種が絶滅していったか、またついに「人間的な」知能が登場するのだが、そのときそれがいかにして、知能と物質世界および同胞への感受性ぐらいしか能がないような地味で無害な被造物によって達成されたかに気づくのも面白かった。

この種の世界における「人間性」の開花について語る前に、あらゆる小型惑星において、たいていはその初期段階で、進化途上の生命に立ちはだかる重大な問題を一つ述べなくてはならない。この問題はわたしたちがすでに〈別地球〉で遭遇したことであった。重力が弱まり太陽熱が激しくなると、大気の分子は実にたやすく宇宙へと逃げてしまう。

もちろん、小さな世界のほとんどにおいて、生命が「人間的な」水準に達するはるか以前に、時には生命が形成される以前に、大気と水はすべて失われる。もっと小さな世界では、初期に大気がたっぷり確保されていても、ずっとのちの段階になると、惑星の軌道がゆっくりと着実に縮小していくせいで熱くなり、猛烈にかき乱された大気中の分子をもはや保持できなくなる。このような惑星のなかには、相当数の生き物がはるか昔に進化しても、惑星が長い時間をかけて荒廃し乾燥していくなかで、結局は干上がって死滅するものがある。とはいえ、もう少しましな場合には、生命は厳しくなる一方の状況に段階的に適応できた。たとえば、残っていた大気をその世界の住民が放射する強力な電磁場内に封じ込める生物学的な仕組みを進化させた世界がいくつかあった。大気をまったく必要としない世界もあった。そこでは光合成や生命の代謝全般が液体だけを手段にして営まれていた。減少する最後の大気を液体の中に保存し、密生した根のあいだに発生した海綿状物質の巨大な束に蓄え、不透過性の膜で包んだのだった。

これらの自然な生物学的方法はどちらも、「人間的な」水準に達した植物‐動物の世界のいくつかで生み出されていた。ここでは、その目覚ましい世界のなかでもっとも重要なものを一つ記すぐらいの余裕しかない。その一つは知能が登場するずっと以前に、自由な大気がすっかり失われた世界であった。

その惑星の原住民の異様な感覚と気質を介してその世界に入り込み、それを経験することは、いくつかの点でわたしたちのこれまでの探索のいずれにもまして当惑させられる冒険であった。大気を完全に失ったせいで、太陽が燦然とかがやいていても、空は星間と同じく真っ黒であった。重力が弱かったため、また収縮して皺が寄った惑星表面では空気、水、霜による造形的な動きが欠如していたため、風景は一塊のひだ状の山々、太古の死火山、凝固した溶岩の氾濫跡と瘤、そして巨大な隕石の衝撃が残したクレーターから成っていた。これらの地勢のいずれもが、大気や氷河の影響によりあまりなめらかとは言えなかった。しかも惑星の地殻の絶え間ない圧力は、多くの山々を打ち砕いて奇抜な形状の氷山へと変えた。重力という疲れを知らない猟犬が、かなり強大な力で獲物を組み敷いているわたしたちの地球では、このような細長い、頭でっかちの岩山や尖峰はとうてい立ってはいられなかった。大気がないせいで、剝き出しの岩の表面は目がくらむほどかがやいていたのに、亀裂や影という影は真っ黒だった。

谷間の多くは溜め池に変わっていた。一見するとミルクのようだったが、こうした湖の表面は、蒸発を防ぐために白い膠質の物質からなる厚い層で覆われていたのである。この世界のふしぎな人類の根は、森林が伐採され一掃されたあとに残った切株のように、一面に群がっていた。切株の一つ一つが白い膠で覆われていた。すべての土が限界まで使われていた。しかも、ここの土は幾星霜もの空気や水が自然にもたらしたものもあったが、ほとんどが人工物であった。それは大規模な採鉱と粉砕の過程を経て造られたものだった。原始の時代、また事実上「人間以前の」進化の全過程を通じて、この岩だらけの世界の希少な土の取り分をめぐって競い合ったことが、知能への主要な拍車の一つとなったのである。

動く植物ー人は葉むらを太陽に向けて広げ、昼間は谷に密生していた。彼らが剝き出しの岩の地肌を動きまわり、文明の道具である機械などの人造物で忙しく活動しているのを観察したのは、夜だけであった。建物も雨露をしのぐ屋根付きの囲い地もなかったが、それは天候そのものがなかったからである。しかし岩の台地や高台は、わたしたちには理解できない、ありとあらゆる工芸品であふれ返っていた。

典型的な植物ー人は、わたしたちのような直立の生き物であった。頭部には緑色の大きな冠毛を戴き、それは大きくきつく巻いたロメインレタスのような形に折り畳んだり、光を受容するために広げたりすることができた。三つの複眼が冠毛の下から覗いていた。その下には、末端で枝分かれした、緑色の曲がりくねった、腕のように自在に操れる三つの肢があった。しなやかに動くひょろ長い幹は幾つもの固い輪に包まれていたが、身を曲げるときは、これらの輪を相互に滑り込ませ、移動の際には三つの脚へと分岐させた。三つの脚のうち二つは吻(くち)の機能を併せもち、根から樹液を汲み上げたり見慣れぬ物体を吞み込んだりした。三番目の脚は排泄器官であった。貴重な排泄物は決して無駄にはされず、三番目の脚と根のあいだの特別な接合部から吸収された。脚には味覚器官と耳が備わっていた。ここでは空気がなかったので、音は地面より上では伝わらなかった。

昼間これらの奇妙な存在たちは、主に植物として生活し、夜になると動物になった。長い極寒の夜が過ぎると、毎朝全住民が根から成る寄宿舎へと集まった。一体一体が自分の根を捜してそれに接合し、炎熱の昼間はずっと葉をいっぱいに広げて立っていた。日没まで眠ったが、それは夢を見ない眠りではなく、一種の昏睡状態だった。そのときの瞑想的で神秘的な特質は、未来において多くの世界の平安の井戸となるはずであった。眠っているあいだ、樹液の流れがすみやかに幹を上下し、根と葉のあいだに化学物質を行き来させ、代謝で分解した異物を取り除きながら、自らに濃縮した酸素をたっぷりと供給した。太陽が東の間ひと筋のフィラメントを放ちながら、ふたたび岩山の背後へと消えてしまうと目を覚まし、葉を小さく畳み、根への通路を閉じて自らを切り離し、そそくさと文明化された活動にいそしむ。この世界の夜は、わが地球の月夜よりも明るかった。星たちの光は鮮明で、いくつもの巨大な星団が夜空に浮かんでいたからである。しかしながら、細かな作業のためには人工の光が用いられた。主な難点を挙げるなら、その光のせいで労働者たちが眠ってしまいがちであったことだ。

これらの存在たちの豊かで異質な社会生活について、せめて略述しようと試みたところで無駄に違いない。ほかの世界と同様この地においても、地球で知られている文化的な主題のすべてが認められたが、この動く植物たちの世界では、なにもかもが不思議な調性、心乱される音階へと移されていたと述べるのが精いっぱいである。ほかの世界と同様ここにおいても、彼ら自身と現存するその社会を維持する仕事に深くかかわる一群の個体がいた。ここでもわたしたちは、自尊心、憎悪、愛、群衆の熱狂、知的好奇心などを見いだした。そしてここにおいても、これまで訪問したほかのあらゆる世界と同じく、わたしたち自身の世界でも普通のこととしてあった大きな神霊的危機のただなかで悶え苦しむ人類がいると分かったので、ほかの諸世界とテレパシー接触したときに用いた方法を考案してみた。ところがこの地では、危機はわたしたちがいまだ遭遇したことのない様相を見せていたのである。実はわたしたちは、想像的探索の力を拡張しはじめていたのだ。

ほかのことはどうでも、この危機については語らなくてはならない。この小さな世界をはるかに超えた諸問題を理解するために重要だからである。

わたしたちがこの人類のドラマを洞察しはじめたのは、その二重の、動物-植物的本性の精神面が理解できるようになってからのことである。簡単に言うと、植物-人の精神性は、あらゆる時代を通じて、彼らの本性の二つの側面、つまり行動的で、押しが強く、外的事象への好奇心にあふれ、精神的にも積極的な動物的な本性と、受動的で主観的な瞑想を好み、きわめて従順な植物的な本性とのあいだを揺れるような緊張が表現されたものであった。その種がずっと以前に自らの世界を支配するに至ったのは、もちろん動物的な能力と実践を重んじる人間的知能のなせるわざであった。とはいえ、この実践への意思は、人間にとってはきわめて稀な経験によって、いつも鍛えられ豊かにされてきたのである。大昔から、日々、これらの存在たちは、熱狂的な動物的本性を、動物に特有の無意識的な眠り、あるいは夢に支配された眠りだけでなく、植物に特有な一種独特の目覚めの状態（わたしたちの知るところとなった）にも委ねていた。彼らは葉を広げながら、動物が獲物の肉から間接的にしか得られない本質的な生命の霊薬をじかに吸収していた。このようにして彼らは、宇宙の全存在の源と直接の物理的接触を保っているように思われた。しかもこの状態は、物理的ではあったが、ある意味で神霊的なものでもあった。それが彼らの行動全体に深遠な影響を及ぼした。神学的な表現を許していただけるなら、神との神霊的接触と言ってもかまわないだろう。せわしない夜間には、孤立した個体として物事に携わっていたが、彼らの根底にある統合体としての経験を示すことはなかった。いつもは、昼間の生活の記憶によって、個体主義を過剰に悪化させずに済んでいたのだった。

部族か民族かはさておき、彼らの特殊な昼間の状態は、単に集合的精神として統合されているのではないことを理解するのに時間がかかった。彼らの場合は、鳥-雲の飛行個体群から成る状況とも違い、わたしたちがのちに発見するような、銀河史において実に大きな役割をになう、テレパシーにより形成された世界‐精神群の状態とも異なっていた。植物‐人は昼間の生活では仲間の植物‐人について知覚したり考えたりすることはなかったが、そのおかげで、環境や、その人類種の多元的な体に関してより包括かつ明確に認識するようになった。他方、広げた葉に洪水のように降りそそぐ太陽光線を除いて、いかなる外的状況にもまったく反応を示さなかった。そしてこのような経験を介して、ほとんど性的な性質を帯びた永続的なエクスタシー、主客が渾然一体となるかのようなエクスタシー、あらゆる有限存在のおぼろな源泉との主観的な和合のエクスタシーがもたらされたのだった。このような状態で、植物‐人は行動的な夜間の生活について瞑想し、夜間よりもはるかに澄み冴えた状態で、自分の動機の錯綜ぶりに気づくことができたのである。この昼間の存在様式に身を置くあいだ、各個体は、自らにもほかの個体に対しても道徳的な判断を一切くださなかった。あらゆるたぐいの人間的ふるまいを、宇宙の一要素として、超然とした瞑想的な歓喜をもって省察することができたのである。しかし夜がめぐってくると、自らや他者への穏やかな洞察は、道徳的な讃美や非難の炎で燃え上がった。

今やこの人類種の歴史を通じて、その本性の二つの基本的な衝動のあいだに一種の緊張があった。そのもっとも洗練された文化が、二つとも活気があり、どちらの優勢でもないときに達成された。しかしほかの多くの世界と同様、自然科学が発達し、熱帯の陽光から機械的な動力が産出されると、深刻な精神的紛糾が発生したのだった。慰安や贅沢のためのおびただしい補助的器具の製造、全世界規模の電気鉄道網の拡張、電波コミュニケーションの発達、天文学や機械論的な生化学の研究、戦争への切迫した要求および社会革命、これらすべてが影響して、行動的な精神性が強化され、瞑想的な精神が弱められたのだった。それが最高潮に達したのは、昼間の眠りが完全に排除できると分かったときであった。人工的な光合成の産物を毎朝一気に生体へと注入できるようになり、その結果、植物-人は事実上日中ずっと活発な作業ができるようになった。たちまち諸民族の根は引き抜かれ、工業製品の原料として利用された。根はもはや彼ら本来の目的のためには必要ではなくなったのである。

今やこの世界がおちいった身の毛もよだつような窮境を言葉にする猶予はない。人工の光合成は彼らの生体を活気あるものに保ったが、どうやら精神に不可欠なある種のビタミンは生成しそこねた。ロボット化というか、純粋に機械的生命となってしまう一種の病が住民のあいだに流行した。もちろん産業活動は、熱気にあふれていた。植物-人はあらゆる種類の機械駆動の乗り物でこの惑星を暴走してまわり、最新の光合成製品で自らを飾り立て、中心の火山熱をエネルギー源に利用しはじめ、互いを抹殺する技術にいっそうの磨きをかけ、ほかに千にも及ぶ熱狂的な仕事を続けるなかで、かつて失った至福を求めて邁進した。

いわく言い難い数々の苦難を経て、彼らは自分たちの生活のあり方全体が、本来の植物的本性からは隔たったものとなっていることを悟りはじめた。指導者や預言者たちは、機械化と、蔓延する知性偏重の科学文化と、さらには人工の光合成に対して痛烈な非難を浴びせた。今やその人類種のほとんどすべての根が破壊されたあとだったが、まもなく生命科学はわずかに残った標本から皆のために新しい根を生成する研究に方向を転じた。少しずつ全住民が自然な光合成を再開できるようになった。世界の産業主義的生活は、日差しを受けた霜のように消えた。以前の動物と植物を交互させる生活に戻ることで、長年の産業主義への熱狂で疲弊し混乱していた植物-人は、静穏な昼間の経験に抑え難い歓喜を見いだした。最近の生活が惨めなものであったためか、逆に植物的経験のエクスタシーが高まった。最高位の精神たちが科学的分析のなかで獲得した知的な怜悧さは、復活した植物的生活の特殊な性質と結びついて、彼らの経験全体に新たな澄明性をもたらした。短い期間のうちに、彼らは銀河の未来永劫にわたる模範となり財となるような神霊的澄明性の水準へと到達したのだった。

しかしもっとも神霊的な生活においてさえ、魔の手は潜んでいる。産業主義と知性主義への過度の熱狂は、植物-人たちを知らぬ間に毒していたので、彼らがついにそれに対して反旗を翻したときは、対極に走り過ぎて、以前の動物的生活がそうであったように、一面的な植物生活の罠へと落ちたのだった。少しずつ彼らは、「動物的な」探索にエネルギーも時間もかけなくなり、ついには昼間と同じく夜間も、もっぱら樹木として過ごし、活動的で探索好き、手先の器用な動物的な知能は、彼らのなかで永久に途絶えてしまったのだった。

しばらくその人類種は、存在の普遍的な源との一体感に身を委ねたまま、曖昧と混迷の度を増したエクスタシーのなかで生き続けた。惑星の生命に必要な液体中の気体を保持する太古からの生物学的なメカニズムは、実にうまく確立され自動化されていたので、それは手入れがなくとも長く機能し続けた。しかし産業主義によって、わずかな水と気体の供給で充分まかなえていた限界を超えて世界の人口が増えてしまったのである。物質の流通は危険なほど急激だった。ほどなくそのメカニズムは破綻した。漏出がはじまり、誰もそれを修復できなかった。少しずつ貴重な水をはじめ揮発性の物質が惑星から流出した。少しずつ貯蔵資源が枯渇し、海綿状の根が乾き、葉が枯れた。一つ一つ、その世界の幸福な、そしてもはや人でなくなった住民たちは、エクスタシーから病へと移行し、意気消沈し、不可解な混迷におちいり、そのまま死に至った。

しかしのちに語るように、彼らが成し遂げたことは、わたしたちの銀河の生活に影響を及ぼさずにはいなかったのである。

「植物人類」――そう呼んでよければであるが――は、かなり稀有なできごとなのだと分かった。そのような人類のいくつかは、わたしがまだ語っていない実に奇妙な種類の世界に棲息していた。ご承知のように、太陽に近い小さな惑星は、太陽による潮汐の作用を受けて自転がとまる傾向にある。昼間はどんどん長くなり、ついには一方の側だけが光を受けることになる。銀河のここかしこの、この類型の惑星の少なからぬ数に生き物が棲息し、そのいくつかが「植物人類」だったのである。

そうした「昼間中心でない」世界はおしなべて、一方の半球が常に途轍もなく暑く、もう一方の半球は途轍もなく寒かったために、生命にとっては相当に棲息し難かった。明るい側は、溶融した鉛の温度に達していた。一方、暗い側では、気温は絶対零度より一、二度高いところにとどまったので、液体の状態を保っていられる物質は存在しなかった。二つの半球のあいだには、温暖と言っていい幅の狭いベルト地帯、あるいはリボン状の地帯が延びていた。ここでは、焼け付くような巨大な太陽は、常に地平線で部分的に遮られていた。この帯状の境界の冷たい側であれば、現在の太陽面から発せられる殺人的な光線から隠れてはいても、太陽の光冠（コロナ）に照らされ、太陽に面した土地からの熱伝導で暖められるので、生命が絶対に存在できないわけではなかった。

この種の生命が住む世界は、日周期の自転を失うずっと前に、生物進化のかなり高位にまで昇りつめることが常であった。一日が長くなるにつれて、生命は昼と夜の極端な温度差への適応を強いられた。このような惑星の極地は、黄道に傾き過ぎていなければ、かなり一定した気温を維持していたので、生き物たちが棲息に好適とは言えない地域へと思い切って乗り出していく砦となったのだった。多くの種が赤道へ向かって広がっていったが、その方法は、地下にもぐり、昼間も夜間も「休眠」し、夜明けと日没時のみ現われて猛烈に活動的な生活を送るという単純なものだった。一日が数カ月へと延びると、迅速な移動に適応した種は、日没と夜明けを追うように惑星上を旅した。このような種のなかで赤道付近のもっとも敏捷な生き物が、陽が水平に差す平原を走り抜けるのを見るのは、ふしぎな気分であった。彼らの脚は船のマスト並みに長く細いことが多かった。ときどき途をそれて、長い首を伸ばして、ちょこまかと動く生き物を捕えたり、群葉の束をもぎとったりした。そんな休みなしの俊敏な移動は、太陽エネルギーが乏しい世界では不可能であったことだろう。

人間的な知能は、このような世界では、夜と昼とが長くなりすぎ気温差が途方もなく大きくなる前に獲得していなかったら、決して達成されなかったと思われる。植物-人などの被造物が、自転が深刻なまでに遅くなる前に早々と文明や科学を達成した世界では、ますます過酷になっていく環境と闘うために多大な努力が払われた。ときに文明は単に極地へと退却し、惑星の残りの地域をあきらめた。地域によっては、地中での居住を確立し、住民が明け方と日暮れにだけ這い出してきて土地を耕作することもあった。

緯度と平行に走る鉄道網が黄昏を追いかけるように農耕地から農耕地へと移住する人々を運ぶこともあった。

しかしながら結局は、自転が完全に止まると、夜と昼のあいだに固定された帯状の地域の全長にわたって文明がひしめくようになった。それ以前はさておき、このときには大気も失われていた。こうした文字どおり一直線の環境で生き残るために格闘する人類種が、精神生活の豊かさと繊細さを維持できなかったのは、充分に想像しうるところである。

第八章　探索者たち

ブヴァルトゥとわたしは、ますます膨れ上がる仲間の探索者の一行と連れだって、多種多様なふしぎな人類の棲む夥しい世界を訪れた。その星域の時間にして二、三週間だけ滞在したこともあったし、数世紀にわたって居残り、関心の赴くままに歴史の各時点を次々にざっと見たりもした。わたしたちは、イナゴの大群のように、新たに発見された世界に降り立ち、おのおの好みの寄宿相手を選り抜いた。長かったり短かったり、ある程度の期間観察を済ますと、同じ世界の別の時代と思われる時点にふたたび降り立つために、あるいは時空をはるかに隔たった多くの世界に仲間たちを振り分けるために立ち去ったものである。

このような奇妙な生活のおかげで、わたしは人類史のある時期ある夜に丘の上を散策していたイギリス人とはよほど異なった存在へと変わっていた。わたしの直接的な経験は通常の範囲をはるかに超えて拡大しただけでなく、仲間たちとの格別に密接な一体化によって、言ってみれば、わたし自身が多元化してしまっていたのだ。というのは、ある意味でわたしは、あのイギリス人であったときと同じくらいに、ブヴァルトゥであり、仲間たちの一人一人でもあったからである。

わたしたちに生じたこの変化は、変化そのものへの関心だけでなく、別な状態ではわたしたちには不可解な性質をもつ数多くのコスモス的な存在（もの）たちを理解するための手掛かりを与えてくれたがゆえに、注意深くしるす値打ちがある。

この新たな状態においては、わたしたちの神霊的共同体は完成されていたので、各自の体験は全員の手に入るところとなった。かくしてわたしは、つまりは新生したわたしは、かのイギリス人、ブヴァルトゥ、残りの仲間たちの冒険に同じくらいやすやすと参加できたのである。そしてわたしは、各自の故郷の世界で、以前は別々の存在であった頃の思い出を余す所なくわがものにしたのである。

哲学的な心得がおありの読者であれば、こう尋ねるかもしれない。「多くの経験する個の集団が、単一の経験の流れを認識する単一の個になるとでも言いたいのか。あるいは数の通りに異なるのにまったく同じ経験をし、多くの経験する個の集団のままでいられると思うのか」と。わたしに答えられるような問いではない。とはいえ、これは承知している。イギリス人であるわたしは、そしてわたしの仲間はみな同様に、互いの経験を自分のものにし、またいっそう澄み冴えた知へと、次第に「目覚め」ていったのだった。経験主体としてのわたしたちは、多のままなのか一になったのか、わたしには分からない。しかし、そんな疑問に答えなど得られるわけがないのではないか。それをとことん分析しても意味はないのだから。

数多くの世界を共同参与的に観察していく途上で、そして同様にわたし自身の共同参与的な精神過程を省察していくなかで、あるときはこの探索者、またあるときは別の探索者、ときにはまた探索者の一集団が、中心的な認識の道具となって、全体で瞑想するために各自の特有の性質と、経験で得た材料を供給し続けた。わたしたちが非常に抜け目なく熱心であれば、個としてのわたしたちが知るいかなる体験よりも澄み冴えた、ある様式の知覚と思考と想像力と意思に目覚めることもあった。こうして、わたしたちのそれぞれが、ある意味で、それぞれの仲間と同等になったのであるが、各自はまた、ある点で、個別のわたしたちよりも高次元の精神にもなったのだった。とはいえ、こうした「目覚め」において、日常生活における数々の契機にまして神秘的なものは本質的にはないと思われたし、その際その精神は、それまで互いに隔絶していた諸々の経験を嬉々として関連づけ、錯綜した対象のなかに以前は気づかなかった一つのパターン、あるいは一つの意味を発見するのである。

この不思議な精神共同体が、個々の探索者の人格を消滅させたと考えてはならない。

人間の言語には、わたしたちの特殊な関係を記述するための的確な語彙がない。わたしたちが個体性を失った、つまりは一つの共同参与的個体性へと溶解したと言うのは、わたしたちが終始異なった個であったと言うのと同じくらい真実ではないだろう。代名詞の「わたし」は今や集合的なわたしたち全員に適合したのであるが、「わたしたち」という代名詞も同様にわたしたちに適合するものであった。ある点では、すなわち意識の一体性のもとでは、わたしたちは実際、経験を一つにする個体であったが、しかし同時に重要かつ喜ばしいあり方で、互いに異なってもいたのだ。ただ一つの共同参与的「わたし」が存在するだけでなく、言うならば、多元的で多岐化した「わたしたち」、実に多様な人格から成る可視的集団も存在し、人格の一つ一つがコスモスの探索という企て全体に、固有の創造的な貢献をする一方で、わたしたちの全員が霊妙な私的関係の織物へと編み込まれていたのだった。

この問題についての説明が、読者には自己矛盾的に思われるに違いないことは、わたしもよく承知してはいるが、実を言うと、それはわたしにとっても同じなのである。とは言いながら、わたしが共同体の個別の一員であると同時に、その共同体に蓄えられた経験の所有者でもあるという、鮮やかに思い出される事実をどう表現したらよいのか、ほかに方法が見当たらないのである。

この問題をいくらか違ったふうに表現するならば、わたしたちの意識の同一性に関してはわたしたちは単一の個人であったが、わたしたちの多彩かつ創造的な固有性に関しては、わたしたちは共通の「わたし」によって観察可能な別々の人格であったのだ。共通の「わたし」でもある個々の人格は、個々人の集まり全体を、個々の自己もひっくるめて経験したのだが、それは気質と私的経験においても異なった現実的人格の集合体であった。わたしたちの一人一人が、たとえば、ブヴァルトゥとわたし自身とのあいだに生じたような、愛情と批評の応酬によって結ばれた真の共同体として万事を経験した。ところが経験の別の面では、つまりは、創造的思考と想像力の面では、共同参与体としての注意は、人格どうしの関係の織物から抜け出ることができた。代わりにその注意は全面的にコスモスの探索に向けられた。これは一面の真理と言ってよいと思うが、愛についてでは異なっていても、知識や知恵や崇拝においてはわたしたちは一つであった。あとに続く各章で、この共同参与的な「わたし」のコスモス体験を数多く扱うことにするが、常に単数形である探索する精神に言及する際に、「わたし」という代名詞を用いいつつ、また単に「わたしはこれこれのことをした、かくかくのことを考えた」と述べるのは、論理的にも正しいだろう。とは言いながら、一個の共同参与的企図についての真の印象を保ち、またこの本の人間の著者だけが探索者であるという誤った印象を避けるためにも、やはり「わたしたち」という代名詞がもっぱら用いられることになるだろう。

わたしたちはそれぞれ数多くの世界において個々に活発な生を送っていた。そして一人一人、それぞれにとって、遠く離れた故郷の世界での、ささやかで失敗ばかりの人生は、熟年を迎えた大人が子どもの頃の思い出に感じる生彩のように、格別な具体性と魅力を保っていた。それだけでなく、個人的には各自のかつての私的生活こそが切迫し重要と思っていたのに、自らの共同参与的な器量のなかでは、より大きな宇宙的意味を帯びた諸問題に圧倒された。さて、この具体性と魅力、つまりは各自のささやかな私的生活の切迫感と重要性は、わたしたちそれぞれがかかわっている共同参与的「わたし」にとってきわめて重要であった。それは生彩と情念をもって、その共同参与的な経験をかがやかせた。それというのも、ある世界に生を受けた存在としての自らの生のなかで、わたしたち一人一人が、いわば人生という戦場で目前の敵に立ち向かう一兵卒として実際に闘っていたからである。宇宙的事象が展開していく様を、単なるスペクタクルとしてではなく、あらゆる個々の生がひらめいては消えていく様を身を切るような思いで観ることができるようになったのは、この枷(かせ)をはめられ、囚われの身となり、目隠しをされ、熱心で私的な個としての有様を想い起こしたからであった。

かくして、一介のイギリス人であるわたしは、その共同参与的な精神に、自分の混乱した世界でわたしが行った無益なあがきのすべてについての消えることのない生々しい記憶を貢いだのである。また、共同体というささやかで不完全な宝石によって補われた、そのような盲目的な人生の真の意味は、原始の昏睡状態にあるイギリス人にはとうてい獲得できず、今では思い出すこともできない澄明性を帯びた共同参与的「わたし」には明白なものとなったのだった。わたしが今思い出せるのは、共同参与的「わたし」として、わたしの地球での生涯を、個としてあるときよりも批判的に、また罪悪感を感じることなく眺めていたこと、そしてわたしの生涯の伴侶を、互いへの影響をより明晰かつ冷静に理解しつつ、また寛大な愛情をもって眺めていたことであった。

探索者たちの共同参与的経験については、語るべきことがまだ一つある。そもそも、わたしたち一人一人がこの大いなる冒険に乗りだしたのは、コスモス全体のなかで共同体はいかなる役割を担っているのか、主にそれを知りたかったからだった。この問いの答は未だ得ていないが、そのうちに別の疑問がいよいよ強烈なものになっていった。数多くの世界で満杯にしたわたしたちの経験、そして新たな精神の澄明性によって、わたしたちそれぞれのなかに、知性と感情の激しい葛藤が生まれていたのである。コスモスそのものとは異質な、なんらかの「神性」がコスモスを創造したという考えは、知的な観点からは、今やわたしたちにはいっそう信じがたいものに思われた。知的には、コスモスは自己充足している、つまりはいかなる論理的基盤も造物主も必要としない体系であることに疑問の余地はなかった。ところが次第に、人が物理的な知覚対象である恋人、あるいは知覚対象である敵を心の中に実在として感じるように、わたしたちはコスモスの物理的な存在のうちに、わたしたちが〈スターメイカー〉と名づけたなにものかの存在を心のうちに感じたのである。コスモス全体は存在全体に比べれば限りなく小さく、また存在の無限性がコスモスのあらゆる瞬間の根底にあることを、わたしたちは知性とは別なところで知っていた。そして不条理の感情を胸に、わたしたちは絶えずコスモスにおける小さな個々のできごとの背後を凝視し、これという名前がないので〈スターメイカー〉と呼んできた、かの無限存在の姿かたちを見定めようとしたのである。しかしいくら凝視しても、なにも見いだせなかった。全体においても個々の事物においても、わたしたちの眼前には恐るべき存在が確固と立ちはだかり、まさにその無限性のゆえに、わたしたちはそれにいかなる姿かたちも付与することができなかったのだ。

ときにわたしたちは、それを純然たる〈力〉として考えたくなり、わたしたちの数多くの世界の無数の力‐神のすべてを用いて、自分自身のためにそれを象徴化したこともあった。それは純粋の〈理性〉であり、そしてコスモスは数学者である神の演習場にすぎないと確信したこともある。〈愛〉こそが、その本質的な性質のように思われることもあり、それをわたしたちはあらゆる世界のあらゆる救世主（キリスト）、すなわち人間の救世主（キリスト）、棘皮人類種やオウム貝状船人類種の救世主（キリスト）、共棲人類の二元的救世主（キリスト）、昆虫人類種の群体の救世主（キリスト）というふうに想像したのだった。しかし同様に、それは盲目的であると同時に敏感であり、優しくも残酷であり、存在の無限の多様性を次から次へと産むことばかりを欲し、千もの虚空のそこここに儚い夢を孕む、不条理な〈創造力〉のようにも思われた。この儚い美を〈スターメイカー〉は母親の気配りをもってしばし育み、結局は自らの被造物の優秀さにいきなり嫉妬して、創った作品を破壊してしまうのだった。

しかしわたしたちは、このような物語はすべて偽りであることを充分に承知していた。〈スターメイカー〉はその存在を感じさせつつなお不可解であったが、それでも姿を見せぬ太陽の明け方のかがやきのように、いやましにコスモスを照らしたのだった。

第九章　諸世界の共同体

1　せわしないユートピア

あるとき、新たに発見されたわたしたちの共同参与的精神が、かなりの澄明性を達成したことによって、地球人類の精神性をはるかに超えた諸世界とも接触できるようになった。このような高次元の諸体験のなかで、一介の地球人でしかない状態へと退いてしまったわたしが想い起こすことのできるのは、これ以上はない混乱ばかりである。わたしは精神的疲労の限界のなかで、今は失われた溌剌さでもって達成した怜悧な直観を取り戻そうと頑張る人間のようなものだ。一地球人としては、かすかな谺とおぼろな魅惑を想起するぐらいしかできない。とはいうものの、あのような澄み冴えた境地にあったわたしの身にふりかかったコスモス体験の記憶の数々は、ごくごく断片的なものであれ記録するにあたいする。

首尾よく目覚めつつある世界において次々に生起したできごとは、おおむね以下のようなものだった。そもそものはじまりは、わが地球が現在ただなかに置かれているような危機であったことを思い出してほしい。世界史の弁証法により、その人類種は伝統的な精神では決して取り組めない、ある問題に向き合っていた。世界の情勢は劣位の知能には複雑になりすぎていたし、導く者たちにとっても、導かれる者たちにとっても、そのときはまだ数少ない者たちにしか可能でないような、ある程度の個としての完全性が求められたのである。意識はすでに、原始の昏睡状態から、過酷なまでの個体主義の状態へと、つまりは、身を切るような、痛ましいまでに制限された自己意識へと、荒々しく目覚めていた。そして個体主義は今や、伝統的な部族精神とともに、世界を破滅させる脅威となっていた。より幸福な世界についてのヴィジョンがますます明らかになりつつあるという思いに取り憑かれながら、長く続いた経済的窮状と狂気の戦争を経ることによってはじめて、目覚めの第二段階が達成可能となったのである。たいていは、そこまで到達することができなかった。「人間的本性」、あるいは多くの世界において、それに相当するものは、自ら変わることができず、環境によっても改造されることがなかったのだ。

それでも、精神がその絶望的な危機に奇跡的に応えてみせた世界も、二、三はあった。あるいは、環境が神霊を奇跡的に改造したといった方が、読者のお気に召すかもしれない。意識の新たな澄明性と、意思の新たな完全性への、大規模で突発的ともいえる目覚めが生じたのだった。この変貌を奇跡と称したのでは、その前段階で顕現していた「人類」についての知識を総動員しながら、その変化を科学的に予測できなかったことを認めるだけのことだ。しかしながら、のちの世代にとっては、それは奇跡でもなんでもなく、奇跡に近い力を秘めた無感覚状態から明らかな正気への、遅ればせながらの目覚めのように思われたのだった。

この先例のない正気への道は、はじめのうち、公正で惑星全体を包む新しい社会秩序へ向けての広範な熱意の形をとった。そのような社会的な情熱はもちろん、まったく新しいものではなかった。そのような情熱を長く心に抱き、もたつきながらもそれに一身を捧げた者たちは、ごく少数ながらいた。しかし今やついに、環境災害と精神そのものの潜在力を介して、この社会的意思が行き渡ったのだ。さらにそれがなおも情熱的であり、英雄的な行為が不安定ながらも目覚めた存在たちに可能であったあいだに、世界の社会構造全体が再編され、その結果、ひと世代あるいはふた世代が経つうちに、その惑星のあらゆる個は、生きるための手段と自らの喜びのために、また世界共同体への奉仕のために、自らの力の数々を存分に行使する機会に恵まれると見込むことができたのだった。世界秩序とは、部外者による暴政などではなく、一般意思の表現であり、また彼らが実際に、高貴な遺産、すなわち、それがために生き、苦しみ、死んでいくなにかを継承するべく生まれ落ちているという認識のもとで、新しい世代を育てていくことが今や可能となったのである。本書の読者には、そのような変化が奇跡に、そしてそのような状態がユートピアに思われても無理はないかもしれない。

幸運とは言えない諸惑星からやって来たわたしたちにとっては、世界という世界が不可避に思われた窮状から首尾よく脱していくのを観察し、また挫折し憎悪に毒された被造物たちから成る世界-住民が、それぞれの個体が寛大に抜かりなく養育されたために無意識の嫉妬や憎悪で歪むことがなかった住民に席をゆずるのを目の当たりにするのは、胸が熱くなると同時に身を切られるような経験であった。生物学的な血統においてはなんの変化もなかったが、まもなくその新たな社会的環境は、おそらくは新興の人類に属すると思われる世界-住民を生み出した。体格においても、知能においても、精神的な独立や社会的責任においても、新しい個体は古い個体をはるかに抜き去ったが、それは精神の健全さにおいても意思の高潔さにおいても同様であった。そして深刻な精神的な葛藤がすべて取り除かれると、創造的な仕事への刺激をことごとく失って、凡庸な住民を生み出すことが懸念されたものの、まもなくすると、人類の神霊は停滞どころかそのまま前進を続け、新しい闘争と勝利の場を見いだしたのである。大いなる変化のあと繁栄した「貴族たち」の世界-住民は、好奇心と疑念をもって以前の時代を振り返り、彼らの祖先のなかでもっとも恵まれた諸個体のうちにさえ、行動の源泉となる、入り組んだ、たちのわるい、たいていは思慮を欠いた動機があることに、やっとのことで思い至ったのだった。革命前の全住民は、精神的な栄養不良や中毒が原因で疫病のような妄想や妄執に囚われ、深刻な精神的病に悩まされているのが分かった。心理学的な洞察が進むうち、同じように古い心性に関心を喚起されたが、それは現代のヨーロッパ人が、ほとんど理解し難いまでに世界の国々の形を歪めた古代の地図に興奮させられるのと似ていた。

わたしたちは、目覚めつつある世界の心理的な危機を、青年期から成熟期への通過儀礼のように考えがちであった。本質的にその危機は、子どもじみた好奇心から抜け出し、おもちゃや幼稚な遊びをやめ、大人としての生活への関心を見いだすことであったからだ。部族的な威信、個による支配、軍隊の栄光、産業の勝利は、執着するほどの魅力はなくなった。幸せな被造物たちはむしろ、洗練された社会的交流と文化活動と世界-建設という共通の企てに喜びを覚えたのだった。

目覚めつつある世界において、神霊的な危機を事実上克服した後の歴史段階における人類の注意は、やはり主として社会再建にそそがれた。多くの英雄的な事業が行われねばならなかった。新たな経済組織だけでなく、政治組織、世界法、教育のための新しい体系が必要であった。多くの場合、新たな精神性の指針のもとにあったこの再建の時期は、それ自体が深刻な葛藤の時代だった。というのは、社会活動の目標について心から気持ちを同じくする存在たちですら、その方法をめぐっては激しく対立しかねないからである。しかし、そんなふうに生じた葛藤は、昂じることはあっても、偏執的な個人主義や妄執的な集団‐憎悪に煽られた以前の葛藤とは、まるっきり異質なものであった。

新しい世界‐秩序群は、実に多様であることが分かった。もちろんそれは、これらの世界は生物的にも心理的にも文化的にも非常に異なっていたから、予想されることではあった。〈棘皮人類〉の非の打ち所がない世界‐秩序は、当然ながら共棲的な〈魚状人類〉と〈甲殻人類〉によるものとは異なるはずであり、〈オウム貝状船人類〉などのそれとも違っていなくてはならなかった。それでも、これらすべての勝利した世界には、顕著な共通点も認められた。たとえば、思いきり大雑把に言うと、すべてが共産主義的であった。というのは、これらすべての世界において、生産手段は共同参与的に所有され、いかなる個も私利私欲のために他者の労働を支配することができなかったからである。もう一度言うが、ある意味でこれらすべての世界‐秩序は民主的なものであり、政策の最終的な認可は世論によっていた。しかし多くの場合、民主主義の機関、つまり世論の表現のための合法的な媒体はなかった。代わりに、高度に特殊化した官僚制が、あるいは世界‐独裁者ですら、合法的な絶対権力と、電波を通じて示される大衆の意思による間断ない統率のもとで、世界的活動を組織化する事業を遂行してかまわなかったのだ。真に目覚めた世界にあっては、独裁制でさえも本質的には民主的になりうると分かって、わたしたちは驚嘆した。きわめて重大かつ解決を見込めない政策上の問題に直面した「絶対的な」世界‐政府が、公式の民主的決定をするために緊急の訴えを起こしても、結局はどこの地域からも、「こちらから助言することはない。自らが専門とする経験に従って決定せよ。そちらの決定を遵守する」という返答を受けるだけの状況を信じ難い思いで観察したのだった。

これらの世界における法は、ある種の非常に顕著な制裁規定にもとづいていたが、〈地球〉ではうまく機能しえないと思われた。力づくで法を強制することは決してなかったが、ときに古代への先祖返りとして現われる剣呑な狂人に対しては別であった。いくつかの世界では、諸集団の経済的・社会的な生活、それのみか各個体の私事にわたって規制する複雑な「法」団体が存在した。はじめのうち、そのような世界からは自由が失われているように思われた。しかしあとになって、わたしたちがゲームの規則や芸術の規範、あるいは確立されて久しいいかなる社会にも存在する夥しい超法規的慣例に対するように、その複雑なシステム全体が尊重されているのが分かった。たいていは、だれもが法を遵守したが、その社会的な価値を行動の指針として信じていたからであった。とはいえ、もしその法が適切でないように思われたら、ためらうことなく破ったのである。その行動は、反感や不便をまねき、それればかりか隣人たちに深刻な苦難を与えるかもしれなかった。隣人たちが激しく抗議することもあったろう。それでも強制は論外だった。関係者たちが、そのふるまいは有害であることを当人に納得させることに失敗した場合は、その件は世界政府の威信のもと、ある種の仲裁裁判所を介して審理することができた。もしも判決が被告に不利になり、なお被告が不法なふるまいに固執し続けても、だれも当人を拘束できなかった。しかし一般からの非難や社会の制裁は大きなものであったので、裁判所の決定が軽視されることはまずなかった。村八分への恐怖感は火責めのように違法者をおびやかした。もし当人の動機が低次元のものであれば、どのみち破綻した。しかしもし当の一件が誤って裁定されるか、あるいはふるまいが同胞たちの理解を超えた価値への直観から生じたものである場合は、当人は公的に勝利するまで、自分の道に固執してもよかったのである。

わたしがこうした社会の奇抜さを紹介するのは、このようなユートピア世界と、本書の読者にはお馴染みの神霊とのあいだの深遠な差異を想い描いてもらいたい一心からである。放浪の途上で、わたしたちは驚くほど多様な慣習と制度に遭遇したのだが、そのなかでもっとも注目すべきものですら、じっくりと描写する猶予がないことは、容易に想像しうるところだろう。特定の諸世界ばかりでなく、わたしたちの銀河全体の物語へと急いで進んでいけるように、典型的な目覚めつつある世界の活動の数々を概観することで、よしとしなくてはならない。

ある目覚めつつある世界が、過激な社会再建の段階を経て、新たな均衡を達成したときには、着実な経済的かつ文化的進歩の時代へと地歩を固めたものである。かつては肉体と精神への暴君であったが、今では忠実なしもべとなった機械主義は、〈地球〉で知られているいかなるものにもまして、あらゆる個体にとってはるかに満足のいく多様な生活を確保した。電波通信やロケット旅行のおかげで、あらゆる精神はあらゆる民族についての身近な知識を得ることができるようになった。労働力を節約する機械類は、文明を維持する仕事を軽減し、精神をむしばむ苦役はすっかり姿を消し、世界-市民ひとりひとりの最良のエネルギーは、りっぱに成長した知的存在にとって無価値ではない社会奉仕へ自由に捧げられたのだった。そしてその「社会奉仕」は、非常に広く解釈される傾向にあった。多くの人生が風変わりで無責任な自己表現に捧げられても許されるように思われた。共同体は折々に生まれてくる稀少でかけがえのない宝石のためには、膨大な量のそのような浪費を問題視しなかったのである。

わたしたちがユートピア段階と呼ぶようになった、この目覚めつつある世界の安定と繁栄の段階は、あらゆる時代のいかなる世界の生命においても、おそらくもっとも幸福な時代であった。悲劇はやはり次々に起きはしたが、大規模で不毛な災難となることはなかった。さらには、かつての時代であれば肉体的な苦痛や早すぎる死を目安にして悲劇について考えるのが通例であったが、今や多様な人格の衝突や相互の憧れや相互の矛盾に起因すると理解する方が容易になっていることに気がついた。暴力的な災難はまれになっていたし、一方でまた、人物どうしの触れ合いはいっそう繊細で鋭敏なものになっていた。わたしたちが戦争や疫病に際して経験するような、大規模な物理的悲劇、つまりは住民全体の苦難と滅亡は、大気の消失、惑星の炎上、太陽系のガスや塵の領域への突入など、いずれにせよ、そのような天文学的な出来事によって一人類種が全滅するという稀有な事態を除いては、ほとんど聞かれなくなっていた。

それから、数世紀あるいは幾千年も続いたかもしれないこの幸福な段階において、文化的かつ優生学的手段を用いて世界-共同体を完成させ、人類の力量を高めることに、世界の全精力が注がれたのだった。

このような世界の優生学的な事業に関しては、その多くが非-人類的な世界-住民それぞれの生物学的かつ生化学的本性について、いささかなりとも知識を持ち合わせないでは理解できないだろうから、語ることはほとんどない。優生学者の第一の仕事は、遺伝病の蔓延や心身の奇形を防ぐことにあったと述べるだけで充分だろう。大いなる心理的変革以前の時代には、このような穏便な取り組みでさえ、しばしば手厳しい非難にさらされた。政府当局は、精神の独立といった自分には都合の悪い特質を根絶やしにしようとしたのである。無知な狂信者たちが、配偶者選びへの容赦ない見当違いの干渉を提唱した。しかしより啓蒙された時代になると、このような危険は認識され回避された。たとえそうでも、優生学的な事業は災厄につながることが多かった。わたしたちが目撃した栄光の知的飛翔人類は、伝染性の精神病への罹患性を根絶しようという試みのせいで、亜人間的水準にまで低落した。この病への罹患性は、五世代目における通常な脳進化の可能性と、間接的なあり方で遺伝的に結びつけられてしまったのである。

積極的な優生学的事業については、感覚の範囲と感度の改善（主に視覚および触覚における）、新しい感覚の発明、記憶、知能一般、時間識別における改善に言及するぐらいはしておこう。これらの人類は、時間の持続をさらに精細に識別すると同時に、自分たちの時間把握を拡張することにより、はるかに長い時間を「今」として感知するようになったのだった。

諸世界の多くが当初はこの優生学的な試みにかなりの精力を傾けたが、それにより新たな経験の豊かさをいくらか手に入れるとしても、もっと重要な問題のために後回しにすべきであると、その後決定されたのだった。たとえば、生活が複雑さを増すにつれて、個々の精神の成熟を遅らせる必要が急務と思われたが、それはその精神に初期の経験をもっと徹底的に身につけさせるためであった。「生活をはじめる前に、子ども時代の人生があるべきだ」と言われていた。それとあわせて成熟期を通常の三倍、四倍と引き伸ばし、老化を遅らせる努力が払われた。優生学的な支配力を十全なものにしたあらゆる世界で、個々の寿命のもっとも適切な長さをめぐって早晩激しい公論が起きた。寿命を延ばすことには全員が同意した。ただし、ほんの三倍か四倍の寿命延長を望む者がいるかと思えば、通常の寿命の百倍ほどもあれば、だれもが望ましいと思う経験の連続性と深さをもたらすことができると主張する者もいた。不死と、決して老化しない不滅者から成る永遠の人類を唱道する者たちまでいた。精神的硬直という明白な危険と、あらゆる前進の停滞は、不死の住民の生理学的状態がなんとか最初期の成熟状態を保つようにすることで回避できるかもしれないという議論もあった。

この問題をめぐっては、さまざまな世界で異なった解決がなされた。わが地球の時間にして三百年ほどを個人の寿命に当てた人類もあった。五万年を許容した人類もあった。〈棘皮人類〉の一人類は、潜在的な不死性を決めたが、巧みな生理学的仕掛けを自らに組み込み、その仕掛けによって、もし古い種が変化する状況に適応できなくなったら、当事者はその事実を逃さず悟って、進んで安楽死を志願して実行し、喜んでより現代的な類型の後継者に席を譲ったのだった。

優生学的な実験の成功例をほかにも数多く、わたしたちは諸世界のここかしこで観察した。個々の知能の一般的な水準は、もちろんホモ・サピエンスの域をはるかに超えていた。しかしまた、心霊的に統合された共同体によってのみ達成されうる超-知能は、この上なく実際的な水準で、つまりは一つの世界全体の意識的な個体としての水準において大きく発達した。もちろんこれは、世界-共同体内部の諸個体の社会的結束が一つの神経組織の諸要素のまとまりと同じくらい緊密に織り成されていないと不可能であった。それにはテレパシーの格段の進歩が求められてもいた。さらには個々人の大多数が地球では知られていない幅広い知識に到達していないと、それは可能ではなかったのだ。

ユートピア段階の途上にあるこれらの世界でも、どうしても達成が難しかったことは、時間と空間からの心霊的な自由、すなわち、観測者が時空に占める位置から離れた出来事を直接観察し、それに寄与さえする有限の力であった。探索の旅を続けるなかで、そのほとんどが低い位階の存在であったわたしたちが、この自由を達成できたはずだという事実にはかなり困惑させられたが、その自由はこれらの高度に発達した世界にとっても修得が困難であることが今やわたしたちに明らかになった。そのとき説明が得られたのである。これまでのわたしたちの冒険は、自己の群れであるわたしたちだけで請け負えるはずがなかったのだ。探索のあいだずっと、知らぬ間にわたしたちは、永劫の歳月の探求の果てに、この自由を達成していた諸世界から成る一星系の影響下に置かれていたのである。わたしたちの銀河の歴史における牽引車であった、かの魚状人類・甲殻人類共棲体からの絶え間ない支えがなかったら、わたしたちは一歩も進めなかったはずである。わたしたちの冒険全体を制御していた彼らのおかげで、わたしたちはそれぞれの原始的な故郷の世界において、自分たちの経験を語り伝えているのかもしれないのである。

空間と時間からの自由、すなわち、テレパシー接触を介してコスモスを探索し影響を及ぼす力は、十全に目覚めたユートピア世界の、もっとも力強くもっとも危険な資産であった。その資産を不用意に行使したために災いを招いてしまった、輝かしくひたむきな精神をもつ人類種も多かった。冒険的な世界-精神が、銀河のあらゆる星域からテレパシーによって洪水のように寄せられた悲惨と絶望のうねりに直面して、正気を保てなくなることもあった。啓示の微妙な意味をまったく理解できず、回復の見込みがない精神的な破滅へとおちいることもあった。テレパシーの冒険に魅了されすぎて、自分たちの故郷の惑星での生活との接点を失い、指針となる共同参与的な精神を奪われた世界-共同体が混乱に陥って崩壊し、探索する精神そのものが死に絶えてしまったこともあった。

2　諸世界間の紛争

これまで描写してきたせわしないユートピア群のなかには、わずかながら、〈別地球〉誕生の前にすでに確立されていたものがあり、わたしたちそれぞれの惑星が形成される前に栄えていたものも数多くあったが、これらの世界のなかで最重要なものの多くは、最後の地球人類が壊滅した、わたしたちにとって時間的にずっと先の未来に位置づけられるものである。これらの目覚めた世界における犠牲者は、もっと低級で能力の劣った世界に比べれば、当然のごとく稀であった。その結果、致命的な事件があらゆる時代に起こりはしたものの、わたしたちの銀河における目覚めた世界の数は、時が経過するにつれて着々と増えていったのである。実際の惑星誕生は、成熟してはいても老成はしていない星どうしの偶然の邂逅が原因で、わたしたちの銀河の歴史のかなり後期において最大値に達した（あるいは達することになる）が、それから減少した。しかし危うい足取りながらも、世界が隠れもない動物的状態から心霊的成熟へと前進していくのに平均して数十億年はかかるので、完全に目覚めたユートピア世界がかなり遅れて生起する頃には、銀河はすでに物理的には幾分盛りを過ぎたあとであった。そのうえ、初期の時代においてさえ、数少ない目覚めた世界が、星間旅行であれテレパシーによるものであれ、相互接触に成功することはあったものの、天体間の関係が目覚めた諸世界のおもな注意を占めるようになったのは、銀河史のかなり後の段階になってからのことである。

目覚めつつある世界が前進していくあいだずっと、一つの深刻かつ微妙な、そして見逃されやすい危険があった。現行の取り組みに「執着した」ためか、それ以上前進できなくなったのだ。心理学的知見が人間による達成をはるかに凌駕する存在たちが、こんなふうに金縛りにあうとは奇妙に思われるかもしれない。どうやら精神的進化のあらゆる段階において、その最高段階は別にして、精神の成長点は脆弱で、また容易に道を誤るもののようである。いかにそうであっても、二、三の高度に発達した世界は、共同参与的な精神性を有していながら、奇妙なことに悲惨なまでにゆがんでおり、わたしには実に不可解だったのは事実である。そのような世界では、真の共同体、また真の精神的澄明へ向けての渇望は、どうやら妄念となって捻じ曲がり、その結果、これらの勝利に浮き立つ倒錯者たちのふるまいは、部族主義や宗教的熱狂に酷似したものへと低落することがあったと示唆するのが精一杯である。その病はあらゆる要素を抑圧し、世界－社会に広く受容されていた文化では制御できなくなっていった。そのような世界が星間旅行を修得すると、自分たちの文化を銀河全域に強制してみたいという熱狂的な願望を抱く可能性があった。時に彼らの情熱は激しいものになり、実際駆り立てられたように、自分たちに逆らうものには片っ端から容赦のない宗教戦争をしかけることがあった。

ユートピアと澄明な意識に向かって前進していく各段階で次々に生じた妄念は、たとえ暴力的な災いをもたらさないにせよ、どの段階であれ、目覚めつつある世界を脱線させ、無に帰せしめるかもしれなかった。献身的な個々体による超人的な知能と勇気と忠誠が、道を誤り価値のない世界の目的へと捧げられた。かくして極端な場合、社会的にはユートピアであり、精神的には超－個体的な世界であっても、正気を失ってしまうかもしれなかった。かがやかしいまでに健全な肉体と狂った精神は、近隣の星々に恐ろしい災いをもたらすかもしれなかった。

そのような悲劇は、惑星間旅行や星間旅行がしっかりと確立されてからでないと、ありえない話だった。ずっと以前、銀河史の初期においては、惑星系の数はごくわずかであったし、ユートピアを実現した世界も半ダースにすぎなかった。そのような世界が、途轍もない距離をへだてて銀河のここかしこに散在していたのだ。それぞれの世界が、同胞たちとの不安定なテレパシー交信にのみ慰めを見いだしながら、ほぼ完全孤立の状態で生を送っていた。いまだ初期ではあったが、幾分後の段階になって、これら銀河の最年長の子どもたちが、自らの社会と生物学的本性を完全なものにし、超-個体としての基盤を固めたとき、惑星間旅行へと自分たちの関心を向けたのだった。まずは次から次へと宇宙へのロケット飛行を達成し、近隣の諸惑星の植民地化のために特化した住民を養育することに成功した。

さらにのちの時代、銀河史の中期ともなると、初期に比べれば惑星系も数が多くなり、増え続ける知的世界が多くの世界が克服しきれなかった大きな心理的危機から首尾よく脱しつつあった。その間、目覚めた世界の年長「世代」のいくつかは、すでに単なる惑星間旅行ではなく恒星間旅行にもかかわる途轍もなく困難な問題に直面していた。この新興勢力は、必然的に銀河史全体の性格を一変させた。それまでは、もっとも目覚めた諸世界がおそるおそるテレパシー探索するようになっても、銀河の生活は、たいていは相互に影響を及ぼさない数多くの孤立した世界ごとに営まれていた。星間旅行の到来にともなって、世界-年代記の数多くの別個の主題は、次第にすべてを盛り込んだドラマへと融合していったのである。

ある惑星系内の旅は、はじめのうちは通常の燃料で推進されるロケット船によって遂行された。初期の冒険では隕石群との衝突の危険が大きな問題であった。これらの目に見えない致命的な弾丸を比較的免れていた領域を、実に巧みに舵を取り飛行する最高性能の宇宙船でさえも、いつ衝突し消滅するか分からなかった。この困難が克服されたのは、核エネルギーという秘宝を解き放つ方法が発見されてからのことである。こうして、隕石群を一定の距離で逸らしたり爆砕したりする、巨大エネルギーの外膜によって船を護ることが可能となった。絶え間なく降りそそぐ殺人的な宇宙線の雨から宇宙船と乗組員を保護するためにも、かなりよく似た方法が多くの困難の末に開発されたのである。

恒星間旅行は、惑星間旅行とは違って、核エネルギーが登場するまでは、まったく不可能であった。幸いにして、このエネルギー源が獲得されたのは、ある世界の発展の終盤に、このあらゆる物理的手段のなかでもっとも危険な代物を、避け難い災禍を招くことなく巧みに使いこなす精神が成熟してからであった。それでも災禍は起きた。事故で爆発して砕け散った世界はいくつかあった。文明が一時崩壊した世界もあった。しかしながら早晩、諸世界精神体のほとんどが、産業だけでなく気象改善のために惑星の軌道を変えるという壮大な事業においても、この魔神を飼いならして大規模に働かせるようになった。この危険で繊細な工程は、時間と地点を計測して巨大な核ロケット推進装置を爆発させ、その反動を徐々に蓄積して惑星の軌道を望みの方向へ修正することで遂行された。

実際の恒星間旅行は、適切なタイミングと地点でロケットを継続的に推進して惑星をその自然の軌道から離脱させ、それにより通常の惑星間・恒星間飛行よりもはるかに大きな速度で、外宇宙へ射出することで実行された。太陽のない惑星での生活は不可能であったから、それ以上のなにかが必要であった。短い距離の恒星間旅行の困難は、惑星そのものの物質から核エネルギーを生成することにより克服することもあった。しかし何千年もかかる長距離の旅ともなると、小さな人工太陽を作り、それを宇宙空間へ射出して、生命世界の光りかがやく衛星とするのが、唯一の策だった。この目的のために、無人の惑星を母惑星の近傍へと引き込んで、二連の惑星系が形成された。そこで、光と熱の恒常的な供給源として、生命のいない惑星の原子核分裂を制御する仕組みが考案された。二つの天体は相互に周回しながら星間へと発進したのだった。

この精緻な操作が不可能なことに思われたとしても無理はない。それが達成されるまでの長年月の実験や、世界壊滅的な事故の数々をしるすゆとりがあれば、おそらく読者の疑念も消えることだろう。とはいえ、少しばかり言葉を費やしたところで、延々と続いた科学的な冒険と個人の勇猛果敢な物語はすべて省かなくてはならないのだ。その工程が完成するまでに、数多くの有人世界が宇宙空間で漂流したまま凍りついたり、自前の人工太陽で焼け焦げたりしたと言うにとどめておこう。

星と星の距離はあまりに広大なので、距離を計測するには光年を用いる。旅する世界が星そのものの速度に匹敵する速度で移動するだけであったなら、最短距離の恒星間旅行ですら、幾百万年かを費やしたことだろう。とはいえ恒星間には妨げになる抵抗はほとんどなにもなく、したがって運動量が失われることもないので、旅をつづける世界も、最初のロケット推進をそのまま何年も延長することによって、最果ての星の速度をはるかに凌ぐほど加速させることが可能であった。実際の話、質量の大きな自然の惑星による初期の旅でさえ、わたしたちの基準では壮挙というべきものであったが、旅の後段階には小さな人工の惑星群が光のほぼ半分の速さで進むようになっていたと言わなくてはならないだろう。ある種の「相対性原理による効果」により、これ以上の加速は不可能であった。しかしそのような速度の旅であっても、比較的近距離の旅で、ほかの惑星がその範囲に収まっているのなら、試してみる値打ちは充分あったのである。十全に目覚めた世界では、人間の生涯という短い期間の観点から考える必要はなかったことを思い出していただかなくてはならない。ひとつひとつの個体は死滅するかもしれないが、その世界精神体は、きわめて重要な意味において不滅であった。そのような世界では、幾百万年にも及ぶ計画を立てるぐらいは当たり前だったのだ。

銀河の初期には、星から星への遠征は困難であり、成功の見込みはほぼなかった。しかしのちの段階になって、すでに何千もの世界に知的人類が棲むようになり、何百もの世界がユートピア段階にまで達したとき、きわめて深刻な事態がもち上がった。星間旅行は今やきわめて効率のよいものになっていた。直径何マイルもある巨大な宇宙探査船が、きわめて頑丈で軽い人工の素材をもとに宇宙空間で建造された。このような宇宙船は、ロケット推進によって発射され、速度が光の速さの半分ほどになるまで加速に加速を重ねることができた。それでもやはり、銀河の端から端への旅は、二十万年では終えることができなかった。しかしながら、そこまで長い旅に取りかかる理由はなかった。適切な星系を探索する旅で、その時間の十分の一以上続くようなものは、ほとんどなかった。多くはずっと短かった。ある種の共同参与的意識を達成しかつ確保していた人類種は、数多くのそうした遠征隊を躊躇なく送り出したものである。最終的には、彼らは自分たちの惑星そのものを宇宙の大海の彼方へと射出し、開拓者たちが推奨するはるか遠方の星系に棲み着くこともあった。

星間旅行という問題は実に魅力的だったので、かなり進化したユートピア世界にとっても、一種の妄念になることがあった。その世界の性向のうちに、どこか不健全で、存在たちを駆り立てる、なにか秘められた満たされない飢えがあると、それだけでそうなる可能性があった。こうしてその人類種は旅行狂になったのである。

その社会組織は再編されて、スパルタ式の厳格さで、新たな共同参与的な企図へと方向づけられた。共通の妄念によって催眠状態となった各員が、それまでは彼らの主要な関心であった熱心な私的交流や創造的な精神生活を次第に忘れていった。批判的な知性と繊細な感受性をもって宇宙およびその本質を探索する神霊の冒険は、次第に行き詰まりを迎えるようになった。十全に正気へと目覚めた世界のなかで確実に内観できる範囲にある感情と意思の最深奥の本質は、ますます曖昧になった。そのような世界においては、不幸な共同参与的精神は、徐々に自らを理解できなくなった。いよいよ幻のような目標を追い求めるようになった。テレパシーによる銀河探索の試みは、今やことごとくが打ち棄てられた。物理的探索の情熱は、ある宗教的装いをまとった。共同参与的精神は、あらゆる犠牲を払って、自分たちの文化という福音を銀河にあまねく広めなくてはならないと自らに言い聞かせた。文化そのものは消えつつあったのに、文化についての漠然たる観念が、世界-政策を正当化するものとして育まれたのである。

ここで誤った印象を与えぬよう、わたしとしても気持ちを抑えなくてはならない。精神的に比較的低次元の発達で終った狂気の世界と、ほぼ最高の位階に至った世界は峻別する必要がある。より劣った世界は、大した考えもなくただの支配あるいは旅行に取り憑かれ、また勇気と修練のはけ口となっていたのかもしれない。さらに悲劇的だったのは、ごく少数のはるかに目覚めた世界が、共同体そのものと精神的澄明性そのもの、そしてそういう共同体の普及、さらには自分たちがなによりも褒め讃える澄明性の特殊な様態に、どうやら取り憑かれていた場合であった。その世界にとって、星間旅行は、文化的・宗教的帝国への手段でしかなかったのである。

こうした恐るべき諸世界は本当に狂っていて、精神的・神霊的成長の道筋から逸脱していることを確信しているように、わたしは語ってきた。しかしこれらの世界の悲劇は、敵対世界には彼らが狂っているか心底邪悪であるかのように思われたのに、当の世界には自分たちがこの上なく正気で実際的で道徳的に見えていたことにあった。困惑した探索者であったわたしたちは、それが本当だと、ほとんど納得させられたことが幾度もあった。そのような世界と密に接することは、彼らの狂気のなかの正気、あるいは邪悪のなかの正義の核心を、いわば透察するようなものだった。こうした狂気あるいは邪悪を、わたしは単純な人間の逸脱と悪徳に置きかえてしるさなくてはならない。しかし、実際にはそれは、人間的な正気と美徳の埒外にある諸能力の倒錯を含み、ある意味人間の域を超えるものであった。

これらの「狂った」世界の一つが正気の世界に遭遇したとき、その世界はこの上なく理性的で温厚な意思を心から表明した。求めたのは、文化的な交流と、おそらくは経済的な協力だけだった。少しずつその世界は、思いやりとかがやかしい社会秩序と力強い目的によって相手方の尊敬を勝ちとった。それぞれの世界は、互いの世界を、異質であり、いささか理解し難いにしても、高貴な神霊の容れ物とみなしていた。それなのに正常な世界は少しずつ、「狂った」世界の文化のなかに、神霊にとっては完全に間違った、冷酷かつ戦闘的で、神霊に敵対すると思われる、ある微妙で広範囲に及ぶ直観と、さらには対外関係にかかわる支配的な動機が存在することを理解しはじめた。その間「狂った」世界側は、相手が結局はどこまでも感性を欠き、最高の価値そのものにも英雄的な至徳にも鈍感であり、実際その生の全体が微妙に腐敗しているので、相手のためにも改心させるか、さもなければ破壊しなくてはならないと、遺憾にも結論するに至った。かくしてそれぞれの世界は、尊敬と愛情を抱き続けながら、悲しいことに互いを糾弾するようになった。しかし狂った世界の側は、事態をそのままに満足しようとはしなかった。ついには聖なる情熱をもって攻撃を開始し、相手側の文化を有害なものとして破壊し、その住民を根絶したのだった。

事が終わり、これらの狂った世界が結局は神霊的に滅亡したあとになって、彼らを倒錯者として糾弾するのは今だから容易なのであるが、彼らのドラマの初期の段階では、わたしたちにしてもどちらの側が正気なのか、どうしようもなく迷ってばかりいたのである。

狂った世界のなかには向こう見ずな星間航行で自滅したものがいくつかあった。長期にわたる探索の緊張にさらされて、社会的神経症と内乱に陥った世界もあった。しかしながら、目的を達成し、幾千年続いた旅のあとで近隣の惑星系らしきものに到達できた世界もあった。侵略者たちはどうにもならない窮境に陥ることが多かった。大抵は自分たちの小さな人工太陽のための原料を使い尽くした。節約のために熱と光の使用を大幅に削らざるをえなかったので、ついに適切な惑星系を発見したときには、彼らの故郷世界は、ほぼ完全に極寒地のようになっていた。到着すると、彼らはまず適切な軌道上に居場所を定め、場合によっては立ち直るまでに数世紀は費やしたものである。それから近隣の諸世界を探索し、もっとも居心地のよい世界を捜し出し、そこでの生活に自分たち、あるいはその子孫たちが適応していった。よくあることであったが、どんな惑星であれ知的存在が先住している場合には、侵略者たちは、惑星の資源開発の権益をめぐって、あるいは自分たちの文化を布教したいという侵略者の妄執に囚われて、早晩先住者らと激突したものである。文明を伝えようという伝道活動は、彼らの英雄的な冒険の表向きの動機であったのだが、今や融通のきかない妄執となっていた。先住民の文明は自分たちと比べると劣っているかもしれないが、当の先住民には適しているのだと考える能力が、彼らにはまったく欠けていた。かつては華々しく目覚めた世界の表現であった彼らの文化が、機械的なパワーと狂気の宗教的情熱はあっても、精神生活のあらゆる本質において、先住民の素朴な文化を下まわるほど転落していたことに気づくこともなかったのである。

核エネルギーという無敵の武器だけでなく、圧倒的に卓越した知能と知識と忠誠心と、さらにはそれぞれの個体がその人類種の精神的統合に参画しているのだという法外な優越感で武装した狂気の超人に対して、劣位のホモ・サピエンスが自衛のために死にものぐるいで闘うのを数多く見た。精神性の前進をなによりも大切に思い、それゆえに倒錯気味ではあっても目覚めている侵略者たちに、わたしたちは偏った好意を抱いていたのだが、そんなわたしたちの好意もまもなく賛否が分かれるところとなり、結局は文化的にはいかに野蛮でも、先住民にほぼ全員が与するようになった。彼らの愚かさ、無知と迷信、絶え間ない内輪もめ、霊的な鈍感さ、神霊的な粗雑さにもかかわらず、わたしたちは彼らのなかに、侵略者たちが失っていた力、素朴だが偏りのない知恵、動物的な敏捷さ、神霊的な将来性を感取したのである。一方、侵略者側は、いかに聡明でも、実際には倒錯していた。少しずつわたしたちは、この紛争を、しつけはよくないが見込みのあるいたずら坊主が、武装した狂信者に襲われているものとして考えるようになったのである。

新たに発見された惑星系の世界をすべて開拓してしまうと、侵略者たちはふたたび改宗欲にかられた。宗教的帝国を銀河の全域に広めるのは自分たちの責務だと自らに言い聞かせながら、彼らは二つの惑星を切り離し、そこに開拓者たちを乗せて宇宙へと送り出した。あるいは惑星系をそっくり解体して、伝道者の熱狂とともに系外へと撒き散らした。旅行の途上で新たな狂気の優越人類と接触することがあった。そうなると、いずれか一方を、あるいは双方を壊滅させるような戦争が勃発したものである。

冒険家たちは、宗教的帝国の狂気に屈していない、自分たちと同格の世界に行き合うことがあった。そのとき先住民たちは、はじめは侵略者たちを礼儀正しく理性的に迎えたが、次第に狂人たちと相対していることに気づいた。それから急いで彼らの文明を戦争へと転向させた。問題は兵器と戦略上の狡知とで、どう優位に立つかであった。しかし戦いが長く苛酷なものになると、先住民たちは、たとえ勝利しても、長期の戦闘による精神的な打撃が大きく、決して正気を回復することはなかった。

宗教的帝国主義の狂気を患った諸世界は、経済的な必要に迫られるずっと以前から、星間旅行を模索していた。一方で、比較的正気の世界-神霊群は多くの場合、自分たちの洗練された力量を磨くために物質的な発展や人口増加の必要がなくなる地点はどこか、早晩発見していた。このような世界は、経済的かつ社会的に安定した状態で故郷の惑星系に留まることに満足していた。こうして彼らは、自分たちの実践的な知能のほとんどを、テレパシーによる宇宙探査へと向けることができたのだった。テレパシーを介した世界間の交流は、今やますます正確で信頼できるものになりつつあった。その銀河は、いかなる世界もぽつねんと栄光の孤立状態で生涯をまっとうする原始的段階から抜け出ていた。実際ホモ・サピエンスの経験のなかで、ちょうど〈地球〉が今や一つの国の規模へと「収縮している」ように、わたしたちの銀河の生涯のこの危うい時期に、銀河全体が一世界の規模へと「収縮しつつ」あった。テレパシー探査を一番うまくやり遂げた世界‐神霊群は、永続的な接触が未だに得られていない数多くの風変わりな世界のままでいたけれども、今や全銀河のかなり正確な「心的地図」を作成していたのである。ふしぎなことにテレパシー交流からすっかり「身を引いた」非常に進んだ世界の惑星系があった。これについては、さらに多くを語るつもりでいる。

狂った世界と星系のテレパシー能力は、今や大きく後退していた。彼らはしばしば、より成熟した世界‐神霊群によるテレパシー観察のもとに置かれ、ある程度は影響すら受けていたのに、自己満足のあまり、銀河の精神生活を探索しようとは考えもしなかった。物理的な旅行と帝国の聖なる力があれば、彼らには周囲の宇宙と交流する手段として充分であったのだ。

そのうちに狂気の諸世界からいくつかの競合する大帝国が成長し、それぞれが全銀河の統合と目覚めのための、ある種の聖なる使命を負うと主張して台頭してきた。このような帝国間にはイデオロギー上の選択の余地はほとんどなかったが、それぞれが宗教的な熱狂でもって互いに敵対した。これらの帝国はかなり離れた星域で芽吹いたが、手近に存在する亜ユートピア的諸世界を難なく支配していった。かくしてこれらの世界は、惑星系から惑星系へと次々に勢力を拡張し、とうとうその帝国どうしが出会ったのだった。

それからわたしたちの銀河の歴史において先例のない戦争が続いた。自然と人工とを問わず、諸世界の艦隊は、互いを出し抜こうと星間に進出しはじめ、核エネルギーの長距離ジェット砲で互いを破壊した。戦闘の波が宇宙のここかしこに及ぶと、全惑星系が灰燼(かいじん)に帰した。数多くの世界-精神が突如終わりを迎えた。紛争には参加しなかった下位の人類が、周囲で荒れ狂った宇宙戦争の巻き添えを食って大量虐殺された。

しかし銀河は非常に広大であるから、これら諸世界間の抗争は、恐るべきことではあったが、当初は稀有な事故というか、勝ち誇る文明が進軍していくなかで、単に不運なエピソードとしか考えられていなかった。それなのに、その病は広まった。正気の世界も、狂気の帝国から攻撃を受けると、防衛のための再軍備に拍車をかけた。非暴力だけで太刀打ちできる状況ではないと考えて正解だった。というのは、敵は、人類種のいかなる集団とも異なり、共感の余地がある「人間性」を完全に取り除かれていたからである。しかし彼らも、武装すれば助かると望んだ点で誤っていた。打ち続く戦いで、たとえ防衛者側が最後に勝利しても、戦いは概して長く壊滅的なものとなり、勝利者も取り返しがつかない精神的打撃をこうむったのである。

わたしたちの銀河の生活の後期、おそらくはもっとも苛酷な段階において、わたしが〈地球〉に残してきた困惑と不安の状況を思い出さずにはいられなかった。およそ九万光年にもわたって、三百億以上もの星と、そして（このときまでに）十万以上もの惑星系、さらには実際何千もの知的人類種を孕んでいた銀河全体が、だんだんと戦争の恐怖で麻痺し、戦争の勃発によってくりかえし苦悶を味わうようになったのだった。

しかしながら、ある点で、銀河の状態は、わたしたちの小さな世界の現状よりも相当に絶望的だった。わたしたち地球の国家はどれも、目覚めた超-個体ではなかった。集団の栄光という狂気におちいっていた民族でさえ、私的な生活では正気を保っている個人から成っていた。ことによると運命の変化が、そのような民族を正気へと向かう気運へと駆り立ててくれるかもしれない。あるいは、人類の統一という観念を巧みに喧伝することで、運命の天秤を変えられるかもしれなかった。しかし銀河のこの苛酷な時代において、狂った世界は、彼らの存在のまさに根底まで狂っていたのである。それぞれの世界は超-個体であったが、その身体的・精神的な組成は、それを構成する私的な成員の身体と精神の一つ一つに至るまで、今やどこまでも狂った目的のために組織されていた。発育不全の生き物にその人類種の聖なる狂気の目標にそむかせようと訴えたところで、狂人の脳細胞の一つ一つに優しさのために決起せよと説得するのと同じくらい、可能性としてはありえなかったのだ。

　最高の、この上なく明敏な位階にはなかったが、正気を保ち目覚めてもいた世界の一つで、その時代を過ごしていると、銀河の窮状が深刻であることが感じられた（あるいはそう感じることになる）のだった。こうした平均的な正気の世界は、〈同盟〉を組織して侵略にあらがった。しかしこれらの世界は、狂気の世界に比べると、軍事組織においてははるかに遅れており、各成員が軍事的支配体制に従う傾向もずっと低かったので、きわめて不利な状態にあった。

　そのうえ敵は今や統合されていた。というのは、一つの帝国がほかの諸帝国を完全に支配下に置き、同様の宗教的帝国主義の情熱で狂気の諸世界をくまなく煽ったからである。狂気の世界の「統一帝国群」はごく少数の銀河の世界しか含んでいなかったのに、これらの正気の世界がすみやかに勝利する見込みはまったくなかった。戦闘に臨んでは統合されておらず、戦術にも長けていなかったからである。そうこうするうち、戦争が〈同盟〉の各員の精神生活をむしばみつつあった。緊迫感と恐怖のせいで、より繊細で、より発達した力量のすべてが彼らの心から拭い取られたのだった。これらの世界は、自分たちが希望を失いながらも、人生の真の目標と認めていた私的交流や文化的冒険といった活動の能力を、次第に失っていったのだった。

どうやら逃れようのない罠に囚われてしまったことを知った〈同盟〉の諸世界の大多数は、絶望のあまり、自分たちが神聖視してきた神霊、つまりは真の共同体と真の目覚めを追い求める神霊は、結局は勝利するべく定められているのではなく、したがって、コスモスの本質をなす神霊ではないと、感じるようになった。盲目的な偶然が万物を支配しているという噂が広まっていった。スターメイカーは破壊を欲するがために創世のわざをなしたのだと考えるようになった世界もあった。これらの世界は、こうした恐怖の推測にむしばまれて狂気へと落ちていった。恐怖のとりこになった彼らが考えたのは、敵はその主張のとおり神の怒りの道具であり、全銀河、全宇宙を寛大で十全に目覚めた存在(もの)たちの楽園へと変えようとした自分たちの不遜な意思に罰を与えているというものであった。究極の邪悪な力という観念がこれほど大きくなり、また自分たちの理想の正当性に疑念が生じたことに打ち拉がれて、〈同盟〉の成員は絶望におちいった。敵に屈したものもあった。内乱に屈服し、精神的な統一を失ったものもあった。諸世界の戦争は狂気の世界が勝利して終結するかに思われた。そして実際、先述したように、わたしたちの銀河のほかの世界とのテレパシー交信からしばらく遠ざかっていた遠方の聡明な諸世界系の干渉がなかったら、そうなっていたことだろう。その諸世界系とは、銀河の初期に例の魚状人類と甲殻人類の〈共棲人類〉種によって確立されていた諸世界から成る星系であった。

3　銀河史における危機

帝国拡張のこの時期を通じて、少数のきわめて高水準の世界組織が、亜-銀河の〈共棲人類〉種ほど目覚めてはいなかったが、はるか遠方からテレパシーを用いて事態を観察していた。彼らは帝国の最前線が刻一刻と押し寄せてくるのを見て、早晩自分たちも巻き込まれてしまうと認識した。彼らには戦争で敵を打ち負かす知識も戦力もあり、救助を求める必死の訴えを受け取ってもいた。それなのに、なにもしなかった。これらの世界は、平安と、目覚めた世界にふさわしい活動のために徹底的に組織されていた。社会構造を全面的に再編し、精神の方向を再定位すれば、軍事的な勝利を確保できると知っていた。そしてそうすることで、多くの世界を、支配から、圧制から、さらには彼らのなかの最良のものすべてが破壊される可能性から救えることも承知していた。しかし一方では、死に物狂いの戦いに向けて自らを再編し、戦いのあいだ自分たちにふさわしい活動のすべてをおろそかにすることで、自らの最良の部分を、敵の圧制による以上に確実に破壊してしまうこと、さらにその破壊によって彼らが銀河でもっとも重要な芽と信じるものを摘んでしまうことも知っていた。それゆえ彼らは軍事的な行動を断固拒否したのである。

これらのより進化した世界-系群の一つが、ついに宗教的狂信者たちに対峙したとき、先住民は侵略者を迎え入れ、自分たちの惑星の全軌道を再調整して侵入惑星群を収容し、その外来勢力の一部を彼らの惑星と同じくらい快適な気候条件下へ移住させた。それから太陽系全域に行き渡った狂気の人類種をひそかにゆっくりと一連のテレパシー催眠にかけると、その共同参与的精神は完全に崩壊したのだった。侵略者たちは、〈地球〉ではありがちなまとまりのない単なる個体になってしまった。これ以降彼らは、混迷し、近視眼的になり、葛藤に引き裂かれ、至高の目的にもいっさい導かれることなく、共同体よりも我執に取り憑かれてしまった。狂気の共同参与的精神が消滅すると、侵略者の人類種のそれぞれの個体は、すぐにもより高邁な理想に向かって目を覚まし、心を開くことが望まれた。残念ながら、優位の人類のテレパシー技能は、これらの人類の長く埋もれていた神霊の蛹（さなぎ）を探り当て、それに空気と暖と光を与えられるほど充分なものではなかった。これら見捨てられた個体群の個としての本性は、それ自体が狂った世界の所産であったので、救済も、正気の共同体も達成できないことが分かった。したがって彼らは、部族的な紛争と文化的衰退の時代における彼ら自身の不快な運命を解決しようと離れ離れになり、結局は新しい環境に適応できない生き物に避け難く降りかかる絶滅を迎えたのだった。

こうしていくつかの侵略的な遠征が阻まれると、狂気の〈統一帝国群〉から成る諸世界のなかで一つの言い伝えが生まれた。ある表面的には平和な諸世界が、明らかに「魂を毒する」不思議な力をもっており、実はほかのあらゆる敵よりも危険だと言うのである。帝国主義者らは、これらの恐るべき敵を壊滅させることに決めた。攻撃する軍隊は、テレパシーによるあらゆる和平交渉を避けて遠距離から敵を粉砕するよう指示された。命運の尽きた星系の太陽を爆破すれば、これはうまい具合いに遂行できることがわかった。光の球の原子が、強力な光線に刺激されて分裂を開始し、広がりゆく炎はたちまちその星を「超新星」の状態へと変え、その惑星のことごとくを焼き尽くしたのである。

これらの世界が、抵抗によって自らを卑しめるよりも、むしろ全滅の可能性を受け容れたときの、尋常でない静穏さ、いや、高揚感と歓喜を目の当たりにすることが、わたしたちの運命であった。のちにわたしたちは、わたしたち自身のこの銀河を災厄から救うふしぎな出来事を注視することになる。しかし、まずは悲劇が訪れた。

攻撃する側と、攻撃される側の精神の双方に置いたわたしたちの観察点から、かつて遭遇したことのない高度な人類種が、生来の精神的位階がほぼ同等の高さにあった倒錯者たちによって殺戮される場面を、わたしたちは一度ならず三度までも観察した。三つの世界というより諸世界の系が、それぞれ多様な特殊化した人類種に占有された状態で殲滅(せんめつ)されるのを見た。これら絶滅を運命づけられた惑星群から、わたしたちは太陽が轟音とともに炸裂し、急速に膨張していく様を実際に観察した。寄宿相手の体を介して急激に増大する熱と、彼らの目を介してまばゆいばかりの光を実際に感じ取った。植物が枯れ、海が蒸発するのを見た。あらゆる建築物を破壊し、廃墟を打ち倒す凶暴な嵐を感じかつ聞いた。死を運命づけられた天使のような住民たちが自らの最期を迎えるときの、あの高揚感と内面の静穏のようなものを、わたしたちは畏敬の念と驚きをもって経験した。実際、運命に対するもっとも神霊的な態度への透徹した洞察を、わたしたちにはじめて与えてくれたのは、悲劇のただなかでの、このような天使のごとき高揚感であったのだ。災厄の純粋に肉体的な苦しみは、すぐにわたしたちには耐えがたいものになったので、そうした殉教世界から撤退せざるをえなかった。しかしわたしたちは、全滅を運命づけられた住民自身が、この苦悶のみならず、自らの栄光の共同体の壊滅を限りない万感の望みを胸に受け容れ、この過酷な試練を、致死的ではない不滅の霊薬のように受容するのを放っておいたのだった。わたしたちがこのようなエクスタシーの十全な意味を理解したのは、わたしたち自身の冒険がほぼ終わる頃になってからであった。

この三つの犠牲となった世界のどれ一つとして攻撃に抗（あらが）おうとしなかったのは、ふしぎであった。実際、これらの世界のいずれの住民も、一瞬たりとも抵抗しようとは考えなかった。どの場合でも、災禍に対する態度は、以下のようなことばで表わされているように思われた。「報復は、わたしたちの共同参与的神霊を癒（いや）しがたく損なうことになるだろう。それくらいなら、われわれは死を選ぶ。われわれが創り出した神霊の主題は、侵略者の残忍さによっても、自らが武器に頼ることによっても、頓挫してしまうはずだ。神霊を殺して勝利するくらいなら、いっそのこと破壊される方がましだ。それほどまでに、わたしたちが勝ち得た神霊は正しく、また不滅なかたちでコスモスの織物へと編み込まれているのだ。少なくとも、わたしたちが達成したことが可能である宇宙を讃えつつ、この世界を去るとしよう。ほかの銀河でわたしたちを乗り越えていく、さらなる栄光が約束されていることを認識しつつ、死を迎えよう。〈星の創造者(スターメイカー)〉、〈星の破壊者(スターデストロイヤー)〉を讃美しつつ、逝こうではないか」。

4　亜‐銀河における勝利

奇跡というか、あるいは奇跡のようなものにより、わたしたちの銀河における歴史の流れ全体が変化したのは、三番目の諸世界システムが壊滅したあと、四番目が最期を迎える準備をしている最中のことであった。この運命の転換について語る前に、この物語の筋を逆戻りし、銀河の諸事象にあって今や先導的な役割を担っている諸世界システムの歴史を辿ってみなくてはならない。

銀河「大陸」のはずれに浮かぶ「島」に、〈魚状人類〉と〈甲殻人類〉から成るふしぎな〈共棲人類〉が棲息していたことを思い出していただきたい。これらの存在たちは、銀河系最古に近い文明を維持していた。彼らは〈別地球人〉以前にすでに精神進化の「人間的」水準に到達していた。そして幾度もの盛衰をくりかえしながらも、数十億年もの歴史を経るうちに長足の進歩を遂げていた。彼らに関しては、特殊化した〈甲殻人類〉が彼らの星系の全惑星を支配下に置き、故郷の惑星の大海に残った〈魚状人類〉とテレパシーによる永続的な結盟を結んだというところで話を終えたのだった。年月が経つにつれて、彼らはあるときは大胆すぎる物理的実験のせいで、またあるときは野心的すぎるテレパシー探索のせいで幾度も全滅しかかった。しかしそうこうするうち、彼らは銀河に比類なき精神進化を勝ち得ていたのだった。

彼らのささやかな島宇宙、辺境の星の群落は、すっかり彼らの支配下に置かれていた。そこには自然の惑星系も数多く含まれていた。そのいくつかには、初期〈甲殻人類〉の探索者がテレパシーで訪問したとき、前ユートピア段階に到達していた先住の人類種が棲息しているのが判明した世界も含まれていた。これらの先住人類は自力で運命を切り開かねばならなかったが、とはいえ、ある種の歴史的危機に際しては、〈共棲人類〉が秘密裏にテレパシーによる影響を遠くから及ぼしたので、彼らも活力を増強させて困難に立ち向かうことができたのである。かくして、これらの世界のうちの一つは、ホモ・サピエンスが目下対峙している危機を迎えると、まるでごく自然なことのようにたやすく世界統一とユートピア建設の段階へまっしぐらに突き進んだ。〈共棲人類〉はこれら原始的な存在たちに悟られぬように身を隠し、彼らの精神の独立を損なわぬように手厚い保護を与えた。かくして、〈共棲人類〉が宇宙船でこれらの世界を旅してまわり、近隣の住民のいない惑星の鉱物資源を利用しているあいだも、その前ユートピア段階にあった知的世界は放って置かれた。その事実が明らかになったのは、これらの世界が十全なユートピア段階に入り、近隣の惑星を探索するようになってからのことであった。そのときには、落胆も恐怖もなく、むしろ歓喜してその事実を受け容れるまでになっていたのである。

それ以降は、物理的かつテレパシー的交流により、その若いユートピアは、すみやかに〈共棲人類〉自身にとって神霊的な位階にまで上昇し、諸世界から成る共棲関係において同じ足場のもとに協力したのだった。

これら前ユートピア段階の、邪悪ではないが、それ以上の進歩は見込めない世界のいくつかは、ちょうどわたしたちが、科学的な目的のために野生の生物を国立公園で保護するように、穏やかに放置され保護されたものである。永劫の時にわたり、これらの存在たちは、自身の無益さにより万事を停滞させ、現代ヨーロッパが熟知する危機に取り組みながら虚しくあがいていた。幾度もの周期を経て野蛮状態から文明が生起し、機械化によって民族どうしの接触が不穏なものとなり、国家間の戦争と階級闘争がよりよい世界秩序を希求する気運を育んでいったが、結局は無駄に終わった。災厄が相次いで、文明の基盤はくつがえされた。次第に野蛮状態へと戻ったのだった。永劫の時を経て、このようなことが、〈共棲人類〉種の穏やかなテレパシー監視の下でくりかえされたが、監視下に置かれていた原始的生き物の方で、彼らの存在に気づくことはまずなかった。そんなふうにわたしたち自身、岩間の水たまりを覗き込んだかもしれない。そこでは下等な生き物たちが悠久の昔彼らの先祖たちが習い覚えたドラマを愚直な熱意でくりかえしていたのである。

〈共棲人類〉は幾多の惑星系を自らの裁量のままにできたこともあり、こうした博物館の展示物たちを放置しておくだけの器量があった。しかも彼らは高度に発達した物理科学と核エネルギーで、宇宙空間に永住のための人工の惑星を建造することができた。人工の超金属、そして人工の透明な無砕石から成る、これら巨大な空洞の球体の大きさは、極小の小惑星ぐらいしかない最初期の最小の構造物から〈地球〉よりもかなり大きな球にまで及んだ。こうした人工惑星の質量は、大気を保つには概して小さすぎたので、気圏は存在しなかった。流星や宇宙線から身を護ることができたのは、それをはじき飛ばす防御壁があったからである。その惑星では完全に透明な外殻が大気を包み込んでいた。そのすぐ下には、太陽の放射線からエネルギーを生成する光合成ステーションと機械類が吊されていた。この外殻の一部は、天文台、惑星の軌道を制御する装置類、そして惑星間定期船の巨大な「ドック」で占められていた。これらの世界の内部は、大梁や巨大アーチが支える同心円状の球が幾層もあるシステムとなっていた。これらの球と球のあいだには、大気調整のための装置類、巨大な貯水槽、食糧と日用品の工場、技術工房、廃棄物再処理場、居住や娯楽のための地区、豊富な実験所や図書館や文化センターが配されていた。〈共棲人類〉はもともと海棲だったので、中心には海があり、そこでは根底から改造された、肉体的には怠惰だが精神的には競争心のある原〈魚状人類〉の末裔たちが、知的世界のなかで「もっとも高度な頭脳区域」を構成していた。その海では、故郷の惑星の原始の海と同じく、〈共棲人類〉の伴侶が互いを求めたり、両人類種の子どもたちが養育されたりした。もちろん、もともと海棲でなかった亜-銀河の諸人類種は、同じ一般的類型ながら、自分たちの特殊な本性に適した人工の惑星を建造した。とはいえ、すべての人類種が、新しい環境に適応するために、自らの本性を過激に鋳造しなおす必要もあったのである。

幾星霜が過ぎ、数十万の、このような類型のあらゆる小世界が構築され、規模も複雑さも着々と増しつつあった。自然の惑星群をともなわない数多くの星たちが、人工的な世界から成るいくつもの同心円状の環に囲まれるようになった。内側の環に数多くの球があり、外側の環には太陽から一定の距離を置いた生活に適応した数千もの球がある場合もあった。物理的と精神的の両面にわたる大いなる多様性によって、同じ環であっても諸世界は識別された。年老いた世界は、あるいは諸世界の環全体さえもが、その組織が増大する技量を物理的にも生物的にも体現していた年若い世界や人類に、精神の卓越さで凌駕されていると感じることがあった。そこで、老齢化した世界は一種の文明の僻地で命を永らえ、年若い世界によって黙認され、愛され、研究されるだけの存在になるか、さもなければ死を選んだり、自らの惑星の物資を打ち捨てて新たな冒険に乗り出したりしたのだった。

非常に小さく、かなり珍しい人工世界が一つ、ほとんど水だけで構成されていた。それは巨大な金魚鉢のようだった。ロケット推進装置や惑星間飛行のためのドックが点在する透明な外殻の内側には球状の海が存在し、構造を支える大梁が張り渡され、絶え間なく酸素が注入されていた。小さな固い中心核は海底を模してあった。〈魚状人類〉の住民と来訪する〈甲殻人類〉の住民は、この外殻で覆われた巨大な水滴のなかで群れ集った。〈魚状人類〉はそれぞれ、別の諸世界で労働生活を送る、おそらくは二十人はいる伴侶の訪問を順々に受けた。〈魚状人類〉の生活は実に奇妙であった。というのは、身を拘束されているかと思えば、あらゆる空間から自由でもあったからだ。〈魚状人類〉は故郷の海を離れることはなかったが、亜-銀河じゅうにいる〈共棲人類〉種とテレパシーで交信した。そのうえ〈魚状人類〉が実際に手掛けていた実践的な活動は、天文学だった。惑星のガラス状の外殻のすぐ内側には観測所が吊され、遊泳する天文学者たちがそこで星の組成や銀河の分布を研究した。

このような「金魚鉢」状の世界は、過渡的なものだった。狂気の帝国世界群の時代になる少し前、〈共棲人類〉は単一の物理的有機物から成る一つの世界を建造する実験を開始した。何年も続いた実験のあと、海洋全体に、直接的で中立的な相互関係によって結ばれた〈魚状人類〉の各個体による緊密なネットワークが張り巡らされた。この世界規模の、生きたポリプ状の組織は、その世界の装置類や観測機と恒久的な癒着を遂げていた。かくしてそれは、真に有機的な世界-生物となり、一体化した〈魚状人類〉の住民は、完全に統合された精神性をともに支えたので、これらの世界のおのおのが十全な意味において、一人の人間のような精神生命体となったのである。過去との本質的なつながりは保持された。新しい共棲関係に特に適応した〈甲殻人類〉は、遠く離れた惑星からやって来て、描(いかり)を下ろしている伴侶と和合しようと、海中に居ならぶ船尾沿いを遊泳したものである。

辺境の星団あるいは亜-銀河の星々は、いくつもの惑星世界の環に取り巻かれるようになり、増加し続けたこれらの世界は新たな有機的種類の星系となった。亜-銀河の住民のほとんどが、原初の〈魚状人類〉もしくは〈甲殻人類〉の末裔だった。しかしその自然の祖先が人間似であるものも数多くあり、鳥類や昆虫類や植物-人に由来するものも少なくなかった。世界間、環状世界間、太陽系間には、テレパシーや物理的な手段による絶え間のない交流があった。小さなロケット推進による船が、各惑星系内を定期的に往き来した。さらに大きな船もしくは高速の小世界ともなると、星系から星系へと旅をし、亜‐銀河の全域を探索するばかりか、果敢になにもない大海へと船出して銀河の本体へと突入した。そこでは惑星を伴わない幾千もの星が、諸世界の環に取り巻かれるのを待ちわびていたのである。

奇妙なことに、物質文明と植民地化の意気揚々たる前進は、今や勢いが衰え、事実上行き詰まりを迎えた。亜‐銀河の諸世界間の物理的な交流は維持されたものの、増えることはなかった。銀河「大陸」の近隣の辺境を探索することも断念された。亜‐銀河そのものでは、新しい世界が築かれることはなくなった。産業活動は継続されたが、切迫感がなくなり、物質的な便宜を基準に置く進歩はそれ以上なくなっていた。実際、風俗慣習は機械の助けに頼らなくなりはじめた。〈共棲人類〉的諸世界で〈甲殻人類〉の住民の数は減り、〈魚状人類〉は海水の入った小房で絶えず精神を集中させ情熱を傾けて生きていたが、もちろんそれはテレパシーによって彼らの伴侶にも共有された。

進歩した亜‐銀河と、「大陸」の数少ない目覚めた諸世界のあいだの、テレパシー交流が完全に途絶えたのは、このときであった。ここ最近はコミュニケーションがひどく途切れがちになっていた。〈亜-銀河〉群は明らかに近隣の諸世界をはるかに凌いでいたので、そうした原始的世界への興味は純粋に考古学的なものとなり、自分たちの世界共同体の生活に心を奪われたり、遠方の銀河群へとテレパシー探索したりで、次第に生彩を失っていったのだった。

わたしたちの共同参与的精神と、これらの世界の、比べようもなく発達した精神とのあいだの接触を維持しようと奮闘するわたしたち探索団にとって、〈亜-銀河〉群の最高度に洗練された活動は、今のところ近づくことすらできなかった。わたしたちに観察できたのは、このような数ある世界系の、より明白な物理的活動や精神的活動が停滞していたことぐらいであった。当初この停滞は、彼らの本性に潜む漠然とした欠陥が原因に違いないと思われた。ことによるとそれは、取りかえしのつかない衰退の第一段階であったのか。

しかしながら、あとになって、この見かけの停滞は死の兆候ではなく、いっそう生気あふれた生の兆しであったことが明らかになりはじめた。物質的な前進への関心が失われていたのは、それにより精神的な発見と成長の新たな局面が開かれていたというだけのことだった。実際、巨大な諸世界共同体——その構成員は幾千もの世界-神霊から成っていたが——は、引き延ばされた物理的発展段階の果実を消化することに忙しかったが、今や新たな思いもかけない心霊的活動の可能性を見いだしつつあったのである。当初、このような活動の本質は、わたしたちにはまったく見えていなかった。しかしそのうち、わたしたちはこれら超人的な存在たちに、かくも彼らを魅了した諸問題をせめてぼんやりとでも一瞥できるように、わたしたちをまとめあげてもらう方法を学んだ。彼らの関心は、一つには銀河の大群のテレパシー探索に、また一つには神霊的修練の技法に向けられているように思われた。その技法によって彼らはコスモスの本質への透徹した洞察に、さらに秀でた創造性に到達するよう励んでいたのである。これが可能となったのは、彼らの完全なる諸世界共同体が高次の段階へと目覚め、諸世界から成る亜-銀河全体を本体とする単一の共同参与的精神として統合されたからであった。わたしたちは、この高度な存在たちの生に参画できなかったが、それと一体になりたいという情熱は、「神に対面し」たいという、わが地球人類のもっとも高貴な人々の憧憬と似ていないこともないように思われた。この新しい存在は、光と生命と愛すべての源泉の直視に耐えられるだけの知覚力と強靭さを得たいと願った。実は、この諸世界の住民の全体が、拡張された神秘的冒険に心を奪われていたのである。

5　倒錯者たちの悲劇

以上が、狂気の〈統一帝国〉群が、主要な銀河「大陸」において、正気であると同時に卓越した精神的位階にあった数少ない世界に向けて、彼らの軍事力を集結させたときの状況であった。〈共棲人類〉と、至高の文明を築いた〈亜ー銀河〉の同胞たちは、長いこと「大陸」の些細な事柄には注意を向けなくなっていた。その代わりコスモス全体に、また神霊の内的な修練に傾注していた。しかし、自分たちよりはるかに発達した住民に対して〈統一帝国〉が犯した三つのうちの最初の殺戮は、いわば、高邁な存在の諸圏域のすみずみに響きわたる共感をもたらしたように思われた。全速力の飛翔中であっても〈亜ー銀河〉はそれに気づいた。もう一度、テレパシーを用いて近隣の星たちの大陸へと注意を向けたのである。

その状況を調査している最中に、第二の殺戮があった。〈亜ー銀河〉は自分がさらなる災禍を防ぐ力をもっていることを知っていた。それなのに冷静沈着に第三の殺戮を待っていたものだから、わたしたちは仰天し、恐怖し、混乱した。なおいっそう不思議だったのは、滅亡の運命にある世界自身が、〈亜ー銀河〉とテレパシー交信していたのに、救いを求めなかったことだ。犠牲者と傍観者はともに、心静かな関心と、娯楽に似ていなくもない明るい歓喜をすら覚えつつ、その状況を研究した。わたしたちの劣った水準からすると、この冷淡さ、この見た目の気まぐれは、はじめのうち非人間的というより少し慈悲心を欠くように思われた。ここには、熱心な生と、共同参与的活動の絶頂のなかで、感性豊かで知的な存在たちから成る一つの世界が存在した。ここに、愛する者どうしが改めて群れ集い、科学者たちが深遠な研究に没頭し、芸術家たちが直感的理解の新たな繊細さに思いを向け、人間には及びもつかない千もの実践的社会事業にたずさわる労働者たちがおり、そこに高度に発達した活発な世界を築こうとする個々の生活のこの上なく豊かな多様性があったのである。しかもこうした個々の精神が、全員の共同参与的精神に加わり、それぞれが私的な個としてだけでなく、まさに全人類的神霊としてそれを経験した。しかしこれら心穏やかな存在(もの)たちは、なにか面白いゲームの役まわりを降ろされそうなときに感じる程度の悲しさで、自分たちの世界の崩壊に相対した。そしてこの差し迫った悲劇の傍観者たちの精神のなかに、わたしたちが見て取ったのは、身を切るような同情ではなく、足首の捻挫(ねんざ)のような些細な事故でトーナメントの第一ラウンドで敗退した有名なテニスプレーヤーに対して感じるような、ユーモアを交えた哀感ぐらいのものだったのだ。

このふしぎな沈着さの原因がようやく分かってきた。傍観者も犠牲者も等しく宇宙探索に没頭し、コスモスの豊かさと潜在性を覚知し、なによりも神霊的な瞑想のとりこになったために、犠牲者たちまでもが、人間が神と呼ぶ視点から破壊を観察していたのだった。彼らが陽気に凱歌をあげ浮薄に見えたのは、私的な生活のみならず個々の世界の生死までもが、彼らには主としてコスモスの生へと寄与する重要な主題として映っていたからである。コスモス的な視座に立てば、災禍は痛ましくはあっても、結局はごく些細なことであった。さらにいえば、ほかの世界集団の犠牲、いや、申し分なく目覚めた世界の犠牲でさえ、それによって、〈狂気の世界〉の狂気をいっそう深く洞察できるようになるのであれば、それは充分に報われたのだった。

そこで三つ目の殺戮が遂行された。そのとき奇跡が起こった。〈亜-銀河〉のテレパシー能力は、銀河「大陸」に散在する上位の諸世界よりも、はるかに進化していた。通常の交流の助けを必要とせず、いかなる抵抗にも打ち勝つことができた。もっとも倒錯した個体においても奥深くに眠る神霊の蛹にまでまっすぐに辿り着くことができた。これは共同参与的精神を催眠にかけて抹殺するような単なる破壊力ではなかった。それぞれの個体の、正気のまま微睡んでいる灯芯に火をともす目覚めの力であったのだ。この技能が今や銀河大陸へと行使されたのだが、その結果は勝利とともに悲劇をもたらした。この能力でさえ万能ではなかったからである。狂気の諸世界のここかしこで、ふしぎな伝染性の精神の「病」が発生した。それらの世界自身の正統的帝国主義者にとっても、それは一種の狂気に思われた。しかし実際には、狂った環境下で狂気に合わせて本性を徹底的に成形されてきた存在たちの側からすれば、正気への遅蒔ながらの不毛な目覚めであった。

狂気の世界における正気という「病」は、おおむね以下のような経過をたどった。各地にいる個体は、統制のとれた行動と、世界についての共同参与的思考においてなお役割を担いながら、自分たちが生きている世界に寄せる最愛の思いとは裏腹な内なる疑念と嫌悪、つまりは空前の旅と空前の帝国の価値に対する疑念、そして機械の勝利と知的隷従への熱狂、その人類種の神聖さに対する嫌悪に悩まされた。このような悩ましい思いが募るにつれて、困惑した個体は、自分自身の「正気」に怖れを抱きはじめた。ほどなく彼らは、近隣者たちに用心深く探りを入れた。少しずつ疑念が広まって声高な主張となり、ついにはそれぞれの世界の少なからぬ少数派が、公的な役割をなお果たしながら、共同参与的精神から離反し、単なるばらばらの個体、とはいえ自身がそこから降りた上位の共同参与的精神よりも本質的に正気を保った個となったのである。そこで正統派の大多数は、この精神崩壊に恐れをなして、帝国辺境の入植地で功を奏した例の無情な策を用いたのだった。反対者は逮捕され、即座に殺害されるか、さもなければ自分たちの苦痛が他の者への効果的な警鐘となることを望みながら荒れ果てた惑星へと集められたのだった。

この策は失敗した。ふしぎな精神の病はますます急速に蔓延し、ついには「狂気の個体」数が「正気の個体」数を凌駕した。それから帝国のあらゆる世界で、内乱、献身的な平和主義者の大量虐殺、帝国主義者どうしの反目と、「狂気」が着実に増加していった。帝国の組織はことごとくが砕け散った。帝国の支柱となっていた貴族体制下の諸世界は、服属世界の奉仕と貢物なしで自立するとなると兵隊蟻なみに無力だったので、帝国が消失すると死を運命づけられた。そのような世界のほぼ全住民が正気になったとき、自己充足と平安のために自らの生活を建て直そうと多大な努力がはらわれた。この作業は困難ではあったが、純然たる知性も社会的献身も地球上で知られているどれとも比較にならないほど偉大な存在たちが、それに挫折することはあるまいと考えられたことだろう。ところが経済的なものでも心理的なものでもない予想外の困難が待ち受けていた。これらの存在たちは、戦争や暴政や帝国にふさわしく鋳造されていた。上位の諸精神からのテレパシーによる刺激は、彼らのなかの眠れる神霊の萌芽に触れて活性化させ、自分たちの世界の計画全体の瑣末さに気づかせることはできたものの、テレパシーの影響力をもってしても、彼らがその後ほんとうに神霊のために生き、それまでの生き方を放棄するまでになるほど、その本性を作り変えることはできなかった。果敢な自己修練にもかかわらず、彼らは家畜化された野獣のように怠惰におちいり、さもなければ猛り狂って、以前は服属した世界に向けていた支配衝動を、互いに向けて発散しがちであった。そしてこれらすべてを、彼らは深刻な罪悪感とともに行ったのだった。

　これらの世界の煩悶ぶりを観察していると、胸が引き裂かれるようだった。新しく蒙を啓かれた存在たちは、真の共同体と神霊的生活のヴィジョンを失うことはなかった。しかしヴィジョンはたびたび訪れたものの、活動の細部にそれを認識する力は失われていた。そのうえ、彼らがこうむった心の変化が、彼らにとって実際には悪い方への変化と思われることが幾度かあったのである。以前は、あらゆる個体が共通の意思をもつよう完璧に教育され、個々の責任を疑い深く探ったりすることなく、その意思を遂行することに、完全な幸せを感じていた。しかし今や、個は単なる個となり、互いへの猜疑心と利己主義への猛烈な傾斜によって、だれもが悶え苦しんだのである。

これら前帝国主義者たちの精神の、この身の毛がよだつような葛藤の結末は、帝国への特殊化がどの程度彼らに影響を及ぼしていたかに左右された。特殊化がそこまで進んでいなかった少数の若い世界では、混沌の時代のあとは、再教育と世界計画の時代が続き、時季至って正気のユートピアが実現した。しかし、これらの世界のほとんどには、そのような脱出口は見込めなかった。混乱が続いて、ついには人類としての凋落がはじまり、その世界は人間、亜-人間、単なる獣の状態へと転落し、さもなければ、ごく少数の例に限られたが、理想と現実の矛盾がもたらす苦痛があまりにも大きく、人類種の全体が自死を選んだのだった。

幾多の世界が心理的に崩壊していく光景は、長く見るに忍びなかった。それでも、このような奇妙な事態を引き起こし、これらの精神を浄化し破壊することに力を行使し続けた〈亜-銀河〉群は、自分たちの仕業をひるむことなく観察した。〈亜-銀河〉にしても哀れみは感じた。わたしたちがおもちゃを壊してしまった子どもに寄せるような哀れみを感じたのである。運命への憤りなど微塵もなかった。

数千年もすると、帝国世界のすべてが、その形を変えるか、野蛮状態に陥るか、さもなければ自死したのだった。

6　ある銀河ユートピア

わたしが描写してきた数々のできごとは、遠い未来のある時期に起きたこと、人間の観点からはこれから起きるであろうことである。ちょうど最初期の星々の凝集から現在のわたしたちを見たときのような未来のできごとである。銀河史の次なる時代は、狂気の帝国群の没落から、諸世界から成る銀河共同体のユートピア達成までの時期に相当する。この過渡期も、ある意味ユートピア的であった。その時期は、そもそもの出生から豊かで調和がとれ、育ちがどこまでも好ましい存在(もの)たちが意気揚々と前進していた時代であり、銀河共同体が拡大し続けることが、忠誠心の完全に満足のいく目的だったからである。ユートピア的でなかったとすれば、それはひとえに銀河社会が経済的にも神霊的にも新しい必要を満たすために、なおも拡張を続け、よどみなくその構造を変容させていたからである。この段階の終盤に、完成された銀河共同体の注意が、主として自らを超えてほかの諸銀河へと向けられる十全たるユートピアの時代がやって来た。これに関しては、この至福を打ち砕く不測の、嵐のようなできごとと併せて、しかるべき折に語ることになろうかと思う。

それまでは拡張の時代をざっと見なくてはならない。〈亜-銀河〉的諸世界は、目覚めた諸世界の人口が途方もなく増大し多様化しないうちは、さらなる文化的進展は覚束ないことを認識しつつ、今や銀河大陸全体を再編することに積極的な役割を果たそうと計画を立てはじめた。テレパシー交信によって、彼らは全銀河の目覚めた世界のすべてに、自分たちが創り上げた誇るべき社会についての知識を与え、銀河ユートピアの建設に加わるよう求めた。銀河全域の各世界が、先鋭な意識をもつ個となり、そして各世界が自らの私的固有性や自らの経験の富のありったけを貢いで、みなの共有財産的な経験としなくてはならないというのが彼らの言い分であった。ついに共同体が完成した暁には、それは全銀河で構成されたはるかに巨大な共同体での役割を果たすために突き進み、そこで今はおぼろにしか推し測れない神霊的活動に参画しなくてはならないのだ。

瞑想の初期には、〈亜-銀河〉の諸世界は、いや、むしろ〈亜-銀河〉の、途切れ途切れながら目覚めつつあった単独の精神は、明らかに、銀河社会の基盤に実に厳密な関係をもつもろもろの発見をしていた。彼らは今や、〈銀河〉における世界精神体の数は、現段階の少なくとも十万倍まで増えていなくてはならないという要求を出した。神霊のあらゆる潜在性が実現するためには、はるかに多様な世界-類型が、さらにはそれぞれの類型に数千もの世界が存在しなくてはならないというのが、彼らの言い分であった。彼ら自身は、自分たちの小さな〈亜-銀河〉共同体のなかで、より偉大な共同体だけが、存在のあらゆる地域を探索できることを充分に理解するようになっていた。もっとも、地域によっては、彼ら自身も、遠方からではあったが一瞥してはいたのだった。

銀河大陸の自然の諸世界は、この計画の規模に面食らい、警戒した。彼らは当面の生活の規模に満足していた。神霊は規模や多様性には関心をもたないと彼らは断言した。これに対しては、自分たちの達成は構成員の目覚ましい多様性によるものとする諸世界から、そのような主張は間違っているとの反論がなされた。諸世界の多様性と多元性は、銀河的水準において不可欠なものであり、それは世界的水準における個体の多様性と多元性、さらには個体の水準における神経-細胞の多様性と多元性が不可欠であるのと同じだった。

結局のところ、「大陸」の人工ではない自然の諸世界は、前進する銀河の生において果たすべき役割をますます小さくしていったのである。自らの力だけで到達した段階に留まったものもあった。熱意も天分もないまま大いなる共同作業に参画するものもあった。その企てに心から役立とうとして加わるものも、わずかながらいた。実際に大きな貢献をなしえたものもいた。これも共棲人類ではあったが、〈亜-銀河〉共同体の礎を築いた人類とはかなり異質な人類だった。その共棲の形態は、もともとは同じ星系の別々の惑星に棲息する二種の人類から成り立っていた。母惑星の枯渇によって絶望に駆られたある知的飛行人類が、人類もどきの種が棲息する近隣の世界を侵略しようと目論んだのである。長年の紛争と協調のあとで、いかにして完全な経済的・心理的共棲が確立されたか、ここでそれを語るべきではないだろう。

諸世界から成る銀河共同体の建設は、この本の著者の理解の及ぶところではない。探索者たちの共同参与的精神への参画を通じて得られた洞察力の昂揚した状態における、これら曖昧な諸問題についてわたしが経験したことを明瞭に思い出すことは、今のわたしにはまったくできない。しかもそうした状態にあってさえ、わたしは緊密に織り上げられた諸世界共同体の目的を理解しようと懸命になり、それゆえに途方に暮れたのだった。

わたしの記憶が定かであれば、銀河史のこの段階における諸世界精神体は、三つの活動が占めていた。おもな実際的作業は、銀河そのものの生命を豊かにし調和させること、そして十全に目覚めた世界の数と多様性と精神的統合をある段階まで増大させることであった。その段階は今まで以上に目覚めた経験の一様態の出現に必要なものと信じられていた。二つ目の活動は、物理学とテレパシーの研究によって、ほかの諸銀河と密接に接触する途を探ることだった。三番目は、世界-精神の位階にある存在にふさわしい神霊的修練であった。この最後の活動は、個々の世界‐精神の自覚を深め、単なる私的成就から自らの意思を切り離すことに、直接かかわってきた（もしくは、かかわっていくことになる）と思われる。ところが、これがすべてではなかった。というのは、こうした神霊の上昇のより高い段階においては、あらゆる神霊的段階のなかでも最下位にあるわたしたちの段階においてと同様に、コスモスにおける生命と精神の冒険全体からの、さらに根本的な離脱も不可欠だったからだ。神霊は目覚めるにつれて存在の全体を、単に一被造物の目ではなく、宇宙的な視座のもとで、あたかも造物主の目を通じて注視したいという渇望を募らせるようになる。

はじめのうち、目覚めた諸世界のエネルギーのほとんどは、銀河ユートピアを確立する作業に注がれていた。ますます多くの星々が、人工的ではあるが完全な真珠から成る同心円状の環帯で取り囲まれていた。その真珠の一つ一つが、比類ない人類が棲まうユニークな世界であった。このときから最高水準の永続的な個体とは、一つの世界ではなく、何千何百の世界の体系となった。そして体系どうしには、一人一人の人間どうしのような親しみやすく喜ばしい交流があったのである。

このような状況下で、意識をもつ個体であるということは、諸世界‐系に棲む全人類種の統合された感覚的印象群をじかに享受することであった。さらに諸世界の感覚‐器官が「あるがままに」というだけでなく、壮大な規模と精緻さをもつ人工の装置を介して認識するようになると、意識をもつ個体は、数百の惑星から成る構造体だけでなく、自分の太陽の周囲に群がる惑星系全体の形状をも知覚した。それは、人間どうしが互いを認知し合うように、ほかの惑星系をも知覚した。遠方には、「多元‐世界的」個体から成るかがやく天体が思い思いに旋回し漂流していた。

惑星系精神体の間には、私的交流の無限のヴァリエーションが生起した。人間どうしのように、愛あり憎しみあり、気質のうえでの共感や反感があり、親密ななかでの歓喜や嫌悪があり、私的な冒険と銀河ユートピアの建設という壮大な共同事業に際しては協調や挫折をともなったのだった。

個々の世界星系どうしには、共棲の伴侶どうしのような実際のセックスはなかったけれども、ほとんど性的といっていい趣の関係がうまれることがあった。隣接する星系は、移動する小世界群、もっと大きな世界群、あるいは諸世界の連隊を射出し、それらは宇宙の大海を渡って互いの太陽の周りに軌道をとり、共棲、いやむしろ「共心霊的な」関係のもと、私的生活において互いに、親密な役割を担ったのだった。場合によっては、星系全体がほかの星系の環帯群のあいだに自らの世界を移住させて環帯を形成した。

テレパシー交流により全銀河が一体となっていた。ところが、テレパシーは距離に影響されないという大きな利点があったものの、別な点ではどうやら不完全であった。その点は、できるだけ物理的な旅で補完しなくてはならなかった。旅する小世界群の途切れなき流れは、全銀河のあらゆる方角へと徐々に波及した。

銀河にユートピアを確立するという事業は、なんの軋轢（あつれき）もなく進められたわけではなかった。人類種が違えば、銀河のための政策にも違いが生じがちであった。戦争は今や考えの外にあったが、わたしたちが同じ国家のなかの個人どうしや団体どうしに認めるような紛争はふつうにあった。たとえば、ユートピア建設に主たる関心を抱いていた惑星系、なによりもほかの銀河と接触しようとする惑星系、そして主として神霊的なことに心奪われている惑星系のあいだで、ひっきりなしの紛争があった。これらの勢力に加えて、個々の世界‐星系の富を、銀河的規模の事業の推進につぎ込もうとしたがる惑星系の集団もあった。これらの集団は、組織化、探索、神霊的純化よりは、諸世界および諸星系の私的交流のドラマや、私的能力の充足を好んだ。彼らの存在は往々にして熱狂者たちを憤然とさせたが、浪費や独裁を防ぐ担保となっていたから有益ではあったのだ。

もうひとつの有益な影響が、そのせわしない諸世界へと十分な効果を及ぼしはじめたのは、銀河ユートピアのときだった。テレパシー探索により長く休眠していた〈植物人類〉と接触することができたのである。彼らは度を越した神秘的な静観主義によって零落していた。ユートピア世界群は、こうした太古からの、しかし比類なき感性をもつ存在（もの）たちから、今や多くを学んだ。これ以降は、経験の植物的な相が、銀河精神の織物のすみずみにまで、しかし危険をともなうことなく編み込まれたのだった。

第十章　銀河のヴィジョン

今やこの銀河の多くの世界の諸々の問題がついに克服され、銀河ユートピアを支えようという意思があまねく行き渡り、未来には陸続と栄光がもたらされるに違いないと思われた。わたしたちは、ほかの諸銀河でも同じような前進があると確信した。コスモスの全域で奮闘する神霊の、すみやかで、完全かつ最終的な勝利を確信していた。この事業の完遂を〈スターメイカー〉は祝福してくれるとまで考えた。表現しえぬものを表現しようと能う限りの象徴を用いて、始原の時、孤独であった〈スターメイカー〉は、愛と共同体を求め、一個の完全な被造物をこしらえ伴侶にしようと決意したのだと、わたしたちはそんなふうに想像した。〈スターメイカー〉は美に飢え愛に焦がれて伴侶を造りはしたが、造形の最中に苦難を与え責めさいなんだために、彼の伴侶はついにあらゆる逆境に打ち勝ち、それにより彼の全能をもってしても決して到達しえない完全性を勝ち得たのだとも想像した。コスモスとは、そのようなものだと考えた。そしてわたししたちは、コスモスの成長の大部分をすでに目撃したのであり、あとはそんな成長の絶頂が、つまりは全銀河のテレパシー統合が、〈スターメイカー〉に永遠に思い抱かれ享受されるにふさわしいほどに完璧な、唯一にして十全に目覚めたコスモスの神霊となるばかりなのだと、単純にもそう思っていたのである。

このようなことすべてが、わたしたちには壮麗な真実のように思われた。とはいうものの、このことに歓喜していたわけではない。わたしたちの銀河の後期における連戦連勝の前進という壮観に満足していたため、ほかの群れ成す銀河については、もはや関心を抱いてはいなかったのだ。これらの銀河がわたしたちの銀河と酷似していることは、ほとんど間違いなかった。実はわたしたちは、途轍もなく疲れ果て幻滅していた。幾星霜もの期間、わたしたちは数多くの世界の命運を追跡してきた。幾度も、これらの世界にとっては新奇でも、わたしたちからすると概ねくりかえしとなるような、彼らの熱意を感じ取った。彼らのあらゆる苦悶、あらゆる栄光と恥辱を共有した。そしてコスモスの理想である神霊の十全な目覚めが完成の域に達したように思われたところで、わたしたち自身がいささかそれに退屈したのである。巨大な存在のドラマの全貌が、完成した神霊によって複雑に認知され享受されるかどうか、それはそんなに重要なことなのか。わたしたち自身が巡礼の旅を成就すべきなのかどうかは、そんなたいそうなことなのか。

永劫の時を経るあいだ、その銀河の津々浦々に散っていたわたしたちの一行は、単一の共同参与的な精神性をなんとか維持した。「わたしたち」は複合存在であるにもかかわらず、実際には徹頭徹尾、多くの世界を観察する単一の「わたし」であった。とはいえ、この同一性を維持するのは、それだけでも難儀なことになりつつあった。「わたし」は眠たくて仕方なかった。「わたしたち」は、複合存在なりに、それぞれの小さな故郷の惑星や家やねぐらを、そして際限ない広がりのすべてを見えなくしてしまうわたしたちの動物的な愚鈍さを思い焦がれた。とりわけイギリス人であるわたしは、妻と寝起きをともにしたあの部屋で、その日のせわしない諸事万般を忘れ去り、ひたすら眠りに身をまかせ、お互いの存在をぼんやりと心安らかに感じながら、なにごともなく眠っていたいと切に願った。

ところが、耐えられぬまでに疲労困憊していたのに、眠れなかった。わたしは否も応もなく、わたしの同行者たち、そして多くの勝ち誇る世界とともにあったのである。

ゆっくりとわたしたちは、ある発見のせいでまどろみから覚めた。これら無数のユートピア的な世界-系に行き渡りつつあった雰囲気は、勝利のそれとは根本的に異質であることが、だんだんと明らかになってきた。あらゆる世界において、すべての有限存在は、いかに勝ち誇っていても、卑小にして無力であることが分かったのである。ある世界に、詩人らしき者がいた。宇宙的目標というわたしたちの考えを伝えると、こんなこかりにそれが目覚めるとしても、自らの創り主に唯ひとり愛されている存在ではなく、果てしなく底知れない存在の大海に漂う、ちっぽけな泡でしかないことを知ることになるでしょう」。

はじめのうち、神のごとき世界-精神は、宇宙のあらゆる富と前途の永遠を掌中にし、無敵の進軍を続けているかと思われたが、今やかなり異なった装いをだんだんに現わしてきた。精神的な射程が大きく飛躍し、コスモスの全域で共同参与的な精神性が実現されると、時間の経験に変化がもたらされた。精神の時間的な範囲は途轍もなく拡張された。目覚めた諸世界は、永劫の時を単なる圧縮された一日として経験した。これらの世界が認識していた時間の流れは、カヌーに乗った人間から見えている川に似ているかもしれない。川上ではゆるやかだったのに、あとから突然急流となってぐんぐん速度を増し、さほど遠からぬ先で最後の瀑布となって海へと落ちる川、つまりは星々が消滅する生命の永遠の終わりとなる時間である。残されたわずかな猶予期間を、彼らが達成しようと熱望した偉大な任務、つまりコスモス的神霊の完全なる目覚めと引き比べると、どうやら時間の余裕などなく、ことによるとその事業を成し遂げるには、すでに手遅れかもしれないことにも気がついた。未知の災禍が行く手に待ちかまえているというふしぎな予兆を感じていた。「星たちがわたしたちのために用意してくれているものとは一体なにか、わたしたちには知るよしもない。ましてや〈スターメイカー〉の御心となると、なおのこと分かるはずがないではないか」と、言われることが間々あったのだ。そして、こう言われることもあった。「万物についてのわたしたちの知識が最良の形で確立されたとしても、それをかりそめにも真実だと考えるべきではない。それは、わたしたち自身の幻想が存在の大海で泡立つあぶくの膜に描く色合いを感知しているだけなのだ」。

あらゆる被造物と、被造物たちの成し遂げたことのすべてが、未完のまま終わる運命にあるという感覚は、〈諸世界-銀河社会〉に、いのち短い華奢な花のような、ある魅惑、ある神聖さをもたらした。危うい美に寄せる募りゆく思いがあればこそ、わたしたち自身も今やはるか彼方のユートピアを見据えるようになったのである。このような気運のなかで、わたしたちは注目すべき経験をしたのだった。

宇宙をゆく霊体飛翔の疲れを癒そうと、わたしたちは探索をやめて休暇に出ていた。すべての世界から同行者を集めて単一の動く視座へと収束させ、それから一個の存在となって、星や星雲が群れるなかを滑空し旋回した。ほどなくわたしたちは、気の向くままに外の宇宙へと飛び込んだ。速度を上げると、前方の星々は紫に変わり、背後の星々が赤くなった。それから前も後ろも消失し、目に見えていたものが残らず、わたしたちの猛烈な飛行速度のせいで消えた。絶対の闇のただなかで諸銀河の起源と運命、さらにはコスモスとわたしたちが帰還を切に願うささやかな家庭-生活とのあいだの気の遠くなるような対比に、わたしたちはつくづく思いをめぐらせた。

ほどなくわたしたちは静止した。静止してみると、わたしたちの状況は予想に反したものであることが分かった。わたしたちが抜け出てきた銀河は、実際には、はるか後方に横たわる、巨大な雲でしかなかったのだ。しかしそれは、独特の形状の渦巻きであったはずが、そうではなかった。いささか混乱したあと、わたしたちが見ているのは、誕生後の初期段階の銀河、実際、まさに銀河となる以前の姿なのだと悟った。というのは、その雲は星たちが群れる雲ではなく、光が一様に広がる靄（もや）であったからだ。その中心には茫々（ぼうぼう）たるかがやきがあり、それは外側のおぼろな領域へと、やんわりと色褪せていき、どこが境界やら分からぬまま暗黒の天空と融合していた。天空そのものさえ、ひどく見慣れないものだった。星はなくなっていたが、夥しい数の淡い色の雲がびっしりとひしめいていた。見たところそのすべてが、わたしたちがあとにした雲よりも離れていたが、いくつかは〈地球〉の空に浮かぶ〈オリオン座〉ほどにも膨らんでいた。天空はあまりに混雑していたので、巨大な雲の多くは皮膜のような末端で融合してひと続きになり、また多くの雲は星のない水路状の空無に分けられていたのだが、その空無を透かすと、そのいくつかは遠くにありすぎて光の染みにしか見えない彼方の星雲たちが遠くにぼんやりと見えていたのだった。

わたしたちの旅は時を超えて、巨大な星雲の群れがいまだ互いに隣接していた頃まで遡源していたのは明らかであった。それからコスモスの爆発的な性質が、隙間なく凝縮した原初の物質から星雲たちを分離したのだが、それだけではなかった。

見つめるうちに、諸々の事象が驚嘆すべき速度で、目の前で展開していくのが分かった。雲の一つ一つは、目に見えて縮小し、遠方へと退いていった。形状も変わっていった。おぼろな球体の一つ一つが心もち平たくなり輪郭を増していった。遠のいて小さくなった星雲たちは今やレンズ状の靄のように見えた。しかしながら、わたしたちが注視するあいだにも、宇宙のはるか深部へと遠のいていったので、その変化の様子を観察するのはむずかしくなった。故郷の星雲だけがわたしたちの傍らにあり、巨大な楕円が全天の半分を覆わんばかりに広がっていた。この楕円に、今わたしたちは注意を向けたのである。

その楕円の内にも、海に立つ波の泡のように、明るい靄と明るくない靄の区域、幽かな縞と渦巻きといった差異が見えてきた。これらのおぼろげな形象は、幾筋もの雲が丘の上空でたなびくように悠然と動いた。今や星雲内の流れは、全体として共通の絵柄へとまとまっていた。巨大なガス状の世界は実際にゆっくりと、ほとんど竜巻のように回転していた。回転するにつれて、それはどんどん平たくなっていった。今やその形象は、「水切り遊び」に手ごろな縞模様の平たい石に目を近づけすぎて焦点が合わなくなったときのようにぼやけていた。

ほどなくわたしたちは、新たな奇跡のヴィジョンによって、強烈な光の極小の点が雲のそこかしこ、主として外縁部に現われつつあることに気がついた。観察するうちに数が増え、そうした外縁部の空間はどんどん暗くなっていった。こうして星たちが誕生した。

巨大な雲はなおも回転し、そして平たくなった。それはまもなく渦を巻く星の奔流と希薄なガスの撚り糸から成る円盤、原初の星雲の組織崩壊の最終形となったのである。こうした組織が形状を変え、生き物のように這い、擬足を延ばし、雲が薄れるように見る見る希薄化し、一方で新しい世代の星たちに席を譲りながら、それぞれの半自律的な活動によって、全体の中で動きを続けた。星雲の中心は今や小さく凝縮し、いっそう輪郭を際立たせていった。それは巨大にして濃密な光の球であった。円盤のここかしこにある光の節や塊は、胞胚のような星団だった。星雲全体に、こうしたアザミの冠毛、つまりは、羽毛状のきらめきを放つ、優雅な飾りが撒き散らされていたのであるが、実はその一つ一つが星たちの小宇宙をはらんでいた。

銀河――今やそう呼んでもかまわないだろう――は、見たところ催眠状態に特有の恒常的な動きで渦を巻き続けた。星流群のもつれた巻き毛は闇のなかに広がっていた。今やそれは、巨大なつば広の白いソンブレロのようであり、その山高の部分はまばゆい集塊、つばの部分はうす靄のような星たちの広がりであった。それは旋回する枢機卿の帽子だった。つばのあたりで旋回する二つの長い房は、渦を巻く二つの長い星-流であった。そのほつれた末端部は散り散りになって亜-銀河となり、主銀河の周りをまわった。銀河全体は回転するコマのようにゆれた。それがわたしたちの眼前で傾くと、つばの部分はさらに幅の狭い楕円となり、今やそれが真横を向くと、光を発しない物質から成る最も外側の縁は、星雲や星たちの光かがやく内側の物質を横切る、細く暗い、もつれた糸のような線を形成していた。

コスモスのあらゆる天体のなかで最大のものである、この明滅する真珠のような驚異の織物をより精確に見ようと懸命に目を凝らすと、わたしたちの新たな視力は、銀河全体と遠方の諸銀河を一望しているときでさえ、ちょうど北氷洋に浮かぶコルクと南氷洋のコルクほどにも離れた星の一つ一つを、互いに一番近い星から隔たったちっぽけな円盤として感知したのだった。かくして、銀河の全体的な形は星雲状のオパールのように美しかったのだが、わたしたちには光が点々と散らばった空無のようにも見えたのだった。

星たちをさらに綿密に観察すると、魚群のように隊列をなして流れていく一方で、それぞれの流れは互いに浸透し合っているのが分かった。それから異なった流れの星たちは、互いの進路を交差させるときに引き合い、隣りを流れる星たちへ影響を及ぼしながら行き過ぎるときに、大きな弧を描くように移動した。かくして星たちは遠く離れてはいても、ふしぎなことに、遠方から互いを認知し合う小さな生き物のように見えることが間々あったのだ。星たちは互いの周りを双曲線軌道を描くように周回したり離れたり、もっとまれには一体となって連星を形成したりすることもあった。

　時間はわたしたちの前を非常にすばやく過ぎたので、永劫の時間も瞬間へと凝縮された。星雲状の組織から凝集された最初の星たちは赤色巨星であったが、遠くから見ると、思いのほかちっぽけであった。これら驚くべき数の星たちは、おそらくは自らの旋回の遠心力によって、爆発的に飛散して連星を形成し、その結果、ますます天空はワルツを踊るペアでひしめくようになった。その間、巨星群はゆっくりと収縮し明るさを凝集していった。星たちは赤から黄へ、さらにはまばゆい白および青へと変じていった。ほかの若い巨星がその周辺で凝集するあいだに、星たちはなおも収縮を続け、ふたたび黄へ、それから燻（けぶ）るような赤へと変色していった。やがてわたしたちは、なかでも最古参の星たちが、火の粉のように、一つまた一つと消えるのを見た。このような星の死の発生は、ゆっくりとではあったが着実に増えていった。ときに「新星」が近隣のおびただしい星たちのすべてを上まわる光を放ちながら突然現われ、そして消えた。ここかしこで「変光星」が信じられぬ速度で脈打っていた。幾度も、二連星と第三の星が接近しすぎたせいで、その一方がフィラメントを本体から相手方へと延ばした。わたしたちの超自然的な視力を凝らして見ると、これらのフィラメントがちぎれ、惑星へと凝集するのが見て取れた。そしてわたしたちは、これらの生命の種子が、生命のない星の群れのただなかにあって、いかに微小で、いかに稀有なものであるかに、畏敬の念を抱いたのだった。しかし星たちそのものには、生命の紛うことなき印象があった。これらの単なる物理的物体、つまりは単なる火−球が、自分たちの最小微粒子の幾何学的法則に従って旋回し運行しながら、かくも生気にあふれ探索心を帯びているとは、なんともふしぎであった。しかし同時に、銀河全体はそれ自体が生気を帯び、生きた細胞のなかの流動のように星−流が作る繊細な網目模様の付いた生命体のようであった。それは渦を巻く触手のように延び広がり、中心には光の核があった。この巨大にして美しい被造物は生きており、自分や自分以外の事物についての知的な経験をしているに違いなかった。

こうした突飛な思考があふれてくるなか、生命が足場を得られるのは惑星という稀有な石粒の上だけであること、そしてこれほど数多くの落ち着きのない宝石たちは、そのすべてが炎の浪費にすぎないことを思い出しながら、わたしたちは自分たちの空想を抑えた。

昂ぶる愛と憧れを胸に、わたしたちは最初期の惑星の石粒に綿密な注意を向けた。すると、渦巻く炎のフィラメントが凝集して、まずは回転し脈動する溶岩の滴となり、それから地殻が形成され、海の膜でおおわれ、大気に包まれていった。わたしたちの鋭い視力で観察すると、浅い海に生命が沸き立ち、やがて海洋と大陸へと広がった。これら初期の世界のわずかなものが人間的位階の知能に目覚め、まもなく神霊を求める大いなる闘争の苦しみのなかに置かれ、そこからさらに少数の勝者が浮上したのだった。

その間、星々のあいだでは稀有な、しかし全部で数千にも及ぶ新たな惑星の誕生によって、新しい世界、新しい年代記が編まれはじめた。わたしたちは、〈別地球〉が栄光と恥辱を繰り返し、結局は終息するのを見た。ほかにも数多く、棘皮人類や半人半馬人などの人間もどきの世界を見た。小さな〈地球〉に棲む〈人類〉が、蒙昧と光明の段階を幾度も繰り返しながら大失態を演じ、ふたたび見下げはてた蒙昧へとおちいるのを目の当たりにした。時代が変わるごとに、〈人類〉の身体の形状は、雲が形を変えるように変貌していった。〈火星〉からの侵略者との死にもの狂いの闘争を目撃した。それから、さらに闇と光が幾時代か経過したのち、〈人類〉が月の落下をおそれて荒涼とした金星への移住を余儀なくされるのを目にした。なおものちになって、コスモスの生涯からはほんの一息にすぎない永劫の時を経たあと、〈人類〉は太陽が爆発する前に冥王星へと逃れ、そこでふたたび、さらなる永劫の期間、単なる動物状態へと沈んだ。それでも、その後〈人類〉はふたたび上昇して最高の知能に達しはしたものの、結局は抵抗し難い破局を迎え、炎のなかの蛾のように燃え尽きただけであった。

この長大な人類の物語のすべては、生きている者にはかなり激しく悲劇的なものであったが、銀河の生涯からすれば、ほんの数瞬の、意味のない、見るからに不毛で取るに足らない徒労でしかなかった。この物語が終わりを迎えても、あまたの惑星系はなお生きつづけ、あちらこちらで不慮の災厄をこうむり、星間の至る所で新しい惑星系が誕生し、ここかしこで新たな災禍に見舞われたのである。

窮地におちいった人類の生涯の以前にも以後にも、人間もどきの人類種が幾十幾百も出現したが、諸世界の銀河共同体でなんらかの役割を担うべく、人間の最高位の神霊的器量をも超えて目覚める運命にあったのは、そのなかのほんのひと握りでしかなかった。わたしたちは今や、わたしたちの「現代」に生きる人間がはじめて直面しつつある、社会的・神霊的な世界-問題のすべてを克服しようと奮闘しているこれらの人類の様子を、星-流群の巨大な流れのなかに散在する各自の地球似の諸惑星から眺望した。同じように、ふたたびわたしたちは、他にも数多くの種類の、オウム貝状の、海棲の、飛翔の、合成の人類種、そして珍しい共棲人類種、さらに稀有な植物人類種を見た。そしてあらゆる種のなかでも、ユートピアにまで勝ち進み、諸世界の大いなる共同参与的事業に参画した人類種は、あったとしても、ほんのわずかでしかなかった。残りは、道半ばで脱落したのである。

わたしたちは、島のように点々とある亜-銀河の一つにおいて、例の〈共棲人類〉が勝利するのをはるか遠くから眺めた。ここにおいてついに、諸世界の真の共同体の胚芽が萌え出たのである。やがて、この小島−宇宙の星たちは、生きた真珠に取り巻かれはじめ、ついには亜−銀河全体が諸世界とともに生きるようになった。その間、主要な星系において、わたしたちがすでに注視した帝国の、あの質の悪い疫病のような狂気が生起した。しかし以前なら、巨大な諸世界が信じられぬ速度で宇宙空間に戦術展開し、互いの住民たちを大虐殺する、巨人どうしの戦争のように映ったものが、今となっては、無関心な星の群れに囲まれたいくつかのちっぽけな火花、あるいは発光微生物の痙攣的な動きのように見えたのだった。

しかしながら、ほどなく一つの星が炎上し、連れの惑星群を破壊するのが見えた。〈帝国〉群は自分たちよりも高貴ななにかを殺害していた。二番目の殺戮があり、そして三番目が続いた。それから亜−銀河の影響のもとで、帝国の狂気が消え失せ、帝国が瓦解した。そしてまもなくすると、銀河全域にわたるユートピアの否応なしの到来に、疲れ果てていたわたしたちの注意も釘付けにされた。これは主として人工惑星の着実な増加から見てとれた。星という星が、これら生きた宝石がびっしりとちりばめられた軌道とともに花咲いていた。これらの花々に神霊がやどったのだった。星座から星座へと、銀河の全体が、見るからに無数の世界で活気づいていた。真の共同体のなかで統合された感性ゆたかな個々の知性から成る、比類なく多様な人類がひしめく世界の一つ一つが、それ自体で共通の神霊を有する生き物であったのだ。そして住民が数多くひしめく軌道上の各世界そのものが、一つの共同参与的存在であった。単一のテレパシー網で編成された銀河全体は、単一の知的かつ情熱的な存在、つまりは無数の、多種多様で短命の個体のすべてに共通した神霊である「わたし」だったのである。

この巨大な共同体の全体が、今や自分以外の同胞たる諸銀河へ目を向けた。無辺宇宙のもっとも広大な星域における生命と神霊の冒険を追跡する決意を固めると、それは同胞銀河と恒常的にテレパシー交信するようになった。そして同時に、あらゆる種類の奇妙な実際的野心を抱きながら、これまで想像されたこともない規模で自分の星たちのエネルギーを利用しはじめた。今やあらゆる太陽系が、光を捕獲する網に囲まれ、それにより放出される太陽エネルギーを知的な用途に差し向けており、その結果、銀河全体が薄暗くなったが、それだけでなく、太陽に適さない数多くの星たちが解体され、核エネルギーの莫大な蓄えを根こそぎ奪われた。

突然わたしたちの注意は、離れた地点からでもユートピアとは相容れないことがはっきりと分かる、あるできごとに惹きつけられた。惑星群に取り囲まれていたある星が爆発し、諸世界から成る環帯をことごとく破壊し、そのあと弱々しく力尽きたのである。次から次へと、銀河の様々な星域のほかの星までもが、同じような道をたどった。

このような驚くべき災禍の原因を究明しようと、わたしたちはふたたび意思を働かせて、多くの世界の各自の持ち場へと散った。

第十一章　星と禍害世界

1　多くの銀河

〈諸世界の銀河社会〉は、ほかの銀河系との交信を完全なものにしようとしてきた。より単純な連絡手段はテレパシーであった。とはいえ、この銀河と近隣の銀河のあいだの巨大な空無を越えて物理的な連絡を取り合うことも必要なように思われた。〈諸世界の社会〉が星たちの爆発という疫病を発症したのは、そのような旅の使節を送ろうと試みた矢先だった。

この連続した災禍をしるす前に、わたしたち自身の銀河と経験をともにすることにより知ることとなった諸銀河の状況について少しばかり語ろうと思う。

テレパシー探査によって、少なくともほかにも諸世界精神体が存在する銀河があることが、すでに知られていた。そして今、長い実験を経て、単一の銀河精神としてこの目的のために働くわたしたちの銀河の諸世界は、全体としてのコスモスについての、さらに詳細な知識を達成していた。これは容易ではなかった。個々の銀河の諸世界の精神的態度に、思いも寄らない偏狭さがあったからである。諸銀河の物理的かつ生物的組織には大きな差異はなかった。わたしたち自身の銀河と同じような一般的な類型の人類が多岐にわたって存在していた。しかし文化的な水準では、おのおのの銀河社会の発展の傾向によって重要な精神的個有性が生まれていたが、それは無意識的であればあるほど根の深いものであった。かくして、発達した銀河どうしが接触するのは、当初きわめて困難であった。わたしたちの銀河の文化は、異例なまでに好運な亜-銀河のなかで発達してきた〈共棲人類〉の文化の著しい影響下に置かれていた。したがって、帝国主義的時代の恐怖を数々経ながらも、わたしたち自身の銀河文化は、より悲劇的な銀河とのテレパシー交流の確立を困難にする、ある種の穏便さを帯びていたのである。そのうえ、わたしたち自身の銀河社会が受け容れた基本概念や価値観は、細目にわたって概ね亜-銀河を支配していた海洋文化が展開したものであった。諸世界から成る「大陸的」住民は、主として人間もどきの住民に占められていたが、そこに根づいていた文化は海洋的精神から深甚な影響を受けていた。そしてこの海洋的精神の生地は、諸銀河社会のなかでも稀有であったので、わたしたちの銀河は大方の銀河に比べて独特だったのである。

しかしながら、長く根気の要る作業を経て、わたしたちの銀河社会は、諸銀河のコスモス的な住民の余す所のない調査に成功した。この頃には、多くの銀河が、物理的にも、また精神的にも、多様な段階にあった。星雲的物質がいまだに星たちより優勢であった多くのごく若い星系は、そのときには惑星をともなっていなかった。生命を宿した石粒がすでに点在してはいたものの、人間の水準に達している生命が皆無である星系もあった。物理的には成熟していたものの、まったく偶然によるのか、あるいは星が異常なくらいまばらに存在していたためか、惑星系が皆無な銀河もあった。数百万もの銀河のなかには、単一の知的世界が、銀河全域に自らの人類種と自らの文化を広め、卵の胚がその中身をすみずみまで組織化していくように、銀河全体を組織化していた世界もいくらかは存在した。このような銀河においては、ごく自然に、コスモス全体が一つの胚から充満していくという考えをもとに銀河の文化が築かれていた。ほかの銀河群とのテレパシー交信が結局は頓挫したとき、当初その影響にはすっかり困惑させられた。二つ、あるいはそれ以上の胚が別々に進化し、ついには接触するまでになった銀河も少なからずあった。その結果、共棲関係に入った場合もあったが、際限のない紛争、それどころか相互破壊に至ることもあった。銀河社会のなかでもっとも平凡な類型は、世界-系の多くが独自に発達し、紛争に陥り、相互殺戮を犯し、巨大な連盟や帝国を生み出し、幾度も社会的な混沌に陥りながらも、その合間にあやうい足取りで銀河ユートピアを目指して苦労しつつ進んだのだった。苦しみに耐えながら、すでにその目標を達成したものも、わずかながら存在した。多くはもがき苦しんでいた。戦争でひどく損なわれ、回復の見込みがないものも多く存在した。〈共棲人類〉という好運に恵まれなかったならば、わたしたち自身の銀河もそうなっていたことだろう。

銀河探索にかかわる以上の報告に、次の二点を加えた方がいいだろう。第一点は、わたしたちの銀河をはじめほかのすべての銀河の歴史全体をテレパシーを介して傍観していた、ある非常に進化した銀河社会が存在したこと。第二点は、少なからぬ数の銀河において、星たちが最近になって思いもかけず爆発し、諸世界から成る自らの環帯軌道を破壊しはじめていたことである。

2　わが銀河の災禍

わたしたちの〈諸世界の銀河社会〉が、テレパシーを介したヴィジョンを完成させ、同時に自らの社会的かつ物質的構造を改善しつつあったとき、すでにわたしたちが遠くから観察していた予期せぬ災禍によって、その構成要素である諸世界の生ける者たちを護るという作業に断固として専念せざるをえなくなった。

最初の事故は、星を自然な軌道からそらし、銀河を横断する旅へと方向づけようとしたときに起きた。未知の諸銀河のなかでもっとも近い銀河とのテレパシー交信にはかなりの信頼が置けたが、すでに述べたように、諸世界の物理的交流は相互の理解と協調にとって欠かせないことは明白であった。したがって、二つの浮遊する文明の小島を隔てる宇宙の大海を横断させるべく、いくつかの星を、おともの諸世界の系もろとも放出しようという計画が立てられたのである。もちろんその旅は、これまで企てられたいかなる旅にもまして、数千倍の時間がかかるものになるはずであった。それを成し遂げたときには、それぞれの銀河のさらに多くの星がかがやきを失っており、コスモスの全生命の終焉もすでに目前のこととなっているだろう。とはいえ、コスモスの全域にある銀河どうしをつなごうという事業は、コスモスの生涯の最後にしてもっとも多難な段階の諸銀河にもたらされる相互的透察力の大幅な増進によって、申し分なく正当化されると思われた。

数々の驚異的な実験と計算ののち、銀河間横断旅行の最初の試みが遂行された。惑星を持たない星が、通常エネルギーと核エネルギーの貯蔵庫として用いられた。わたしの理解をはるかに超える巧妙な仕組みによって、この蓄えられたエネルギーは環帯群をともなう選ばれた星に向けられ、その星を未知の銀河の方角へ少しずつ動かしていった。この操作を続けているあいだに、またその星がどんどん加速されていくあいだに、惑星群が正しい軌道から逸れぬよう保持する作業は実に細やかな扱いを要するものとなったが、それは一ダース以上もの世界を破壊することなく成し遂げられた。不幸にしてその星は、正しく照準を合わせて速度を上げた矢先に爆発した。白熱物質から成る光球は、信じられぬ速度で中心から膨れ上がり、惑星群から成る環帯を残らず呑み尽くし破壊した。それから星は鎮静化した。

銀河の歴史を通じて、一つの星のそのような突然の発光と鎮静はごくふつうに起きることであった。それはその星の表面近くの層の核エネルギーの爆発によるものとして知られていた。このできごとは、たいていは小惑星よりも小さな放浪天体のようなものの衝突によってもたらされたり、当の恒星そのものの物理的進化にかかわる諸要因によって引き起こされたりした。いずれの場合も、〈諸世界の銀河社会〉は、このできごとをかなり精確に予測し、突入してくる天体を回避したり、危機に瀕した世界-系を危険な道から移動させたりする数々の措置を講じることができた。しかしこの特異な災禍については、まったく予測がつかなかった。いかなる原因も見いだせなかった。確立された物理法則が破られていたのである。

〈諸世界の社会〉がなにが起こったかを解明しようとしていた間に、またしても別の恒星が爆発した。爆発したのは、主導的な世界-系群の一つだった。この恒星が放射する熱を増大させる数々の試みがなされたばかりであったから、今回の災禍はこれらの実験によるものに違いないと考えられた。しばらくすると、また一つ、さらにまた一つと恒星が爆発し、自らの諸世界を片っ端から破壊した。恒星の軌道を変えたり、蓄えたエネルギーを利用したりする試みが最近幾度かなされていたのである。

この災難は広がった。諸世界の系という系が相次いで壊滅した。星をいじくりまわすことは今やすべて廃止されたが、「新星爆発」の蔓延は止むどころか増加した。爆発する星は決まって惑星系をともなう太陽だった。

通常の「新星爆発」段階、つまり衝突ではなく内的な諸力がもたらす爆発は、星の若年期、あるいは熟年初期にしか起きず、かりに起きたとしても、星の生涯で二度以上の頻度で起きることはまずないことが知られていた。こうした銀河の後段階にもなると、それよりはるかに多くの星が「新星爆発」の段階を通過していた。したがって、諸世界の系のすべてを、比較的若い危険な星たちから移動し、老いた発光天体の周辺近くの軌道に落ち着かせることができた。膨大なエネルギーを費やして、この作業が幾度も実行された。安全な星へと移住し、収容不可能な諸世界の過剰な住民を安楽死させ、それにより銀河社会全体を変貌させるという大胆な計画が立てられたのだった。

この計画は、実行されている最中に、新たな災禍が続いたせいで挫折した。すでに爆発を経ていた星たちでも、惑星群に囲まれると幾度でも爆発する力を増大させた。そのうえ今や、さらに別の災禍が起きはじめた。とうの昔に爆発可能な時期を過ぎて久しい非常に高齢の星たちまでもが、驚くべきふるまいを見せはじめたのだ。羽毛状の白熱の物質が光の球から流出し、その星が回転するにつれて、たなびくような渦となって外部へと延びていった。時にこの炎の長鼻は、あらゆる軌道上のあらゆる惑星の表面を灰に変え、その生命を丸ごと抹殺した。長鼻の及ぶ範囲が惑星軌道面にまで至らないときには、多くの惑星が逃げ出した。しかし当初は破壊が完全ではなかった多くの場合でも、長鼻はだんだんと惑星の軌道面に正確に延びていき、残りの世界を破壊したのだった。

この二つの種類の恒星の活動が阻止されないと、文明は転覆し、銀河全域の生命が絶滅する可能性があることが、すぐに明らかになった。いかなる天文学に関する知識も、その問題への手がかりを一切与えてはくれなかった。星の進化に関する理論は完璧なものに思われていたのに、これらのできごとを前に、まったく出る幕がなかったのである。

その間〈諸世界の社会〉は、いまだ自然な「新星爆発」の段階を経ていない星を片っ端から人工的に爆発させる作業に着手していた。こうして自分たちを比較的安全に保ち、そのうえで爆発した星をもう一度太陽として利用しようと望んだ。ところが、あらゆる種類の星が一様にあやうくなったところで、この作業は放棄された。代わりに、かがやきを失った星から、生命に必要な放射熱を得るための調整がなされた。自分たちの原子の分裂を制御することで、少なくともしばしのあいだ、それらの星たちを申し分のない太陽へと変えたのだった。遺憾ながら、炎の羽毛はますます急速に蔓延していった。生きている諸世界の系という系が速やかに消滅した。絶望的な研究の末ついに、炎の触角を黄道から逸らす方法が探り当てられた。この方法はとうてい信頼できるものではなかった。そのうえ、かりに成功したにせよ、太陽は早晩別のフィラメントを放出したのである。

銀河の状況は、急速に変貌しつつあった。これまでのところ、星のエネルギーは無尽蔵にあったが、このエネルギーも今や雷雲から降り注ぐ豪雨のように流出がやまなかった。一回きりの爆発なら星の活力に深刻な影響を与えなかっただろうが、繰り返しの爆発も回数が増すにつれて消耗していった。多くの若い星が衰弱していた。星の群れの大多数が今や盛時を過ぎ、無数の星が単なるかがやく石炭あるいは光を失った灰と化していた。諸世界精神体もまた、技術の限りを尽くして防御したにもかかわらず、被害はやはり深刻であったため、著しく数を減じていた。諸世界の住民がこんなふうに減少するのは、盛時の〈諸世界の銀河社会〉がかなり高度に組織化されていたことを思えば、なおさらに深刻であった。ある意味それは、一社会というよりは一個の脳であった。災禍は一種の高度な「脳の中枢」をほぼ覆い尽くし、その全活力を大幅に減少させた。しかもそのせいで、諸世界-系の間のテレパシー交流はひどく損なわれたのだが、それはそれぞれの系が自分の太陽からの攻撃に対して防御するという緊急の物理的問題に専心せざるをえなくなったからである。〈諸世界の社会〉の共同参与的精神は、今や出る幕がなくなった。

諸世界の感情的な態度も変化していた。コスモス的ユートピアを確立しようという情熱は、知識と創造的器量を達成したうえで神霊の冒険に向かうという熱意もろともに消え失せていた。比較的短期間のうちに全滅が不可避となるように思われた時点で、宗教的な平穏のうちに運命に対峙しようという思いが募っていった。はるかなコスモス的目標を実現しようという欲望は、以前は目覚めた世界すべての至高の動機であったのに、今となっては無駄な贅沢であり不遜なことのように思われた。ちっぽけな被造物が、どうしてコスモス全体の、ましてや神の知恵に到達できようか？　そんなことはやめて、ドラマで割り当てられた役を演じ、自分自身の悲劇的な結末を、神のような冷淡さと感興を胸に鑑賞しなくてはならない。

回避できない災禍に似つかわしい、この誇らしげな諦念は、一つの新しい発見のもとで、たちまちのうちに変化した。星たちの変則的なふるまいは、機械的であるばかりか意図を有するものであり、実をいうと星たちは生きており、惑星という悪疫を除去しようとしているのではないかという疑念が、ある星域において以前からありはした。そんな可能性は最初のうち奇想天外にすぎると思われたが、ある星による惑星系破壊こそがその変則的なふるまいの継続を引き起こした目的であったことが、次第に明らかになったのである。惑星系の環帯が数多く存在したために、なんらかの説明のつかない、しかし純粋に機械的な過程において、爆発というか、つまりは炎の触手が生じた。天体物理学の知識では、このような結果につながる仕組みをまったく示すことができなかった。

星に意識があるという説を検証しようと、また可能であれば恒星精神体と意思の疎通をはかろうと、今やテレパシーによる探索が試みられた。この試みは当初、まったく不毛なことのように思われた。自分たちとは信じられぬほど異質な精神がかりに存在するにしても、それに接近するにはどうしたらよいのか、世界には皆目見当がつかなかったのである。世界精神体が星と接触するための手段を形成するには、それぞれの精神性の諸要因において類似点がない可能性がかなり濃厚であるように思われた。世界はあたう限りの想像力を用い、応答を期待してあらゆる箇所を刺激しながら、言うならば自らの精神性の隠れた通路や回廊にも探りを入れたけれども、なにも返ってはこなかった。星が目的意識をもつという説は、ありえないことのように思われはじめた。ふたたび世界は、運命の甘受に、慰めではなく、歓喜を見いだそうとした。

それでも、心理的技法に通じていた数少ない世界-系が、星たちとの意思疎通が可能になりさえすれば、なんらかの相互理解と協定が、銀河の二つの偉大な精神秩序どうしにもたらされうることを確信しつつ、忍耐強く探索を続けたのである。

長年月の果てに、星の精神との望まれた接触にも成果が出た。それは、わたしたちの銀河における世界精神体の独力によるものではなく、すでに世界と星たちが相互理解するようになっていた別の銀河の介助によるものでもあった。

充分に目覚めた世界の精神にとっても、星の精神性はほとんど奇異すぎて、まったく理解できなかった。一介の人間であるわたしにとっては、そのもっとも特徴的なものであっても、まったく理解できずにいる。にもかかわらず、それはこの物語の本質をなすものなので、単純な形にはなっても、可能な限りの要約を試みなくてはならないだろう。世界精神体は、星の経験の高い水準で星たちとの最初の接触を遂げたのであったが、彼らが発見したことを年代順に追うつもりはない。その代わり、ある種の交流がかなりうまく確立されてはじめて断片的ながらも推量された星の本質の諸相について語ることからはじめるとしよう。生物学と生理学の観点からなら、読者もかなり容易に星の精神生活のなにがしかを思い描くことができるかもしれない。

3　星たち

星たちはなによりも生き物と考えられたが、生理的にも心理的にもきわめて特異な有機体だった。成熟した星の外層および中間層は、明らかに白熱のガスの流れで織り上げられた「組織」となっていた。このようなガス状の組織は、凝集され猛り狂う星の内部から噴出する莫大なエネルギーの氾濫を一部せき止めることによって生命活動を営み、星の意識を維持する。活気ある各層の最深部は、天然の放射熱を、星の生命を維持するのに必要な形へと変換する一種の消化器官となるはずである。この消化器官の領域の外側には、おそらくは星の脳と思われる、統合をつかさどる層がある。コロナが発光する最外層は、コスモス的な星の環境、近隣の星たちの光、宇宙線、隕石の衝撃、惑星あるいはほかの星からの重力が引き起こす潮汐力に反応する。これらもろもろの影響はもちろん、その質と方角を識別し、関連づけを行う「脳」の層へと情報を送るガス状の感覚器官のふしぎな組織を別にすれば、目立った印象を与えなかった。

ある星の知覚は相当に見慣れぬものであったが、結局のところかなり不可解であった。銀河的環境からやって来る幽かな刺激、慰撫、引き、またたきを星が感知する様をテレパシーで読み取るのは、さほど難しくはなかった。星の本体そのものは実際極度に光りかがやく状態にあったが、この外へと流れていく光が、自らの感覚器官になんの作用も及ぼさなかったのはふしぎであった。ほかの星からの微弱な入射光しか見えなかったのだ。これにより、きらめく星座が群れる周辺の天空を知覚したのだが、これらの星座は暗黒ではなく、人間には想い描けない宇宙線の色を帯びた暗黒に配置されていた。星そのものは、その種類や年齢に応じて色分けされて見えた。

しかし星たちの感覚的知覚はそれなりに理解できたものの、星の生活の原動力は、はじめは皆目見当がつかなかった。わたしたちは物理的事象を注視するまったく新しい方法に通暁しなくてはならなかった。というのは、ある星の通常の随意行動は、わたしたちの科学によって研究される星の通常の物理的運動、つまりはほかの星たちや銀河全体との関係のもとでの運動にほかならないように思われるからだ。ある星は漠然とながら全銀河に波及する重力の作用を意識していると、もっと厳密に言うと、近隣の星たちの「引き」を意識していると考えなくてはならなかった。もちろん星たちの作用は、概して微弱すぎるので、人間の器官で検知されるものではなかった。このような作用に、星は随意行動によって反応するのだが、ちっぽけな世界精神体の天文学者たちにとっては、それは純然たる機械的ふるまいに映る。しかしその星そのものは、こうした動きは心理的な本性からの意思的表現であると、疑いの余地なく、そして正しく感じている。少なくともそんなところが、〈諸世界の銀河社会〉による探索がわたしたちに突きつけた信じ難いまでの結論だったのである。

　このように一つの星の通常の経験は、自身の身体内部での絶え間ない随意的変化に沿ってコスモス的環境を知覚したり、ほかの星たちとの関係のもとで自らを位置づけたりすることであった。こうした位置づけの変化というのは、もちろん回転や移動のことである。星の運行生活は、かくして星としての本性の奥処（おくが）から意識へと浮上し、その星の精神の成熟につれて分明となる理想の原理に準拠した完全な技能をもって演じられるダンス、あるいはフィギュアスケートのような生活であるとみなされる。

　この理想の原理は、人間が思い描くことのできるものではない。それは「最小の運動」、すなわち、重力などの諸条件を最小限に抑えたときの軌道という有名な物理的原理を実践して、はじめて明らかになることだからである。星そのものは、コスモスの電磁場を足場にすることにより、この理想の軌跡を描こうと意図し実践するように思われたが、そこでは運転手がカーブの多い道路で行き交う車のあいだをすり抜けていくときの、あるいはバレリーナがまったく無駄のない動きでこの上なく繊細な身振りを演じるときのような注意力と反応の細やかさが発揮された。星の物理的運動の全体は、通常は、至福に満ち、深い歓喜のなかで、実に上出来な形式美の追求として経験されることは、ほぼ間違いない。このことを、諸世界精神体は、自身のもっとも形式主義的な審美経験を介して見いだすことができた。事実、彼らがはじめて星の精神と接触を遂げたのは、このような経験を介してであった。星たちがかなり熱心に受け容れていた神秘的規範の美的な（あるいは宗教的な？）正しさを実際に知覚することは、諸世界精神体の精神の領域をはるかに超えるものであり、星たちはその規範を、言うならば信頼して受容しなくてはならなかったのだ。明らかに、この美の規範は、ある意味で、諸世界精神体にとっては神秘となるような、ある種の神霊的な直観を象徴していたのである。

個としての星の生活は、物理的に動くだけのものではなかった。それはある意味では疑いもなく文化的で神霊的なものでもある。なんらかのあり方で、それぞれの星は、自分の仲間たちが意識的存在であることに気づいていた。このような互いへの意識は、ほかの星のふるまいを観察することにより推量されたので、おそらくはそれに絶えず支えられてもいるのだろうが、おおかたは直観やテレパシーによるものである。星と星との心理的関係から、諸世界精神体にとってはあまりに異質すぎて、彼らについてはほとんどなにも言えないような、社交上の諸経験から成る一つの全体的世界が生起したのだった。

個としての星の自由なふるまいが、ダンスの厳粛な規範ばかりでなく、ほかの星と協調しようという社会的な意思によっても左右されると信じるべきなんらかの理由があるかもしれない。星どうしの関係は、間違いなく完全に社交的である。それは、オーケストラにおける、ただし同じ曲目を演奏しようと専念する個人から成るオーケストラにおける演奏者どうしの関係を思わせた。おそらく確信はないが、それぞれの星は各自の主題を演奏しつつも、純粋の美的あるいは宗教的動機によってだけでなく、互いのパートナーに自己表現のためのあらゆる機会をもたらそうという意思によっても動かされた。とはいっても、その星たちに人間的な意味での同胞意識を重ねるのは賢明ではないだろう。もっとも支障のない言い方をすれば、星たちの互いへの情愛を否定するよりは、彼らには実際に愛が可能であると主張するほうが、まだしも間違いはないように思われる。テレパシーで探索すると、星たちの経験は諸世界精神体とは徹頭徹尾異なった組織から成り立っているのが分かった。星たちがなんであれ思考や欲望をもっと言うと、おそらく突飛なまでに擬人的なものになってしまうが、ほかの言い方で彼らの経験について語るのは不可能なのである。

星たちの精神生活が、ぼんやりとした幼児的な精神性から成熟した鮮明な意識への進化であるのは、ほぼ間違いない。老いも若きもすべての星が、「善意」を、つまりは自分たちに明らかになっている範囲で正しい行動パターンを、自由にかつ嬉々として意欲する点では、精神的には「天使のよう」である。しかし弱々しい若年の巨星たちは、銀河のダンスで申し分なく自分の役を演じはするものの、経験ゆたかな年長の星たちに比べれば、ある意味で、神霊的にナイーヴであったり幼稚であったりするように思われた。かくして、星たちのあいだでは罪のようなもの、つまり不適切と分かっているなんらかの目的のために間違いだと分かっている進路をわざと選ぶようなことは通常なかったものの、いくらか成熟した精神性を有する星たちからすれば、無知と、無知ゆえになされる理想のパターンからの明白な逸脱がある。しかし若い星たちのこうした逸脱そのものは、明らかに銀河のダンス・パターンに望ましい要素として、星たちのなかでもっとも目覚めた位階にあった星たちによって容認されていた。諸世界精神体に知られている自然科学の観点からすれば、若い星たちのふるまいは、当然ながら、若々しい本性の綿密な表現となるのが常である。しかし、なによりも驚かされるのは、一個の星の物理的性質は、どの成長段階においても、一部にはほかの星たちのテレパシーによる作用を表現したものであるという点なのだ。この事実は、どの宇宙期における純粋物理学によっても決して検知されうるものではない。知らぬまに科学者たちは、通常の物理的作用だけでなく、それ自体が星どうしの思いもよらない心霊的影響の表現でもあるデータから、帰納的に星の進化の物理法則を引き出すことになる。

コスモスの初期には、星たちの最初の「世代」は、幼年から熟年へと、なんの助けもないまま自らの道を見つけなくてはならなかったが、のちの「世代」は、なんらかの方法で年長の星たちの経験に導かれていた。それは茫然たる意識状態から神霊としての自分たち自身の、また自分たちが棲む神霊的宇宙の、十全に澄明な意識へと、より速やかに、さらに徹底的に移行するためであった。

原始の星雲から凝集した最新の星たちともなると、年長の星たち以上に急速に進化した（あるいは進化するであろう）ことは、ほぼ確かである。星の群落の全域で、時季到来となれば、若い星たちが成熟していた場合には、最高位にある年配の星たちの神霊的洞察をはるかに凌駕するだろうと信じられていた。

あらゆる星に二つの圧倒的な願望があると言ってよい立派な理由がある。共同参与的ダンスで自らの役を演じ切りたいという願望、そしてコスモスの本性への十全な洞察を一刻も早く達成したいという願望である。二つ目の願望は、諸世界精神体にも充分に理解可能な星の精神性のうちにある要因であった。

ある星の生涯の絶頂期は、人間の天文学者が「赤色巨星」と呼ぶ、長い青年期を過ごすうちに起こる。この期間が終わりを迎えると、それは現在のわたしたちの太陽のような矮星の状態へと急激に退縮する。この物理的な大変動は、深遠な精神的な変化をともなうように思われる。それ以降は、星は銀河のダンスのリズムにおいて派手な演技を見せなくなるが、意識はより明瞭で透徹したものとなる。星のダンスの儀礼よりは、神霊的な意味と思われているものに興味をいだくようになる。このきわめて長期にわたる物理的成熟のあと、さらに別の危機が到来する。星は地球の天文学者が「白色矮星」と呼ぶ、小さな、驚異的なまでに濃密な状態へと縮むのである。そんな危機的現状にある星の精神性は、諸世界精神体には、ほとんど探索のしようがなかった。それは、絶望し、希望を新たにするための危機であるように思われた。それ以降、星の精神は、いよいよもって、理解し難い恐ろしいまでの拒絶というか、冷酷で、ほとんど冷笑的な無関心ぶりを見せるのであるが、それはわたしたちには知りようがない畏怖されるべき歓喜の裏返しではないかと訝った。それがどのようなものであれ、老齢の星はなおもこだわりをもってダンスの役をになうのであるが、その気分には深刻な変化が現われる。青年期の美的な嗜好、壮年期の澄明ではあるが熱を帯びた意思、知恵への積極的な追求に寄せる円熟した献身のすべてが、今や消え失せるのだ。おそらくそれ以降、その星は、まがりなりにも達成したことに満足し、自らが成就した超脱と洞察を胸に、取り巻く宇宙をただ歓喜して享受するようになる。おそらくそんなところだろう。とはいえ、老年期の星の精神が自分たちの理解を拒むのは、純然たる超越性を達成したからなのか、それとも神霊のどこか曖昧な混迷のせいなのか、諸世界精神体には確信がもてなかった。

このような老年期に置かれた状態で星は非常に長く存在し続け、段々にエネルギーを失い、精神を衰退させ、ついには無感覚な老境の恍惚状態へと沈んでいった。最後には光が消滅し、組織が解体して死を迎える。それからのちは意識もなく宇宙空間を移動し続け、まだ意識がある仲間の星たちにとっては、ある意味、嫌悪感をもよおすものとなったのである。

かなり大雑把になったが、そんなところが平均的な星の通常の生涯のように思われた。しかし一般的な類型といっても、実に多岐にわたっていた。星は本来の大きさにおいても、その組成においても、そしておそらくは近隣の星々への心理的な作用においても、多種多様だからである。中心から外れた類型のなかで一番ありふれたものを一つ挙げるなら、二連星、つまりは連れだって、場合によってはほぼ接触した状態で、宇宙空間でワルツを踊る二つの強力な火の球だろう。あらゆる星どうしの関係と同様、このようなパートナー関係は非の打ち所なく天使のようであった。しかしそれぞれが私的な愛の情熱とでも呼びうる経験をしているのか、それとも互いを単に共同作業の相棒ぐらいにしか考えていないのか、それを見きわめるのは不可能である。二つの存在がまさに、ある種の相互的な歓喜、さらには銀河的スケールの緊密な協調からくる歓喜のただなかで螺旋を描くように動いていたことは、探索によって疑うべくもなく分かったことだった。にしても、愛は？　なにも言えない。しかるべき時季が来れば、二つの星は慣性力を失って実際に接触する。それから、歓喜と苦痛に悶え苦しむかのようなかがやきを放って融合する。しばし無我の期間を経たのち、その巨大な新星は新たな生命組織を生成し、それから天使の一座に加わることになるのだ。

奇妙なケフェウス型変光星は、あらゆる種類の星のなかでも抜きん出て不可解だった。このような星をはじめ、もっと長寿の変光星は、自らの物理的なリズムに合わせて、白熱化したり沈静化したりするように思われる。これ以上のことはなにも言えない。

自分たちのダンス–人生の途上にあるごく少数の星たちだけに起こるできごとが一つあり、明らかに心理学的に大変に重要である。そのできごととは、二つ、場合によっては三つの星が相互に接近し、その結果互いへ向けてフィラメントを放つことである。フィラメントの解体と惑星群の誕生の前の、この「蛾のキス」の瞬間に、それぞれの星はおそらく、強烈な、人間には理解できない物理的エクスタシーを経験する。明らかに、このような経験を経てきた星たちは、肉体と精神の統合という、ことのほか鮮烈な理解に達していると思われる。しかしながら、「処女」の星たちは、このすばらしい冒険による恩寵に浴しはしないが、ダンスの聖なる規範を犯してまで、そのような出会いの機会を作ろうとは思わないようだ。一つ一つの星が割り当てられた役を演じ、運命の愛(め)でし星たちのエクスタシーを傍観することで天使のような満足を得るのである。

星たちの精神性を描き出そうとしても、当然ながら、理解不可能なものを、理解可能ではあっても誤りを犯す人間的な比喩で表現することになる。このような傾向は、星たちと諸世界精神体との劇的な関係について語ろうとするとき、とりわけ深刻なものになる。というのは、このような関係によるストレスのもとで、星たちは表面的には人間に似た感情をはじめて経験したように思われるからだ。星の共同体は、諸世界精神体から の干渉を免れているあいだは、各共同体の構成員がこの上なく率直にふるまい、自らの本性および共通の神霊を余す所なく表現するなかで完全な至福につつまれていた。老衰や死ですら、自分たちの存在のパターンにかかわるものとあまねく認識されていたので、穏やかに迎え入れられ、また自分のためであれ、あるいは共同体のためであれ、個々の星が望んでいたのは、不死などではなく、星の本性を完全に成熟させることであったのだ。ところが諸世界精神体が、つまりは惑星群が、ついに星のエネルギーにも運動にも好き勝手に干渉しはじめたとき、新たな、恐ろしい、訳の分からない事柄が、星たちの経験のなかに入り込んできたように思われた。傷ついた星たちは自分が狂おしい精神的混乱におちいっていることに気づいた。自分たちでは知りようがないなんらかの原因により、単に誤りを犯しただけでなく進んでそうしてしまった。実際、星たちは罪を犯した。正道を熱望してもなお悪を選択してしまったのだった。

この災難が先例のないものであったことは述べた。厳密に言うと、これは正しくない。この公的な恥と言えなくもないなにかが、近隣のあらゆる星の私的な経験のなかで生起したようなのだ。ところが、罹災者たちは、慣れて耐えられるようになるか、その原因が克服されるまでは、恥ずべき秘密を隠したままにしたのである。多くの点で異質で理解できない本性をもつ存在（もの）たちが、少なくともこの一点においては、実に意外なまでに「人間的」であったとは、まことに驚くべきことであった。

若い星の外層においては、生命はたいていの場合、普通に発生するだけでなく寄生体としても出現する。その多くは地球の大気中の雲ほどの大きさになるが、ときに〈地球〉なみに巨大になることもあった。これらの「火精（サラマンダー）」は噴出する星のエネルギーを餌にするのであるが、それはちょうど星自身の有機的組織がそうした自らの組織を養ったり、あるいは単に食べたりするのと同じであった。ほかと変わらずここでも、生物進化の法則が作用し、そのうち知的な火炎状の存在様式の人類種が現われるのかもしれない。火の精もどきの生命がこの水準に到達しなくても、それが星の組織に及ぼす影響は、当の星にとっては、皮膚や感覚器官や、それのみか組織深部に至る病として発症するのかもしれない。それから星は人間の恐怖や恥と似ないでもない感情を経験し、不安に脅えながら、実に人間的に、仲間のテレパシーに探られぬようにその秘密を防護するのである。

火の精もどきの人類種が、自分たちの火炎世界を制御できたことはない。彼らの多くは、早晩自然の災厄やら相互殺戮的な紛争やら自分たちが寄宿する強大な星の自浄作用やらに屈してしまうのだ。生き残るにしても比較的無害な状態で、少々の苛立ちと、互いに対するほんの少しだけ不誠実な接し方で星たちを悩ますだけのものも多かった。星たちの公的な文化にあっては、火の精という疫病は完全に無視されていた。それぞれの星は自分こそが銀河で唯一の罹災者であり罪人であると思い込んでいた。その疫病によって、一つの間接的な影響が星の思考にもたらされた。純潔という観念が導入されたのだ。おのおのの星は、自らの不純な経験を秘密にすることによって、かえって星の共同体の完全性を讃えたのだった。

諸惑星精神体が星のエネルギーと星の軌道に深刻な干渉を加えはじめたとき、その影響は私的な恥ではなく公的なスキャンダルになった。その元凶がダンスの美の規範を破ったことは、それを見守る者すべてにとって歴然としていた。最初の逸脱は当惑と恐怖をもって受けとめられた。自然の惑星を発生させた、大いに称揚された星どうしの接触の結果が、結局はこのような恥ずべき混乱となるのであれば、おそらくは当初の経験そのものもまた罪深かったのだという囁き(ささや)が、処女の星の群れのあいだで交わされた。誤りを犯した星たちは、自分たちは罪人ではなく、自らを周回する石粒からの未知の作用の犠牲者であると抗議した。しかし心のなかでは自分たちを疑っていた。ずっと以前、星という星をおそったエクスタシーのただなかで、とどのつまりはダンスの規範を損なってしまったのではないのか？　そのうえに彼らは、今やこの公のスキャンダルの原因となった異常に関しては、充分に志操堅固であれば、作用を及ぼしてくる悩ましい刺激があっても、自らを律し、正しい道を保っていられたのではないかと怪しんだのだった。

その間にも諸惑星精神体のパワーは増大した。太陽はその寄宿者たちの目的に適(かな)うよう大胆に舵とりされた。もちろん周辺に棲む星たちからすれば、このような道を踏み外した星たちは剣呑な狂人のように思われた。すでに述べたように、危機が訪れたのは、惑星世界が近隣の銀河へ最初の使者を送ったときのことである。高速発進した星が、自らの狂気のふるまいに驚愕して、知りうる唯一の報復に出た。爆発して「新星」状態となり、自分の惑星たちをまんまと壊滅させたのである。伝統的な星の観点からすれば、この行為は許しがたい罪悪であった。神が定めたもうた星の生命の秩序への冒瀆であったからである。しかしその星は望みどおりに爆発し、まもなくほかの自暴自棄な星たちがそれに倣ったのだった。

それから、わたしがすでに〈諸世界の社会〉の観点から記したような恐怖の時代が続いた。星の観点からしても、星の社会の状況がやがて捨て鉢なものになったこともあって、それは恐怖以外のなにものでもなかった。かつての平安と至福の日々は失われてしまった。「神の都」は解体し憎悪と報復と絶望の場となった。若年の星の群れは、未熟で気むずかしい矮星となり、一方で年長の星たちは、ほとんどが老衰していた。ダンスのパターンは混沌と化していた。ダンスの規範への古い情熱は残ったが、美の規範そのものの概念は曖昧になった。神霊的な生活は、緊急の行動が必要となって顧みられなくなった。コスモスの本性への洞察を推進しようという情熱も残ってはいたが、洞察そのものは茫然たるものになった。そのうえ、若年の星にも熟年の星にも同様に共有されていた以前のナイーヴな自信、すなわちコスモスは完全であり、その背後にある力は正義であるという確信は、空虚な絶望に道を譲っていたのである。

4　銀河共棲体

そんなところが、諸世界精神体がはじめて諸恒星精神体と接触を試みたときの事態であった。単なる接触にはじまり、不器用で不安定ながらも意思の疎通へと進展していった諸段階について語るには及ばない。そうこうするうちに星たちは、自分たちが取っ組みあっているのは、単なる物理的な力ではなく、かといって悪魔でもなく、実に深刻なまでに異質な本性を有してはいたものの、根本的には自分たちと同じ存在（もの）たちであることを悟りはじめていたに違いない。わたしたちがテレパシーで探ってみると、周辺の恒星全体に広がった驚きを、おぼろげながらも感取した。二つの見解、二つの政策、二つの党派が、次第に発生したように思われる。

こうした党派のなかには、諸惑星精神体の主張は虚偽に違いない、また罪悪と紛争と殺戮にまみれた歴史をもつ存在（もの）たちは本質的に悪魔に違いない、さらにはそのような存在（もの）たちと交渉に臨めば災厄を招くことになると確信するものがあった。はじめのうち多数を占めていたこの党派は、惑星を片っ端から壊滅するまで戦争を続行すべきと力説した。

少数派は平和を求めて声高に叫んだ。惑星群は惑星群なりに星たちと同じ目標を希求していると、彼らは確信していた。これらちっぽけな存在（もの）たちは、自分たち以上に多彩な経験と、長いあいだ悪に通暁してきたがゆえに堕天使となった星たちには欠けている、ある種の洞察を得ているかもしれないと示唆したのだった。二つの種類の存在が手を携えて、栄光の共棲社会をともに築き、双方にとってなによりも好都合な目的、つまりは神霊の十全なる目覚めをともに成就できないものだろうか。

この勧告に多数派が耳を傾けるようになるまでには、時間がかかった。破壊はやむことがなかった。銀河の貴重なエネルギーは無駄に費やされた。諸世界の系という系が相次いで壊滅した。星という星が疲弊し茫然自失となった。

その間〈諸世界の社会〉は平和な態度を護っていた。星のエネルギーは枯渇していた。星の軌道修正はもはやなかった。人工的に爆発させられる星もなくなっていた。

星の考え方にも変化が生じてきた。破壊のための聖戦は緩和され、そして放棄された。それに続いて「孤立主義」の時代が到来し、星たちは打ち砕かれた社会を復興しようと、かつての敵を放っておいた。次第にあやうい手つきながらも友好関係を築こうという試みが、惑星と太陽のあいだではじまった。二種の存在は、異質すぎて互いの固有性をまったく把握できずにいたが、かなり明晰な状態にあったので、単なる部族的情熱に陥ることはなかった。二種の存在はあらゆる障害を克服し、ある種の共同体へと突入する決意をした。すぐにもその共同体は、人工惑星群に取り巻かれたあらゆる星たちの願望となり、一種の「共心霊的」共同関係へと至ったのだった。「過害世界」から得るものも多いことが、今では星たちにも明らかになったからである。二つの位階の存在（もの）たちの経験は、多くの点で互いを補うものであった。星たちは相変わらず黄金時代の天使の知恵の大要を保持していた。惑星たちは、分析的なことと微視的なことに優れ、さらには脆弱で苦しんだ御祖（みおや）たちの知識が育んだ慈愛に秀でていた。さらに星たちを困惑させたのは、小さな相棒たちが、明らかに悪によってずたずたにされたコスモスを、単なる諦念ではなく歓喜をもって受容できることだった。

しかるべき時季が到来すると、星たちと諸惑星系から成る共棲的社会は、全銀河を包み込んだ。とはいうものの、最初のうちそれは、傷を負った社会であり、それ以降も粗末な銀河のままだった。そんな銀河の一兆もの星のなかで、なおも全盛を誇る星はほとんどなかった。可能な太陽のすべてが、今や環状に惑星をともなっていた。多くの死滅した星は人工太陽にするために原子核分裂を起こす刺激を与えられた。そのほかは、もっと経済的に利用された。知的な生物組織をもつ特殊な人類が、こうした巨大な諸世界の表面で棲息できるよう培養され合成された。たちまちのうちに、かつては燃え盛っていた一千もの星で、おびただしい種類のあふれんばかりの住民が、一つの簡素な文明を維持するようになった。彼らは、自分たちの巨大世界の火山エネルギーで生き永らえていた。うまく人工的に合成されたちっぽけな蠕虫（ぜんちゅう）似の生物が、重力のせいで、一定の高さから上へは石を投げられないような平原を、苦労して這いずっていた。実際その重力は実に強烈だったので、こうした蠕虫類の小さな体軀でさえ、半インチ落下すると、ずたずたになりかねなかった。人工の照明を除いては、恒星世界の住民たちは、星明りや火山噴火のかがやきや自らの身体が放つ燐光でかろうじて緩和される永遠の闇に棲息していた。彼らは地中へとボーリングをして巨大な光合成ステーションを建造し、封印されている星のエネルギーを生命と精神に用いるために変換した。これらの壮大な諸世界における知能は当然、ばらばらの個体としてだけでなく群状の精神体としても機能した。こうした小さな被造物は、昆虫のように、引き離されると、ひたすら群れへと戻ろうとする群居性の衝動だけで動く本能的な動物でしかなかなった。

諸惑星精神体の数や、どこまでも多様な共同参与的生活を維持するのに必要な、ほとんど限界まで数を減らした新しい惑星系に役立つ太陽の数が戦争によって減少していなければ、死んだ星たちに植民させる必要はなかっただろう。〈諸世界の社会〉は、各構成員が特別の役割を果たす、精妙に組織化された統合体となっていた。したがって、失われた構成員は復元できないのだから、その代わりの、少なくともそれに近い機能をもつ新たな世界を生み出す必要があったのである。

共棲的社会は、だんだんと再編のための途轍もない困難の数々を克服し、あらゆる目覚めた精神にとっての究極の目標、つまりは彼らの最深の本性にかかわるがゆえに、避けがたくかつ歓喜して身を献げる目標へと注意を向けはじめた。これより以降、この共棲的社会は、神霊のいっそうの目覚めへ向けて、全身全霊の注意を傾けたのである。

とはいえ、この目標は、以前は天使のような星の一団と野心的な〈諸世界の社会〉が、それぞれ銀河だけでなくコスモスとのかかわりにおいて達成したいと望んでいたものであったが、今や以前より控え目になっていた。星たちも諸世界も双方ともに、故郷の銀河ばかりか諸銀河のコスモス的規模の群体までもが、終わりを迎えつつあることを認識していた。かつては見たところ無尽蔵の宝庫であった物理的エネルギーは、いよいよ生命の維持に利用できなくなっていった。それはコスモス全体を覆わんばかりに、ますます拡散し均一化しつつあった。有機的精神体は、ここかしこでかろうじて、潜在的エネルギーの急落を阻止することができたのだった。すぐにも宇宙は物理的に衰退してしまうはずであった。

そんなわけで、野心的な計画はすべて放棄されねばならなかった。銀河どうしを結ぶ物理的な旅など、もはや問題にならなかった。そのような企ては、大昔の浪費のあとに残ったわずかな蓄えから、あまりにも多くの小銭を使いはたすことになる。銀河内でさえも不必要な往来はもはやなくなった。諸世界はそれぞれの太陽にすがりついた。太陽たちは着実に冷えていった。そしてそれにつれて、周転する世界も暖を求めて軌道をちぢめたのだった。

しかしその銀河は、物理的には粗末になっていても、多くの点でユートピアだった。星々と諸世界の共棲的社会は完璧に調和がとれていた。二種間の紛争は遠い過去の記憶となった。双方とも共通の目標にすっかり献身していた。熱心な協力、友好的な論争、互いへの関心のもとで、彼らは私的な生活を送っていた。おのおのが、コスモスの探索と評価という共通の作業に、それぞれの能力に応じて参画した。星々は今や、大多数の熟年の星がおびただしい数の老いた白色矮星になっていたこともあって、以前にもまして急激に死に絶えつつあった。死に臨んでは、自らの死骸を社会奉仕のつもりで、核エネルギーの貯蔵庫、人工の太陽、あるいは知的な蠕虫住民が植民するための世界として利用してもらおうと遺贈した。数多くの惑星系が今や人工の太陽を周回していた。物理的に代用物になることには耐えられた。しかし生きている星との共棲関係に精神的に依存するようになっていた存在（もの）たちは、単なる炉と化した存在を意気消沈して見つめていた。惑星群は今や銀河全域の共棲の解体が不可避であることを予見して、星たちの天使の知恵を吸収しようと、あらゆることを力の限り行なっていた。しかしほんの数十億年か経つと、惑星自身も数を減少させなくてはならなかった。無数の諸世界はもはや、冷えつつある太陽の周りに好きなだけ接近して群れるわけにはいかなくなった。まもなくすると、その絶頂期にはまだまだどうにか維持されていた銀河の精神力は、衰退を余儀なくされはじめた。

とはいえ、銀河の気分は悲哀ではなく歓喜にあった。共棲はテレパシー交信の技術を大幅に改善した。そして今やついに銀河社会を構成する多種多様な神霊が、相互洞察により緊密に織り合わされ、その結果、彼らの調和に満ちた多様性のなかから真の銀河精神が生起したのだった。その精神の力量は星々や諸世界の力量を凌駕したが、それは星々や諸世界が自らを構成する個を凌駕するのと同じくらいかけ離れていた。

銀河精神は、個々の星、世界、そして世界における小さな有機体から成る精神にすぎなかったが、同胞精神によって豊かになり、よりすぐれた知覚者へと目覚めたものの、自らの寿命がほんの少ししか残っていないと知った。銀河史における各時代をふり返り、住民の数が満ちあふれ多様になっていくのを時間を遡って眺望すると、わたしたちの銀河精神は、それ自体が名状しがたい葛藤や悲哀や挫かれた希望の所産であることが分かった。憐憫や哀惜ではなく、ちょうど人が子どもの頃に味わった数々の苦難に思いをはせるときに感じるような、ほほえましい満足を胸に、過去の苛まれた諸神霊のすべてに対峙したのである。それから銀河精神は、自らの構成員の一つ一つの精神のなかで、こう言った。「彼らには不毛の悪に思われる苦しみも、わたしの未来における降臨に捧げられるささやかな対価である。これらの事柄が生起する全体は、正しく、やさしく、美しい。なぜなら、わたしは、いや、わたしこそが、わたしの無数の御祖のすべてが報いを得て、彼らの心からの願いを見いだす天国だからである。それというのも、残されたわずかな時のうちに、わたしはコスモス全域のすべての同胞たちとともに先を急ぎ、完全で歓喜に満ちた洞察でコスモスの有終の美を飾り、〈諸銀河・諸恒星・諸惑星の創造主〉を、それにふさわしい讃美をもって迎えることになろうからである」。

第十二章　成長を阻まれた宇宙神霊

わたしたちの銀河がついには諸銀河から成るコスモスを余す所なくテレパシー探索できるようになったとき、コスモスの生命があやうい状況にあることが分かった。若年期にある銀河は今や諸銀河のなかでもごく少数であり、ほとんどがとうの昔に盛時を過ぎていた。コスモスの全域にわたり、死んで光を失った星たちが、生きて光かがやく星たちの数をはるかに上まわっていた。多くの銀河内で、星たちと諸世界の紛争によって、わたしたちの銀河以上に甚大な災禍がもたらされていた。平和が確保されたのは、双方が衰退し復興の見込みがなくなったあとのことである。しかしながら、若い銀河のほとんどで、このような抗争はまだ生じてはいなかった。もっとも目覚めた銀河精神が無知な恒星社会と惑星社会が紛争に陥る前に、相互に分かり合えるよう尽力していたのである。

わたしたちの銀河の共同参与的神霊は、今やコスモスのもっとも目覚めた存在(もの)たちから成る小さな集団、進化した銀河神霊が広く散在する一団に加わっていたのだが、その目的は、一つの精神をもつ真の宇宙共同体、数知れない多種多様な世界と個々の知的存在から成る共同参与的神霊を創出することにあった。こうして、単に銀河的な段階では不可能な洞察力と創造力を獲得することが望まれたのである。

厳粛な歓喜とともに、すでにわたしたち自身の銀河の共同参与的精神へと集合していたわたしたちコスモス探索隊は、今や二十組はある別の銀河精神と緊密に結びついていた。今やわたしたち、いやむしろわたしは、ちょうど一個の人間が自らの手足の動きを感じ取るように、諸銀河のゆるやかな流れを体験した。わたしの二十もの視点から観察すると、幾百万もの銀河の巨大な吹雪が、流動し、旋回し、しかも激しい宇宙「膨張」によって互いから遠のいていくのが分かった。ところが銀河や星々、諸世界との関係では、宇宙はその大きさを増し続けていたのだが、合成され拡散された身体をもつわたしには、それも丸天井の大広間ほどの大きさにしか思われなかった。

わたしたちの時間経験も変化していた。以前にもあったことだが、今は永劫の時もほんの数分ほどに短くなっていた。コスモスの生命全体が、はるか幽遠の源からかがやかしく、なおはるかな永遠へと途轍もなく引き延ばされた悠然たる流れではなくなり、疾走する時間に追いつこうと、気短かで向こう見ずな勝ち目のない競争をしているように思われたのである。

遠のいていく数多くの銀河を目の当たりにして、わたしは自分が野人と野獣の荒野に置かれた孤独な知的存在であるかのような気がしていた。神秘、不毛性、存在の恐怖が、今やこのうえなく残酷にわたしにのしかかってきた。それというのも目覚めた諸銀河から成る、あの小さな一団の神霊であるわたしには、コスモスの最後の日に、目覚めていない、死ぬべき運命の群れにとり巻かれたままでは、どこかに勝利があるとは思われなかったからである。わたしには、どうやら存在の全領域が見えているようだった。「どこかに」などあるはずがなかった。わたしはコスモスの物質の総量を正確に認識していた。すでに宇宙の「膨張」により銀河どうしが速やかに離散し続けており、その隔たりは光でも橋渡しできなかったけれども、テレパシー探索のおかげで、わたしはコスモスの全領域となおも接触を続けられた。わたし自身の仲間の多くは、際限のない「膨張」によって生まれた越えられない溝によって互いに物理的に隔てられていたが、テレパシーによる統合は保たれていたのだ。

二十もの銀河の共同参与的精神であるわたしは、今や自分自身にとっても、早産により障害を負ってしまったコスモス精神であるように思われた。わたしを支えた幾重もの共同体は、確かに存在の全体を抱懐するほど拡張していたはずである。コスモスの歴史の絶頂期に、十全に目覚めたコスモス精神は、勝ち抜いて完全な知識と崇拝へと到達したはずであった。ところが、そうではなかった。というのは、物理的な潜勢力がほぼ消尽したコスモス後期の今となっても、わたしは神霊的成長の下位段階にしか達していなかったからである。精神的には相変わらず青年期にあったのに、わたしのコスモス的な身体は、すでに老衰していた。わたしはコスモス卵のなかであがく胚であり、しかも卵黄はとうに腐敗していたのである。

永劫の時間をはるばると振り返ると、わたしを現在の状態まで導いてきた旅の長さよりも、旅の慌ただしさと混乱、それのみかその短さに胸を打たれた。星たちが誕生する前の、混沌から星雲が形成される以前の、まさに最初の時代に目を凝らしても、いまだに明瞭な起源はまったく見えず、見えたにせよ〈地球〉のちっぽけな住民たちが直面する程度のおぼろな神秘しかなかったのだった。

同じように、わたし自身の存在の深さを測ろうとしたときにも、透視できない神秘があることが分かった。わたしの自己意識は地球人類の自己意識を超えて三段階に切り替わるように、単純な個人から世界‐精神へ、世界‐精神から銀河精神へ、さらには早産したコスモス的精神へと目覚めていたものの、わたしの本性の奥処はいまだ茫漠（ぼうばく）としていたのである。

わたしの精神は今や自らのうちに、あらゆる時代におけるあらゆる世界の知恵を結集させていたというのに、またわたしのコスモス的身体の生命はそれ自体が無数の限りなく多様な諸世界と、無数の限りなく多様な個々の被造物から成る生命であり、わたしの日々の生活を織り成していたのは、喜びと創造力に満ちた企てそのものであったというのに、これらすべてが無であったのだ。あたり一面には未完成の銀河の群れが横たわり、わたし自身の肉体はわたしの星たちの死によってすでに痛ましいほど疲弊し、永劫の時が致命的な速度で過ぎ去っていた。早晩わたしのコスモス的脳の組織は解体するに違いない。それからわたしは、わたしの不完全ながら称賛すべき澄明状態から転落し、精神の第二幼年期の諸段階をすべて通過して、コスモスの死へと沈んでいくに違いない。

空間と時間の全領域を認識し、空無を見わたしつつ、彷徨う星たちを羊でも数えるように数えていたわたし、あらゆる存在たちのなかでもっとも目覚めたわたし、あらゆる時代の無数の存在たちが命を賭してまで証明しようとし、無数の存在たちが崇拝してきた栄光であるわたしが、砂漠の旅人が星々の下で感じるものと同様の圧倒的な畏怖、戸惑い、そして表現に窮する崇拝を胸に、今やわたしを見ているとは、なんともふしぎなことであった。

第十三章　はじまりと終わり

1　星雲へと遡る

目覚めた諸銀河が最終段階にあった澄明な意識を最大限に利用しようと奮闘し、不完全なコスモス精神であるわたしもそのように懸命になっている最中に、わたしはふしぎな新しい経験をしはじめた。ある種の秩序を有する存在あるいは存在たちに、テレパシーを介して遭遇しているような気がしたのである。はじめのうち、その存在はわたしにはまったく理解できなかった。

はじめの頃わたしは、自然の惑星に棲息する原始段階の亜-人類的存在、おそらく原初の海にただよう非常に下等なアメーバもどきの微小生物に、思いがけなく接触したのだと考えた。わたしに感じ取れたのは、生命を維持するために物理的エネルギーを同化吸収したいという欲望、つまりは運動と接触の欲望、光と暖への欲望といった肉体の荒々しい飢餓だけであった。

焦れったくなり、わたしはこの取るに足らない場違いな存在を無視しようとした。ところがそれは、わたしに付きまとって離れようとはせず、ますます顕著となり、いよいよ鮮烈になったのだった。次第にそれは強烈な物理的活力と豊饒、そして神々しいまでの確信を帯びてきたのであるが、星たちの誕生以来、いかなる時代における神霊たちにも見ることのできないものであった。

この経験の意味を知るようになるまでの各段階について語るには及ばない。だんだんに、わたしが接触していたのは微小生物ではなく、ましてや諸世界や星たちや諸銀河精神でもなく、その実質がのちにばらばらになって星々となり諸銀河を形成する巨大星雲群の精神であることが明らかになったのだった。

まもなくするとわたしは、これらの精神がはじめて目を覚まし、創世の爆発的な御業のあと飛散しながら非連続的なガス状の雲として存在しはじめたときから、星の群れの誕生とともに老衰して死を迎えるまでの歴史を追うことができた。

物理的にはこの上なく希薄な雲であった最初の段階における彼らの精神は、活動したいという形のない欲望と、自身の空虚な実質から成る希薄きわまりない集まりに対するぼんやりした知覚以上のものではなかった。

わたしは彼らが輪郭を鮮明にして密度の濃い球体へと、それから明るい流れと暗い割れ目が際立つ両凸レンズ状の円盤へと凝集していく様を観察した。凝集するにつれて、各自がさらに統合され、構造的な有機体へと化していった。密度はかなり薄めではあったが、それを構成する原子には、より大きな相互作用がもたらされた。しかしそれらの原子には、その大きさに比して、やはり宇宙空間の星たち以上の密度はなかった。個々の星雲は今や幽かに光を放つ巨大な水溜まり、つまりは原子から原子へとくまなく行き渡る波で構成された一つの体系であった。

　そして今や、あらゆる巨大生物（メガテリウム）のなかで最大なものたち、これらアメーバ似の巨人（タイタン）たちは、ぼんやりとまとまった経験に目覚めはじめた。人間の基準からすると、いや、諸世界精神体や星たちの基準からしても、星雲たちの経験は信じられぬほどゆっくりと動いていた。彼らの驚くべき図体と、彼らの意識と物理的に関係する波動の緩慢な伝播のゆえに、一千年の時間も当人には察知できぬくらいの瞬時であったからである。数々の種が興亡をくりかえす、地質学的とでも称しうる期間も、彼らにとっては人間が経験する数時間の経験であった。

　巨大な星雲の一つ一つが、自らの両凸レンズ状の身体を、うずくような流れから成る一つの量魂として意識していた。おのおのがその有機的な潜在力が実現されることを渇望し、内部から静かに湧き出てくる物理的エネルギーの圧力が弱まることを切望し、と同時に運動をもたらす自らの力の数々を自由に表現すること、いや、それ以上のなにかを懇望した。

それというのも、これらの原始的存在は、身体的にも精神的にも、惑星に棲息する原始的な微小生物体に奇妙なほど似ていると同時に著しく異なっており、あるいは少なくとも、新参のコスモス精神であるわたしでさえ、微小生物体のなかに見落としていたある性格が顕在化していたからである。これは、わたしにはたどたどしい比喩でしか暗示できない意思というか嗜好性のようなものであった。

全盛期を迎えても、これらの被造物は身体的にも知的にも実に単純であったが、原初的ながら強烈な宗教的意識とでも言うほかないなにかに恵まれていた。というのは、彼らは二つの願望に支配されており、その二つともが本質的に宗教的であったからである。彼らは互いに融合したいという欲望、というよりむしろ盲目的な衝動をいだいた。そして自分たちが生まれた源へともう一度集まりたいという盲目の情熱的衝動をいだいたのである。

彼らが棲む宇宙は、当然ながら実に単純であり、みすぼらしくさえあった。彼らにとってもそれはかなり小さかった。おのおのの星雲にとって、コスモスは二つの物、すなわち、星雲自身のほとんど特徴のない本体、そしてほかの星雲たちの本体から成っていた。コスモスのこの最初期において星雲どうしが非常に密集していたのは、このとき、コスモスの容量が、その部分である星雲と比べても、電子と比べても、小さかったからである。その時期、わたしたち人類の時代の、大空を飛ぶ鳥におおむね似ている星雲たちは、いわば窮屈な鳥小屋に閉じ込められていたのだ。かくして星雲たちは自分の仲間たちに大きな影響を及ぼすことになったのだった。そしておのおのがさらに組織化され、一貫した物理的統合体となっていくにつれて、自分本来の波動パターンと、そのパターンに近隣の星雲たちが作用を強く及ぼしてくるときの不規則性との違いを容易に識別するようになった。共通の祖先である雲から生起したときに植え付けられた本来の性向により、星雲たちは、このような作用を、ほかにも精神を有する星雲が存在することを意味すると解釈したのである。

こうして全盛期の星雲たちは、互いが個別の存在であることを、ぼんやりとだが強く意識した。彼らはお互いを意識してはいたが、相互の意思疎通となると、実にお粗末で悠長だった。別々の独房に監禁された囚人が壁を叩いて互いへの親近感を知らせあい、そのうち粗末な信号コードを案出することさえあるように、星雲どうしも、重力の作用を与え合うことで、あるいはまた自分たちの光の波を長く律動させることにより、互いが仲間であることを知らせ合った。星雲どうしが密集していた初期においてさえ、メッセージをはじめから終わりまで読み取るのに幾千年もの年月が、目的地に到着するのに幾百万年もの年月がかかった。星雲たちが全盛期の頃は、コスモス全体に彼らの通話が反響していたのである。

これらの巨大な被造物がまだ非常に密集し、また未熟であった最初の段階には、その交際はもっぱら互いの存在を披露し合うだけだった。子どものように嬉々として、生命の歓喜、飢餓と苦痛、気まぐれ、個有性、もう一度統合されたい、そして人間が折にふれて口にしてきたような、神と一体化したいという共通の情熱を懸命に伝え合ったのである。

ところが成熟した星雲が未だほとんど存在せず、あらかたが精神的になお不明瞭であった初期の日々においてさえ、自分たちが統合どころか着実に拡散し続けていることは、比較的覚醒した星雲にとっては明らかであった。互いへの物理的な影響が減少するにつれて、それぞれの星雲にも仲間たちが彼方へと遠のいていくのが感じられた。メッセージの応答にも、いっそう時間がかかった。

テレパシーで星雲どうしの意思の疎通が可能であったなら、宇宙の「膨張」にも絶望することなく対峙したかもしれない。しかしこれらの存在たちは、お互いと直接的で澄明な精神的接触を果たすには、どうやら単純すぎたのである。それゆえ彼らは別離が避けられないと分かった。彼らの生命のテンポは実に悠長だったので、分散を余儀なくされる前に互いを確認することがほぼできなかった。苦々しい思いで、彼らは幼年期の無知を残念に思った。というのは、成熟期に至ると誰もがみな、わたしたちが愛と呼ぶ共歓的情熱をいだいただけでなく、精神的な和合をとおして自分たちが生まれ出た源と一体となる道がひらかれるという確信が得られたからである。

別離が避けられないと分かったとき、実際、これらナイーヴな存在（もの）たちがようやく勝ち取った共同体の意思疎通が困難さを増して早くも衰退しつつあったとき、また最果ての星雲たちが高速で早くも互いから遠ざかりつつあったとき、それぞれの星雲は否も応もなく絶対的孤独のなかで存在の神秘に対峙する覚悟を決めた。

それから永劫の時が過ぎた。というよりむしろ、悠然と生きる被造物自身からすれば、束の間ではあったが、そのなかで彼らは神霊的修練によって自らの肉体を制御し、すべての目覚めた存在（もの）たちが、まさに自らの本性のうちに希求する至高の光明を見いだそうとしたのである。

しかし今や新たな困難が発生した。最年長の星雲たちのなかに、自らの瞑想をいちじるしく妨げる奇妙な病に不平をこぼすものが現われたのだ。彼らの希薄な身体の外縁部でぽつぽつと小さな結節ができはじめた。やがてこれらの結節は強く密集した炎の粒となった。あいだの空間にはごく少数の迷子の原子のほかにはなにも存在しなかった。当初その不平の種は、人間の肌の小さな発疹ほどにしか深刻ではなかったが、のちに星雲のより奥深い組織にまで広がり、重度の精神障害を併発させた。不運な被造物たちは、その疫病を神が授けたもうた神霊の試練であると都合よく解釈したが、それも虚（むな）しかった。ただそれを勇敢に蔑むだけで、彼らはしばらくのあいだその疫病を抑え込んだかもしれないが、その破壊的猛威はついには彼らの意思を打ち砕いた。今や彼らにとってコスモスは、不毛と恐怖の場のように思われたのである。

ほどなく年若い星雲たちは、年長者たちが一つまた一つと停滞と混迷の状態へと落ちていく様を目にした。その状態は常に人間が死と呼ぶ眠りで終わりを迎えた。間もなくすると、この病はよくある事故などではなく、星雲の本性に内在する宿命であることが、もっとも楽天的な神霊にも明らかとなった。

一つまた一つと天の巨大生物(メガテリウム)は死滅し、星たちに自らの席を譲ったのだった。

はるかな未来のわたしという視座から以上のできごとを振り返ると、初等のコスモス的精神であるわたしは、はるかな過去の瀕死の星雲たちに、彼らの死は終焉どころかコスモスの生涯の初期段階にすぎないことを知らしめようと懸命になった。壮大で複雑な未来と、わたし自身の終局における目覚めについてなんらかのイメージをもたらすことで、彼らを慰めることができればというのが、わたしの望みであった。ところが彼らとの意思疎通は不可能であった。通常の経験の圏内であれば、彼らもなんらかの知的活動を営めたのだが、その圏外では彼らのほとんどが愚鈍だったのだ。人間が自分を発生させた分裂真っ最中の胚に向かって、人間社会における自分の成功談を聞かせて慰めようとするのと同じようなものだった。

こんな慰めは無駄だったので、わたしは同情をやめて、星雲共同体の崩壊を最後まで追うだけで満足した。人間の基準からすると、苦しみは途方もなく長引いた。その苦しみは最年長の星雲たちの星々への分裂にはじまり、〈海王星〉で最後の人類が絶滅するずっと後まで続いた（あるいは、続くことになる）。実際、星雲の最後は、近隣の星雲たちの亡骸の多くが星たちや世界精神体の共棲社会へと変化するまで、完全な無意識状態に沈んでいたわけではなかった。ところが、悠然と生きていた星雲たちにとって、それは突発的な疫病と思われた。一つ、また一つと、巨大で敬虔な獣たちは、それぞれが名状し難い敵に立ち向かっていることに気づき、雄々しくも勝ち目のない闘いを繰り広げ、ついには茫然自失の状態におちいった。崩れゆく星雲たちの肉体が若くて機敏な星たちの生に満ち満ちていたこと、あるいは人間のような被造物たちの桁違いに小さく敏捷で豊かな生が、すでにあちこちにちりばめられており、そんな彼らの歴史の波瀾万丈の年月のすべてが、原始的巨獣たちの断末魔の瞬間に圧縮されていたことを知るものは皆無だったのである。

2　至高の時、迫る

　星雲状生命の発見は、わたしという新参のコスモス的精神を深く衝き動かした。忍耐強く、わたしはそのほとんど無定形の巨獣（メガテリウム）を吟味し、彼らの単純ながら根深い本性である熱情を、わたしという複合的存在へと吸収した。これら単純な被造物たちは、諸世界と星たちをすべて翳（かげ）らせるような一体感と情熱でもって自分たちの目標を追い求めたからである。なによりも熱心な想像力でもって彼らの歴史へと参入したため、コスモス的精神であるわたし自身が、これらの存在（もの）たちについての熟考を介して作り直されたのだった。生きている諸世界の途轍もない複雑さと繊細さとを星雲の観点から考えてみると、諸世界が際限なく逸脱するのは、実際には神霊的知覚の弱さに拠るとともに存在の豊かさに起因するものであり、経験の強力な制御がまったく欠如しているだけでなく、彼らの本性に無限の多様性が潜んでいるからではないかと思うようになった。ほんの幽かな磁気しか帯びていないコンパスの針は、東を指したり西を指したりを繰り返して、適切な方角へと定まるまでに時間がかかる。もっと感度のよい針であれば、すぐにも北を指すようになる。小さくとも入り組んだ構成員から成る大群を擁するそれぞれの世界の全き複雑性は、神霊全体を正しく導く方向感覚を混乱させただけなのだろうか。最初期の最大の存在たちの単純さと神霊的な活力は、諸世界の複雑さと繊細さでは決して達成しえない最高の価値のなにがしかを達成していたのだろうか。

いいや、そうではない！　星雲的な精神は、それ自体の奇妙なあり方で秀でたものではあったが、恒星や惑星の精神もまた、彼らなりの格別の価値を有していた。そしてその三つのなかでも、惑星の精神は三つすべてを理解できたのだから、なによりも讃えられなくてはならないのだ。

あまたある銀河ばかりか最初期の宇宙的生命までも意識するに至ったわたしは、そのとき自分こそが全体としての宇宙の始原の精神であるとみなしてかまわないと、今や自ら信じるに任せたのだった。

とはいえ、わたしを支える目覚めた銀河は、やはり銀河の全体数からすれば少数派でしかなかった。わたしはテレパシーによる影響力を用いて、精神的に成熟の域に達しはじめていた多くの銀河を手助けし続けた。もしもわたしが、目覚めた諸銀河の宇宙共同体のなかに、二十どころではない数百の構成員を含めることができるなら、おそらくは共同参与的精神であるわたし自身も強化され、発育不全の精神的幼児である現在の状態から、なんらかの成熟段階へと上昇するかもしれないのだ。明らかになったのは、胚の状態にある今でさえ、わたしは新たな開明のために成熟を続けていること、しかも幸運にも、本書中の人間のことばで〈スターメイカー〉と呼ばれる存在のうちに、自分自身を見いだすかもしれないことである。

このとき、その存在へ寄せるわたしの思慕は、圧倒的なまでの情熱となっていた。あらゆる銀河と星々と世界の起源と目標をなおも覆い隠していたヴェールは、早くも消えつつあるように思われた。おびただしい存在たちの崇拝心を煽りながら未だ姿を明らかにはせぬなにか、あらゆる存在たちが闇雲に努力し、無数の神性のイメージで表現してきたなにかが、傷つきながらもなお成長しつつあるコスモス精神であるわたしに、今や明かされようとしていた。

数知れぬ小さな構成員たちが崇拝してきたわたし、彼らが夢想だにできない域に達していたわたしは、今やわたし自身が小さく不完全であるという感覚に打ちひしがれ圧倒されていた。それというのも、ヴェールに包まれた〈スターメイカー〉の存在は、恐るべき力で、すでにわたしを打ちのめしていたからである。精神の山道を高く登れば登るほど、わたしの目の前の高地はますます聳え立っているように思われた。というのも、かつてすっかり姿を現わしたと思っていた山頂は、今や単なる丘陵でしかないことが分かったからである。彼方では、切り立った岩だらけの氷河の急斜面が暗い霧のなかに聳えていた。そんな断崖を登るなんて、決して、決してあるはずがない。それでもわたしは前進しなくてはならない。恐怖は抑えきれない熱望によって克服された。

その間わたしの影響のもとで、未成熟の銀河たちが、澄明性の絶頂へ、一つまた一つと到達していた。それにより彼らはコスモス的共同体へと加入し、彼らの特別な経験によりわたしを豊かにしたのだった。しかし物理的には、コスモスの衰弱は止むことがなかった。諸銀河の総数の半分が成熟に至る頃には、それ以上の成功はないことが明らかとなった。

生きている星は、どの銀河においても、ほとんど残っていなかった。死んだ星の群れのなかから、原子を崩壊させてしまったものは、人工太陽として利用され、幾千もの人工惑星に取り巻かれていた。ところが、星の大多数に堅い外層が形成され、星そのものへの植民が行われたのである。しばらくすると、そうした人工の太陽群はエネルギーを過度に浪費したため、あらゆる惑星を避難させる必要が出てきた。かくして、惑星に居住する人類種たちは、次から次へと自ら死を選び、自分たちの世界の資産と知恵のことごとくを死滅した星の住民たちへ遺贈した。これ以降、かつてはそれぞれが星の集まりであり、かがやく銀河の群れであったコスモスは星の死骸だらけとなったのである。こうした暗黒の石粒は、消された炎から立ちのぼるきわめて希薄な煙のように暗黒の空無をただよった。これらの微塵のような石粒、これらの巨大な諸世界に居住する最後の住民たちは、人工の照明で、生命のない惑星群の一番内側の軌道からも見ることができない淡いあかりを、ここかしこに灯していたのだった。

これらの星世界でもっともありふれた類型の存在は、小さな蠕虫か昆虫もどきから成る知的な群れであった。しかし巨大な世界の巨大な重力に適応した実に奇妙な類型の大型被造物である人類種も数多く存在した。これらの被造物たちは、いずれも一種の生きた毛布のようであった。隠れて見えない裏面には口も兼ねた小さな脚が数多くあった。これらの脚で、幅は二ヤード、長さは十ヤードにも達していたが厚さは一インチに満たない本体を支えた。前方の先端にある器用な「腕」は、それ自体にも無数の脚が生えていて、これで移動した。身体の表側には蜂の巣状の呼吸孔と実にさまざまな感覚器官があった。裏面と表面のあいだには、新陳代謝のための諸々の器官と大きな領域を占める脳が広がっていた。蠕虫の群れや昆虫の群れに比べると、これら牛の胃に似た存在たちは、より安定した精神の統合と特殊化が大きく進んだ諸々の器官をもつ点で秀でていたが、どちらかというと融通がきかず、のちにすべての住民に強いられることになる地中生活への適応力はむしろ劣っていた。

そんな彼らの大きな暗い世界は、途方もなく重い大気と、信じ難いほどの大海洋を有しており、そこではどれほどの嵐が吹き荒れても水銀の表面に見るような小波しか立たないのに、まもなくすると数多の蠕虫や擬似昆虫から成る蜂の巣状の文明世界と、胃袋のような被造物が棲まう不安定なシェルター群でひしめくようになった。このような世界における生命は、ほとんど二次元の「平面世界」に棲息しているかのようであった。

もっとも堅い人造元素でさえ、高層建築を可能にするには脆弱すぎたのだった。

時が経つにつれて、堅い外層に覆われた星たちの内部の熱は消費され尽くし、その星の岩のように堅い核を原子崩壊させて文明を維持する必要が出てきた。そうこうするうちに、それぞれの星世界は、大きな内壁から成る組織に支えられた、空洞化の進んだ球となっていった。一つまた一つと、住民は、というより、新しく特殊化し適応した、かつての住民の末裔たちは、蕩尽した星の内部へと退避したのだった。

その他のコスモスから物理的に隔絶された、これらの住人はそれぞれ空洞世界の捕囚となり、テレパシーによってコスモス精神を維持した。これらはわたしの肉体であった。宇宙の「膨張」が避けられない状況下で、暗黒の諸銀河は、すでに永劫の期間のなかであまりに急速に離反していったので、光そのものも、あいだの深淵を橋渡しできずにいた。しかしコスモスのこうした驚くべき解体は、あらゆる星が光を失い、星間旅行をすべて止めることで星と星が物理的に断絶していくことに比べると、終局の住民たちにとっては重要なことではなかった。多くの世界の回廊に満ちあふれた多くの住民たちは、テレパシーによる統一を維持した。あらゆる多様性のなかで互いを深く認識し合った。彼らは結束して共同参与的精神を支え、その精神がコスモスの活発で複雑な過去をすみずみまで認識し、エントロピーの増大が自身を含む諸文明の組織を破壊する前に神霊的目標を達成するために倦むことなく努力するのを支えたのだった。

そのような状況で、コスモスは自らの生涯の至高の瞬間と、あらゆる時代のあらゆる存在たちが人知れず努力し、目指してきた啓示に近づいたのである。これら後期の住民たちが、ひしめきあい疲弊した状態で、残りわずかなエネルギーを見積もりながら、初期の時代の数多くの聡明な人々を挫折させた仕事を成し遂げるとは、ふしぎであった。彼らは実際、鷲よりも高く上昇したミソサザイだった。苦しい状況にあったのに、なおもコスモス的共同体、そしてコスモス的精神性の本質的な構造を維持することができたのだ。そして素朴な洞察力で過去を利用し、自分たちの知識をいかなる過去の英知の域をも超えて深めることができたのだった。

コスモスの至高の瞬間は、人間の基準からは一瞬ではなかった（あるいはそうはならないだろう）。しかしコスモスの基準からすると実際には短い瞬間であった。幾百万もの銀河の全住民の半分ほどがコスモス共同体へと参画を果たし、これ以上は望み薄だと分かると、宇宙的瞑想の時代が続いた。住民たちは自らの狭隘なユートピア文明を維持し、仕事や社会交流の私的生活を送り、同時に共同参与的局面では、コスモス的文化の構造全体を再編した。この段階についてわたしに言えることはなにもない。各銀河に、そして各世界に、特別な創造的精神機能が割り当てられ、互いが互いの仕事をすべて同化吸収したと言うだけで充分だろう。この時代の終わりに、共同参与的精神であるわた

し は 、蛹(さなぎ)から変態するように作り直されて現れた。そしてほんの一瞬、まさにコスモスの至高の瞬間に、わたしは〈スターメイカー〉に対峙したのだった。

この本の人間の作者には、わたしがコスモス的精神として経験したあの長年月の、あの不滅の瞬間について残っているものは今やなにもないが、身を切るような至福については、その至福の炎でわたしを焼いた経験そのものについての、ごくわずかな一貫性を欠く記憶とあわせて覚えている。

わたしはどうにかして、あの体験のなにがしかを伝えなくてはならない。底知れない無力感を抱きながら、どうしてもこの任務に向かわなくてはならないのだ。人間の歴史の全時代を通じて、人類の最高の人々が、自分が最も深い洞察に達した瞬間を表現しそこねている。では、どうしてわたしは、あえてこの任務に向かうのか？　それでも、やらねばならないのだ。当然予想される嘲弄や侮蔑や道徳的な酷評にさらされる危険を犯してでも、わたしは目の当たりにしてきたことを、たどたどしくともことばにしなくてはならない。遭難して筏(いかだ)で漂流する船乗りが、すばらしい岸辺を前になすすべなく流され、それから故郷に帰還したとしたら、黙ってはいられないはずだ。教養のある者は、彼のぶこつな訛りと不器用なことばづかいを嫌って背を向けるだろう。物知り顔の連中は、事実と幻想が区別できていないと笑うかもしれない。それでも語らずにはいられないのだ。

3　至高の時、それから

コスモスの至高の瞬間に、わたしというコスモス的精神はあらゆる有限の事物の起源と目標に向き合っているような気がした。

もちろんわたしは、その瞬間に無窮の神霊〈スターメイカー〉を感覚的に認知していたのではなかった。わたしが感覚的に認知したのは、以前に認知していたもの、つまり多くの死にゆく恒星世界が密集した内部だけだった。しかし本書でテレパシーと呼んでいる媒体を介して、今やわたしは、さらに内向的な知覚力を授けられていた。わたしは〈スターメイカー〉の存在をじかに感取した。すでに述べたように、最後期になってわたしは、わたし以外の、わたしのコスモス的身体や意識的精神とも別の、生きている同胞たちや焼け尽くされた星たちの群れとも異なった、ヴェールに覆われたなにかが存在しているという感覚に、かねてより強く惹きつけられていたのだ。しかし今や、そのヴェールが震え、精神的な目には半透明になった。万物の起源であり目標である〈スターメイカー〉は、実際わたしの意識的な自己とは別の存在として、しかしわたしの目には客観的でありながらわたし自身の本質の深みにあるものとして、つまりは遥かにわたし以上の存在であるにもかかわらず確かにわたし自身として、ぼんやりとわたしの前に姿を現したのだった。

今やわたしは、〈スターメイカー〉を二つの相から見たように思った。すなわち、わたしというコスモスを生起させた神霊の特殊な創造的様態として、そしてまた、実に恐るべきことに、創造性とは比較にならぬくらい偉大ななにか、つまりは絶対的神霊の永遠に達成された完成体として。

不毛だ、不毛にして瑣末なのだ、これらの世界は。それでもその経験は不毛ではないのだ。

わたしの最深の根よりも深いところ、そしてわたしが届く高さを超えたところに存在するこの無限に対峙していると、あらゆる星々と諸世界の精華である、わたしというコスモス的精神ですら慄然となったが、それはいかなる野人でも稲妻と雷には怖れおののくのと同じことである。そして〈スターメイカー〉を前に惨めな気分になるにつれて、わたしの心はイメージの洪水で溢れ返った。あらゆる世界のあらゆる人類種の虚構の神々が、威厳とやさしさ、無慈悲な力、盲目的な創造性、すべてを見通す知恵の象徴が、ふたたびわたしのもとへと押し寄せてきた。そしてこれらのイメージは、創造された精神の幻想でしかなかったが、わたしにはどれもこれもが、〈スターメイカー〉が被造物たちへ与えた衝撃の真の形のようなものを実際に体現しているように思われたのだ。

多くの世界からわたしのもとへと煙のように昇ってきた神々について熟慮していると、

無窮の神霊についての新たなイメージ、新たな象徴が、わたしの心のなかで形成された。わたし自身のコスモス的想像力が産み落したものの、それはわたし以上に大きな存在がもたらしたものであった。コスモス的精神としてのわたしをかくも戸惑わせ昂揚させたあのヴィジョンに関して、この本の人間である著者が語ることはなにも残されてはいない。それでもわたしは、頼りないことばの網を用いて、可能な限りそれを取り戻すよう努めなくてはならないのだ。

わたしは時を遡り創世の瞬間まで戻ったような気がした。わたしはコスモスの誕生を目撃した。

神霊は思い悩んだ。無限にして不滅ではあったが、それは有限にして儚い存在とともにあることで限られたものとなり、喜ばしくない一つの過去に思い悩んだ。神霊はわたしには隠されていたある過去の創造に不満を抱き、自身の今ある本性にも満足していなかった。不満は神霊を新たな創造に駆り立てた。

しかし今や、わたしのコスモス的精神が抱いた幻想によれば、創造性のために自己を限定した絶対的神霊は、自身からその無限の潜在性をはらむ原子を客体化した。

この小宇宙は、固有の時空間の胚芽と、あらゆる種類の宇宙的存在をはらんでいた。この一点に収斂するコスモスの内部に、人間が電子や陽子として漠然と思い描く、数多くの、しかし数えられなくもない力の物理的源泉が最初はともに存在していた。そしてそれらの源泉は眠っていた。一千万もの銀河を集めた物質が一点に眠っていたのである。

そのとき〈スターメイカー〉が「光あれ」と言った。すると光が生まれた。力の源泉のすべてから光が飛び出しかがやいた。コスモスが爆発し、潜在していた時間と空間が発現した。力の源泉は、爆弾の破片のように飛散した。しかし源泉の一つ一つに記憶と憧れの対象として全なる唯一の神霊が保持され、一つ一つにコスモス的な時間と空間の全域に存在するほかの源泉のあらゆる相が映し出されていたのである。もはや収斂点ではなくなったコスモスは、今や大量の、想像を絶するほど密度の濃い物質、想像を絶するほど激しいエネルギー放射体となって膨張を続けていた。しかもそれは眠りの中にあり、無限に分裂する神霊としてあったのだ。

しかしコスモスが膨張していると言うのは、その構成素が収縮していると言うのと同じことである。力の究極の源泉は、その一つ一つが一点に収斂したコスモスとともに存在していたが、互いに離反することによりコスモス的空間を生起させた。コスモス全体の膨張は、それを構成するすべての物理的単位と光の波長が収縮したからにほかならなかった。

コスモスはその光ー波の細部との関係において、大きさはなおも有限であったが、境界はなく中心を欠いていた。膨張する球体の表面に境界と中心が存在しないように、膨らみ続けるコスモスの容量にも境界と中心はなかった。しかし「二次元」において球面の中心がそれとは異なった所の点に置かれるように、「四次元」においてはコスモスの三次元空間の中心もそれとは別の所の点に置かれていた。

密集し爆発を続ける火の雲はその大きさを、惑星、星、銀河まるごと、さらには一千もの銀河にまで膨らませた。そして膨らむにつれて希薄になり、かがやきを失い、鎮静化していった。

ほどなくコスモス的規模の雲は、部分部分の相互結合とは相反する膨張圧によって引き裂かれ、幾百万もの小雲、巨大星雲の群れへと分離していった。

しばらくのあいだ、これらの星雲は、まだら雲の空が凝集するように、それぞれの巨体に合わせて密になっていた。しかし互いを隔てる溝は拡大し、ついには星雲たちは茂みに散らばる花々のように、群れを成して飛ぶ蜂のように、渡りの最中の鳥たちのように、海原を行く船のように離散していった。星雲たちはぐんぐん速度を上げて互いから退いていき、それと同時におのおのの雲は凝縮して、まずは綿毛のボールとなり、それから回転するレンズへと、さらには星-流の特徴ある渦巻模様へと変っていった。

コスモスはなおも膨張を続け、ついには互いにかなり離れた銀河どうしが、非常な速度で飛散していったので、這うように延びるコスモスの光もはや中間の深淵を橋渡しできなくなったのだった。

しかしわたしには想像力の目ですべての銀河が見えていた。それはあたかもコスモス的空間のいずこからともなく発せられる、なにか別の、ある種の超宇宙的で瞬時的な光が、万物を内から照らしているかのようであった。

もう一度、しかし新しい冷たく鋭い光のなかで、わたしは星々と諸世界、銀河共同体、そしてわたし自身から成る生命のことごとくを、人間が神と呼び、自らの人間的な渇望に従って思い描く無限性を前にして立つ今この瞬間に至るまで観察したのである。

わたしも今や、わたし自身のコスモス的だが有限の本性によって紡がれたイメージで、無限の精神である〈スターメイカー〉を捉えようとした。それというのも、今やわたしは突然あらゆる被造物に特有の三次元のヴィジョンを脱して、物理的な視力で〈スターメイカー〉を見たような気がしたからである。宇宙空間のどこともなく、わたしは超宇宙的な光のかがやく源を見たのだ。あたかもそれは圧倒的なまでのかがやきの一点、つまりは星、あらゆる太陽を集めたよりも強大な太陽のようだった。この燦然（さんぜん）とかがやく星は、四次元の球の中心であり、その球面が三次元のコスモスであるように思われた。星々のなかの星、実は〈スターメイカー〉であったこの星は、そのかがやきでわたしの視覚を焼き焦がす前の一瞬間だけ、そのコスモス的被造物であるわたしによって知覚された。そしてその一瞬間に、わたしはコスモス的な光と生命と精神すべてのまさにその源泉を実際に見ていたことを知ったが、ほかにどれだけ多くのことが存在するかについては、まだなにも分からなかったのである。

ところがこのイメージは、わたしというコスモス的精神が想像を絶する経験の重圧のもとで想い描いていたこの象徴は、まさにわたしがそれを想い描く行為のなかで砕け、変容した。その経験の現実を伝えるものとしてはあまりに不十分だったのである。なにも見えないままヴィジョンの瞬間へと立ち戻ると、〈スターメイカー〉である星、そしてあらゆる存在の内なる中心が、その無窮の高処から彼の被造物であるわたしを見下ろしているように知覚された。そして彼を目にするやすぐに、わたしは貧弱な神霊の翼を広げて舞い上がったものの、結局は目をくらまされ、焼き尽くされ、打ち砕かれてしまった。わたしはそのヴィジョンの刹那に、あらゆる有限の神霊が無窮の神霊との一体化を焦がれ望んだこと、そのすべてがわたしの翼の力となったような気がしていた。わたしの〈創造者（メイカー）〉である〈星（スター）〉は、身を屈めてわたしに相対し、わたしを高く引き揚げ、そのかがやきでわたしを包んでくれるに違いないと思われた。それというのも、おびただしい世界から成る神霊であるわたし、数多くの時代が生み出した精華であるわたしは、ついには〈神の花嫁〉にふさわしい〈コスモスの教会〉となったように思われたからだ。ところがそうではなく、わたしは恐ろしい光によって、目をくらまされ、焼き尽くされ、打ち砕かれたのだった。

生涯のあの至高の瞬間にわたしを打ちのめしたのは、物理的な光だけではなかった。その瞬間にわたしが思ったことは、無窮の神霊が実際にコスモスを創造し、その苦痛に満ちた成長を注視しながら、それを支え続けていたとき、いかなる気分でいたのかということだった。そしてそれを知ることにより、わたしは打ちのめされたのである。

わたしが向き合っていたのは、暖かい歓迎でも心やさしい愛でもない、まったく違う精神であった。そしてすぐにわかったのは、〈スターメイカー〉がわたしを創造したのは、花嫁に迎えるためでも愛する子どもとしてでもなく、なにか別な目的のためであったのである。

彼は自らの神性の高処から、完成した自作を値踏みする芸術家の、情熱的ではあるが超然とした注意を払いつつ、わたしを熟視したように思われた。自らの達成を穏やかに寿ぎ（ことほぎ）ながらも、結局は最初の構想に取り返しのつかない誤りを見つけて、早くも創造のやりなおしを熱望しながら。

〈スターメイカー〉の眼差しは、穏やかな手つきでわたしを解剖し、不完全な箇所を捨て、わたしが幾星霜の苦闘を経て勝ち得たささやかな美点を、自らの滋養にするために吸収した。

苦しみのなか、わたしは無慈悲な創造主に叫び声をあげた。結局は被造物の方が創造ーメイカー〉という星にさえ愛を切望したのに、創造主である〈スターメイカー〉は愛することも、愛を必要とすることもなかったからである。主よりも気高いのだと叫び声をあげた。というのは、被造物の方は愛し、そして〈スタ

目をくらまされた悲惨な状態で叫び声を上げるとすぐに、わたしは恥ずかしさでことばが出なくなった。創造主の徳は被造物の徳とは同じではないと、すぐに分かったからである。創造主が自らの被造物を愛するときは、自らの一部としてのみ愛するが、創造主を讃える被造物は自らが及ばない無限性を讃えるのである。被造物の徳は愛し崇拝すること、一方、創造主の徳は創造すること、そして崇拝する被造物にとっては無限であり、実現不可能な、理解を超えた目標となることである。

もう一度、差恥と愛情を胸に抱きつつ、わたしは創造主に向かって叫び声をあげた。「無限の力と、コスモス精神体ですら理解できない本性をもつ、かくも恐ろしくも美しい神霊の被造物でいるのは、もうたくさん、ほんとうにもうたくさんです。被造物としてあること、無限の、暴力的なまでに創造的な神霊を、束の間体現することにも倦んでいます。利用されること、なんらかの完全なる創造のための素描であることにも、とことん飽き飽きしています」。

それから、ふしぎな平安、そしてふしぎな歓喜がわたしに訪れた。

未来を覗きながら、わたしは悲しみよりはむしろ穏やかな関心を胸に、わたし自身の崩壊と没落を見た。恒星世界の住民たちが、そのつつましい文明群の維持に自分たちの資源をどんどん消費していくのを見た。星たちの内部の物質を大量に崩壊させたので、彼らの世界は崩壊の危機に瀕していた。粉々に砕け散って中心の空洞域に棲んでいた人びとを壊滅させた世界もあった。大部分は臨界点に達する前に作りなおされ、根気よく解体され、規模を小さくして再構築された。一つまた一つと、それぞれの星は単なる惑星規模の世界へと変わっていった。月ほどの大きさしかないものもあった。住民そのものも、もともとの数のわずか百万分の一にまで減少し、それぞれ粒のような空洞世界の中で、ますます窮乏していく状況下で形骸化した文明を維持していたのである。

コスモスの至高の瞬間から永劫の時が経った未来を覗いていると、住民たちが全力を結集して古代の文化の精髄を維持し、ひたむきに絶えず行動を刷新しながらも各自の私的な生活を生き、なおも諸世界間のテレパシー交流を実践し、尊敬すべき世界-神霊のなかで価値のあるものすべてをテレパシーで共有し、単一のコスモス精神と真のコスモス的共同体を支えているのが、わたしにも見て取れた。わたしは募りゆく困難にもめげずに澄み冴えた意識を維持し、襲いかかる睡魔や老いと闘った。それはもはやすでに知っているもの以上の栄光の境地へと勝ち進みたいとか、〈スターメイカー〉の前に恥ずかしくないだけの崇拝の宝石を貢ぎたいとかいう希望ではなく、ただ単に、経験への純粋な渇望から、そして神霊への忠誠心から出たものであった。

しかしわたしは衰退から逃れることはできなかった。世界という世界が、増大する経済的な困難と闘いながら、自身の共同参与的精神の役目を果たすのに必要な数よりも人口を縮小せざるをえなくなった。それからは、それは劣化した脳-中枢のように、もはやコスモス的経験における役割を果たせなくなったのである。

コスモスの至高の瞬間に、わたしの位置から前方を見ると、コスモス的精神であるわたしが着々と死へ向かって衰弱していくのが分かった。それでも、わたしの力がすっかり萎えて、衰弱し続ける肉体の重荷が、ひ弱になったわたしの意気に重くのしかかるこの最後の永劫の年月のもとにあっても、澄明であった過去の漠然とした記憶が、なおもわたしを慰めてくれた。それというのも、わたしは途方に暮れながらも、この最後の、この上なく惨めな時代にあってさえ、わが身は〈スターメイカー〉の遠方からではあるが熱い眼差しのもとにあることを知っていたからである。

わたしの衰えを知らぬ至高の成熟の瞬間から、なおも未来に探りを入れていると、わたしの死というか、わたしという存在が依拠するあのテレパシー接触の最終的な破綻が見えた。それ以降は、わずかに生き残った世界が、完全孤絶の状態で、そしてあの野蛮な（人間なら「文明化された」と呼ぶだろう）状況のなかで生き続けた。それから、世界という世界において、物質文明の基本的な技術が、とりわけ原子の分裂と光合成の技術が衰えはじめた。世界という世界が残り少ない物質の蓄えを爆発事故で失い、巨大な暗黒のなかで拡散し希薄化していく光–波の球へと変わり、そうでなければ飢えと寒さで無惨にも絶滅した。ほどなく全宇宙には、暗黒と、かつて銀河であった暗い塵のひと吹きを除いてなにもなかった。測り知れぬほどの長い年月が経過した。少しずつ、塵–粒のひと吹きひと吹きが構成要素の重力の作用で凝縮し、ついにはただよう塵–粒どうしが衝突して発火し、ひと吹きのなかの物質のすべてが凝縮して一つの塊となった。巨大な外層域からの圧力により、それぞれの塊の中心部が熱を発して白熱化し、爆発的な活動さえ起きた。ところが少しずつコスモスの最後の資源が冷めつつあった塊から放出されると、あとには、岩と、放射線の信じられぬくらい微弱な波紋を除くと、なにも残ってはいなかった。放射線はどこまでも「膨張する」コスモスの全方向にのろのろと伝わったが、その速度はゆっくりすぎたため孤立した岩粒どうしの拡大を続ける隔りを埋めることはできなかった。

その間に、かつては銀河であった岩の球の一つ一つが、仲間の銀河のあらゆる物理的影響が及ばないところで生まれ、テレパシーで互いに接触を保持する精神もなかったので、結果としてそれぞれが完全に別々の宇宙となったのである。そしてすべての変化が終わると、一つ一つの不毛な宇宙に固有の時間も終わりを迎えたのだった。

どうやらこれが静的な永遠の終わりのようだったので、わたしはもう一度、実際にはわたしの現在、あるいは直前の過去である至高の瞬間へと、疲れ果てた注意を引き戻した。そしてわたしの精神の成熟した力をふりしぼって、あの直前の過去に自らに開示されていたものがなんであったかを、もっとはっきりと確めようとした。〈スターメイカー〉というかがやく星を見たその刹那に、わたしはかの壮麗な光体のまさにその眼を介して、存在のふしぎな眺望を垣間見たのだった。それはあたかも遠い彼方にある超コスモス的な過去と超コスモス的な未来が永遠のもとで同時に存在し、コスモス以上のコスモスとしてあるかのようであった。

第十四章　創造の神話

山岳地を歩いていた人間が霧のなかで道に迷い、手探りしながら岩伝いに進んでいると、突然雲が晴れて自分が断崖絶壁のふちにいるのに気づくことがある。眼下には、谷や丘、平原、河川、錯雑とした市街地、島だらけの海、そして頭上には太陽がある。そんなふうに、わたしはコスモス経験の至高の瞬間に、わたしという有限の霧から抜け出て、コスモスというコスモスに、そして万物を照らし生命をもたらす光そのものにまみえたのだった。それからすぐに、ふたたび霧が迫ってきた。

いかなる有限の精神にとっても、たとえそれがコスモス的成長を遂げたものであっても想像し難いあのふしぎなヴィジョンを描写することは、おそらく不可能である。ちっぽけな人間的個体となった今のわたしは、そのヴィジョンから限りなく隔てられている。コスモス的精神そのものにとってすら、それはひどく不可解であったのだ。それでも、わたしの冒険の有終の美を飾る瞬間について、なんであれ言及がないのでは、全一者の神霊にそむくことになるだろう。人間の言語は、いや、人間の思考そのものでさえ、おそらく、まさにその本質において形而上学的な真実に対する能力を欠いているが、わたしとしては、たとえ比喩にしか頼れなくても、どうにかしてなにがしかを表現しなくてはならない。

わたしにできることは、そのヴィジョンが耐え難い明るさで早くもわたしの目をくらましていたときに、わたし自身のコスモス的想像力に及ぼした奇妙な心騒がせる残像のなにがしかを、乏しき人間の力を集めて記録するぐらいしかないので、わたしは手探りするように、見えたものがなんであったのかを想起しようと懸命になった。それというのも、盲目的状態のなかで、そのヴィジョンはわたしの打ちのめされた心から、自身の幻想的な反映、こだま、象徴、神話、狂気の夢を喚起したからである。それらは浅ましいほど粗く偽りに歪んだものではあるが、まったくの無意味とも思われなかった。このみすぼらしい神話を、この寓話でしかないものを、単なる人間の状態で思い出せる限り物語るとしよう。それ以上のことはできない。とはいえ、これすらまともにはなし遂げられないのだ。一度ならず幾度にもわたり、わたしは夢の次第を書き記しては、うまくいかなくて破棄したのだった。すっかり挫折感を味わったまま、理解しやすい特色についてほんの少しばかり、しどろもどろながらも報告するとしよう。

わたしの神話では、実際のヴィジョンの一つの特徴が実に不可解で不十分な形で表現されていた。コスモス的精神としてのわたしの経験の至高の瞬間には、実際それ自身のうちに永遠を包摂していること、そして永遠性において幾つもの時間の継起が互いにまったく別々に存在していることが宣せられていた。永遠性のうちにあらゆる時間が存在し、完全無欠の無窮の精神は、それ自体のうちにあらゆる被造世界の十全なる達成をはらんでいるに違いないのだが、その有限の、時間的かつ創造的な様態のなかでは、無窮の絶対的精神が壮大な一連の創造的行為を余す所なく心に抱いて実行するのでなければ、これはありえないはずであった。永遠にして無限の精神は、創造そのもののために、その永遠性のうちに時間をはらみ、次々に生起していく被造界のことごとくを包懐するのである。

わたしの夢のなかで、永遠にして絶対的な神霊である〈スターメイカー〉自身は、時間を超えて自らの作品すべてを観照していたが、それだけでなく絶対的神霊の有限かつ創造的な様態として、自身の冒険と成長にふさわしい時の継起のうちに、被造界を次から次へと具現化していった。そしてさらに作品の一つ一つ、つまりはコスモスの一つ一つには固有の時間が与えられており、その限りにおいて、〈スターメイカー〉は、どのコスモスで生起するできごとの継起であっても、コスモス的時間そのものの内部からだけでなく外部から、つまりは同時に存在する全コスモス時代もろとも自らの生命に固有の時間から眺望することができたのである。

わたしの精神に取り憑いたそのふしぎな夢もしくは神話によれば、有限の創造的様態にある〈スターメイカー〉は、実は進化し目覚めつつある神霊であった。〈スターメイカー〉がそのような存在であると同時に永遠に完全でもあることは、もちろん人間の想像の及ぶところではない。しかし、超人間的ヴィジョンの重荷を負ったわたしの精神には、創造の神秘を自らに表現する手段がほかに見つからなかったのである。

永遠に、わたしの夢でそう宣せられた通り、〈スターメイカー〉は完全にして絶対である。しかし創造的様態に固有な時のはじまりに際しては、彼は落ち着きがなく、情熱的で力強くはあったが、鮮明な意思をもたない幼い神であった。彼にはあらゆる創造的力がそなわっていた。ありとあらゆる物理的かつ精神的な属性でもって宇宙を創造することができた。枷（かせ）となったのは論理だけだった。そういう次第で、彼は驚嘆すべき自然法則を定めることができたのに、たとえば、二の倍数を五にすることはできなかった。初期の段階においては、未成熟でもあったがゆえに限界もあった。未だに幼児期の忘我の境地に置かれていたのだ。意識をもって探索し創造する精神の無意識の源泉は、彼自身の永遠的本質にほかならなかったが、意識的には最初のうち創造への漠然とした盲目的飢餓にすぎなかったのだ。

はじめに彼は、ただちに自らの力を探りはじめた。自身の無意識的な実質のなにがしかを客体化して己れの芸術の媒体とし、これを意識的な目的をもって鋳造した。こうして幾度もおもちゃのコスモスを次々に造形したのである。

とはいえ、創造的な〈スターメイカー〉自身の無意識の実質は、永遠の精神そのもの、つまりは永遠で完全な相にある〈スターメイカー〉にほかならなかった。かくして、未熟な段階にあったとき、彼が自らの奥処からコスモスの未加工の実質を喚起するたびに、実質そのものは形がなかったわけではないが、論理的、物理的、生物的、心理学的可能性に満ちていることが明らかになったのだった。これらの潜在的可能性は、若い〈スターメイカー〉の意識的な目標としては扱いにくくもあった。その潜在的可能性を実現することはおろか受け入れることすら常に可能であるとは限らなかった。その媒体そのもののこうした特質が、彼の計画をしばしば挫折させ、それによってさらに多産な懐妊をもたらすことが頻繁にあったように、わたしには思われた。わたしの神話によると、幾度となく〈スターメイカー〉は自分の被造物から学び、それにより被造物を超え、さらに豊かな計画に取り組もうと切望した。幾度となく用済みのコスモスを脇にやって、自分自身のなかから新たな被造界を召喚したのである。

わたしの夢の最初のあたりでは〈スターメイカー〉が創造行為のなかで成し遂げようと懸命になっていたことに関し、わたしは幾度も幾度も疑問を抱いた。彼の目標ははじめのうちは明瞭には思い描かれていなかったと考えるほかなかった。彼自身、明らかにそれを少しずつ発見していった。その作品は試験的であることが多く、目的も混乱していたように思われた。しかし成熟期の終わりになると、彼の媒体の潜在的可能性を十全に呼び起こすために、ますます精緻で調和がとれた多様性を帯びた作品群を造形するために、力を尽くして創造しようと意欲したのだった。目的が明瞭になるにつれて、そこには、一つ一つが目覚めと表現の一種比類ない達成をはらむ宇宙を創造する意思が含まれているようにも思われた。というのは、被造物による知覚と意思の達成は、〈スターメイカー〉自身が、コスモスを創造するたびに、さらに先鋭な澄明性へと目覚めるための契機であったように思われるからである。

かくして〈スターメイカー〉は、彼の被造物たちが継起していくなかで、幼い神から成熟した神へとだんだんに前進していったのだった。

かくして彼は、最後には、永遠の視座からはすでにそうであったもの、つまりは万物の土壌にして精華となったのである。

合理性を欠きがちな夢のなかで、わたしの精神に生起したこの夢‐神話によって表象された永遠的神霊は、無数の有限存在の原因であり結果であった。ある種不可解なあり方で、すべての有限存在は、ある意味絶対神霊による虚構であったのだが、絶対神霊の存在そのものにとって不可欠なものでもあった。有限存在なくして絶対神霊は存在しなかった。しかしこの曖昧な関係が、なんらかの重要な真実を表わしていたのか、それとも単なる些末な夢‐虚構にすぎなかったのかは、わたしの語りうるところではない。

第十五章　創造主と諸作品

1　未熟な創造

経験の至高の瞬間のあと、わたしの精神から召喚した幻想的な神話あるいは夢によれば、わたしが「わたし自身」とみなすようになった特殊なコスモスは、延々と連なる被造界の初期でも後期でもないどこかに存在する。それはいくつかの点で、〈スターメイカー〉による最初の円熟した作品のようにも思われたが、のちの被造界に比べると、多くの点で神霊的には未熟なように思われた。

初期の被造界は、単にその未熟な水準で〈スターメイカー〉の本質を表現しているが、多くは重要な諸点において人間の思考の傾向からかけ離れており、今となっては思い出すことができない。そこからは〈スターメイカー〉の作品が多元的で多様であるという漠然とした印象ぐらいしか得られない。それでも人間にも理解できそうな痕跡がわずかながら残っているので、それを語らなくてはならない。

わたしの夢という粗雑な媒体においては、最初のコスモスはなによりも驚くほど単純なものとして現われた。幼い〈スターメイカー〉は、内に潜む力に急かされ（そのように思われた）、自分自身から二つの資質を懐胎し客体化した。この二つだけで彼は最初におもちゃのようなコスモス、いわば有音と無音から成る時間のリズムを創造した。一千もの創造の予兆となった、このはじめての単純なドラムビートから、子どもじみてはいるが神のごとき熱意で、震えるような脈動音、つまりは変化に富んだ複合的リズムを展開したのだった。ほどなく彼は自分の被造物の単純な形を観照することを通じて、さらに繊細な創造の可能性をはらんだ。こうして、あらゆる被造物のなかの最初の被造物そのものが、創造主のうちに、自分たちでは決して満たしえない欲望を育んだのである。そういうわけで、幼い〈スターメイカー〉は、最初のコスモスを終わらせた。最初のコスモスが発生させたコスモス的時間の外部からそれを眺めながら、〈スターメイカー〉は、そのコスモスの全生涯を、流動してはいるが「今」として把握した。それから心静かに自らの作品を鑑定すると、そこから注意をそらし、次なる被造界をはらんだのだった。

その後、それぞれが最前より豊かで繊細になったコスモスが次々に〈スターメイカー〉の燃え上がる想像力から飛び出した。最初期の被造界のいくつかは、彼が自身から客体化した実質の物理的な相だけに関係しているように思われた。彼は自らの心理的な潜在的可能性にはまったく無頓着でいた。しかしながら、ある初期のコスモスで、彼がたわむれていた物理的特質の諸パターンから、実際にはそれらのパターンにはなかった一つの個体性と一つの生命が模擬的に造形されたのである。それとも、そこにあったのだろうか。確かに、のちの被造界では、正真の生命が実に奇妙な現われ方をした。これは〈スターメイカー〉が物理的に感知したコスモスであったが、ちょうど人間が音楽を感知するのに酷似していた。それは高低と強弱の異なる音質の豊かな反復進行だった。このおもちゃコスモスに〈スターメイカー〉は嬉々として戯れ、無限に豊かなメロディと対位旋律を考案した。ところが、この冷厳な数学的音楽の小世界に暗示されたパターンを細部まで遺漏なく仕上げる前、少なからぬ種類の非生命的な音楽的被造物を創る前に、被造物のいくつかは、〈スターメイカー〉の意識的な目的にはそぐわない特有の生命の兆しを示しつつあるのが分かった。音楽の主題が、〈スターメイカー〉が彼らに与えた規範とは一致しない行動様態を示しはじめたのだ。彼は強い関心をもってこれらの行動様態を観察し、それに駆り立てられて被造物たちの実行力を超える新たな構想を抱いたように思われた。そういうわけで、彼はこのコスモスに仕上げを施したが、その手法は新しくなった。彼はコスモスの最終状態が最初の状態に即座に回帰するように仕組んだ。時間的に最後のできごとを最初のできごとへと結び合わせると、結果としてコスモスの時間は終わりのない円環を形成した。自らの作品を自分固有の時間の外側から観照すると、〈スターメイカー〉はその作品を脇に置き、新しい被造界を造ろうと思いに沈んだのだった。

次なるコスモスのために、〈スターメイカー〉は、自分の知覚と意思のなにがしかを意識的に投射し、ある音色のパターンとリズムが、知覚する精神の知覚可能な身体となるべきことを定めた。どうやらこれらの被造物たちは、彼がこのコスモスのために構想していたハーモニーを協働して生みだすよう目論まれていたのだが、そうはならず、それぞれが自分の形に合わせてコスモス全体を造形しようとしたのである。被造物たちは必死に、自分が正しいという確信をもって闘った。彼らは打撃を受け、苦しんだ。どうやらこれは若い〈スターメイカー〉が経験したこともなければ思いもしなかった事態だった。彼はそれに心を奪われ、驚きながらも好奇心を抱き、まるで悪魔のようにほくそ笑んで（わたしにはそのように思われた）、最初の生命をもつ被造物たちの狂態と苦悶を、彼らが互いに争い殺し合い、このコスモスをカオスへと後退させるまでを注視したのだった。

それ以降〈スターメイカー〉は、長きにわたって、自分の被造物たちがもつ本質的な生への潜在的可能性を無視することはなかった。しかしながら、生命を宿した被造界における初期の実験の多くは、ふしぎなことに不首尾に終わったようにわたしには見え、生命的なものにうんざりしたかのように、〈スターメイカー〉はしばらく純粋に物理的な幻想に立ち戻ったようにも思われた。

わたしには初期の被造界の数々を簡単にしるすぐらいしかできない。これらの被造界は、いまだ子どもじみていながらも神々しい想像力から、華やかだがありふれた泡のように次から次へと現われてきたが、その一つ一つが色彩派手やかで、あらゆる様式の物理的繊細さにあふれ、〈スターメイカー〉が初期に実験的に造った意識をもつ存在の愛と憎しみ、欲望と希望と共同参与的企てによって叙情性を帯び、多くは悲劇的であったと言うにとどめておこう。

これら初期の宇宙の多くは、物理的でありながら非空間的でもあった。これら非空間的な宇宙のなかに、「音楽的」な類型が少なからず存在した。そこでは奇妙なことに空間が音楽的な高低（ピッチ）に対応する次元によって表象され、無数の音を容れられるほど大きかった。被造物は互いに対して音の性質の複雑なパターンおよびリズムとして現われた。彼らは音の高低の次元、ときには人間の想像を超えた別次元のなかで音の身体を動かすことができた。ある被造物の身体は、人間の身体と同じくらいの柔軟性と、人間ほどではない可変性を有する、おおよそ恒常的な音のパターンであった。同時にそれは、ちょうど池の面の波が次々に交差するように、音の高低の次元で他の生きている身体を横切ることができた。ところが、これらの存在（もの）たちは、互いをすり抜けることができたと同時に、互いの音の組織に摑みかかり危害を加えることもできた。実際、ほかの存在たちを摂食することで生を営む存在もいた。というのは、より複雑な存在たちは、自分たちの生命のパターンのなかに、〈スターメイカー〉の創造力から直接コスモスの全域に広がる単純なパターンを統合する必要があったからである。知的な被造物たちは一定の音環境から絞り出した諸要素を自らの目的に合わせて操作し、それにより音のパターンから成る工芸品を作ることができた。なかには、自分たちの自然の食糧を豊かにする「農耕にかかわる」諸活動をより効率よく進めるための道具として役立つものもあった。この非空間的な類型の宇宙群は、わたしたちのコスモスに比べると途轍もなく単純で貧弱であったが、「農耕」だけでなく「工芸品」、それのみか歌と舞踊と詩の特徴を混ぜ合わせた一種の純粋芸術すら可能にする社会を創り出すくらい豊かであった。概してピタゴラス風とでも言うべき哲学が、この「音楽的」コスモスにおいてはじめて出現したのである。

わたしの夢に現われた〈スターメイカー〉の作品のほとんどすべてが、時間を空間よりもずっと根本的な属性としていた。最初期の被造界のいくつかでは、彼は時間を排除して静的な意匠を形にしていただけであったが、このやり方はすぐに放棄された。それでは彼が技をふるう余地がほとんどなかった。そのうえ、そのやり方は生命と精神の可能性を締めだしていたので、彼の最初期の関心を除くすべてと相容れなかった。

わたしの夢が示すところでは、宇宙空間はまずは「音楽的」コスモスにおける非空間的な次元が展開したものとして出現した。このコスモスにおける音楽的被造物は、音階の「上」と「下」だけでなく「横」にも移動することができた。人間の音楽では、特定の主題は、音量と音質の変化に従って近づいたり遠のいたりするように思われる。かなり似かよった手法で、この「音楽的」コスモスの被造物たちは互いに近づいたり遠のいたりし、ついには可聴域の外へと姿を消したりすることができた。「横方向」に動くときは、彼らは絶え間なく変化する音の環境を突っ切るように移動した。そのあと現われたコスモスでは、被造物たちのこの「横方向」の動きは、真の空間的経験によって豊かになったのである。

続々と現われたのは、いくつかの次元の空間的特徴をもつ被造界、ユークリッド的、そして非ユークリッド的な被造界、きわめて多様な幾何学的・物理的原理を例証する被造界であった。時間というか時-空間がコスモスの基礎となる現実であり、諸々の存在はその儚い変形に過ぎないこともあったが、質的なできごとが基礎にあり、これらが時空的なあり方で関係づけられることは、さらに頻繁にあったのである。空間的関係の体系が無限であることがあり、際限はないが有限の場合もあった。空間の有限の広がりがコスモスを構成する原子物質との関連で一定しているものもあり、わたしたち自身のコスモスのように、多くの点で「膨張している」ものとして現われることもあった。ふたたび空間が「収縮」し、その結果、おそらくは知的な共同体に満ちあふれたコスモスが、あらゆる構成要素の衝突と密集で終わりを告げ、最終的には一つにまとまり、無次元的な点となることもあった。

ある被造界では、膨張と最終的な静止のあとに収縮と完全に新しい物理的活動が続いた。たとえば、重力が反重力に取って代わられることがあった。巨大な物塊のことごとくが炸裂し、小さな物塊はすべてが飛散しがちだった。そのようなコスモスのなかには、エントロピーの法則までもが逆向きになったものがあった。エネルギーはコスモスの全域に均等にだんだんと拡散していくのではなく、しだいに究極の根源物質の上に蓄積された。そのうちわたしは、わたしのコスモスのあとには、こうした逆向きのコスモスが続き、そこでは当然ながら、生き物たちの本性は人間が想像できるいかなるものとも根本的に異なっているのではないかと推察するに至った。目下わたしが物語っているのは、ずっと以前のより単純な諸宇宙のことであるから、これはちょっとした余談である。

物理的には多くの宇宙が固体の被造物が泳ぎまわる連続的流動体であった。さまざまな位階の被造物たちが居住する、多層的な同心球として構成された宇宙もあった。かなり初期の宇宙ともなると、稀少で微小な力の拠点がちりばめられた空無から成る準天体のようであった。

〈スターメイカー〉は物質的、物理的性質をいっさいもたないコスモスを造形することがあった。そのコスモスの被造物どうしは影響を及ぼし合うことはなかったが、〈スターメイカー〉からの直接の刺激のもとで、それぞれの被造物は、実体はないが信頼が置けて有益な、それ独自の物理的世界を懐胎し、その世界を各自の想像力の産物でいっぱいにした。これらの主観的な世界は、〈スターメイカー〉の数学的な才知によって完全な体系を成すように関連づけられたのである。

わたしの夢のなかで初期の被造界が帯びていた物理的形態の途轍もない多様性について、これ以上のことを述べてはならない。それぞれのコスモスは、概して直前のコスモスよりも複雑であり、ある意味で大きかったと述べるだけで充分である。それぞれのコスモスにおいて、基本となる物理的単位は全体との関係ではより小さく、より数が多かったからである。またそれぞれにおいて、個体的意識をもつ被造物は概して多数存在し、類型的にも多様であった。各コスモスでもっとも目覚めた存在（もの）たちは、それ以前のコスモスのいかなる被造物と比べても、より澄み冴えた精神性に達していたのである。

生物的にも心理的にも初期の被造界は非常に多様であった。わたしたちが知っているような生物進化が起こることもあった。ごく少数の種がさらなる個体性の形成と精神の澄明性へと、あやうい足取りながら上昇していったものである。別の被造界では、種が生物的に固定化し、進歩はあるにしても完全に人為的なものであった。コスモスの最上の目覚めがはじまりの時点に起き、〈スターメイカー〉がこのコスモスの澄み冴えた意識の崩壊を静かに見守るような、実に不可解な被造界も、少しであるが存在した。

内部に非有機的な環境をもつ単一の下等な有機体からはじまるコスモスもあった。そのコスモスは分裂によって増殖し、それによりますます小さく、ますます個体化して目覚めた被造物が殖えていった。これらの宇宙のなかには進化を続け、ついには被造物たちが小さくなりすぎて、知的な精神に必要な複雑な有機的構造を収容できなくなったものもあった。そんなとき〈スターメイカー〉は、コスモス的社会が自分たちの人類種の避けがたい凋落を回避しようと必死に奮闘してる様を観察したのである。

コスモスが昇りつめた到達点が、相互に理解できない社会のカオスとなっていた被造界があった。そこではそれぞれの社会が神霊のある種の様態に奉仕しようと励み、ほかのすべての社会に敵対していた。別々の精神から成る単一のユートピア社会として絶頂を迎える被造界があれば、単一の複合的な精神となった被造界もあった。

〈スターメイカー〉が、コスモスにおける被造物はそれぞれ自らの祖先と自身に及ぶ環境からの衝撃の避け難く決定的な表明となるべしと命じて嬉々となったことがあった。それぞれの被造物が恣意的な選択の力をもち、〈スターメイカー〉自身の創造性をわずかながら有している被造界もあった。そんなふうに、わたしの夢では思われたのだが、たとえ夢のなかであっても、もっと繊細な観察者には、二つの被造界が実際には決定的なものとして現われながら、どちらも自然発生的であり創造的でもあったのではないかと、わたしはそう推測したのである。

概して〈スターメイカー〉は、いったんコスモスの基本原理を定め、その初期状態を創造すると、それが展開するのを見守るだけで満足したが、自らが定めた自然法則を破ったり、新たに創発的な形成原理を導入したり、あるいは直接的な啓示によって、被造物たちの精神に影響を与えたりして、あえて干渉することもあった。わたしの夢によると、干渉はときにコスモスの設計を改善するためになされたが、それ以上に、干渉が当初の計画に織り込まれていることが多かったのである。

ときに〈スターメイカー〉は、事実上多くの連結された宇宙群である被造界をぞんざいに放り出した。これらの宇宙はまったく違う種類の完全に別々の物理的体系をなしていたが、被造物たちは宇宙から宇宙へと次々に転生するように生を送り、それぞれの定住地に特有の物理的形態を採りながら、転生に際しては、それ以前の存在についての幽かな誤解されやすい記憶を引き継ぐことによって関係性を保っていた。別のやり方でも、こうした転生の基本方式が採られることがあった。このように体系的に連結されていない被造界においても、漠然とではあるが常に心に残るように、他のコスモスにおける同じ類型の経験や気質に精神的に共感する被造物が存在するのかもしれなかった。

一つのかなり劇的な工夫が、コスモスというコスモスで用いられた。わたしの夢のなかでは、先に述べたように、未熟な〈スターメイカー〉が自分の最初の生物学的実験の悲劇的な失敗を、一種の悪魔的な歓喜をもって注視していたように思われた。後続する数多くの被造界においても、彼は二重の心をもっているようだった。彼の意識的な創造計画が、自らの無意識の深部から客体化した実質の思いもよらぬ潜在的可能性によって阻まれるときはいつも、彼の気分には欲求不満だけでなく、認識していなかった飢えが思いがけず満たされたときの意想外の満足が含まれているように思われた。

結局は、この二重の精神性が創造の新たな様態をもたらした。わたしの夢が描いたように、〈スターメイカー〉の成長にある段階が訪れた。それは自分自身を二つの独立した神霊に分けようともくろんだときのことで、一つは彼の本質的な自己で、生気に満ちて神霊的な形の積極的な創造と、なおいっそう澄明な気づきを探求する神霊、もう一つは、一方の神霊の作品に寄生することでしか存在しえない、反逆的で、破壊的で、冷笑的な神霊である。

幾度も彼は自分の二つの気分を分離させ、別個の神霊として客体化し、コスモス内で覇権を求めて戦わせた。三つの連結した宇宙から成るそのようなコスモスは、いくらかキリスト教の正統派を想起させた。このような結合した宇宙の最初のものには、さまざまな程度の感性、知性、道徳的な誠実さに恵まれた被造物たちが幾世代にもわたって棲息していた。ここでは二つの精神が、被造の存在たち(もの)の魂を求めて戯れていた。「善」

の神霊は教えを垂れ、救済し、恩寵を授け、罰した。「悪」の神霊は欺き、誘惑し、道徳的に堕落させた。被造物たちが死ぬと、二つの副次的宇宙のいずれかに移ったが、いずれもが時間が存在しない天国であり地獄であった。いずれの宇宙でも、彼らは法悦に満ちた理解と崇拝、あるいは良心の呵責による極限的な苦しみの永遠的瞬間を味わったのである。

わたしの夢が、このように粗雑で野蛮な幻想を送ってきたとき、最初わたしは、恐怖と不信に心乱れた。いくら未熟とはいえ、〈スターメイカー〉が、自ら被造物たちに与えた弱さを理由に、彼らを責めさいなんでよいものだろうか。そんな執念深い神に、崇拝を命じる資格はあるだろうか。

わたしの夢は完全にコスモスの現実をゆがめていたに違いないと、自らに言い聞かせたが、無駄だった。この点では、わたしの夢は虚偽ではなく、ある意味では、少なくとも象徴的には真実であると確信していたからである。しかしたとえこのような残酷な仕打ちに直面しても、憐れみと恐怖の激しい動揺のなかにあっても、わたしは〈スターメイカー〉に敬意を表わしたのだった。

わたしは自らの崇拝の申しひらきをするために、この恐るべき神秘はわたしの理解の遠く及ばぬものであり、かくも凶悪な残忍さですら、ある意味で、〈スターメイカー〉のなかでは正しいに違いないと、自らに言い聞かせた。もしや残酷さは未熟な段階の

〈スターメイカー〉だけにあてはまることであったのか。あとになって充分な成長を遂げたとき、最後にはその残酷さを超えるのだろうか。そうではない！　すでにわたしは、このような酷薄さが、終局のコスモスにおいてもなお現われることを深く認識していた。それでは、わたしが見落としているなんらかの重大な事実があり、それゆえにこのような見かけの邪悪さが正当化されるのだろうか。すべての被造物たちが実際には創造力による虚構にすぎず、〈スターメイカー〉が被造物たちを責めさいなんでいるときは、自己実現の冒険の過程で自らを責めさいなんでいるだけなのだろうか。あるいはひょっとすると〈スターメイカー〉自身ですら、強大ではありながらも、ある種絶対の論理的原理により、創造行為において制約を受け、これらの原理の一つは、半ば目覚めている神霊においては背信と悔恨の解きようのない縛りであったということなのか。彼はこのふしぎなコスモスのなかで、自分の業（わざ）の避け難い限界を受け入れて利用していただけなのか。あるいはやはり、〈スターメイカー〉へのわたしの敬神は、「悪」の神霊に対してではなく「善」の神霊だけに向けられたものであったのか。彼は実際は、このような善悪の二極化によって悪を自分のなかから追い払おうと必死だったのだろうか。

そのような説明は、このコスモスのふしぎな進化から察知されるものであった。なかに棲む存在（もの）たちは概して知性と道徳的誠実さの程度が実に低かったので、地獄はすぐにも満杯になり、天国はほとんど空のままだった。それでも、善の側にある〈スターメイカー〉は、自らの被造物たちを愛し憐れんだ。したがって「善」の神霊は自らへの責め苦を介して罪人たちを救済するべく現世へと降りてきた。すると、ついには天国が一杯になったのだが、地獄にある存在たちの数が減ったわけではなかった。

それではその神霊は、わたしが崇拝する〈スターメイカー〉の「善」的側面であったのか。そうではない！　筋は通らないが確信をいだいて、わたしは〈スターメイカー〉を、双極的本性の二つの側面、すなわち「善」であり「悪」でもあるような、穏和であり恐ろしくもある、人間的には理想であると同時に理解不能なまでに非人間的な側面をもつものとして崇拝したのである。愛する者の邪悪な欠点を否定し弁明する、恋にのぼせ上がった者のように、わたしは〈スターメイカー〉の非人間性を取り繕おうと懸命になった、いやそれどころか、積極的にそれを誇りにしたのだった。それでは、わたしの本性のなかに残酷さが存在していたのか。被造物たちの至高の美徳である愛は、創造主にとって絶対的であってはならないと、わたしの心は漠然とながら認識していたのだろうか。

この悲惨かつ解消不能な問題は、わたしの夢が展開していくなかで、幾度も直面したことであった。たとえば二つの神霊が、新奇で、より巧妙な仕方で争うことを認められた被造界が現われたことがある。その初期段階において、このコスモスは物理的な特性だけを表わしていたのだが、〈スターメイカー〉は、その生命の潜在的可能性は、世代を重ねるにつれ純粋に物理的なものから生起し、知能や神霊的澄明性へ向けて進化していくある種の命ある被造物のなかに段階的に発現するべきだと定めた。このコスモスにおいては、彼は「善」と「悪」の二つの神霊が、まさに被造物の形成において競い合うようにしたのだった。

長きにわたった初期の時代に、二つの神霊は数え切れない種の進化をめぐって抗争した。「善」の神霊が力を尽して創造したのは、より高度に組織化され、より個体的で、環境に細やかにかかわり、ますます巧みに動くようになり、彼らの世界、彼ら自身、そして他の個体をさらに包括的かつ鮮明に意識する被造物たちだった。「悪」の神霊は、この企てを挫折させようとした。

あらゆる種の器官と組織はその構造の至るところで二つの神霊の抗争を表わした。ときには「悪」の神霊が、ある被造物を破滅させるために、見たところは深刻ではないが狡猾で致命的な特性を考案したこともあった。その被造物の本性には、寄生生物のすみかになりやすいという特有の傾向、消化器官の弱さ、神経組織の不安定さのようなものが含まれていた。「悪」の神霊が、進化の先駆種たちを破滅させるために、ある下等な種に特別の武器を装備させたため、その先駆種たちが、なんらかの新しい病、この特殊なコスモスの害虫による疫病、あるいは自らの種の凶暴性に屈してしまうこともあった。

悪の神霊はなおいっそう巧妙な計画を用いて大きな効果を得ることがあった。「善」の神霊がなんらかの見込みのある策を思いつき、ごく最初の頃から、お気に入りの種のなかに、ある新しい生物的構造もしくは行動様式を与えると、悪の神霊は、その存在たちが自らの要求に完全に適応したあとも、進化がやむことなく長期にわたって進行していくよう、仕組んだのである。歯は大きくなりすぎて摂食行動が著しく困難になり、防護のための殻が重くなりすぎて動けなくなり、角が曲がりすぎて脳を圧迫し、個体性への衝動が支配的になりすぎて社会を破壊し、社会的な衝動が妄執となりすぎると、個体性は打ち砕かれてしまった。

複雑さでは初期の被造界すべてを大きく凌駕したこのコスモスの世界という世界において、ほとんどすべての種が早晩破滅したものである。しかし単一の種が知能と神霊的感受性を「人間的な」水準にまで到達させた世界があった。そうした力の組み合わせは、ありとあらゆる攻撃から自らを護れたはずであった。それなのに、知能も神霊的感受性も「悪」の神霊によって実に巧妙にゆがめられていた。どちらも本来は相補的でありながら対立の可能性をはらみ、いずれか一方あるいは双方が、初期の種の大きくなりすぎた角や歯のように、致命的なまでに肥大化する可能性もあったのである。一方で物理的力の支配に、もう一方では知的な繊細さにつながる知能が、神霊的感受性から切り離されると、災厄をもたらすかもしれなかった。物理的力の支配は権力への熱狂を生むことが多く、権力者と奴隷という二つの異質な社会階級への分断の原因となる可能性も多々ある。知的な繊細さは、知性では解き明かせない事柄のすべてに目を閉ざす分析と抽象への熱狂を生むこともあった。とはいえ、知的な批判や日常生活の要求を拒めば、感受性そのものが夢のなかで抑圧されたのだった。

2 円熟の創造

コスモス的経験の至高の瞬間が過ぎ去ったとき、わたしの心が思い抱いた神話によれば、〈スターメイカー〉はついに自身の本性が革命的な変化をこうむる陶然たる瞑想の状態に入っていた。今や彼の創造的活動に及んでいたその大いなる変化から、わたしは少なくともそう判断した。

〈スターメイカー〉は自らの初期の作品すべてを敬意と苛立たしさをないまぜに一つ一つ捨て去りながら（そのように、わたしには思われた）、新たな目で見なおしたあと、自らのうちに新しい実り豊かな構想があることに気がついた。

〈スターメイカー〉がそのとき創造したコスモスは、この本の読者や作者が生きているコスモスであった。そのコスモスの形成途上において〈スターメイカー〉は、もっと巧みな業(わざ)でもって、それ以前の創造行為の際に役立った原理の多くを利用した。彼はそれらの原理を組み合わせて、これまでにないほど、より精緻で容量のある統合体を作り上げようとしたのである。

　わたしの幻想のなかでは、彼は新しい気分でこの新奇な企てに取り組んだように思われた。以前のコスモスたちは、ある種の物理的、生物的、心理的な原理を実現しようという意思をもって形成されていたように思われた。すでにお伝えしたように、彼の知的な目的と、被造物のために彼自身の漠然たる存在の深みから喚起した未加工の自然とのあいだにはひんぱんに軋轢（あつれき）が生じていた。しかしながら今回は、彼はもっと繊細な手つきで創造の媒体を取り扱った。新たな被造物の造形のために、自らの秘められた深みから客体化した手つかずの神霊的「物質」は、その法外な要求に超然となりながらも、より共感的な知能、その本性と潜在的可能性へのさらなる敬意とともに、彼のやはり試験的な目的に合わせて鋳造されたのだった。

　あまねく存在する創造的神霊についてこんなふうに語ることは、子どもじみた神人同形説に近い。そのような神霊の生は、かりにそれが存在するとしての話であるが、人間の精神性とはまったく異質で、人間にはまったく理解できないに違いないのだ。にもかかわらず、この子どもじみた象徴化はわたしに強く迫ってきたので、それを記録する。大雑把であるが、ことによるとそれは、いかにゆがんでいても真実をありのまま反映しているかもしれないのだ。

新しい被造界では、〈スターメイカー〉自身の時間と、そのコスモスに固有の時間とのあいだに、ある種の奇妙な亀裂が生じた。これまでは、コスモスの歴史が完結したとき、彼はコスモス時間から離脱し、あらゆるコスモス的時代を「今」として観察することができたが、前段階のコスモスを創造したあとでないと、後段階のコスモスを創造することは事実上できなかった。新しい被造界では、このような制限はなかった。

こうして、この新しいコスモスはわたし自身のコスモスであったのだが、わたしはそれを驚くべき視角から眺めた。もはやそのコスモスは、初期の物理的爆発にはじまって最終的な死へと進んでいく歴史的できごとの見慣れた継起には見えなかった。今やわたしは、そのコスモスをコスモス時間の流れの内部からではなく、まったく別の所から見ていた。わたしは〈スターメイカー〉に固有の時間のなかでコスモスの造形を観察したのだが、〈スターメイカー〉の創造的行為の継起は、歴史的できごとの継起とはかなり異なっていたのである。

はじめに彼は、自らの存在の深みから、精神でも物質でもないなにかを思い描いたが、それは潜在的可能性、そして創造的な想像力にとって示唆に富んだ特徴と徴候と暗示に満ちたものであった。このえも言われぬ実質について彼はしばし思いを巡らせた。それは〈一〉と〈多〉がこの上なく繊細に相互依存するような媒体であった。すなわち、多くの部分と特徴が他のすべての部分や特徴に浸透することを求められ、あらゆる事物が、一見、他のすべての事物のなかで影響的要因でなくてはならないが、それでも全体は部分の総和にほかならず、それぞれの部分が全体に行き渡る決定因子でなくてはならなかった。それはコスモス的な実質でありながら、不思議なことに、そのなかではいかなる神霊も絶対的自己であると同時に、全体の単なる産物に違いなかったのである。

このもっとも繊細な媒体を、〈スターメイカー〉は今や、コスモスの一般的な形へと粗仕上げした。かくして彼は、まだまったく幾何学化されず、いまだに不確定の空間－時間、明確な質も方向もただ複雑な物理法則もない不定形の身体性、より明確に思い抱かれた生命の潮流と精神力の叙事詩的冒険、そして神霊的な澄明性の驚くほど明確な絶頂と栄冠を造形した。この最後の造形は、コスモスの時間からすれば、その状況はほとんどが遅かったのだが、創造的行為が継起するなかでは、そのコスモスのほかのどの構成因子よりも早く、ある程度精確な輪郭を与えられていた。そしてそうなったのは、その当初の実質そのものが、そのような神霊的な形への潜在的可能性をかなり明確にあらわにしていたからだと、わたしには思われた。かくして〈スターメイカー〉は、はじめは自分の作品の物理的な細部をほとんど無視し、コスモス史の初期の時代も無視し、まずは自らの技能のほぼすべてを、その被造物全体の神霊的頂点を形成することに捧げたのだった。

コスモス的神霊のもっとも目覚めた段階を誤りなく写し取るようになってはじめて、彼はコスモス時間のなかで到達する、多種多様な心理的な潮流をたどったのだった。精神的成長の信じられぬくらい多様な主題の概略を示せるようになってはじめて、彼は自分のまだ荒削りなコスモス神霊のより繊細な潜在的可能性をもっともうまく引き出してくれる生物の進化と、物理的・幾何学的な複雑さを築き上げることに充分な注意を傾けた。

とはいえ、幾何学化を進めながら、彼は同時に、神霊的頂点そのものの修正と解明にも断続的ながら取り組んだ。コスモスの物理的・幾何学的形態がほぼ完全に造形されてはじめて、彼はその神霊的頂点に充分に具体的な個体性を与えることができたのだった。彼が、無数の心ゆさぶる生ける存在たちの細部に、つまりは人間たち、魚状人類、オウム貝状船人類等々の盛衰に、なおも影響を及ぼし続けている間に、自分の被造物たちに対する彼の態度が、ほかのコスモスに対するものとは非常に異なっていたことに、わたしは確信を抱くようになった。〈スターメイカー〉は彼らに対して冷淡でも、単に愛情を抱いていているわけでもなかったのである。実際にはやはり、被造物たちに愛情を抱いていたが、有限なるがゆえの結果や環境による残酷な打撃から彼らを救うという願望はもはやまったくなくなっていた。彼らを憐れむことなく愛した。というのは、彼ら特有の美徳は、その有限性、ささやかな個別性、鈍感さと澄明性のあいだの歪んだ均衡のなかにあり、そこから彼らを救っても、彼らを滅ぼすことになると分かっていたからである。

至高の瞬間から始原の爆発へ、さらには終局の死に至るまで、すべてのコスモスの時代に最後の仕上げをほどこすと、〈スターメイカー〉は自らの作品を観賞した。それから、これでよしと得心した。

どこまでも多様で、澄明性の瞬間にあったわたしたちのコスモスを、批判的ではあったが愛おしげにふり返ったとき、彼が自分の創造した、あるいは一種の聖なる自己‐産婆術によって内密の深みから導き出した被造物たちへの突然の敬意に満たされたのが、わたしにも感じとれた。この被造物たちは、不完全な、単なる被造物であり、彼自身の創造力の単なる産物でしかなかったが、それでも、ある意味で自分よりも現実的であると認識していた。この具体的なかがやきと比べれば、彼は単なる創造の抽象的可能性でしかないのではないか。そのうえ、見方を変えれば、彼が創造したものは、彼の上位者であり師でもあった。それというのも、彼が自分の全作品のなかで、もっとも素晴らしく繊細なこの作品を、歓喜と、畏怖の念さえも胸に観賞していると、その衝撃が彼を変え、彼の意思を澄明にし、深めたのだった。その徳と弱さを識別することで、彼自身の知覚も業（わざ）も成熟していった。混乱し恐怖に打ちのめされたわたしの心には、少なくともそのように思われたのだった。

こうして少しずつ、これまでたびたびあったように、〈スターメイカー〉は自らの被造物たちから脱皮した。ますます彼は、自らがなお大切にしていた愛らしさに眉をひそめるようになった。それから、どうやら敬意と苛立たしさのあいだで葛藤しながらも、彼はわたしたちのコスモスを他の作品のなかに配置したのだった。

ふたたび、彼は深い瞑想に入った。ふたたび、彼は創造的な衝動に取り憑かれた。続いて生起した数々の被造界に関しては、多くの点でわたしの精神では及ばぬものであったので、どうしても語らなくてはならないことはほとんどない。そうした諸々の被造界については、そこに想像し難い多くの事柄とあわせて、わたしがすでに遭遇していた諸原理の素晴らしい具現化である特徴がいくつか含まれていることを除けば、ほかにわたしが知りうることはなかった。かくして、それら被造界のなによりも重要な新しさを、わたしは逃がしてしまったのである。

これらすべての被造界について実際わたしに言えることは、わたしたちのコスモスと同様に、いずれもが途轍もなく広大であり、途轍もなく繊細であるということ、そしてなんらかの異質なあり方で、その一つ一つが物理的な相と精神的な相をあわせもっていたということである。もっとも、多くの被造界で、物理的な相は、それが神霊の成長にとっていかに重要だったとしても、わたしたち自身のコスモスにおけるものより透明で、明らかに幻じみていた。多くの場合、これは精神的な相についても同様に真実だったが、というのも存在たちは、たいていは個々の精神的過程が不透明だからといって欺かれることはほとんどなく、彼らの根底にある統一性に敏感だったからである。

もう一つわたしに言えることは、これらすべての被造界において〈スターメイカー〉が実現しようとした目標は、存在の豊かさ、繊細さ、深さ、円満さであるように思われたことである。しかしこれらのことばが細かなところでなにを意味しているかは、いわく言い難いものがある。わたしたちのコスモスの場合と同様、彼はある目覚めたコスモス精神に授けられた進化論的過程を手段にして、この目標を追い求めることがあったが、そのコスモス的精神はコスモス的存在の富の全体をまとめて認識し、創造的行動を介してその富を増大しようと懸命になっていたとわたしには思われた。しかし多くの場合、この目標は、被造物の側からは努力と苦しみをぎりぎりまで抑えることで達成されたのだった。また、わたしたちにとっては実に痛ましい、完全に浪費され無駄死にとなった膨大な犠牲もなかった。しかしほかの被造界では、苦しみは少なくとも、わたしたちのコスモスと同様に、深刻かつ広範囲に及んでいるように思われた。

成熟の段階に至ると〈スターメイカー〉は、多くのふしぎな時間形式を懐胎した。たとえば、のちの被造界のなかには、二つあるいはそれ以上の時間的次元で設計されたものがあり、被造物たちの生も、時間的な「広がり」や「大きさ」をもった次元のいずれかで時間的に継起した。これらの存在たちは、自分たちのコスモスを、実に奇妙なやり方で経験した。一つの次元に沿って短期間生きながら、それぞれは、もちろん断片的かつ漠然とではあったが、別次元における比類なき「横断的」コスモス進化の全容を事実上一望する同時間的な眺望を、自らの生涯のあらゆる瞬間に知覚したのである。ある被造物がコスモスのあらゆる時間的次元で活発な生を送っている場合もあった。あらゆる被造物の無限の自然発生的営為のことごとくが、横断的な進化の一貫した体系を生み出すべく結集されるように、時間の「大きさ」全体を調整する聖なる御業は、「前もって確立された調和」のなかで行われた以前の実験の巧妙さをはるかに凌駕したのだった。

別の被造界では、一つの被造物に一つだけの生が与えられたが、この生は「ジグザグの線」をなし、その被造物が選択した特質に従って、ある時間的次元から別の次元へと行き来した。強い選択や道徳的な選択はある時間的方角へと導かれ、弱い選択や非道徳な選択の場合は別な方角へと向かった。

想像し難いほど複雑なコスモスにおいては、ある被造物がいくつか可能性のある進路に直面した場合はいつでも、それらをすべて採用することで、多くの異なる時間的次元とコスモスの異なる歴史が創造された。コスモスのあらゆる進化の継起のうちに、実に多くの被造物が存在し、それぞれが常に多くの進路の可能性に直面し、そのすべてを組み合わせると厖大なものとなったため、無限の数の異なる宇宙が、このコスモスにおけるあらゆる時間継起のあらゆる瞬間から剝離したのだった。

ある被造界では、それぞれの存在が、コスモス全体を多くの空間的な視点から、いや、可能な限りのあらゆる視点から、感覚的に知覚していた。もちろん後者の場合には、あらゆる精神の知覚は空間的な領域においては同等であったが、透察力と洞察の深さは、精神によって異なっていた。これは個別の精神の力量や性向しだいであった。このような存在たちには、遍在的な知覚だけでなく遍在的な意思が備わっていることがあった。彼らの精神の力量に応じて精確さと活気に違いはあったものの、宇宙空間のあらゆる領域で行動を起こすことができた。ある意味、彼らは、チェスの競技者か、あるいはトロイアの戦場を見守るギリシアの神々のように、物理的コスモスをめぐって張り合う幽体だけの神霊であったのだ。

実際に物理的な側面をもちながら、お馴染みの体系的な物理宇宙に相当するものが皆無である被造界もあった。存在たちの物理的経験は、相互に衝撃を与えあうことで決定されたのである。それぞれの存在は同時に、あふれんばかりの感覚的「イメージ」を送り合ったが、その特質と継起は、精神どうしの衝突にかかわる心理学的法則にもとづいて決定された。

知覚、記憶、知性、さらには欲望や感情の過程さえもがわたしたちと異なっており、実際完全に異なる位階の精神性を構成する被造界もあった。このような精神に関しては、遠方から彼らのこだまを聞き取ったような気がしたものの、わたしにはなにも語ることができない。

いやむしろ、これらの存在たちの異質な心霊的様態について語ることはできないが、彼らにかかわる顕著な事実を報告することは、わたしにもできる。彼らの基本的な精神組織と、それが織り込まれたパターンがいかに理解不可能でも、ある点では、これらの存在たちのすべてが、束の間ではあったがわたしの理解するところとなったのだった。彼らの生がいかに未知なものであっても、ある点では、彼らはわたしの親族なのである。というのも、わたしより優秀で、より豊かな資質に恵まれた、これら宇宙の被造物たちのすべてが、私自身がいまだにもたつきながら懸命に学ぼうとしている同じやり方で、絶えず存在に向き合っていたからである。苦しみや悲しみのなかにあっても、道徳的奮闘や熱烈な憐憫の真っ最中にあっても、彼らは歓喜を胸に運命の結末を迎えた。わたしのコスモス的経験と超コスモス的経験のすべてから浮かんできた、おそらく最も驚かされ元気づけられた事実は、純粋の神霊的経験においては異質この上ない存在たちの、こうした親縁性と相互理解であった。ところが、まもなくわたしは、これに関しては、まだまだ学ぶことが多々あることに気がついたのだった。

3　究極のコスモスと永遠の神霊

疲労困憊し打ちひしがれながらも、わたしはいよいよ繊細になっていく諸被造界を追跡しようと努力したが、私の夢によれば、それらは〈スターメイカー〉が想い抱いたものだった。コスモスが次から次へと彼の熱烈な想像力から飛び出したが、その一つ一つに無限に多様化した個別的神霊を宿し、一つ一つが充分な達成のうちに最前のものより目覚めていたが、そのいずれもわたしには理解し難かった。

ついに〈スターメイカー〉が、究極の、もっとも繊細なコスモスを創造したことが、わたしの夢、つまりはわたしの神話のなかで宣せられた。他のすべては試験的な準備でしかなかった。この終局の被造物については、それ自体の有機的な組織のなかに、先行するあらゆる被造物の精髄と、そのほかさらに多くのものがはらまれていたと言うぐらいしかできない。そのコスモスは交響曲の最終楽章のように、各主題の意味によって、それ以前の楽章の精髄を、そしてさらに多くのことを抱懐しているかもしれない。

このような喩えでは、究極のコスモスの繊細さと複雑さをはなはだしく過小評価することになる。わたしは次第に、そのコスモスと以前の各コスモスとの関係は、わたしたち自身のコスモスと、一個の人間存在、いや、一つの物理的原子との関係にほぼ近しいものであると信じるほかなくなった。わたしがこれまで観察してきたコスモスは、今やどれもみな莫大な数の集合体の一例に過ぎないことが分かった。それは一つの生物種、あるいは単一の要素からなる原子のすべてを含む集合体のようであった。それぞれの「原始的」コスモスの内的な生は、どうやら究極のコスモスの生と関係性（そして非関係性）をもつように思われたが、それはちょうど一つの脳細胞のなかの、あるいはそれを構成する一つの原子のなかのできごとが、人間精神の生と同じような関係性をもつことに似ていた。諸被造界から成る気が遠くなるほどの階層全体に一貫して一つの神霊が感じられるように思われた。総じてその目標は、結局のところ共同体と明晰で創造的な精神を作るように思いいだかれたのだった。

究極のコスモスの形のなにがしかを摑み取ろうと、わたしはうすれゆく知能をふりしぼった。感嘆と嫌悪感をないまぜに、世界と肉体と精神の究極の繊細さ、そして充分な自己認識と相互洞察に目覚めた実に多様かつ個体的な存在たちの共同体の究極の繊細さを、不完全にではあるが垣間見た。ところが、無数の世界における個々の精神が奏でる音楽を聴こうと、さらに内面へと向かってみると、名状しがたい歓喜ばかりではなく癒しようのない悲哀が響いているのが分かった。この究極の存在たちのなかには、ただ苦しむだけでなく、闇のなかで苦しむものがいたのである。申し分のない洞察力に恵まれてはいたが、彼らの力は貧弱だった。ヴィジョンは萎縮していた。彼らは下位の神霊であれば決してこうむらない苦しみを味わった。かくも激しい残酷な体験は、下位のコスモスの脆弱な神霊であるわたしには耐え難かった。恐怖と憐憫に悶え苦しむなか、わたしは必死になって精神の耳をふさいだ。卑小な存在であるわたしは創造主に対し、永遠にして絶対の存在の栄光をもってしても、被造物たちをそのような苦悶から救い出すことができないのかと叫びを上げた。たとえわたしが垣間見た悲惨が、実は彩りを豊かにするために金の綴れ織りに織り込まれた数本の暗い色の撚り糸でしかなく、ほかはすべて至福であったからといって、目覚めた神霊にそのような荒廃はあってはならない、断じてあってはならないと、わたしは叫んだ。いかなる非道な悪意がこれらの栄光の存在たちを責めさいなみ、それどころか至高の慰安、瞑想的エクスタシー、そして十全に目覚めたあらゆる神霊の生得の権利である崇拝を剝奪したのかと問い詰めたのである。

下位のコスモスの共同参与的神霊としてのわたし自身、わたしの小さな構成員たちの挫折と苦悶を冷静に見守っていたときもあったが、これらの活気をなくした存在たちの苦しみが、わたし自身が現実に寄与した澄明性の大きな代償ではないことを意識していた。しかし、究極のコスモスのなかで苦しむ個は、幸福な被造物たちの群れに比べると数は少ないものの、わたし自身の、コスモス的で精神的な資質をもつ存在たちであり、わたしの創造に鈍い悲哀をもたらしてきた弱々しい影のような存在ではないように思われた。そしてこれは、わたしには耐えがたいことであった。

とはいえ、究極のコスモスは、それでもやはり素晴らしく完璧に造形されていて、そのなかの挫折も苦悶もすべて、苦しみ喘ぐ存在たちにとってはどれほど残酷でも、最終的には誤ることなく、コスモス的神霊そのものの澄明性へと止揚されるのだと、ぼんやりとながら分かっていた。この意味では、いかなる個々の悲劇も、少なくとも無益ではなかった。

しかしこれに意味はなかった。そして今や、同情と熱い抗議の涙を介して、究極の完成されたコスモスの神霊が創造主に対峙しているのが見えるような気がした。そのコスモスでは、同情と怒りは讃美によって和らげられていた。そしてあの暗黒の力であり澄明な知性でもある〈スターメイカー〉は、自らの被造物の具体的な美しさのなかに欲望が成就されたことを見て取った。そして実に奇妙なことに、〈スターメイカー〉と究極のコスモスがともに歓喜するなかに絶対的神霊そのものが思い抱かれており、その絶対的神霊のなかには、あらゆる時間が存在し、あらゆる存在が含まれていたのである。こうした統合の所産である神霊は、儚くも有限な事物の畑であると同時に作物として、わたしの混乱した知性の前に立ち現われたのだった。

しかしわたしにとっては、この神秘的で遠大な完成も意味はなかった。究極の責苦を受ける存在たちを憐れみ、人間として恥入り怒りを覚えながら、わたしはその非人間的な完璧さのなかのエクスタシーという生得の権利を蔑み、わたしの下位のコスモス、人間であるわたし自身の苦悶する世界に戻り、そこでわたし自身の半動物的な同胞と肩を並べて暗黒の諸力にあらがい、そう、知覚し苦悶する諸世界のことしか考えない冷淡で情け容赦のない無敵の専制君主にあらがおうと切望したのだった。

それから、まさにこのような挑戦的なふるまいを見せながら、わたしという分離した自己の小さく暗い独房のドアをぴしゃりと閉じて閂を掛けたとき、あらがい難い光の圧力によってわたしの壁のことごとくが粉砕されて内側へ崩れ落ち、わたしは剝き出しになった眼を耐え難いかがやきで焼かれたのだった。

もう一度？　そうではない。わたしの解釈的な夢では、わたしは眼を眩まされたまま同じかがやきの瞬間に立ち戻っただけであった。そのときわたしは〈スターメイカー〉に相対しようと翼を広げたように思うのだが、恐ろしい光によって打ち砕かれたのだった。そのときわたしは、自分を打ちのめしたものがなんであったかを、より明確に理解していた。

わたしは確かに〈スターメイカー〉に向き合っていたが、〈スターメイカー〉は今や創造的な、それゆえに有限の神霊以上のなにかとして示顕していた。彼は今やあらゆる事物とあらゆる時間を包み込み、そしてなかに包み込まれた無限に多様な群れを時を超えて観照する、永遠にして完全なる神霊として現われたのである。わたしに押し寄せ、わたしを打ちのめし、盲目的な崇拝を強いてきたかがやきは、永遠の神霊自身の万物を貫く経験の、かすかな光のように思われた。

永遠の神霊が直観的で超時間的なヴィジョンのうちにわたしたち生命のすべてを感知したとき、わたしはその気質のなにがしかを感じたというか、あるいは感じたように思われたのだが、それは悲しみと恐怖、しかも黙従、そして讃美をすらともなうものであった。ここには、憐れみも、救済の手も、心やさしい助けもなかった。あるいは、あらゆる憐れみと愛があったのだが、凍てつくようなエクスタシーに支配されていた。わたしたちの砕かれた生、わたしたちの愛、わたしたちの愚行、わたしたちの背信、わたしたちの希望なき果敢な防衛、そのどれもが冷静に解剖され鑑定され評価された。そう、そのどれもが完全な理解、洞察と十全なる同情、そして情熱をすらともなって生き抜かれたのだ。永遠の神霊の気質において究極のものとは、同情ではなかった。観照だった。絶対的なのは、愛ではなかった。観照だった。そして愛があったとしても、その神霊の気質のうちには憎悪もあった。それというのも、あらゆる恐怖の観照のうちに残酷な歓喜があり、美徳の堕落のうちに喜びがあったからである。あらゆる情熱は、神霊の気質のなかに抱懐されているように見えたが、観照の、冷たく透明な水晶のようなエクスタシーに包まれるなか、抑制され、冷たく把握されていた。

これがわたしたち全生命の結末だというのか、この科学者の、いや芸術家の厳しい鑑定が！　それでもなお、わたしは崇拝したのだ！

しかし、これが最悪ではなかった。というのは、その神霊の気質が観照にあると言うとき、わたしはそれを有限である人間の体験、さらには感情に帰するものとし、それにより自らを慰めた、たとえそれが冷やかな慰めであったとしても。しかし実際には永遠の神霊はことばにできないものだった。それは実際語りうるものではなかったのだ。それを「神霊」と名づけることすら、おそらく正しくはないだろう。とはいえ、その名称が単なる間違いだと否定することも、正しくはないだろう。なんであれ、それは神霊以上のものであり、それ以下でもなく、そのことばに可能な限りの人間的意味を超えるものであり、それ以下ではないからである。そして人間の水準から、それどころかコスモス的精神の水準からも、おぼろげに苦しみのなかで垣間見えた、この「それ以上」なるものは、恐るべき神秘、抑え難い敬慕の的であった。

第十六章　エピローグ――ふたたび地球へ

目を覚ますと、わたしは丘の上にいた。郊外の住宅街の灯が、星たちの光よりも明るくかがやいていた。時を告げる音が響き、続いて十一回鳴った。わたしはわが家の窓を見つけた。沸き立つ歓喜、荒々しい歓喜の波が寄せてきて、わたしを呑み込んだ。そして平安。

地球のできごとのささやかなこと、しかしあざやかなこと！　超（ハイパー）コスモス的な現実、諸被造界の激しい迸（ほとばし）り、噴霧のような諸世界のすべてが、忽然と消えた。消失し、幻想へ、そして荘厳な見当違いへと変わった。

この石粒全体の、海洋と大気の膜、途切れがちに色とりどりに震える生命の膜、影のような山々、茫漠として果てもない海、脈動するケフェウス型変光星のような灯台、金属音を発する鉄道の貨車、そのすべてのささやかなこと、しかしあざやかなこと。わたしはヒースを撫でてその粗い感触を楽しんだ。

消えてしまったのだ、超コスモス的な幻影は。現実はわたしが夢見たようなものであるはずがなく、限りなく繊細で恐ろしく、さらに卓越したもの、そして限りなく身に近しいものであるに違いない。

しかしそのヴィジョンが、構造の細部において、ことによるとその全体的な形において、いかに間違ってはいても、趨勢においては確かに妥当なものであり、おそらくその点では真実でさえあった。現実そのものは確かにわたしを駆り立ててあのようなイメージを抱かせたが、それはあらゆる主題と様相において誤りではあっても、神霊的には真実だったのである。

街灯の頭上で、星たちが力なく震えていた。巨大な太陽たちか？　あるいは夜空のなかの幽かなひらめきか？　どうやら太陽たちであるようだ。少なくとも、地上の騒乱から心をそらすよう手招きし、しかしその冷たい槍で心を刺し貫く光たちであった。わたしたちの惑星という石粒の、そのヒースに坐りながら、あらゆる方角に、そして未来に口をあけている深淵を前に、わたしは縮みあがってしまった。沈黙の闇、特徴ない未知なるものが、想像力がかき立てたあらゆる恐怖よりも、いっそう恐ろしかった。目を凝らしても確かなものはなにも見えず、あらゆる人間的経験のなかに、不確かさそのもののほかに確かなものは、つまりは混濁した諸理論がもたらした蒙昧のほかには、なにも見えなかった。人間の科学は数字の霧にすぎなかった。その哲学は、ことばの迷霧でしかなかった。この岩だらけの星の粒とその驚異の数々をつぶさに知覚しても、それはまやかしにすぎず、心惑わせる幻影にほかならなかった。その見かけ上の中心にある自分自身でさえ単なる幻であり、人を欺くものだったので、真正直な人間であれば自分の誠実さを疑い、またあまりの空虚さに、自分の存在さえ疑わなくてはならなかったのだ。私たちの忠誠！　自己欺瞞的で、まことに無知にして錯誤まみれなるもの！　実に手荒に駆り立てられ、憎悪にゆがめられたもの！　ほかならぬわたしたちの愛、豊かで惜しみない愛は、盲目的で利己主義的で自己満足的なものとして糾弾されなくてはならない。

それなのに？　わたしはわが家の窓だけに目を凝らした。わたしたちはともに寄り添い、それで幸せだった！　わたしたちはわたしたちのささやかな宝のような共同体を探し求め、あるいは築いてきた。これは、経験という逆巻く波のなかの一つの岩であった。天文学的、超コスモス的な大きさはなく、惑星的な石粒ですらないこれこそが、存在の堅牢な基盤であったのだ。

どこを向いても、混乱、募りゆく嵐、すでにわたしたちの岩を呑み込んだ大波。そして至る所、暗いうねりのなかで見え隠れしては消えていく顔、そして哀願する手。そして未来は？　この世界の狂気が吹き募りゆく嵐で黒に染りしもの。新しい熱烈な希望、正気で理性的で、より幸福な世界という希望がひらめいては消えていく。わたしたちの時代と未来の狭間に、いかなる恐怖が待ちかまえているのか。独裁者たちは気前よく譲歩したりはしないだろう。そして安全で平穏でいることだけに慣れてしまったわたしたち二人には、心やさしい世界だけが似つかわしかった。そこでは、だれも苦しみ喘ぐことなく、なんぴとも絶望に陥らない。安全で公正な社会のなかで、親しげで、かといってさほど気難しくもなく、果敢というのでもない徳の実践のために、わたしたちは晴朗な天候だけに順応していた。そうではなく、わたしたちは巨大な紛争の時代の渦中にあり、そこでは無慈悲な闇の諸力と、必死であるがゆえに情け容赦もない光の諸力が、世界の引き裂かれた中心で死を賭した闘いに向かいつつあり、その際には危機につぐ危機のなかで深刻な選択がなされねばならず、単純な馴染みある原則など通用するはずがなかったのだ。

入江の彼方から鋳造所の紅の炎が立ちのぼった。間近にあるエニシダのシルエットが、郊外の踏み荒らされた荒れ野を神秘的なものにしていた。

わたしは想像のなかで、わたしのいる丘の頂の背後に、さらに遠くの、目には見えない丘の数々を見た。平原や森の数々、そして野原という野原を、それぞれに特有の鬱蒼と群生する植物の葉とともに見た。わたしはこの惑星の肩ごしに、わたしから曲面を成して延びていく陸地の全体を見た。村々は、道路や鉄道や唸りをあげる電線の網の目によって繋ぎ合わされていた。そこかしこと、町がぽつねんと、光の広がりとして、星をちりばめた星雲状の発光体のように見えていた。

平原の彼方では、ネオンのともる喧騒のロンドンが、汚水から採取された微小生物が餌を求めてひしめく顕微鏡のスライドのようであった。微小生物！　星たちの目からすれば、疑いもなくこれらの被造物たちはちっぽけな害虫でしかなかった。それでもその一つ一つは、自らにとって、ときに互いにとって、あらゆる星たちよりも現実的であったのだ。

ロンドンを越えた先に目を凝らすと、イギリス海峡のおぼろな広がり、さらにはヨーロッパの全域に、耕作地と、今は眠りについている産業主義のパッチワークを想像力により感知できた。ポプラ林のノルマンディーの向こうには、〈地球〉が球体であることにより、ノートルダム寺院の先端がかろうじて見えるパリが広がっていた。さらにその向こうには、スペインの夜が都市という都市での殺戮で炎上していた。左の方へ飛ぶと、森と工場と音楽と鋼鉄のヘルメットの国ドイツが控えていた。大聖堂の広場では、何千という若者たちが隊列を組んで、勝ち誇り、取り憑かれ、投光照明に照らされた総統に敬礼しているのが見えたように思った。追憶と幻影の国イタリアでも、群衆の偶像が若者たちをとりこにしていた。

さらにまた左へと行くと、わたしたちの地球のかなりの陸地を占める暗い側の半球で、雪に白むロシアが星たちや切れ切れの雲の下に広がっていた。当然「赤の広場」に面したクレムリン宮殿の尖塔も見えた。そこにはレーニンが勝ち誇って眠っていた。はるか先のウラル山脈の麓に、マグニトストロイ鉄工所の紅蓮の羽毛と煙幕が想像できた。山々の向こうでは、朝焼けがかがやいていた。真夜中のわたしから見ると、昼はアジアを越えてすでに西方へとなだれ込み、進軍を続ける黄金と薔薇色の前線とともに、煙を吐く芋虫のようなシベリア横断急行列車を追い越していたのである。北方では厳寒の北極圏が収容所の流刑者たちを苦しめた。南方のはるか先には、かつてわたしたちの種の揺り籠であった谷や平原が広がっていた。しかし今やそこに見えたのは、雪原を横断するように張り巡らされた線路であった。あらゆる村で、アジアの子どもたちが、新たな教育とレーニンの伝説に目覚めつつあった。ふたたび南方へ向かうと、麓から山頂まで雪におおわれたヒマラヤ山脈が、山裾の群衆から人口過密のインドを見おろしていた。風にそよぐ綿と麦、カメート山の水系を集めて水田と鰐のいる浅瀬を通り過ぎ、船舶と海運会社の集まるカルカッタを横切って海へと流れ出ていくガンジス川が見えた。わたしは自分のいる真夜中から中国を覗き込んだ。朝日は水浸しの畑に差し、先祖の墓を黄金色に変えた。光かがやく、ちりぢりの糸のように見える揚子江が急流となって峡谷を抜けていた。朝鮮半島を越えて海を渡ると、活動を休止した端麗な富士山が聳えていた。そのまわりには、火山を思わせる住民たちが、あの狭い国土で、火口の溶岩のように噴き出し沸き返っていた。すでにその溶岩は、軍事的にも商業的にも、アジア一帯に吹きこぼれていた。

想像力はそこから引き返し、アフリカへと向きを転じた。西と東を結ぶ運河の糸、それからミナレット、ピラミッド、永遠に待ち続けているスフィンクスが見えた。古代都市メンフィスそのものに、今やマグニトストロイの唸りがこだましていた。はるか南方では、黒人たちが大きな湖の傍らで眠った。象たちは穀物を踏みつけた。なおも遠方では、オランダ人とイギリス人が数百万の黒人を搾取していたが、これらの多くの人々は自由への漠然とした夢に奮い立っていた。

アフリカの大地のふくらみ全体の向こう、雲が広がるテーブルマウンテンのさらに先に目を凝らすと、嵐で黒くなった南氷洋、さらにはアザラシやペンギンの棲む氷の崖、そして無人の大陸の氷原が見えた。想像力は真夜中の太陽と出合い、極地を横切り、熱い溶岩をその純白の毛皮へと噴き出していたエレバス山を通過した。想像力は北へ向かい、夏の海を越え、自由ではあるがイギリス人意識の低いニュージーランドを過ぎて、澄んだ瞳のカウボーイたちが牧畜の群れを集めるオーストラリアに達した。

わたしのいる丘から東の方へとさらに目を凝らすと、島々が散らばる太平洋が、それからヨーロッパの末裔たちがずっと昔に、銃の使用と、銃が育んだ傲慢さで優位に立ち、アジアの末裔たちを支配していた両アメリカ大陸が見えた。南北に遠く広がる大洋に沿ってお馴染みの「新世界」が、つまりはラ・プラタ川とリオが、さらにお馴染みの新しい生活と思考様式のかがやく拠点であるニューイングランドの都市群が控えていた。午後の太陽の対極にあって闇におおわれているニューヨークは、そそり立つ水晶の林、現代の巨石でできたストーンヘンジであった。その周辺には遊泳者を突っつく魚群のように、大きな定期船がひしめいた。外洋にも定期船が、そして力強く進む貨物船が、夕陽が舷窓と甲板を照らすなかを前進していくのが見えた。火夫は火炉で汗を流し、見張りは見張台でぶるぶる震え、あいたドアから流れてくるダンス・ミュージックが波にかき消された。

惑星全体、せわしない群れがひしめく岩-粒の全体は、わたしには今や、コスモスの宿敵どうしである二つの神霊がすでに臨戦態勢にあり、地球という局地にふさわしい姿をまとって、半ば目覚めたわたしたちの精神のなかで格闘している闘技場のように見えたのだった。都市という都市、村という村に、そして夥しい数の人里離れた農家、小屋、あばら屋、掘っ立て小屋、山小屋に、さらには人間という被造物がわずかな慰安と勝利と逃避を求めるねぐらすべてに、わたしたちの時代の大きな闘争が醸成されつつあった。

一方の対立者は、新しい、待望された、理性的で歓喜に満ちた世界、すべての男女が満ち足りた生活を送り、人類に奉仕して生きる機会が得られる、そういう世界のために果敢に挑む意思として現われた。もう一方の対立者は、本質的には未知なるものへの近視眼的な恐怖のように思われた。それとも、もっと邪悪なものか。古くからの、理性を憎み、部族的な執念深い情熱をそのために煽る私的支配への狡猾な意思であったのか。

迫り来る嵐に、かけがえのないものが破壊されるに違いないと思われた。私的な幸福のすべて、愛することのすべて、芸術と科学と哲学における創造的作品のすべて、知的探究と思弁的想像力のすべて、そして創造的な社会建設のすべて、すなわち、実際に人間が普通に生きるための拠り所にするなにもかもが、社会的な災禍を前にしては愚行であり、徒労であり、自らへの陶酔でしかないように思われた。しかしわたしたちがこれらの営為を護れなかったら、その復活はいつになることだろう。

いかにしてそのような時代に対峙するか？　いかにしてつつましい美徳にしかなりえない勇気を奮い起たせるか？　いかにしてこれを実行し、しかも精神の健全さを保つか。いかにして人間が世界のなかで献身しようと務めたこと、つまりは神霊的な健全さを、闘争がその心の中で破壊することが決してないようにするか。

指針となるのは、二つの光。一つは、ありうる限り有意義な共同体であるわたしたちというささやかな光かがやく原子。二つ目は、水晶のエクスタシーを帯びた、超コスモス的現実の象徴である星たちの冷やかな光。ふしぎなことである。かけがえのない愛でさえ冷やかに評価され、わたしたちの半ば目覚めた世界の敗北の可能性さえもが、それ相応の讃美をもって観照されるこの光のなかでは、人類の危機も意味を得こそすれ失うことはないとは。ふしぎなことである、この闘いにおいて、つまりは自らの人類のために究極の暗黒を前にいっそうの光明を勝ち得ようと奮闘している極微動物たちの束の間の努力において、なんらかの役割を担うということの切迫性が、増しこそすれ減ることがないように思われるとは。

宇宙のスケール

無限それ自体は良いものではない。生きている人間は生命のない銀河よりも価値がある。しかし無限は精神的な豊かさと多様性を容易にすることで、間接的には重要である。物事の大小は、もちろん相対的にしか決まらない。コスモスが巨大だと言うのも、その構成要素が相対的に小さいからにすぎない。コスモスの生涯が長いといっても、その生涯のなかで数多くのできごとが生起するというだけのことだ。コスモスが時空間的に巨大であるとはいっても、それになんら固有の価値があるわけもないが、超自然的な豊饒さのための場ではあり、それをわたしたちは尊ぶのである。物理的な果てしなさによって莫大な物理的複雑さの可能性がひらかれ、またそこから複雑な精神をもつ有機体が生まれる余地が与えられるのだ。いずれにせよこのことは、精神が物質的な条件に左右されるわたしたちのコスモスに関しては真実である。

わたしたちのコスモスの大きさは、W・J・リューテンの『星々の美観』にある次のような類比で、大雑把ながら摑めるかもしれない。ウェールズをわたししたちの銀河の大きさに見立て、たとえば十万光年としてみよう。この銀河ははるかに小さな七つの亜-銀河や球状星団から成る体系に囲まれているが、どれも百万光年の直径内に存在する。わたしたちのモデルでは、これらの体系は大西洋およびヨーロッパに広がっていることになる。そのような体系はほかにもあり、ウェールズから北アメリカまでの距離に当たる宇宙空間の全域に均等に存在している。同じような尺度で、巨大な百インチの望遠鏡を介して見えるもっとも遠い五億光年先の銀河は、六万マイル、すなわち、月までの距離の四分の一の距離に存在することになる。完成間近の二百インチの望遠鏡なら、間違いなくそれよりはるかに大きな領域を観測できるだろう。コスモス全体の広がりは、このモデルでは、幅一千百万マイル、ようするに地球から太陽までの距離の八分の一となるだろう。太陽と一番近い恒星（四・五光年）との距離は、十三フィートぐらいの距離になるだろう。一光年は、三フィートをかなり下まわることになる。星の運行の平均速度（毎秒二十マイル）は、百年につき四インチぐらいの割合となる。地球の周転円は直径が千分の一インチ、太陽の直径は百万分の六インチ、地球は一インチの百万分の一の、そのまた二十分の一の石粒にまで縮んでしまう。

タイムスケールⅠ

【註】下記のタイムスケールに記載された各事項は，もっぱら本書の空想物語を説明するためのものである。多くの科学者が星々の誕生から人類の登場までを離れすぎだと否定するだろうが，それはわたしが便宜的に想定したものである。

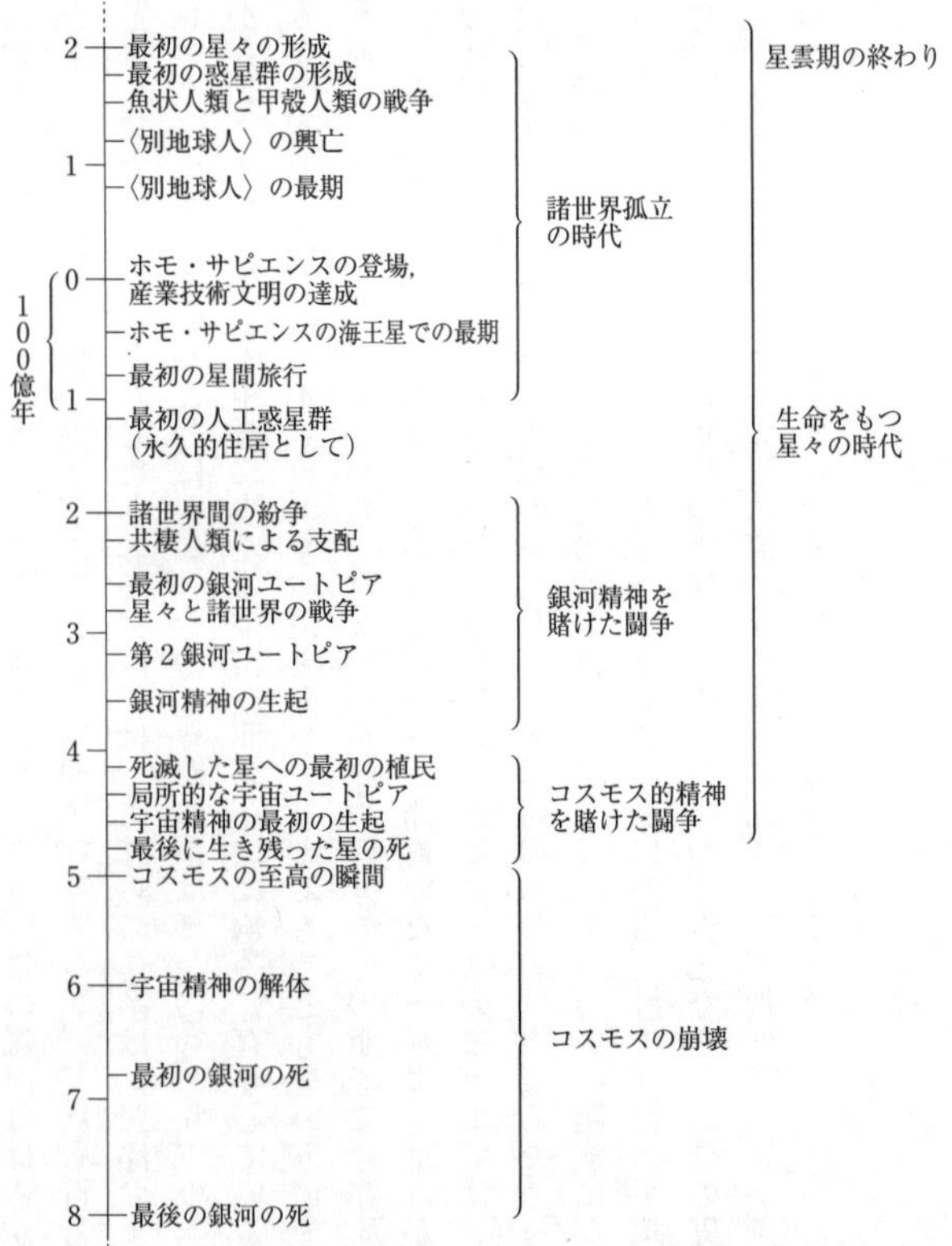

タイムスケールⅡ

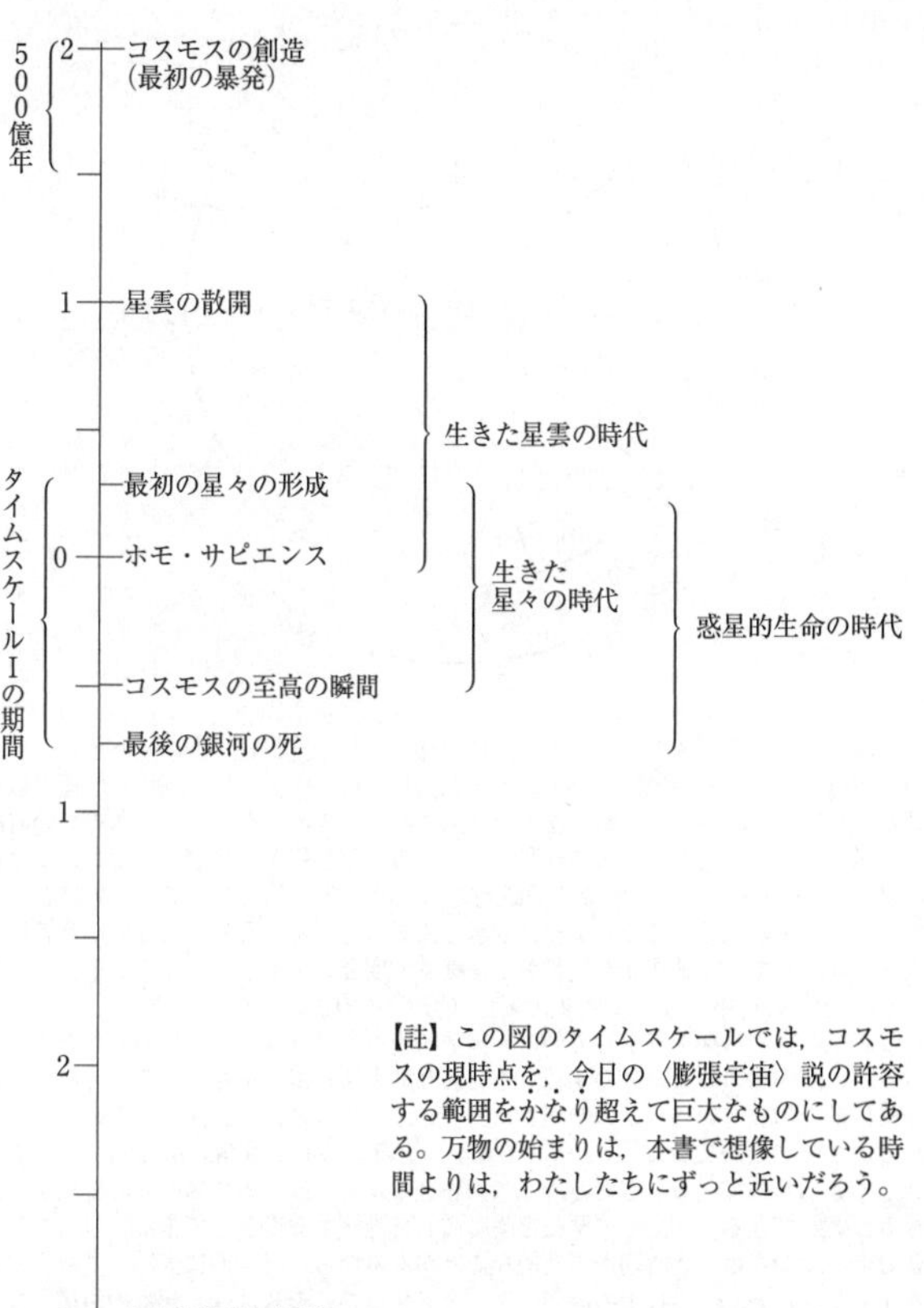

【註】この図のタイムスケールでは，コスモスの現時点を，今日の〈膨張宇宙〉説の許容する範囲をかなり超えて巨大なものにしてある。万物の始まりは，本書で想像している時間よりは，わたしたちにずっと近いだろう。

タイムスケールⅢ

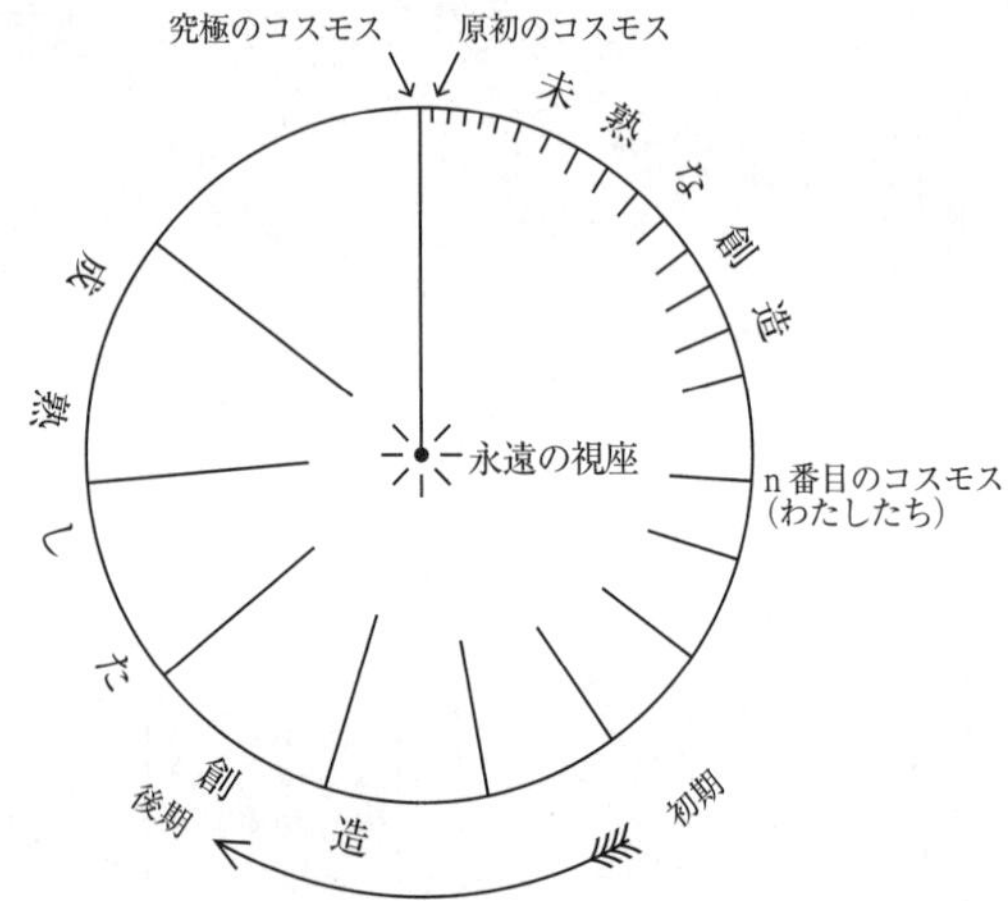

この円環は創造主〈スターメイカー〉に固有の時間を表わしたものである。一番上の時点は,〈スターメイカー〉の時間のはじまりと終わりである。時間の経過は時計まわりにしてある。この輪のなかの「長さの違うスポーク」は各コスモスの時間を表示している。各コスモスの時間は,もちろん同じ基準で比較されるものではないが,〈スターメイカー〉の創造的活動の前進は,創造が成熟していくのに合わせて各コスモスの線は長くなるように表示してある。どんどん長くなっているのは,次々に継起していく被造界が複雑さと繊細さの度合いを増していくことを表わしている。「永遠の視座」は,永遠的かつ絶対的神霊の力量のなかで,〈スターメイカー〉による全存在の掌握を表示している。創造的精神の目標は,自らの力量を充実させることと,終局のコスモスの絶頂点をとおして永遠の視座を達成することにある。それ以前の諸被造界は,この絶頂点に向かいはするものの,到達はしない。それぞれのコスモスの歴史は,〈スターメイカー〉自身の時間と直角の次元内にあるものとして表示されている。もちろん〈スターメイカー〉は,各コスモスの歴史を「生きることができる」が,その歴史を瞬時にして理解することもできる。コスモスの歴史のいくつかは,各時間が周期的なことがあるから,円環的に表示してもよかったかもしれない。二つ以上の時間の次元を有するコスモスは今,複数の領域となるかもしれない。無数の被造界があるが,その少しだけを表示するにとどめる。

オラフ・ステープルドン　生涯と作品

（以下は『最後にして最初の人類』（浜口稔訳、国書刊行会）の「訳者あとがき」に加筆・削除・訂正等を施したものである。ロバート・クロスリー（Robert Crossley）による伝記『オラフ・ステープルドン』（*Olaf Stapledon, Speaking for the Future*, Syracuse University, 1994）など、多くの研究書や事典などの記事やネット情報がもとになっている。生涯区分は、ジョン・キネアド『オラフ・ステープルドン』（John Kinnaird, *Olaf Stapledon*, Borgo Press, 1986）に倣った。勿論、全文の責任は訳者にある。）

1　準備――誕生から第一次世界大戦まで

一八八六年五月十日、イングランドのリヴァプール市を流れるマージー川の向こう岸のウォラシー（ウィラル半島）で、リヴァプール海運事業主ウィリアム・ステープルドンと妻のエマリーン（旧姓ミラー）のひとり息子ウィリアム・オラフ・ステープルドンとして産声をあげた。オラフという英国人名にしては風変わりなミドルネームは、北欧の伝説の王にちなんだものである。

父親が赴任していたエジプトのポートサイードで一八九一年六月まで幼少期を過ごした。ポートサイードは当時アジアとヨーロッパの中継地であり、人種と異文化が混交する国際都市であった。しかし母親はエジプトの気候を嫌悪して帰省を繰り返し、結局オラフを連れて帰国。一九〇一年までオラフは父親と離れ離れの生活を送った。

一九〇二年。ジョン・ラスキンの進歩思想に影響されていた母親の意向に添うように、寄宿制のアボッツホルム校に入学。伝統のグラマースクールとは一線を画した実験的な新教育に取り組んでいたこの学校において、オラフは成績最優等の模範的な生徒であった。ここでの経験はその後の人格形成と作風に大きな影響を及ぼしている。

一九〇五年。オックスフォード大学ベイリオル・カレッジ入学（近代史専攻。一九〇九年学士号、一九一三年修士号取得）。この頃、遺伝学者のF・ゴールトン、A・ワイスマン、G・J・メンデルに関心を抱き、一九〇八年アボッツホルム校同窓会誌に「コロンブスは新世界を発見した。しかしフランシス・ゴールトンは新しい人類を発見した」ではじまる「輝かしき人類」（"The Splendid Race"）という優生学についてのエッセイを書いている。ジャンヌ・ダルクの研究も特筆していい。こうした霊能者的資質を生体組織の改造によって生み出しうると信じていたようで、人為的操作を加えてでも「神霊」的超脱を遂げようと夢見る、科学主義の時代の幻視者の片鱗を覗かせている。

一九〇九年。学士号を取得し、マンチェスターのグラマースクールで教職に就く。しかし生徒を甘やかして他の教員のひんしゅくを買い、本人も教員稼業に嫌気がさして、退職。

一九一〇〜一二年。父親の海運会社で事務職に就き、ポートサイドとイギリスを往復する生活をはじめるが、これも長続きせず退職。

一九一二〜一五年。労働者教育協会（ＷＥＡ）とリヴァプール大学主催の教育プログラムに参加し、歴史と文学を講ずる。社会活動には熱心に取り組み、信頼を勝ち得ていた。

一九一四年。詩集『末日詩篇』（*Latter-Day Psalms*）を自費出版（父親から助成あり）。この頃から人類と星の不滅性、神霊、無慈悲な宇宙、等々、本作をはじめ後年の作品に頻出する数々の主題が謳われているのが分かる。

2　哲学的「目覚め」

一九一五〜一八年。第一次世界大戦勃発（一九一四年）後、友徒（フレンズ）救急隊の運転手として従軍。ベルギーの救急哨所を拠点に、フランスの激戦地から死傷兵を搬送する任にあたった功績を称えられクロワ・ド・ゲール勲章を受勲。そのとき過酷な戦場で夜空の星を見上げながら、本作品の主題の一つである「目覚め」を体験している。同じ頃フランスの激戦地ソンムにJ・R・R・トールキンが従軍していた（一九一六年）ことも特筆していいだろう。この戦場の体験は二人のハルマゲドン・ファンタジー作家の後年の作品に決定的な影響を与えたと思われる。

一九一九年。七月十六日、一九一三年から終戦までの遠距離恋愛ののちにリヴァプールで許婚アグネス・ミラーと結婚。それまで親許のオーストラリアにいたアグネスと交わした往復書簡を編集（R・クロスリー）した『世界を超えて語り合う』（*Talking Across the World*, edited by Robert Crossley, 1987）は、第一級の資料である。

一九二〇年。労働者教育協会とリヴァプール大学公開講座にて講義を再開。同年、ウィラル半島北西部の町ウエストカービーに転居。長女メアリー・シドニー誕生。

一九二三年。長男ジョン・デイヴィッド誕生。

一九二五年。リヴァプール大学より哲学博士号取得（表題『意味』〔*Meaning*〕は前年に完成）。図書館に収蔵されている博士論文には、B・ラッセルやG・E・ムーアらの分析哲学、Ch・K・オグデン&I・A・リチャーズの刊行間もない『意味の意味』（一九二三年）への言及があり、のちの作品との関連でも興味深い。

一九二九年。右記博士論文をもとに書いた『現代の倫理学——倫理学と心理学の関係についての研究』（*A Modern Theory of Ethics: A Study of the Relations of Ethics and Psychology*）を出版。

3　人間主義的想像力——悲劇的共感としての「精神」

一九三〇年。地球消滅と人類滅亡までの二十億年にわたる十八期人類興亡史を描いた『最後にして最初の人類——近未来と遠未来の物語』（*Last and First Men: A Story of the Near and Far Future*）〔浜口稔訳、国書刊行会〕を出版。物語の構想は、ウェールズ北西部に隣接したアングルシー島に夫人と旅行に訪れたときに見たアザラシの姿に未来人類を幻視して閃（ひらめ）いたという。作家ステープルドンの誕生を告げたこの作品は大当たりをとり、一躍時の人となる。J・B・プリーストリー、アーノルド・ベネット、エルマー・デイヴィスをはじめとする評者は、天空に未知の輝く巨大物体が忽然と現われたときのような驚きをもって、この型破りな作品を迎えたと言う。

一九三一年。BBCに出演し、優生学と生命工学への関心を披露する。

一九三二年。『ロンドンにおける最後の人間』（*Last Men in London*）を出版。『最後にして最初の人類』の続編として期待されたが、不人気。しかし失敗作では決してなかった。海王星の幻想的な風景と、最後の人類の異形の形姿の描写は奇抜で美しい。自伝とも読めるこの作品のなかで、主人公のポールが父親に連れて来られた湖の水面のさざ波が相互干渉している様子から宇宙幻視へと導かれていくエピソードは、『スターメイカー』にもつながるものであり、詩情にあふれ印象深い。同年七月、慕っていた父親が死去。

一九三四年。『目覚める世界』(*Waking World*) 出版。資本主義体制を批判し、社会主義的な立場を表明。このあとＢＢＣに再出演。機械礼賛のユートピアを語りながら、その暗黒面を指摘した。

4　宇宙論的ヴィジョン――神話的共棲体としての「神霊」

一九三五年。ミュータントものの白眉『オッド・ジョン』(*Odd John*)〔矢野徹訳、ハヤカワ文庫〕を出版。社会からの迫害、主要テーマの一つ「共同体-内-個人」、ユートピア建設、神霊的叡知、などなど、生涯をかけて追求したテーマが数多く盛り込まれている。同年四月二十日、Ｈ・Ｇ・ウェルズと対面。知己を得たものの、のちにお互いの作品を巡って袂(たもと)を分かっている。

一九三七年。『スターメイカー』(*Star Maker*)〔浜口稔訳、本書〕出版。献本を受けたヴァージニア・ウルフが読了後「わたしがフィクションで、長いことぎこちなく手探りしながら表現しようとした考えを、あなたは掌中におさめつつあるように思われます。でも、あなたははるか先へ行ってしまわれました。羨むほかありません」と礼状をしたためている（オラフ・ステープルドン・アーカイヴ所蔵のステープルドン宛の手紙にて確認）。

一九三九年。『聖者と革命家』（*Saints and Revolutionaries*）を出版。人間の救済に注力する聖者、人類再創造のための社会変革に取り組む革命家の人格的二面性を論じたもの。『英国への新たな希望』（*New Hope for Britain*）は、社会主義と世界市民時代の幕開けを論じたもの。一般向け入門書『哲学と人生』（*Philosophy and Living*）を出版。

一九四〇年。ウエストカービーの街外れのコールディに転居（終(つい)の住処(すみか)となった）。

一九四二年。『闇と光』（*Darkness and the Light*）、『「主義」を超えて』（*Beyond the "Isms"*）を出版。社会と文明について考察。

一九四四年。アーサー・ケストラーが企画したユートピア短編集に寄稿（のちに『新世界の老人』〔*Old Man in New World*〕として単行本化）。神霊的指導者が率いるユートピア世界（ディストピアへの反転を孕む）を描き、ケストラーに賞賛されたが、ほかの執筆者の出来が思わしくなく、企画は頓挫。宇宙論的課題を追求する超犬の物語『シリウス』（*Sirius*）〔中村能三訳、ハヤカワ文庫〕出版。

一九四六年。『蘇る死』（*Death into Life*）出版。第二次世界大戦中ドイツ空爆に向かう空軍部隊の若者たちを描き、死後の相互的意思疎通と普遍的神霊との交信を散文詩のような筆致で描写。ポートサイードとマージーサイドでの思い出をまじえた哲学的な『青春と明日』（*Youth and Tomorrow*）出版。

一九四七年。『火炎人類』（*The Flames*）出版。太陽系形成期に地球へと吹き飛ばされた炎人の地球支配計画を知った主人公が、友人にそれを必死で訴える書簡体の傑作中編。

一九四八年。ポーランドでの「平和のための世界識者会議」をはじめとする数々の国際会議で講演をこなし、政治活動家として活躍。同年、英国惑星間協会の会合に当時事務局長だったアーサー・C・クラークの招待を受け、講演（「惑星間人類？」〔"Interplanetary Man?"〕）。奇抜な惑星植民思想を披露した。

一九四九年。〈芸術・科学・職業のためのアメリカ評議会〉主催の平和会議に出席するため初渡米。J・D・バナールやB・ラッセルが入国拒否されたなか、ステープルドンにはビザが発行された。そのとき投宿した豪華ホテルとニューヨークの街の絢爛たる有様を、かつて幻視した未来都市と重ねるかのように、新興大国への揶揄をまじえつつ書き綴っている（夫人宛）。各地で講演し反共主義的空気のなかでバッシングを受けたが、その間にSF作家の集まり〈ヒドラクラブ〉より『最後にして最初の人類』を書いた伝説の作家として歓迎され、ひととき「清涼剤」になったと気をよくしている。

一九五〇年。『分裂した男』（*A Man Divided*）出版。凡庸な社会追従者と、善良な洞察力ある指導者とのあいだを揺れ動く分裂した男を描写。同年九月六日、妻の来客中にお茶を出そうとキッチンに入った直後に、急逝。

訳者あとがき

はじめに――ステープルドン・アーカイヴ

この翻訳は、『スターメイカー』（国書刊行会、一九九〇年）を改訳したものである（Olaf Stapledon, *Star Maker*, 1937）。前訳はステープルドンの圧巻の宇宙ヴィジョンに幻惑されたなか、また著者についての情報が不十分なまま仕上げたものであった。文庫化にあたり訳文を見直す機会が得られたことを、なによりも喜びたい。実は訳者は、一九九二年、リヴァプール大学シドニー・ジョーンズ図書館のステープルドン・アーカイヴを訪れる機会があった。その後は渡英のたびにアーカイヴを訪問し、ステープルドンが生を受け、生涯のほとんどを過ごしたウィラル半島のウエストカービーを巡り歩いた。このたびの改訳にはそのことが大きく影響している。

アーカイヴには、創作メモ、草稿、新聞・雑誌の切り抜き、書簡や日記、大学の講義シラバス、走り書き、などなど、予想以上に多くの資料が保管されていた。さっそく

『スターメイカー』の自筆原稿を見せてもらったが、横十六センチ縦二〇・五センチの小さな用紙に丁寧な字でびっしりと書かれた草稿の分厚い束に目を見張った覚えがある。そのとき、別に用紙の束が付いていることに気がついた。なにかと思って目を通してみると、作品に頻出する語を解説した草稿だったのである。後になって、Victor Gollancz Books版の末尾に、この用語解が収録されているのを知った。故アグネス夫人が別に保管していたタイプ原稿をもとに、ハーヴェイ・サティが巻末補遺として収録したものである。翻訳の参考にはしたが、版が違うということもあり、訳載は見送ってある。

ウエストカービー――もう一つの宇宙

アーカイヴで資料渉猟の日々を送る合間に、地元での足跡を追おうと、リヴァプール中央駅から地下鉄でマージー川をくぐりウィラル半島に渡った。そのまま半島の西の海岸へ向かって陸路を行くと、ウエストカービーという瀟洒な町の駅に到着する。駅を降りて潮が香る方角へ向かうと、ディー・エスチュアリーという、対岸のウェールズをはるかに望む入江に出る。潮が引くと遠く干潟のようになり、近くの離れ小島にも歩いて渡れるまでになる。岸沿いにはホテルや別荘、レストラン、軽食や土産物を商う店が居並び、夏場はけっこうな賑わいを見せるリゾート地である。ちなみに、短編小説「西から東へ」(From West to East) は、主人公が海水浴――ステープルドンは氷がはる真冬であろうが躊躇しない水泳マニアだった――から戻ってみると、中国と日本の文化が混成したような異郷の街へと変貌していたという筋立てであるが、少し散策すればここが舞台であることは容易に分かる。

上空をカモメなどの海鳥の群れが飛び交いながら騒々しく鳴きしきり、ときどき魚を狙ってか次々に急降下する。それを眺めていると、『最後にして最初の人類』(*Last and First Men*)(国書刊行会)の飛翔人類、あるいは本作品の鳥-雲が群れなして一斉に飛び立つ様を思い出さずにはいられない。満潮時の入江でヨットを走らせている人々を見ながら、本作品中の「オウム貝状船人類種」に重ねて彼らの棲息域に迷い込んだような錯覚を楽しむ。入江の一角にはマリン・レイクという人造湖があり、それを囲い込むような歩道を散策する人々に混じってそぞろ歩いていると、『ロンドンにおける最後の人間』(*Last Men in London*)の一節の、主人公のポール(少年オラフに重なる)が父親とともに、ウェールズの山間の湖のほとりで、湖面に描かれるさざ波を観察しながら、星世界と生命を一つの波動として見立てつつ語り合う場面を連想する。それは生命の神秘への開眼となる体験だったようで、まさに人間を含む全生命体から、惑星、恒星、銀河、銀河団、星雲、コスモスと、宇宙全体を波動的様相のもとに観想するステープルドン的思考の原点となったように思われる。

町の外れにコールディヒルと呼ばれる高台がある。緑濃い住宅地である。そこにステープルドンが一九四〇年に終の住処として建てた屋敷がある。今は売却されて他人の手に渡っているが、そこから少し歩くと、彼が町に寄贈した「ステープルドン森」（Stapledon Wood）の入口に着く。そのまま山道沿いに登っていけば、ウェールズを遠目に、ディー・エスチュアリー、その右手にアイリッシュ海をはるばると見渡し、ウエストカービーを眼下に、夜になれば満天の星を仰ぎ見ることができる頂上に出る。第一章の丘のシーンは、おそらくここである。ちなみに、そこからはるか西の先には『最後にして最初の人類』の着想源となった、アザラシが棲息するアングルシー島（ウェールズに近接する島）があるはずだ。そこから望めるわけではないが、なにがしかの感慨を抱かずにはいられない。

先述のように、コールディヒルへの転居は『スターメイカー』刊行よりあとの一九四〇年なので、語り手の「わたし」（ステープルドンと重ねるなら）の家はウエストカービーの街中にあり、そこから「ある夜、わたしは生の苦さが身にこたえて」丘へ登ったことになる。第十六章「エピローグ」で星界の旅から帰還した「わたし」が、「入江の彼方から鋳造所の紅の炎が立ち」のぼるのを見る場面があるが、訳者はその丘は当初リヴァプールの対岸にあるウォラシー（生誕地）にあると思い、最寄りの駅を降りてそれらしい高台に登ってみた。そこからはリヴァプールの往時の建造物、とりわけ、延々続く巨大な船渠群（これも、本作第五章に登場するオウム貝状船人類の「コンクリートの船渠から成る大都市」を連想させる）を望むことができたものの、ウエストカービーから夜道を歩いていけるような距離ではない。夜目に炎が遠くに見えたかもしれない。あるいはウェールズには方々に鋳造所があったようなので、これも遠方に認めることができたかもしれない。

　死後出版の短編小説「樹になった男」（The Man Who Became a Tree）は、人間嫌いの主人公がブナの大樹と霊的融合を遂げて樹木として生き、死の刹那に宇宙との繋がりを感取して事切れるという物語である。ブナの樹はウィラル半島にも普通に生えているが、本作品執筆中の自宅のすぐ近くにあったアシュトン公園には、ブナやカシの古樹が根を張っている。根元に菌類がまとわり、蔦がびっしり着生し、こずえや葉むらに鳥たちが鳴き、リスが跳ね、キツツキに穴を所々穿たれて悠然と立っている。なにやら思慮深げな風格があり、そこから知的植物を思いつくのは容易であっただろう。ステープルドンにとって、個我とは無縁の植物は知的進化を遂げれば、そのまま瞑想的共感を全宇宙へひろげていくと想像したようで、本作品にも印象的な描写がある。

　ウィラル半島について訳者の感想をまじえつつ長々と語ったのは、本人がそこを活動の「本拠地」と言っており、半島の地理や地形、動植物相が、作品に登場する異形人類の生体及び生態を精緻にリアルに描き込むときのイメージ採集の地であったと思うからだ。霊的飛翔体となった「わたし」が最初に降り立つ「かがやくばかりの緑に覆われた半島」（第三章〈別地球〉）はおそらくこの半島である。博物学的嗜好は子どものときからのもので、鳥類についてはひとかどの知識を身につけ、本格的なバードウォッチングをよく楽しんでいた（中編小説『新世界の老人』（*Old Man in New World*）には鳥類の飛翔を研究する新世代人類が登場する）。抽象と想像の極北を行くようなヴィジョンを展開するときに、その描写に不思議なリアリティを感取できるのは、半島の地理・地形や動植物相についての深い経験的知識をベースにしていたからだと思われる。

自然豊かなこの半島にステープルドンは生涯愛着を抱き続け、旅行や講演に頻繁に出掛けることがあっても、他所に引っ越そうとは夢にも思わなかったようだ。煤煙や産業廃棄物が天地を汚し、夥しい人工照明が夜空をそこねている都会で暮らすよりは、好きなだけ星々を観察する環境に身を置くことを選んだということだろう。娘メアリによると、自宅の屋根をひらいて設置した大きな望遠鏡で天体観察をしていたというから、根っからの天文オタクであった（Olaf Stapledon - The Si Fi Author: https://m.youtube.com/watch?v=lD-Jlercayk）。

実はステープルドンは、生後六カ月頃から一八九一年六月まで海運業の事業主であった父親の出張先、スエズ運河の北側入口にある港湾都市ポートサイード（一八五九年に運河とともに建設）で、母親、そしてリプという名の愛犬（牧羊犬ではなかったが名作

『シリウス』〔*Sirius*〕を連想させられる）と一緒に幼少期を過ごしている。科学好きの父親は望遠鏡を購入し、当地の自宅のベランダを愛息のために簡易の天文台に作り変えたようである。有能なビジネスマンながらも教養豊かであった父親の解説に耳を傾けながら、少年オラフは澄み切ったエジプトの夜空の星世界を高価な望遠鏡で観察していたわけで、宇宙への並々ならぬ関心はここに淵源すると言ってよいかもしれない（ポートサイードには郷愁と愛着を抱き続け、その後幾度か訪れている）。

しかしながら、リヴァプールとポートサイードをまたぐ父親の海運業を手伝うなか、世界の植民地化を推し進めていたヨーロッパの凄絶な破壊と略奪の歴史については、生々しく実感できたはずである。大英帝国の植民地政策の前哨基地の一つでもあったリヴァプールは有数の交易港であり、三角貿易の拠点の一つでもあった。感受性豊かな若者がそんな環境からなにを感じ取ったか、推して知るべし。ステープルドンが左翼的な志向性を持ち、労働者の搾取には人一倍義憤を感じていたことは確かであるが、その心のうちは少々複雑である。敬愛し信頼を寄せていた父親は、ステープルドンが揶揄（やゆ）・糾弾してやまなかった事業主であり、しかも自らは親の資産で創作三昧にふけることができた。左翼的な信条を表明しながら、求道者としての人生にも焦がれ、懊悩（おうのう）の果てにその両極端の人生を二つながらに生きる決意をする男の物語を書いてもいる（短編小説「山頂と町」〔The Peak and the Town〕）。

タイムスケールと宇宙の円環と循環

先述の用語解は作者が巻末補遺に加える予定のものとしてあっただろうが、そう考えると作品世界の図解というべきタイムスケールI／II／IIIとの関連が、俄然気になってくる。とりわけ、タイムスケールIIIは興味深い。添え書きにあるとおり、この円環図の円周の各点から伸びているスポークの一つ一つはコスモスである。それは中心点にあるスターメイカーの永遠の視座を目指すように、存続期間に相当するスポークを伸ばして途切れ、別のコスモスが生起してスポークを伸ばしてまた途切れ、つまりは次々に文明が興亡して切り替わりながら、徐々に究極のコスモスへと成熟し接近していくという図になっている。単なる編年体の物語ではないことだけは確かである。

興味深いのは、各スポークのコスモスも円環をなし、そこに生起する恒星系および惑星群が終局を迎えても、それで終わりとはならないことだ。円環のどの時点も終わりにして始まり、「永遠の今」と見立てられている。しかもそれぞれが別の周期を持つ円環を形成し、円環が円環を継ぐように連続し循環しながら時空をどこまでも重層化させている。これに用語解の一項目にも挙げられている「宇宙の膨張（Expansion of the Universe)」と「わたし」一行の超高速の霊体飛翔が加わると、作品内で次々に描写されるど入り組んだものになっているのか見当がつかなくなる。時空は高く深く次元を切り替えていくようで、読み進めるにつれて、物語は一体どれほど入り組んだものになっているのか見当がつかなくなる。

ステープルドンは当時は評価の定まっていなかったビッグバン理論に格別の関心を寄せ、本作品の主題にふさわしいと言っているが、これにより諸天体と時空そのものを主題の一つにする本作のダイナミズムが整うと考えたのだろうか。アインシュタインの一般相対性理論、そしてそれにもとづくハッブルやルメートルの膨張宇宙説が話題を集めていた時代の動きを、ステープルドンなりに感じ取り、伝統的な静的宇宙像とは異なったダイナミックな星界のヴィジョンを物語ろうと意気込んだのだと思われる。こうした新興の科学から得られた知見をもとに、宇宙を超光速で飛翔している「わたし」一行の眼からは、星々の位置も距離も運行速度もさまざま、星たちが放つ光の波長も長短いろいろ、青方偏移と赤方偏移などのドップラー効果もあり、さらにダイナミックできらびやかな光景がひろがることを想像できたのだろう。アメジストやルビーやダイヤモンドなどの宝石のメタファーを用いた第一章の飛翔シーンがかくも鮮烈かつリアルになったのは、科学好きの詩人として、この最先端の道具立てで作品を肉付けできたからであると思われる。

もう一つは、光速をもってしても有限存在である知性体どうしの交信や交通、ネットワークの形成が不可能となるほどの宇宙の途轍(とてつ)もない大きさ。そんな条件下でも物語が成立するためには超物理的な仕掛けが必要になるだろう。その仕掛けとは、広大な距離と時間における通信と交通を一気に短縮するテレパシーである。ご都合主義的に見えはするが、本人にとってはそうではなかった。実はステープルドンは「テレパシー」をはじめ超常現象（サイコキネシス、透視、予知、憑依、ポルターガイストなど）に生涯真剣に向き合っていたのである。

　テレパシーは、この物語を成立させる道具立てというだけでなく、ステープルドンの信仰にも本作品の主題にも深くかかわる枢要概念の一つである。銀河を超え、コスモスを抜け、大宇宙の果てから時間を超えて宇宙の始まりへと還る、おそらく文学史上もっとも広大無辺な舞台を用意するには、光速をはるかに超える縦横無尽な心的テレポーションの網が可能とならなくてはならなかった。「光年」や「パーセク」級のスケールの共同体（コミュニティ）どうしの「テレパシー」コミュニケーションを、「わたし」一行の霊体飛翔による移動手段にも重ね、時空の円環と循環、膨張宇宙説をすべて考慮に入れて地図化された精密極まりない宇宙地理学的様相は、まさしく比類ないの一語に尽きる。数々の創造と破壊のドラマを繰り返す星世界の奇譚を語ることにより、ステープルドンはある種の宇宙論的試論をしたためたと思われるのだ。

神霊と不可知論——用語解に寄せて

先述の用語解について簡単に触れておこう。もっとも重要と思われるspiritは、きわめて難解な概念である。「精神（mind）」「心（heart）」「魂（soul）」とは異なったニュアンスが伝わるように、ひとまず「神霊」の訳語を充ててみたが、これが適切かと問われれば、自信はないと言うほかない。地球の人間にはじまって、全知的生命体（個体としても集合体としても）、惑星、恒星、銀河、コスモス、さらには星を産む前の星雲、それどころか窮極のスターメイカーにも内在する普遍的な「なにか」であることは読み取れるものの、ぼんやりした輪郭ぐらいしか訳者には得られていない。いずれにせよ、ステープルドンは、生涯にわたって「神霊」について語り続け、数多くの短編、小説、エッセイ、頻繁にこなした講演において常に言及してやまなかった。第五の傑作と言われている『火炎人類』（*The Flames*）では、火炎状の知性体が「神霊」（用語解には含まれていない「不可知論（agnosticism）」とともに）について熱弁を振るうのが印象的である。

この難解至極な「神霊」に深く関連する「世界（world）」や「共同体（community）」は、「経験（experience）」する「個（individual）」が、さらには複数の個我が意識的かつ「共同参与的（communal）」にかかわることにより生起するものとしてある。ちなみに、

「世界」は本作では人工と自然を問わず惑星を意味するが、火炎状知性体の棲む恒星を指すこともある。惑星世界という記述もあるのでご留意いただきたい。他にも「被造界（Creation）」「永遠的（Eternal）」「精神をもつ（Minded）」（本訳書では「～精神体」としてあるが、惑星や銀河などの集合的存在の一体性を強調するためである）「目覚めた世界（Awakened World）」などがあるが、いずれの項目も他の項目と緊密な関連のもとにある。作者としては入り組んだ作品の構造と主題を正しく理解するための手掛かりにしてほしかったのだろう。

神霊はかなり早い時期からステープルドンの心にいだかれていたようだ。一九一四年に自費出版された初の作品『末日詩篇』（*Latter-Day Psalms*）には、ずばり「神霊」（spirit）という詩がおさめられている。「わたし」のなかに宿るなにか、あるいは神を知る手掛かりとして身の内に宿る「なにか」を神霊と表現しており、「確かにあなたこそがわたしの心に宿りたまう神に他なりません。そしてあなたは星たちを統べるのです」と、早くも『スターメイカー』の主題を思わせるような表現もある。

これに関連して見過ごせないことは、この詩集を出版した一九一四年に、第一次世界大戦が勃発したことである。ステープルドンはその翌年、友徒救急隊（ＦＡＵ）に入隊し、戦闘員でないことに悩みながら、ヨーロッパを廃墟に変えた史上初にして最大の世界大戦に身を置き、フランスの戦場から負傷兵をベルギー（フランダース）の救急哨所へ搬送する運転手の任に就いた（一九一五〜一八年）。入隊の翌年の一九一六年、戦場での経験と懊悩をもとに小品をしたためている。短編小説「救急哨所への途上で」（The Road to the Aide Post）、クエーカー友徒隊の機関誌『友』（*Friend*）に投稿した「救急哨所雑感」（Reflections of an Ambulance Orderly）、そして当時オーストラリアにいた許嫁アグネスに送った寓話仕立ての「種と花」（The Seed and the Flower. 当初の表題は「戦争と平和の物語」）である。

この三小品は『スターメイカー』の主題を予告するものとして注目にあたいする。いずれも同じ年に戦場で綴られ、作者や登場人物たちが、夜の星、あるいは明け方の太陽を仰ぎながら、なにかに開悟したかのような経験をする。わたしたちの知る地球と人類を産み落とした理由が、天にかがやく星たちの世界に見つかるのだと言いたげに。永遠の象徴である（はずの）天の光に思いを馳せながら、人類史において連綿と繰り返され、ついには地球文明規模にまで至った相互殺戮の根拠を問うのであるが、そのときの開悟は、本作品の「序」に言う「人類という種の自己批判的な自意識」に関連するように思われる。

では、その三作品で予感されていた答えが、のちの『スターメイカー』において示されたのだろうか。答えどころか、星の世界も、善と悪、正気と狂気が入れ替わり反転を繰り返し、敵対する双方が唱える正義により戦争を壊滅的なものにしたヨーロッパの戦場と変わるところはなかったことが明らかになる（バートランド・ラッセルは書評で「天界の地獄」と称した）。しかも問いは大きく複雑になり、答えはどこまでも遠退き、謎は深くなっていく。

第一次世界大戦終結後、地球規模の文明の消滅が懸念されるほどのハルマゲドンに心底から懲りて、ヨーロッパ人はそれを契機により先鋭に人類意識に目覚め、恒久平和とユートピアの建設への希求と気運（それを象徴する国際連盟が一九二〇年に設立）も生まれていた時代であった。そんななか、ステープルドンは『最後にして最初の人類』（一九三〇年）、『ロンドンにおける最後の人間』（一九三二年）、『オッド・ジョン』（一九三五年）を発表する。それと同期するように、ナチスの台頭（一九三〇年）、ヒトラーによるドイツ再軍備宣言（一九三五年）があり、一九三六年には日独防共協定が結ばれる。ステープルドンは「序」にあるように、新たな大戦の兆し（本作品の出版から二年後に第二次世界大戦が勃発）を感じ緊張していたと思われる。この物語のエピローグで、宇宙遍歴の果てに地球に帰還し「コスモスの宿敵どうしである二つの神霊がすでに臨戦態勢」にあるという認識を披露するが、それを世界大戦の予感と重ねて考えれば、迫り来る人類の危機を、「わたし」が辿った宇宙遍歴の過程で目撃した数々の宇宙文明の創造と破壊のエピソードとの延長線上に置いて眺望するステープルドンらしい創作スタンスが見えてくるように思うのだ。

注目すべき点がもう一つある。この作品においては、語り手の「わたし」と同じく、宇宙の全知性体は最高神霊スターメイカーを思慕し、それに対峙しようと高みを目指し奮闘精進する建設的なエピソードをいくつも披露する。被造物（界）の浮沈をかけた闘いそのものが、スターメイカーへの貢ぎ物でもあるかのようでもある。艱難辛苦の果てに魚状人類と甲殻人類が実現させる理想の共棲関係、そして瞑想的進化を遂げる植物人類は、その誇らしげな例として描かれている。しかしそんな被造物たちの健気な努力にもかかわらず、スターメイカーはそんな貢ぎ物（ときに生贄）を喜ぶ様子はない。それどころか、スターメイカーは、自らが創造した星に生起した知性体が地獄のような状況下で苦しみ喘ぎ、被造コスモスが自壊しかかっても、救済するどころか傍観する、いや奇妙にも、まるで作品でも見るように評価する、しかも気に入らなければ破壊する、不気味なまでに無邪気で酷薄な芸術鑑定家として、不可解にして不可知の存在として、「わたし」たち一行の旅路の果てに立ち現れるのである。

そんな神の描写に、C・S・ルイスは悪魔的邪神への崇拝だと不快感を表明する（ルイスの有名な〈別世界物語〉三部作は、そのアンチテーゼだと言われるが、逆にステープルドンは、その三部作に好意を抱いていたと言う）。スタニスワフ・レムは、創造神でありながら自分より上位の法に縛られ、世界を創造しては鑑賞・評価し、不可解な理由で破壊しもする、神に似つかわしくない性格づけに、神学的な破綻を読み込む。しかしそんなことはステープルドンは百も承知だ。スターメイカーは神のようでありながら、通常の神ではない。用語解によると、「存在するものすべての源泉として構想された有限の創造的精神」であり「その創造的精神が抽象的な様態の一例であるような永遠的・抽象的神霊」とも特徴づけられている。ようするに、一神霊なのである。スターメイカーは星の創造主でありながら全知全能の存在ではないが、自らにも貫流する「神霊」を介して自らの被造物（界）に希求され思慕され、それなのに全被造物の思いも理性も道徳も自らの門前で撥ねつける不条理かつ不可解な光の壁としてある。

悪とも善ともつかない謎の誘因とも言える神霊に導かれるように、また全宇宙の全知性体が自らの資質と運命に翻弄されるように破壊と建設を繰り返す。その実践の結果がスターメイカーへの貢ぎ物となるという言い方をしたが、正確にはそうではない。ステープルドンはある講演（一九四八年）で「はじめに万物を創造した神は、最後には自身が万物によって創造される」（後掲拙訳『惑星間人類？』〔*Interplanetary Man?*〕一三六頁）と言っている。この発言を本作に重ねると、どうやらこの貢ぎの実践――戦争もユートピア建設も――が、全被造物に仕組まれた未知の衝動を根拠づけるだけでなく、スターメイカーを育てるためのものとしてあるという解釈になる。そのような構図のもとでステープルドンは、宇宙全域における「目覚め」を経た全知生体による信仰の実践の根拠を自らの信仰の実践に重ねて詳解するかのように、想像力の限りを尽して本作品を書き綴ったように思われるのだ。

おわりに

実は訳者は、ステープルドンの数ある作品のなかのいくつか（短編・中編・講演録）を、『明治大学教養論集』において試訳として公表してある。いずれも明治大学図書館の機関レポジトリーに収録してある。今回の「あとがき」をしたためる際に参考にした作品ばかりである。左記に挙げておく。

「『火炎人類――ある幻想』、試訳と解題（1）＆（2）」『明治大学教養論集』通巻四三六号＆四四三号、二〇〇八年＆二〇〇九年／「「樹になった男」――試訳と解題」『同上』通巻四四八号、二〇〇九年／「「山頂と町」、試訳と解題」『同上』通巻四六四号、二〇一一年／「「新世界の老人」、試訳と解題」『同上』通巻四八一号、二〇一二年／「『惑星間人類？』、試訳と解題」『同上』通巻四八八号、二〇一三年／「「種と花」、翻訳と解題」『同上』通巻五三七号、二〇一八年／「「音の世界」、翻訳と解題」『同上』通巻五四三号、二

〇一九年。以上七作品は、作品名を入力し検索をかければネット経由でも容易に検索・閲覧でき手軽に読めるはずである（あるいは図書館に問い合わせていただけると幸いである）。

今回の新訳にもDover版を用いた。なによりも訳者が初めて手にした版で愛着があるからである。用語解が付いているVictor Gollancz版には惹かれはしたものの、翻訳の途中で誤植が二つばかり見つかったのでやめた。文庫版の刊行が予告されてから時間が経ってしまったが、公私にわたって予想外の事態は発生しがちなもの。それはあったにしても、やはりステープルドンの奇抜な想像力と、入り組んだ英文にはかなりてこずった。かつての翻訳を改訳するのに、これほど悩むことになるとは予想せぬことであった。やはり用語解の各項目を読み、タイムスケールを追い、ウィラル半島を訪ねたことで作者と作品について勘違いがあったことが分かり、旧訳の解釈や日本語に不満が出たことも、訳文チェックに手間が掛かったことの理由の一つである。前回も同様今回も編集をご担当いただいた藤原義也氏には、いつもハッとさせられる指摘や解釈が突きつけられる。それを受けても、訳の迷いは初校・再校と変わらず、幾度も手直しをする羽目になった。それでなお間違いが出るとしたら、その責はすべて訳者が負うべきものである。『スターメイカー』の翻訳は、やはり永遠のβ版になるだろうなと思い知らされている。今後とも読者諸氏からご指摘・ご批判をいただけると幸いである。それでも、訳をすすめるなか、以前は気づかなかった驚きのヴィジョンが次から次へと現われてきて、作者が繰り出してくる異形の世界に改めて感嘆し、緊張しながらも新鮮な気持ちで取り組むことができた。それほどに、この作品には格別の魅力がある。半世紀以上も前、この稀有な作家の存在を教えてくれた久高将壽（国書刊行会版では「あとがき」に一筆いただいている）に改めて感謝したい。

本作品には、活劇風のＳＦに登場する人間の主人公も会話の場面も通常の物語展開もない。語り手の「わたし」も、肉体をもたず諸世界から集まった個人の集合体の「共同参与的視点」としての「わたし」であるから、通常の意味での語り手ですらない。フィクションではありながら小説とはかけ離れた体裁を採っているがゆえに、通常の娯楽を求める読者には敬遠されてきたきらいがある。しかし今夏、アイスランドの音楽家ヨハン・ヨハンソンの白鳥の歌となった映画（いや、音楽）『最後にして最初の人類』（ＳＹＮＣＡ配給）が公開され、ＳＦと音楽の双方のファンから注目が集まった。この文庫化を機会に、少し敷居が低くなって、可能な限り多くの読者がこの新訳を手に取ってくれることを心から願っている。読み切れば常ならぬ読後感を得ることができると確信するからである。

二〇二一年十月　　訳者　識

本書はオラフ・ステープルドン『スターメイカー』（国書刊行会、一九九〇年／新装版二〇〇四年）の改訳再刊です。

編集＝藤原編集室

エレンディラ　G・ガルシア＝マルケス　鼓直／木村榮一訳
大人のための残酷物語として書かれたといわれる中・短篇。「孤独と死」をモチーフに、大著『族長の秋』につらなるマルケスの真価を発揮した作品集。

素粒子　ミシェル・ウエルベック　野崎歓訳
人類の孤独の極北にゆらめく絶望的な愛——二人の異父兄弟の人生をたどり、希薄で怠惰な現代の一面を描き上げた、鬼才ウエルベックの衝撃作。

地図と領土　ミシェル・ウエルベック　野崎歓訳
孤独な天才芸術家ジェドは、世捨て人作家ウエルベックと出会い友情を育むが、作家は何者かに惨殺される——。最高傑作と名高いゴンクール賞受賞作。

きみを夢みて　スティーヴ・エリクソン　越川芳明訳
マジックリアリズム作家の最新作、待望の訳し下ろし！　作家ザン夫妻はエチオピアの少女を養女にする。「小説内小説」と現実が絡む。推薦文＝小野正嗣

ルビコン・ビーチ　スティーヴ・エリクソン　島田雅彦訳
マジックリアリスト、エリクソンの幻想的描写が次々に繰り広げられるあまりに魅力的な代表作。空間のよじれの向こうに見えるもの。（谷崎由依）

スロー・ラーナー［新装版］　トマス・ピンチョン　志村正雄訳
著者自身がまとめた初期短篇集。「謎の巨匠」がみずからの作家生活を回顧する序文を付した話題作。驚異に満ちた世界。（高橋源一郎、宮沢章夫）

競売ナンバー49の叫び　トマス・ピンチョン　志村正雄訳
「謎の巨匠」の暗喩に満ちた迷宮世界。突然、大富豪の遺言管理執行人に指名された主人公エディパの物語。郵便ラッパとは？（巽孝之）

動物農場　ジョージ・オーウェル　開高健訳
自由と平等を旗印に、いつのまにか全体主義や恐怖政治が社会を覆っていく様を痛烈に描き出す。『一九八四年』と並ぶG・オーウェルの代表作。

カポーティ短篇集　T・カポーティ　河野一郎編訳
妻をなくした中年男の一日を、一抹の悲哀をこめ、ややユーモラスに描いた本邦初訳の「楽園の小道」他、選びぬかれた11篇。文庫オリジナル。

パルプ　チャールズ・ブコウスキー　柴田元幸訳
人生に見放され、酒と女に取り憑かれた超ダメ探偵が次々と奇妙な事件に巻き込まれる。伝説的カルト作家の遺作、待望の復刊！（東山彰良）

ありきたりの狂気の物語
チャールズ・ブコウスキー　青野聰 訳
すべてに見放されたサイテーな毎日。その一瞬の狂った輝きを切り取る、伝説的カルト作家の愛と笑いと哀しみに満ちた異色短篇集。（戌井昭人）

ブラウン神父の無心
G・K・チェスタトン　南條竹則／坂本あおい訳
ホームズと並び称される名探偵「ブラウン神父」シリーズを鮮烈な新訳で。「木の葉を隠すなら森のなか」などの警句と逆説に満ちた探偵譚。（高沢治）

生ける屍
ピーター・ディキンスン　神鳥統夫 訳
独裁者の島に派遣された薬理学者フォックス。秘密警察が跳梁し、魔術が信仰される島で陰謀に巻き込まれ……。幻の小説、復刊。（岡和田晃／佐野史郎）

氷
アンナ・カヴァン　山田和子 訳
氷が全世界を覆いつくそうとしていた。私は少女の行方を必死に探し求める。恐ろしくも美しい終末のヴィジョンで読者を魅了した伝説的名作。

奥の部屋
ロバート・エイクマン　今本渉 編訳
不気味な雰囲気、謎めいた象徴、魂の奥処をゆさぶる深い戦慄。幽霊不在の時代における新しい恐怖を描く、怪奇小説の極北エイクマンの傑作集。

郵便局と蛇
A・E・コッパード　西崎憲 編訳
日常の裏側にひそむ神秘と怪奇を淡々とした筆致で描く、孤高の英国作家の詩情あふれる作品集。新訳一篇を追加し、巻末に訳者による評伝を収録。

アンチクリストの誕生
レオ・ペルッツ　垂野創一郎 訳
20世紀前半に幻想的歴史小説を発表し広く人気を博した作家ペルッツの中短篇集。史実を踏まえて花開く奔放なフィクションの力に脱帽。（皆川博子）

あなたは誰？
ヘレン・マクロイ　渕上痩平 訳
匿名の電話の警告を無視してフリーダは婚約者の実家へ向かうが、その夜のパーティで殺人事件が起こる。本格ミステリの巨匠マクロイの初期傑作。

ロルドの恐怖劇場
アンドレ・ド・ロルド　平岡敦 編訳
二十世紀初頭のパリで絶大な人気を博した恐怖演劇グラン・ギニョル座。その座付作家ロルドが血と悪夢で紡ぎあげた二十二篇の悲鳴で終わる物語。

悪党どものお楽しみ
パーシヴァル・ワイルド　巴妙子 訳
足を洗った賭博師がその経験を生かし探偵として大活躍、いかさま師たちの巧妙なトリックを次々と暴く。エラリー・クイーン絶賛の痛快連作。（森英俊）

ギリシア悲劇（全4巻）

荒々しい神の正義、神意と人間性の調和、人間の激情と心理。三大悲劇詩人（アイスキュロス、ソポクレス、エウリピデス）の全作品を収録する。

バートン版 千夜一夜物語（全11巻）
大場正史訳
古沢岩美・絵

めくるめく愛と官能に彩られたアラビアの華麗な物語――奇想天外の面白さ、世界最大の奇書の名訳による決定版。鬼才・古沢岩美の甘美な挿絵付。

ガルガンチュア
ガルガンチュアとパンタグリュエル1
フランソワ・ラブレー
宮下志朗訳

巨人王ガルガンチュアの誕生と成長、冒険の数々、さらに戦争とその顛末……笑いと風刺が炸裂するラブレーの傑作を、驚異的に読みやすい新訳でおくる。

文読む月日（上・中・下）
トルストイ
北御門二郎訳

一日一章、一年三六六章。古今東西の聖賢の名言・箴言を日々の心の糧となるよう、晩年のトルストイが心血を注いで集めた一大アンソロジー。

ランボー全詩集
アルチュール・ランボー
宇佐美斉訳

束の間の生涯を閃光のようにかけぬけた天才詩人ランボー――稀有な精神が紡いだ清冽なテクストを、世界的ランボー学者の美しい新訳でおくる。

ボードレール全詩集I
シャルル・ボードレール
阿部良雄訳

詩人として、批評家として、思想家として、近年重要度を増しているボードレールのテクストを世界的な学者の個人訳で集成する初の文庫版全詩集。

高慢と偏見（上・下）
ジェイン・オースティン
中野康司訳

互いの高慢さから偏見を抱いて反発しあう知的な二人がやがて真実の愛にめざめてゆく……絶妙な展開で深い感動をよぶ英国恋愛小説の名作の新訳。

分別と多感
ジェイン・オースティン
中野康司訳

冷静な姉エリナーと、情熱的な妹マリアン。好対照をなす姉妹の結婚への道を描くオースティンの永遠の傑作。読みやすくなった新訳で初の文庫化。

荒涼館（全4巻）
C・ディケンズ
青木雄造他訳

上流社会、政界、官界から底辺の貧民、浮浪者まで巻き込んだ因縁の訴訟事件。小説の面白さをすべて盛り込み壮大なスケールで描いた代表作。（青木雄造）

ソーの舞踏会
バルザック
柏木隆雄訳

名門貴族の美しい末娘は、ソーの舞踏会で理想の男性と出会うが身分は謎だった……驕慢な娘の悲劇を描く表題作に、『夫婦財産契約』『禁治産』を収録。

猫語の教科書　ポール・ギャリコ　灰島かり訳

ある日、編集者の許に不思議な原稿が届けられた。それはなんと、猫が書いた猫のための「人間のしつけ方」の教科書だった……!?（大島弓子）

ムーミン谷のひみつ　冨原眞弓

子どもにも大人にも熱烈なファンが多いムーミン。その魅力の源泉を登場人物に即して丹念に掘り起こす、とっておきのガイドブック。イラスト多数。

ムーミンを読む　冨原眞弓

ムーミンの第一人者が一巻ごとに丁寧に語る、ムーミン物語の魅力！　徐々に明らかになるムーミン一家の過去や仲間たち。ファン必読の入門書。

グリム童話（上・下）　池内紀訳

「赤ずきん」『狼と七ひきの子やぎ』『いばら姫』『白雪姫』等おなじみのお話と、新訳『コルベス氏』『すすまみれ悪魔の弟』等を、ひと味違う新鮮で歯切れのよい訳で贈る。

不思議の国のアリス　ルイス・キャロル　柳瀬尚紀訳

おなじみキャロルの傑作。子どもむけにおもねらず、ことば遊びを含んだ、透明感のある物語を原作の香気そのままに日本語に翻訳。（楠田枝里子）

アーサー王の死　中世文学集Ⅰ　T・マロリー　厨川（くりやがわ）文夫／圭子編訳

イギリスの伝説の英雄・アーサー王とその円卓の騎士団の活躍ものがたり。厖大な原典を最もうまく編集したキャクストン版で贈る。（厨川文夫）

アーサー王ロマンス　井村君江

アーサー王と円卓の騎士たちの謎に満ちた物語。戦いと愛と聖なるものを主題にくり広げられる一大英雄ロマンスの、エッセンスを集めた一冊。

ケルト妖精物語　W・B・イエイツ編　井村君江編訳

群れなす妖精もいれば一人暮らしの妖精もいる。不思議な世界の住人達がいきいきと甦る。イエイツが贈るアイルランドの妖精譚の数々。

ケルトの神話　井村君江

古代ヨーロッパの先住民族ケルト人が伝え残した幻想的な神話の数々。目に見えない世界を信じ、妖精たちと交流するふしぎな民族の源をたどる。

炎の戦士クーフリン／黄金の騎士フィン・マックール　ローズマリー・サトクリフ　灰島かり／金原瑞人／久慈美貴訳

神々と妖精が生きていた時代の物語。かつてエリンと言われた古アイルランドを舞台に、ケルト神話に名高いふたりの英雄譚を１冊に。（井辻朱美）

星の王子さま
サン＝テグジュペリ
石井洋二郎訳

飛行士と不思議な男の子。きよらかな二つの魂の出会いと別れを描く名作――透明な悲しみが読むものの心にしみとおる、最高度に明快な新訳でおくる。

星の王子さま、禅を語る
重松宗育

『星の王子さま』には、禅の本質が描かれている。住職でアメリカ文学者でもある著者が、難解な禅の哲学を指南するユニークな入門書。（西村惠信）

クラウド・コレクター〈手帖版〉
クラフト・エヴィング商會

得体の知れない機械、奇妙な譜面や小箱、酒の空壜……。不思議な国アゾットへの驚くべき旅行記。単行本版に加筆、イラスト満載の〈手帖版〉。

ないもの、あります
クラフト・エヴィング商會

堪忍袋の緒、舌鼓、大風呂敷……よく耳にするが、一度として現物を見たことがない物たちを取り寄せてお届けする。文庫化にあたり新商品を追加。

生きることの意味
高史明（コサミョン）

さまざまな衝突の中で死を考えるようになった一朝鮮人少年。彼をささえた人間のやさしさを通して、生きることの意味を考える。（鶴見俊輔）

まちがったっていいじゃないか
森毅

人間、ニブイのも才能だ！　まちがったらやり直せばいい。少年のころを振り返り、若い読者に肩の力をぬかせてくれる人生論。（赤木かん子）

君たちの生きる社会
伊東光晴

なぜ金持や貧乏人がいるのか。エネルギーや食糧問題をどう考えるか。複雑になった社会の仕組みや動きをもう一度捉えなおす必要がありそうだ。

友だちは無駄である
佐野洋子

でもその無駄がいいのよ。つまらないことや無駄なことって、たくさんあればあるほど魅力なのよね。一味違った友情論。（亀和田武）

心の底をのぞいたら
なだいなだ

つかまえどころのない自分の心。知りたくてたまらない他人の心。謎に満ちた心の中を探検し、無意識の世界へ誘う心の名著。（香山リカ）

自分のなかに歴史をよむ
阿部謹也

キリスト教に彩られたヨーロッパ中世社会の研究で知られる著者が、その学問的来歴をたどり直すことを通して描く〈歴史学入門〉。（山内進）

沈黙博物館　小川洋子
「形見じゃ」老婆は言った。死の完結を阻止するために形見が盗まれる。死者が残した断片をめぐるやさしくスリリングな物語。（堀江敏幸）

星間商事株式会社社史編纂室　三浦しをん
二九歳「腐女子」川田幸代、社史編纂室所属。恋の行方も友情の行方も五里霧中。仲間と共に「同人誌」を武器に社の秘められた過去に挑む!?（金田淳子）

つむじ風食堂の夜　吉田篤弘
それは、笑いのこぼれる夜。――食堂は、十字路の角にぽつんとひとつ灯をともしていた。クラフト・エヴィング商會の物語作家による長篇小説。

通天閣　西加奈子
このしょーもない世の中に、救いようのない人生に、ちょっぴり暖かい灯を点す驚きと感動の物語。第24回織田作之助賞大賞受賞作。（津村記久子）

この話、続けてもいいですか。　西加奈子
ミッキーこと西加奈子の目を通すと世界はワクワク、ドキドキ輝く。いろんな人、出来事、体験がてんこ盛りの豪華エッセイ集！（中島たい子）

君は永遠にそいつらより若い　津村記久子
22歳処女。いや「女の童貞」と呼んでほしい――。日常の底に潜むうっすらとした悪意を独特の筆致で描く。第21回太宰治賞受賞作。（松浦理英子）

アレグリアとは仕事はできない　津村記久子
彼女はどうしようもない性悪だった。すぐ休み単純労働をバカにし男性社員に媚を売る。大型コピー機とミノベとの仁義なき戦い！（千野帽子）

まともな家の子供はいない　津村記久子
セキコには居場所がなかった。うちには父親がいる。うざい母親、テキトーな妹。まともな家なんてどこにもない！　中3女子、怒りの物語。（岩宮恵子）

こちらあみ子　今村夏子
あみ子の純粋な行動が周囲の人々を否応なく変えていく。第26回太宰治賞、第24回三島由紀夫賞受賞作。書き下ろし「チズさん」収録。（町田康／穂村弘）

さようなら、オレンジ　岩城けい
オーストラリアに流れ着いた難民サリマ。言葉も不自由な彼女が、新しい生活を切り拓いてゆく。第29回太宰治賞受賞・第150回芥川賞候補作。（小野正嗣）

冠・婚・葬・祭　中島京子

人生の節目に、起こったこと、出会ったひと、考えたこと。冠婚葬祭を切り口に、鮮やかな人生模様が描かれる。第143回直木賞作家の代表作。（瀧井朝世）

とりつくしま　東直子

死んだ人に「とりつくしま係」が言う。モノになってこの世に戻れますよ。妻は夫のカップに弟子は先生の扇子になった。連作短篇集。（大竹昭子）

虹色と幸運　柴崎友香

珠子、かおり、夏美。三〇代になった三人が、人に会い、おしゃべりし、いろいろ思う一年間。移りゆく季節の中で、日常の細部が輝く傑作。（江南亜美子）

星か獣になる季節　最果タヒ

推しの地下アイドルが殺人容疑で逮捕!? 僕は同級生のイケメン森下と真相を探るが――。歪んだピュアネスが傷だらけで疾走する新世代の青春小説！

ピスタチオ　梨木香歩

棚（たな）がアフリカを訪れたのは本当に偶然だったのか。不思議な出来事の連鎖から、水と生命の壮大な物語「ピスタチオ」が生まれる。（管啓次郎）

図書館の神様　瀬尾まいこ

赴任した高校で思いがけず文芸部顧問になってしまった清（きよ）。そこでの出会いが、その後の人生を変えてゆく。鮮やかな青春小説。（山本幸久）

マイマイ新子　髙樹のぶ子

昭和30年山口県国衙。きょうも新子は妹や友達と元気いっぱい。戦争の傷を負った大人、変わりゆく時代、その懐かしく切ない日々を描く。（片渕須直）

話虫干　小路幸也

夏目漱石「こころ」の内容が書き変えられた！　それは話虫の仕業。新人図書館員が話の世界に入り込み、「こころ」をもとの世界に戻そうとするが……。

包帯クラブ　天童荒太

傷ついた少年少女達は、戦わないかたちで自分達の大切なものを守ることにした。生きがたいと感じるすべての人に贈る長篇小説。大幅加筆して文庫化。

うれしい悲鳴をあげてくれ　いしわたり淳治

作詞家、音楽プロデューサーとして活躍する著者の小説&エッセイ集。彼が「言葉」を紡ぐと誰もが楽しめる「物語」が生まれる。（鈴木おさむ）

ちくま文庫

スターメイカー

二〇二一年十一月十日　第一刷発行

著　者　オラフ・ステープルドン
訳　者　浜口稔（はまぐち・みのる）
発行者　喜入冬子
発行所　株式会社　筑摩書房
東京都台東区蔵前二―五―三　〒一一一―八七五五
電話番号　〇三―五六八七―二六〇一（代表）
装幀者　安野光雅
印刷所　明和印刷株式会社
製本所　株式会社積信堂

ISBN978-4-480-43565-1　C0197